querida
filha

querida filha

ELIZABETH LITTLE

Tradução de Fabienne W. Mercês

Título original
DEAR DAUGHTER

Copyright © 2014 *by* Elizabeth Little

Todos os direitos reservados incluindo o de reprodução no todo
ou em parte sob qualquer forma.

Edição brasileira publicada mediante acordo com Viking,
um selo da Penguin Group (USA).

Esta é uma obra de ficção. Nomes, personagens, lugares e incidentes
são produtos da imaginação da autora ou foram usados de forma fictícia,
e qualquer semelhança com pessoas reais, vivas ou não, estabelecimentos
comerciais, acontecimentos ou localidades é mera coincidência.

Direitos para a língua portuguesa reservados
com exclusividade para o Brasil à
EDITORA ROCCO LTDA.
Av. Presidente Wilson, 231 – 8º andar
20030-021 – Rio de Janeiro, RJ
Tel.: (21) 3525-2000 – Fax: (21) 3525-2001
rocco@rocco.com.br
www.rocco.com.br

Printed in Brazil/Impresso no Brasil

Coordenação da Coleção Luz Negra
Tiago Lyra

preparação de originais
Crib Tanaka e Isabela Sampaio

CIP-Brasil. Catalogação na fonte.
Sindicato Nacional dos Editores de Livros, RJ.

L756q

Little, Elizabeth
  Querida filha / Elizabeth Little; tradução de Fabienne W. Mercês. – 1ª ed. – Rio de Janeiro: Rocco, 2017.
  (Luz Negra)

Tradução de: Dear daughter
ISBN: 978-85-325-3062-2 (brochura)
ISBN: 978-85-8122-687-3 (e-book)

1. Ficção americana. I. Mercês, Fabienne W. II. Título III. Série.

17-39491

CDD–813
CDU–821.111(73)-3

O texto deste livro obedece às normas do
Acordo Ortográfico da Língua Portuguesa.

Para Kate e Sara

Algumas mulheres simplesmente nascem com glitter nas veias.

— *Paris Hilton*

De: CNN Últimas Notícias <BreakingNews@mail.cnn.com>
Assunto: CNN Notícias de Última Hora
Data: 17 de setembro, 2013, às 10:43:01
Para: textbreakingnews@ema3lsv06.turner.com

Um juiz da Califórnia suspendeu a sentença de assassinato, em primeiro grau, de Jane Jenkins, como parte de uma investigação que está sendo feita sobre negligência no manuseio de provas pelos técnicos da perícia do Departamento de Polícia de Los Angeles entre 2001 e 2005.

Jenkins, 26, foi condenada em 2003 pelo assassinato da mãe, a socialite suíço-americana e filantropa Marion Elsinger.

Jenkins fez sua primeira aparição pública depois de dez anos, quando foi escoltada, esta manhã, para a audiência em Sacramento. Repórteres não puderam participar da sessão.

Jenkins deve ser liberada ainda hoje. Quando perguntamos a seu advogado, Noah Washington, do lado de fora do tribunal, sobre os planos de Jenkins para o futuro, ele nada comentou.

CAPÍTULO UM

Assim que processaram minha liberação, Noah e eu saímos voando. Uma troca de roupas. Uma peruca. Um sedan comum. Pegamos um retorno, e mais outro, e nos dirigimos para o sul, quando apontamos para o leste. Em San Francisco, fizemos uma moça que se parecia comigo embarcar para o Havaí.

Ah, eu achei que era tão esperta.

Mas você provavelmente já sabe que não.

Quer dizer, vamos lá, você não achou mesmo que eu ia *desaparecer* assim, não é? Que ia me esgueirar e viver escondida? Que eu talvez achasse uma ilha distante, um cirurgião plástico, uma máscara de porcelana branca e laço de forca? Cai na real.

Mas nunca planejei chegar a esse ponto. Existe atenção e existe *atenção*, e a última lhe dá fama, dinheiro e sapatos exclusivos, de graça, mas eu não sou a Lindsay Lohan. Entendo o conceito da volta dos marginais decadentes. Foi o fato de não saber — foi isso que não pude aguentar. É por isso que estou aqui.

Você sabia que, quanto mais se lembra, mais você expande a sua percepção pessoal do tempo? É verdade. Existem alguns estudos e tudo mais. E, apesar de não conseguirmos vencer a morte, se exercitarmos a nossa memória, a nossa vida, ao menos, parecerá um pouco mais longa. Quer dizer, ainda morreremos, mas teremos vivido mais. É um certo consolo, certo?

A não ser, é claro, que você seja eu.

Imagine o que sentiria se, do nada, alguém lhe entregasse uma medalha de ouro e dissesse que ela é sua. *Ah, meu Deus*, você pensaria, *sou demais! Ganhei as Olimpíadas. Mas, espera... o que foi que ganhei? Quando foi que ganhei? Quando foi que treinei? Não deveria estar com os bíceps iguais ao da Madonna? Como poderia esquecer um momento tão marcante da minha vida?*

E o que significa ter feito isso?

Agora imagine se, em vez de uma medalha de ouro, você ganhasse uma condenação por assassinato, e você terá ideia do que senti.

Quando penso na noite em que minha mãe morreu, é como se eu tentasse captar um sinal de rádio distante com um par de orelhas de coelho. Algumas vezes consigo captar alguma coisa, mas, geralmente, é só estática e uma muralha impenetrável de neve. Algumas vezes não existe nem uma imagem. Algumas vezes não há nem televisão. Talvez, se não estivesse tão ocupada naquela manhã, pudesse ter captado um detalhe útil ou outro, mas os policiais me escoltaram para fora de casa e para dentro de uma viatura e para a delegacia antes mesmo que eu pudesse me preocupar com o que vestia, muito menos com o que havia feito. Lá pela hora do almoço, eu estava numa sala de interrogatório limpando o sangue seco debaixo das unhas, enquanto dois detetives explicavam o que queriam que eu escrevesse na minha confissão.

Não que os culpe. Eu sempre seria a melhor história.

Depois foi o julgamento, que não tinha nada a ver com o que eu sabia, mas com o que outras pessoas decidiram que eu sabia e, logo, eu não sabia mais a diferença entre as duas coisas. E agora me vejo empacada num caos de lembranças, uma confusão de testemunhos raivosos, perfis hipócritas de revista, filmes feitos para televisão... narrativas menos lineares do que os rolos de *True Hollywood Story*. Eu não sei mais o que me pertence.

E, aí, tem a evidência. As únicas impressões digitais no quarto da minha mãe: minhas. O único DNA debaixo das unhas da minha mãe: provavelmente meu. O único nome escrito com sangue próximo ao corpo da minha mãe: definitivamente meu.

(Isso mesmo. Você provavelmente não sabia disso, né?)

É realmente difícil acreditar na sua inocência quando tantas pessoas têm tanta certeza de que você não é inocente. É impossível quando você não está certa de nada... à exceção do terrível e indiscutível fato de que você não gostava muito de sua mãe.

A falta de certeza me corroía e, de maneira avassaladora, esmagava o meu cérebro já em decadência. E, na prisão, isolada de qualquer meio de investigação, só podia usar a imaginação. Comecei a lidar com as ações de cada dia como se fossem presságios, uma bola de cristal, os intestinos de uma cabra. Como uma assassina escovaria os dentes? Como uma assassina escovaria os cabelos? Será que poria açúcar no café? Leite no chá? Ela daria um laço nos cadarços de seus sapatos? Ou dois?

Brincadeirinha. Como se eles fossem me dar cadarços.

De todos os desafios do encarceramento, este talvez fosse o pior: eu era uma criatura fundamentalmente racional reduzida a um amontoado de crendices rudimentares. Prometi a mim mesma que, se algum dia saísse dali, tentaria descobrir o que realmente tinha acontecido, para descobrir o que eu realmente era.

Eu ignorei a voz que me dizia que só matando outra vez eu teria certeza.

<Mensagens   **Noah**   Contato

terça-feira 17:14

Testando. O novo telefone está funcionando?
Você recebeu esta mensagem?
(É o Noah.)

> *Que merda é essa?*

Chama-se mensagem de texto.

> *Eu sei o que é, só não sei porque estamos usando isso*

Preciso ter certeza de que posso falar com você.

> *As pessoas não falam mais?*

Bem-vinda ao futuro.

> *Posso voltar para a cadeia agora?*

Adapte-se ou morra, Jane.
:)

CAPÍTULO DOIS

Seis semanas depois que saí, na última terça-feira de outubro, eu estava em pé, na frente de um espelho em um hotel, em Sacramento. Parecia que estava ali havia horas, brincando com meus cabelos como uma pré-adolescente babaca, enquanto tomava coragem para cortá-los e pintá-los.

Na prisão, meu cabelo era tudo que eu tinha, o último resquício de quem eu *era*. E dava um trabalhão para manter — quer dizer, por anos, os únicos itens de cuidados pessoais a que eu tinha acesso eram aqueles saquinhos de xampu aguado que não eram maiores que os sachês de ketchup que você recebe no McDonald's. Outras moças sonhavam com sexo, drogas ou cigarros. Eu teria dado o meu rim esquerdo por uma porra de um Pantene. Podia ter me poupado o trabalho se o tivesse raspado, cortado ou queimado, mas a vaidade já era, naquela época, minha maior fraqueza.

É coisa de amador ligar para essas coisas. Mas eu não podia evitar.

Eu passava os dedos pelos cabelos para escová-los. Depois de todo esse trabalho, ele continuava com a textura de uma bola de pelos cuspida por um gato. Pegajoso. Emaranhado. Caía até a cintura numa mistura de fios, nós e pontas quebradas. Passei minha mão suada sobre o meu reflexo no espelho como se eu fosse a falecida Liz Taylor limpando as lentes das câmeras. Não ajudou, e eu me afastei.

Noah não queria que eu me sentisse confinada, então ele alugou uma suíte num desses lugares de temporada para executivos. Dezoito metros e meio quadrados de bege sobre bege, cheios de mobília "moderna" e folhetos que trombeteavam os serviços do hotel. Internet! Cabo! Cutelaria! Era, sem dúvida, o melhor lugar onde estive em anos.

(E eu odiei. Espaço demais. Janelas demais. Almofadas demais. A banheira era o único lugar em que eu conseguia dormir, não que eu estivesse dormindo muito. As imediações eram acolhedoras como um abraço — ou talvez estivessem mais para um casaco justo.)

Abri caminho através de um amontoado esquisito de mesas de canto e me atirei no sofá para assistir aos telejornais. A televisão estava ligada desde que eu chegara e eu zapeava a cada hora pelos canais HLN, MSNBC, CNN e Fox. E, quando ficava com inclinações masoquistas, dava uma espiadela no E!. Depois de mais de um mês, a cobertura era mais especulativa do que investigativa, e era a especulação que me interessava. Nada como a sorte para acabar com um plano bem bolado. Pus meus pés sobre a mesinha de centro.

Era fim de noite e as redes de televisão desistiam de fingir que estavam interessadas em alguma coisa importante. Eu era a matéria da vez. A anfitriã tinha o rosto agressivamente simétrico e uma expressão sombria que não combinava com sua postura e aparência de modelo de concurso de beleza. Apesar do ar franzido, sua testa era lisa feito sabão de glicerina. Ela era pelo menos dois anos mais nova do que eu.

Passei a mão na testa e pensei em Botox.

A boquinha de peixe dela se movia. Eu aumentei o volume. "Jane Jenkins, sentenciada dez anos atrás com prisão perpétua pelo assassinato de sua mãe, foi liberada há seis semanas, quando um juiz reviu sua sentença e a de outras oito pessoas, como resultado de uma investigação que está sendo feita sobre negligência deliberada praticada pelos técnicos da perícia do Departamento de Polícia de Los Angeles entre 2001 e 2005. Apesar da liberação, o público americano segue convencido de sua culpa. Uma pesquisa de opinião feita pelo McClure Post junto à ABC News, semana passada, mostra que 87% dos entrevistados acreditam piamente que Jenkins é responsável pelo assassinato da mãe."

Um passarinho me contou que os outros 13% "acreditam piamente *mesmo*" que sou culpada.

"Não é de surpreender, então, que, desde que foi liberada, Jenkins ainda não tenha feito nenhuma aparição em público, nem dado pista de seu paradeiro. Se Jenkins tinha esperança de uma vida nova, ela vai ficar desapontada. Trace Kessler, que tem um blog criminal e vem cobrindo o caso desde 2003, anunciou hoje uma recompensa de cinquenta mil dólares por informações que possam levar à descoberta de seu paradeiro..."

Meti a mão atrás da TV, pesquei o fio dela e o puxei da tomada, e gostaria de fazer o mesmo com a internet. Tamborilei uma unha roída no meu reflexo na tela apagada.

Trace Kessler. Um papagaio de pirata incapaz de fazer realmente algum estrago. Sabia que ele não hesitaria, nem por um instante, se pudesse apertar ainda mais o laço da forca.

Para com isso. Chega de enrolar.

Dirigi-me à copa, onde havia escondido o pacote com as três tesouras que Noah trouxera da última vez que me visitara no hotel. Eram tão afiadas quanto um bêbado no meio da manhã. Quando as testei no lado de dentro do meu braço, deixaram apenas um vergão rosado. Sorri, enquanto tentava me convencer de que Noah via nisso o resultado de uma negociação. Conhecendo-o, estava com sorte de não ter me trazido tesouras sem ponta.

Quando disse a ele pela primeira vez que eu mesma queria cortar meu cabelo, ele ficou tão paralisado que até o roxo do hematoma sob seus olhos paralisou, como se eu tivesse demonstrado interesse em armas atômicas ou em abelhas-zumbis geneticamente modificadas. "Eu não sei se é uma boa ideia" — ele disse, porque, no fim das contas, Noah Washington era o rei do melodrama.

Revirei os olhos.

— Eu não estou pedindo uma navalha.

— Você nunca faria isso. Seria óbvio demais.

— Esquecível demais — corrigi, porque, afinal de contas, eu também era a rainha do melodrama.

Num dos armários da cozinha, achei uma caneca de café que virei de cabeça para baixo para tentar afiar a tesoura no anel do fundo que não é esmaltado, um truque que aprendi na biblioteca da prisão, na seção não muito apropriada sobre vida fora de casa. Corri a lâmina pela cerâmica clara e senti que minha raiva cedia, domada pela repetição do movimento, pela reverberação, pela suavidade do raspar do metal.

Voltei ao banheiro com a tesoura, segurei uma mecha de cabelo e a estiquei. Meu cabelo estava finalmente ficando seco, anelando e enrolando, algo que costumava deixar a minha mãe enlouquecida. Ela sempre tentava me convencer a usá-lo preso num rabo de cavalo, num coque alto ou baixo. "Se tentasse, você poderia ser tão elegante", ela disse certa vez, num raro momento de otimismo materno. Enquanto me observo no espelho, minhas mãos pegam todo o meu cabelo e o arrumam no alto da cabeça. Isso faz meu pescoço parecer mais comprido, meu queixo mais anguloso, meus olhos mais brilhantes, e, mesmo à luz fraca do banheiro do hotel, pude ver que ela tinha razão. Talvez eu não fosse tão feia, afinal.

Foda-se. É só cabelo.

No sábado seguinte, Noah chegou às cinco da manhã, como prometido. Ele trancou a porta atrás dele antes de me lançar um olhar estranho.

— Suponho que essa seja uma maneira de desencorajar os fotógrafos — disse ele.

— Lisonjeada.

Ele atirou um saco de donuts para mim.

— O melhor que consegui achar a essa hora da madrugada.

Peguei o saco com relutância. Eu estava tentando engordar o máximo possível, mas não podia exatamente sair correndo atrás de um hambúrguer com fritas, e entregas estavam totalmente fora de questão. Por isso vivi à base de miojo — miojo de galinha, miojo de creme de galinha, miojo de galinha apimentada —, e o que eu não tinha em peso, eu compensava em gordura. Ficava imaginando que, se eu ficasse sentada em silêncio, conseguiria escutar o caldo salgado do miojo borbulhando sob a minha pele. O que eu teria dado em troca de uma bela salada ou um purgante!

Noah me observava, enquanto eu me forçava a comer o último donut, e avaliava minhas saboneteiras salientes e meus cotovelos ossudos. Ele não podia sequer ver o pior: o esterno afundado e os ossos dos quadris saltados como facas. As coisas que vêm com a pressão de viver no limite, o nascimento prematuro e a morte iminente. E a comida da prisão.

— Você ainda está muito magra — disse ele.

— Você ainda está muito metido.

Seu olhar se desviou, uma fuga característica. Eu gostava de fazer de conta que ele fazia isso com todos os seus clientes, que ele estava mantendo um distanciamento profissional, garantindo que não recebesse as respostas para as perguntas que nunca imaginou fazer. Mas essa era uma fuga diferente: era ele quem não queria que eu obtivesse as respostas.

Noah era o meu sétimo advogado — ou seria o oitavo? Deus, outra coisa que não consigo lembrar. Eu sei que fui inicialmente representada por um dos advogados de fisionomia indecifrável, indicado pelo meu ex-padrasto, mas ele se afastou quando começou a perceber a quantidade de provas contra mim. O outro foi um advogado hollywoodiano, entendido em mídia, mas eu o larguei quando descobri que usava camisas sociais listradas. Aí tive uma sequência de advogados de porta de cadeia; alguns, atrás da fortuna que eu herdaria caso conseguíssemos driblar um ou outro artigo. Alguns, atrás apenas de fama.

Noah, por sua vez, não buscava fama, nem fortuna, nem poder — o que me fez, claro, querê-lo. Como meu advogado, quero dizer.

Estávamos juntos desde 2006, o ano em que finalmente me recompus o suficiente para querer recorrer. Ele era — bem, como descrever Noah? — alto, bonitão, louvável. Cabelos castanhos despenteados que descoloriam e ficavam louros no verão. Um sotaque digno de uma peça de Tennessee Williams e uma propensão genética a ter um bronzeado de fazendeiro. Ele tinha crescido numa cidadezinha idiota do Mississippi, miseravelmente pobre e faminto de tudo, menos de problemas paternos, mas seu otimismo se manteve intacto, contrariando as probabilidades. Eu aposto que ele ainda vai para casa todo ano no Dia de Ação de Graças acreditando que, desta vez, vai conseguir convencer a família a superar a sentença do caso Brown contra o Conselho de Educação.

Eu recebi a indicação de Noah de um dos poucos carcereiros que não tinham estômago para aguentar o que a solitária fazia com aqueles de nós que ficavam na Unidade de Segurança Máxima e, assim que eu ganhei o privilégio do lápis e papel, comecei a escrever para ele. Foram dezessete cartas para convencê-lo a me visitar, porque eu sabia que era fundamental que me conhecesse. Se ele tivesse avaliado o meu caso nos seus méritos intangíveis — ou a mim, nos meus —, ele nunca teria me aceitado como cliente.

Mas eu o conquistei assim que ele pôs os olhos em mim. Eu não estava na pior, mas estava próxima disso: pele e ossos e meio catatônica. Eu nem acreditei que ele estava ali até quase vinte minutos depois de nossa entrevista ter começado. Ele era minha primeira visita em anos.

E, como eu tinha antecipado, sua compaixão foi tão imediata quanto mal embasada. Não há muitas vantagens em sete semanas de solitária, mas estimular o sentimento de pena é certamente uma delas.

Isso é uma das coisas que você precisa saber sobre Noah: não importa o que você tenha ouvido por aí, ele sempre quis fazer a diferença, lutar pelas massas oprimidas e coisas do gênero (o cara deve ter aprendido a usar o penico com um ano de idade para que pudesse fazer a sua parte pelo meio ambiente). Ele me redimiu por mera associação. O Tourvel do meu Valmont. A Hillary do meu Bill. A Cindy Lou Who do meu Grinch que roubou o Natal.

Se eu fosse uma pessoa melhor, o teria dispensado anos atrás.

Naquela manhã, na suíte do hotel, Noah parecia ter passado a noite em claro e provavelmente tinha, com tudo o que lhe pedi para fazer. Seu cabelo estava emaranhado e endurecido, seu habitual olhar caído de cachorro tinha ido de Basset Hound para Bloodhound. Quando sentou-se diante de mim, seus olhos se fecharam rapidamente antes que os forçasse a abrir novamente.

Ele puxou uma pasta bem cheia da maleta surrada e manchada que adorava usar para equilibrar sua boa aparência.

— Seus papéis — ele informou.

Ele segurou a pasta um minuto além do necessário.

Abri a pasta. Por cima, estava a carteira de motorista. Eu a levei para perto da luz para poder ver melhor a fotografia. Uma franja cortada em casa, um corte redondo desigual. Óculos de aros finos, baratos, da cor de papelão encharcado. Meu cabelo estava da mesma cor. Eu parecia uma dessas pessoas que não sabe o que é masturbação.

Eu nem sei como Noah conseguiu tirar a carteira tão rapidamente. Ele deve ter cobrado um favor daqueles.

Noah me observava enquanto tentava se sentir confortável numa poltrona de uma cor digna de móvel de orfanato das histórias de Dickens.

— Há espaço de sobra aqui no sofá — falei, sem tirar os olhos da carteira.

— Essa coisa parece feita de pedras — ele disse. — Me fale de novo: por que aluguei este lugar?

— Porque é a primeira oportunidade que você tem de me mimar. — Segurei o documento seguinte. — Nenhum problema com a mudança de nome?

— Não. É legítimo... pelo menos o suficiente. Você quer ser chamada de Becca ou de Becky?

— Se me chamar de Becky, vou falar para o pessoal da revista *People* que o seu livro favorito é o *Vontade indômita*.

Se eu pudesse escolher qualquer nome no mundo, eu teria escolhido algo diáfano e chique, como Coralie ou Delphine, o tipo de nome que grandes damas dão a pequenos cães. Porque ninguém — ninguém — sonha mais com nomes bonitos do que as meninas que se chamam Jane. E por um bom motivo, sabe? Quer dizer, mesmo as mais ilustres Janes são universalmente o tipo de gente sem futuro. Austen, Eyre, Doe? Costureira, babaca, presunto. É admirável que eu tenha me saído tão bem.

(Pelo menos, Jane era razoavelmente digno. Quando fui presa, os tabloides decidiram me chamar de *Janie* e, desde então, todos só me chamam assim. Como se eu precisasse de mais um motivo para odiar o Aerosmith.)

Mas não há espaço para ser caprichosa no meu mundo — nunca houve —, então escolhi o tipo de nome no qual uma pessoa podia confiar... e esquecer imediatamente depois. Rebecca Parker era uma escolha perfeita e me preocupei se eu também o esqueceria.

Noah pigarreou.

— Ainda está comigo?

Remexi nas páginas dentro da pasta, me lembrando de — como é que a droga do conselheiro tinha chamado? — ficar no presente.

— Cartão de Seguro Social? — perguntei.

— Está aí — ele respondeu. — Me tomou a maior parte das últimas duas semanas também, a maior parte do tempo na fila ou na espera. Foi o momento perfeito para pensar na minha ilustre carreira e imaginar onde ela desandou.

— Você devia ter seguido meu exemplo — falei —, estupidamente rica aos 26 anos e nem terminei o ensino médio.

— É. Você sabe o que a minha mãe diz, quando eu falo com ela? "Noah, por que você não tenta ser como aquela moça boazinha chamada Janie Jenkins?"

— Ela não é a única.

Era uma piada velha, mas ainda me fazia sorrir. Noah pegou minha mão e conseguiu olhar a ponta de seus dedos, por entre os nós dos meus dedos, antes que eu puxasse a minha mão.

— E quanto ao dinheiro? — perguntei.

Segundos depois, ele deslizou um envelope pardo por cima da mesa de centro. Abri e nele achei registros de contas, transferências e investimentos — e um maço de notas. O embargo à herança de minha mãe tinha sido retirado, mas, para todos os fins práticos, eu era uma fugitiva e precisava evitar transações que pudessem ser rastreadas. Embora carregar todo aquele dinheiro fosse quase tão arriscado quanto.

Comecei a contar o dinheiro, mas, quando perdi as contas pela terceira vez, desisti. Pus minha cabeça entre as mãos e fechei os olhos. Havia um barulho, um ronronar vindo do outro quarto — eu havia deixado o ventilador ligado. No final do corredor, uma porta bateu.

Eu comecei a falar não sei nem o quê, mas Noah se debruçou e me fez calar a boca com um olhar que conheço bem demais.

— Agora — ele falou — você é uma mulher adulta e pode fazer o que quiser...

(Alguma vez na vida, uma frase começada por "Agora" terminou bem para a pessoa do outro lado da conversa?)

Eu suspirei.

— Você vai realmente fazer isso?

— Eu acho que você deve ao menos considerar a possibilidade de que talvez não consiga desaparecer.

— Claro que consigo. Aquele juiz bacana disse que eu podia.

— Todas as emissoras de TV a cabo estão reprisando a sequência do julgamento.

— Bom... então, todos estarão esperando que eu ainda tenha a mesma aparência.

— Jane, fizeram um *filme* sobre você.

— Melhor ainda! Então todos estarão esperando que eu me pareça com... como-ela-se-chama? — Eu franzi a testa. — E, falando nisso, como a como-ela-se-chama está? Ainda fazendo aquela criança no filme do mágico?

— Você pode falar sério por um minuto?

— Vou ficar *bem*, Noah. Não sou uma idiota.

— Normalmente não.

— Nunca.

— Não sei se essa é uma boa opção. — Ele parou, se recompondo, agarrado no seu cabelo novamente. — Ainda dá para você mudar de ideia, sabe? Você ainda pode levar uma vida pública. Honestamente, quanto mais tentar se esconder, mais vão correr atrás de você, e há um limite para o que consigo fazer.

Eu tentei não pensar muito no que dizer a seguir.

— É, andei pensando que está na hora de pôr um fim nisso.

— Como?

— Não me entenda mal. Eu sou profundamente *grata* por tudo o que fez, mas daqui para a frente...

Seu queixo endureceu.

— Está me dizendo que eu não tenho mais utilidade?

— Partindo do pressuposto que a Quinta Emenda não foi alterada nas últimas semanas, é isso aí.

— Então é... assim? Eu devia ter previsto que você faria uma coisa dessas.

— Não leve para o lado pessoal. Não é como se fôssemos amantes.

(Eu não sou dada à bondade, mas misericórdia, talvez, seja outra história.)

Noah jogou sua pasta com força sobre a mesa e a abriu. Segundos depois, um saco plástico aterrissou no meu colo.

— Achei que talvez você quisesse isso — disse ele.

Eu olhei para baixo e segurei a vontade de cobrir os olhos. No saco plástico, estavam todos os pertences que levei comigo para a delegacia naquela manhã... e a única propriedade pessoal que recebi quando fui liberada. Vi um tubo de batom rosa derretido, um estojo de sombra para o olho toda esfarelada. Um bronzeador que tinha se separado: duas partes de gordura para uma de brilho fecal. Uma cartela de fósforos, um chaveiro, umas drágeas de melatonina. Cartões de crédito demais.

— Eu achei que tinha dito para você se livrar dessa merda — disse.

— Você nem sabe o que tem aí.

— Eu não quero isso.

— Pelo menos dê uma olhada.

— Eu não quero isso.

— Jane...

Assim que sua mão pousou no meu ombro, eu sabia o que estava por vir, mas estava cansada demais para me opor. Então me recostei e me virei para a janela, deixando ele recitar um monte de merda que ficaria muito bem em almofadas bordadas e cartões de Natal. Ele terminou como sempre fazia: "Você não é culpada. Queria que acreditasse em mim."

E eu terminei da mesma maneira de sempre: "Mas eu acredito em você."

Essa é outra coisa que você precisa saber sobre Noah. Ele pensava que acreditar numa coisa podia fazer dela uma verdade.

JANE JENKINS

Origem: Wikipédia, a enciclopédia livre
(Redirecionado de Janie Jenkins)

Jane Jenkins (nascida em 22 de novembro de 1986) é uma socialite americana, herdeira, sentenciada por assassinado.

Infância [editar]

Devido à recusa de sua família em receber a imprensa e inconsistências documentadas do próprio relato de Jenkins, detalhes confirmados sobre a infância de Jane Jenkins são raros. Os fatos principais, no entanto, são conhecidos: ela é a filha da socialite Marion Elsinger (nascida Jenkins) e do industrial suíço Emmerich von Mises, que morreu pouco depois de seu nascimento. Jenkins viveu por muito tempo na Suíça e nas áreas próximas, e se mudou para Los Angeles com a mãe e o padrasto em agosto de 2001.

Progresso [editar]

Jenkins ganhou fama pela primeira vez com os rumores de um namoro com o cantor inglês problemático Oliver Lawson. Apesar de nunca terem confirmado publicamente o relacionamento, foi com Jenkins que Lawson deu entrada num hospital após uma overdose de heroína. Apesar de o casal não ter sido mais visto junto em público, Jenkins, com sua queda pela moda e homens aventureiros, permaneceu no radar do público e logo tornou-se presença regular nas colunas de fofocas e tabloides.

Jenkins descartou um trabalho na televisão e no cinema, algo incomum em Hollywood, apesar de sua carreira em ascensão, preferindo, segundo ela, dedicar seu tempo a "coisas que não fossem medíocres".

Vida Pessoal [editar]

Rumores dizem que se relacionou com Tobey Maguire, Joshua Jackson, Oliver Lawson e Jim Adkins da Jimmy Eat World. Teve um Lhasa Apso chamado Cara de Bunda.

Prisão e Condenação [editar]

No verão de 2003, a mãe de Jenkins foi encontrada morta em sua casa de Beverly Hills. Jenkins, que nunca fez segredo de seu relacionamento tumultuado com a mãe, foi presa mais tarde, no mesmo dia. Após um julgamento de três meses e duas semanas de deliberação do júri, Jenkins — que foi julgada como adulto — foi condenada por assassinato em primeiro grau e sentenciada à prisão perpétua. Ela vestiu um Alexander McQueen no dia da leitura da sentença.

Em setembro de 2013, Jenkins foi liberada da prisão como resultado de uma investigação sobre manipulação de provas da perícia do Departamento de Polícia de Los Angeles. Seu paradeiro atual permanece desconhecido.

CAPÍTULO TRÊS

Eu me movi com agilidade pelo quarto do hotel, ignorando o chiado no meu peito de algo que eu relutava em admitir. Precisava me concentrar em: limpar, remover e esfregar as maçanetas, os trincos e bancadas e puxar para cima o invólucro plástico do banheiro, que enfiei na mala para jogar fora mais tarde. Atirei toda a minha quinquilharia velha na mochila junto com a quinquilharia nova, na esperança de, em breve, não conseguir mais distinguir uma da outra. Quando terminei, fui tola o bastante para dar uma parada para respirar — e, no silêncio entre uma tarefa e a outra, perdi minha suposta tranquilidade.

Dei uma olhada na poltrona em que Noah estivera sentado. Eu não tinha ilusões sobre nosso relacionamento. Pelos últimos sete anos, ele foi o pino de segurança da minha vida, e não porque me mantinha mentalmente sã, mas porque juntos nós estabelecemos uma insanidade só nossa.

Agora minha loucura a dois estava restrita a uma loucura solitária.

Pressionei minha mão contra o meu plexo solar.

Entenda que é assim que as coisas funcionam para pessoas como eu. Orbitamos em torno do sol da autopiedade, a grande força gravitacional que rege aqueles de nós para quem As Coisas Não Saíram Lá Tão Bem Assim. Se tivermos sorte, o propósito (vingança, absolvição, cookies, não necessariamente nesta ordem) pode nos impedir de desmoronar, pode evitar que entremos em combustão, mas estamos nos enganando se acreditarmos, por um segundo, que vamos nos libertar.

E foi para isso que Deus criou o Seroquel. Escorreguei meio comprimido para baixo da língua e me dirigi para a porta. Tinha que pegar o trem.

* * *

Da maneira como eu via as coisas, calculava ter umas duas semanas antes que Trace Kessler e o resto da imprensa conseguissem me encontrar — e uma semana antes que Noah descobrisse isso.

Ah, sim, eu estava mentindo para Noah também.

Isso, pelo menos, era um desdobramento bem recente. A primeira vez que Noah me perguntou, de braços cruzados, para onde eu iria se fosse libertada, eu disse a verdade:

— Para o centro.

Ele olhou para o céu diante da minha resposta, uma reação que ele continuava tendo, apesar dos anos que gastou anotando mentalmente os erros que poderiam ter sido facilmente evitados se Deus não fosse tão fraco.

— O centro, como você o chama, é a maior parte do país. Me diga, garota californiana, tem algum lugar específico em mente? — E ele levantou a mão, como um sinal para eu parar. — E, não, você não pode responder "um daqueles estados grandes e quadrados".

— E que tal um daqueles estados pequenos e quadrados?

— Janie! — ele falou, porque ele sabia que isso ia me irritar.

Eu franzi a cara com o olhar distante, como se eu já não gastasse metade do meu dia pensando nos lugares onde preferia estar.

— Bem — respondi —, acho que uma cidadezinha seria o mais indicado.

— Cidadezinhas também pegam a CNN...

— Como se alguém esperasse que eu fosse ficar tão longe assim de uma Fred Segal.

— ... e notícias correm mais depressa numa cidade pequena. A fofoca é mais rápida.

— Não se for entediante — retruquei.

— Você não consegue ser entediante, nem querendo.

— Uma moça pode sonhar.

Ele veio me visitar duas horas depois que saiu a notícia sobre o laboratório de perícia e todos os casos que seriam revistos por causa disso. Depois de alguns dias, tínhamos um plano: se eu fosse liberada, iria para uma cidadezinha em Wisconsin, próxima o suficiente de Chicago, para que Noah pudesse ir me ver quando estivesse na cidade, mas longe o suficiente para que ninguém importante morasse por perto. Eu ficaria num dúplex de persianas verticais, com a localização favorecida pela proximidade de uma loja Pick 'n Save e uma Hobby Lobby. Eu trocaria de nome, mudaria o meu cabelo e encomendaria o que precisasse pela Amazon. Talvez eu fosse à igreja, por que quem me procuraria por lá?

A pior parte — ou pelo menos era o que Noah pensava — seria chegar lá.

Eu soube imediatamente que teria que pegar um trem. Noah achou a ideia estúpida, mas eu mostrei que, assim, eu não teria que parar para abastecer ou mostrar a identidade. Que assim eu não teria que passar pela segurança nem apresentar um plano de voo. Que eu não teria que dividir um banheiro. E que a maioria das pessoas provavelmente nem sabia que ainda se *podia* andar de trem.

Mas, na verdade, eu queria pegar o trem para me esconder num compartimento e saltar no meio do caminho para Chicago, sem que ninguém soubesse. Aí, eu pegaria um carro sobre o qual Noah não soubesse nada e dirigiria para uma cidade da qual ele nunca tivesse ouvido falar. Ou seja, eu não tinha a menor intenção de ir para Wisconsin.

Senhor, dá para imaginar?

Rebecca Parker, eu decidira, era o tipo de pessoa cuja personalidade era um buraco negro tão grande que engolia seu corpo todo, então, antes de sair pelo corredor, adotei a postura que eu descreveria como sendo a da Rainha da Timidez: ombros encurvados, olhos para baixo, pés apontados para dentro. Puxei meu cabelo para a frente do rosto e deixei um ou dois fios colarem nos lábios.

Abri a porta e saí.

Hora do sh...

Tapei minha boca e girei de volta. Cheguei ao banheiro a tempo de vomitar os quatro donuts e os pedaços não digeridos do miojo com galinha picante da noite anterior.

Estranhos. Eu teria que ver estranhos. E qualquer um deles poderia ser um paparazzo. Qualquer um deles poderia ser Trace Kessler. Qualquer um deles poderia me querer morta.

Essa era outra coisa que escondi do Noah: as ameaças de morte.

Quando eu estava na prisão, recebi uma montanha de cartas do tamanho do Himalaia e, como havia vezes em que eu não tinha acesso a mais nada para ler, eu me lembrava de muitas delas de cor. Algumas eram de fãs:

>Querida Janie,
>Eu sei que não foi você!

Algumas eram de gente que não gostava de mim:

>Querida Janie,
>Eu sei que foi você!

Mas, em sua maioria, eram uma centena de variações de:

>Querida Janie,
>Quer trepar?

E, aí, tinham as que não eram tão legais, as que descreviam como eu devia ser punida pelo que havia feito, que descreviam em lindos detalhes como eu iria gritar quando a minha garganta fosse cortada/minha cara fosse retalhada/meu corpo violado — cartas que não deviam sequer ter sido entregues a mim, mas acho também que algumas pessoas não gostavam de mim na sala de correspondência. Apenas uma carta destas já teria sido demais. Mas eu recebia uma média de oito a nove por mês. Trace Kessler mandava, religiosamente, uma por semana. Mas é preciso reconhecer que ele é o que tinha a melhor ortografia de todos.

Então, como pode perceber, os paparazzi eram a menor das minhas preocupações. Pelo menos a imprensa queria ouvir o que sairia da minha boca.

Limpei os olhos e o nariz na manga da minha blusa, agarrei minha pasta e me encaminhei para a porta.

Na minha quarta tentativa, finalmente consegui sair do hotel.

Era um dia fresco e a caminhada até a estação de trem só levou quinze minutos, mas, quando cheguei lá, meu peito arfava e minhas mãos estavam tão geladas que não acionavam o emissor automático de bilhetes quando toquei na tela. Meu pulso não voltou ao normal até que tivesse aberto a porta do meu compartimento — algo chamado cabine Premium, que soa bem mais grandioso do que realmente era. O quarto cheirava a limpador de carpete e era todo azul-marinho, mas eu gostei do pequeno esconderijo. Era extraordinariamente jeitoso, passando de sala de jantar para sala de visitas e a quarto ao simples toque de um botão, ao puxar de uma corda. Eu gostaria de ter metade dessa versatilidade.

Eu me sentei e acariciei o braço da cadeira. O enchimento estava tão mole que poderia ter se vergado a um sopro. Podia ser pior.

O trem se arrastou para fora dos limites da cidade e começou a acelerar. Olhei para fora da janela e para o sudoeste, me entortando para tentar ver o Presídio de Folsom de longe. Ouvi dizer que já não era tão ruim hoje em dia — estavam até para inaugurar uma ala para mulheres em breve. Eu adoraria ter sido transferida para um lugar como esse, um lugar com uma *história*, mas não fui elegível na época. Apenas mulheres de baixa e média periculosidade.

Pus a mão no queixo. *Se eu cometesse um crime menor agora, será que seria pra lá que eu iria?*

O trem avançava rápido. Atrás de mim, a porta do compartimento se abriu com um estrondo. Virei a cabeça bruscamente, minha mão abaixou e cerrei o punho, mas o corredor estava vazio. Aguardei um instante, com a audição aguçada. Nada. Eu me aproximei para fechar a porta, mas ela tornou a abrir. *Droga*. O trinco estava quebrado. Empurrei até fechá-la e tentei recolocar o trinco no lugar.

Alguém bateu à porta. Eu congelei.

— Alô? — Uma voz masculina, com a melodia da indústria hospitaleira. É o camareiro, seria minha aposta.

— Sim? — respondi, escorando a perna atrás de mim para conter a porta.

Houve uma pausa.

— Eu estava pensando se gostaria...

— Não.

— Mas...

— Estou bem, obrigada.

Outra pausa.

— Bem, me avise se precisar de alguma coisa.

Nem pensar.

— Pode deixar!

Encostei o ouvido na porta até ter certeza de que ele tinha ido embora. Então, puxei as mangas do casaco por cima das minhas mãos e esfreguei a maçaneta o melhor que pude.

Olhei feio para a porta antes de voltar para o assento que estava virado para a frente do trem. Seriam mais umas dezoito horas até Omaha, mas, não importa o quanto estivesse cansada, eu não poderia cair no sono, não enquanto estava tão exposta. Eu me estiquei para pegar o único livro que tinha comigo — uma Bíblia que havia perversamente roubado da mesinha de cabeceira do hotel. Mas mudei de ideia e me recostei. O Velho Testamento era familiar demais; o Novo Testamento me deprimia.

Então, as únicas coisas que sobraram para fazer eram me abanar e cruzar e descruzar as pernas enquanto atravessávamos as montanhas. Fizemos uma breve parada em Reno antes de entrar na planície desolada do norte de Nevada. A cada quilômetro, a pradaria apresentava um pouco de vegetação e de pequenos morros, até que estes foram reduzidos a pouco mais do que poeira e tufos e à silhueta distante de terrenos mais instigantes.

A dama desaparece

NOTÍCIAS SOBRE CELEBRIDADES
2 de novembro de 2013 às 15:05
pela Equipe do *US Weekly*

Desde que a célebre Janie Jenkins, acusada de assassinato, foi libertada, uma pergunta está presente na cabeça de todos: onde diabos se meteu? Possíveis reconhecimentos e dicas têm sido postados em sites de fofocas e as emissoras de TV a cabo têm relatado desdobramentos praticamente minuto a minuto. Mas as notícias são tão evasivas quanto a própria Jenkins.

Especulações recentes foram centradas em Lanai, a exclusiva ilha havaiana, já que várias fontes próximas ao caso sugeriram que Jenkins teria viajado para a vila particular que sua falecida mãe tinha por lá. Mas, apesar de legiões de paparazzi terem desembarcado na ilha distante, ninguém foi capaz de flagrar nenhuma aparição dela.

Ainda não, pelo menos.

Jenkins, agora com 26 anos, foi condenada em 2003 pelo brutal assassinato de sua mãe, Marion Elsinger (nascida Jenkins), a enigmática ex-mulher de alguns proeminentes homens de negócios da Europa, sendo o mais recente Jakob Elsinger, de Zurique.

Elsinger foi encontrada na manhã de 15 de julho de 2003, quando a polícia foi chamada à casa dela por Janie, que, segundo a telefonista, teria relatado o crime com uma calma assustadora. Quando os policiais chegaram ao local, ficaram chocados, não apenas com o estado do corpo de Elsinger, mas também com o que pareceu uma tentativa descarada, da parte de Janie, de destruir evidências-chave para a perícia.

Apesar de ter ficado claro que houve imperícia por parte do Laboratório da Perícia de Los Angeles, na manipulação da prova de DNA no caso de Jenkins, parece que a maioria dos americanos ainda acredita que ela é culpada. Enquanto alguns se resguardaram contra a vigilância, outros, como Trace Kessler, do blog criminal "Sem Vestígios", a assumiram. Kessler tem sido particularmente proativo em sua perseguição a Jenkins, a ponto de oferecer uma recompensa a qualquer um que forneça informações que possam determinar sua localização.

No fim das contas, qualquer que seja a informação ou a desinformação, uma coisa é certa: culpada ou não, aonde quer que Janie Jenkins resolva ir, ela enfrentará um caminho de muitos obstáculos.

CAPÍTULO QUATRO

Quando acordei, na noite de domingo, já estava escuro e havia um cheiro adocicado no ar, então levei um tempão para me lembrar de onde estava — também estava escuro e também havia um cheiro adocicado no ar quando eu a encontrei. Mas essa escuridão era diferente, de um escuro persistente, não como a penumbra de cortinas de veludo. E o cheiro não era de sangue coagulado, mas de laranjas. Desinfetante de laranja.

Lysol, identifiquei. Eu estava no banheiro.

De novo.

Pressionei a base de minhas mãos contra as minhas têmporas e espremi meu cérebro para acordá-lo.

Lembrei então. Eu comecei a cabecear cedo na tarde de domingo — algum lugar perto de Denver —, mas aquela porta idiota continuava se abrindo a cada tranco, me despertando, deixando entrar a conversa de quem passava, me alertando constantemente para a fragilidade da minha defesa. Tentei me manter acordada, duelando com a ideia de que a exaustão deve ser bem parecida com a morte, mas mesmo isso não foi suficiente. Fazia três dias que não dormia.

Finalmente, de maneira delirante, eu desisti e me tranquei no banheiro.

O resto de mim entrava em funcionamento, meus sentidos acionados um a um. Primeiro, identifiquei que não estava febril e, depois, que tinha dezessete nós na minha lombar. Depois, um conjunto de linhas turvas: do vaso sanitário, do chuveiro, do ralo no chão, do telefone futurista maluco que Noah me dera. Ele estava vibrando.

Meu último telefone tinha sido um Nokia de um verde esquisito, com a tela do tamanho de um selo postal. Este era fino e branco e nem tinha um teclado. Nem parecia um telefone — mas eu não precisava dele para conversar. Precisava dele apenas para ficar de olho em Trace Kessler.

Parei em seu último post.

> Vamos simplesmente deixar que ela escape com isso? Ela nunca responderá por suas ações? Não. Nós NÃO deixaremos. Isso não vai ficar assim. Há uma ASSASSINA à solta. Está na hora daqueles que acreditam em justiça acharem Janie Jenkins.

Enfiei o telefone no bolso traseiro. *Deus*, qual era o problema dele?

Procurei pela maçaneta e abri caminho para o compartimento — e engoli um palavrão. Eu não estava sozinha: o camareiro que eu havia evitado na noite anterior, um homem mais velho, com o cabelo grisalho bem claro e um rosto que pertencia a uma embalagem de Aveia Quaker, estava baixando a cama. As cobertas estavam bem esticadas, e ele acabara de colocar um bombom de chocolate no travesseiro. Ele estava ali havia algum tempo.

Ele levantou o olhar.

— Desculpe por perturbá-la, senhora — ele falou, com vestígios de insegurança visíveis nos cantos do que seria um sorriso fotogênico. — Eu não vi que estava na cabine.

Recolhi o azedume da minha cara e lancei mão de minha desenvoltura social.

— Você, também — disse sem pensar.

Voltei atrás.

— Quer dizer — prossegui —, não percebi que você estava aqui, também. É claro. Então... — Peguei meus óculos e os pus sobre o nariz para manter as mãos ocupadas.

Neste momento, o trem alcançou uma ponte e desacelerou. Fui até a porta do compartimento, sabendo o que vinha a seguir, mas demorei demais. Quando o trem acelerou novamente, a porta escancarou sozinha. Olhei em volta. No corredor, passaram duas mulheres com os cabelos de mãe-de-quatro-crianças.

— Eu li que a Janie Jenkins, ao que parece, desapareceu — disse uma delas em voz alta.

Engoli o ar de forma ruidosa e grotesca. Os olhos do camareiro se fixaram nos meus. E, aí, se passaram pelo menos vinte segundos nos quais fiquei imaginando se daria muito na cara se eu me fechasse novamente no banheiro.

Decidi tentar atrair a atenção do camareiro para a janela, desviando seu olhar do meu rosto.

— A paisagem aqui é muito bonita, você não acha?

Ele franziu a cara.

(— Mas ela não estava no Havaí? — gritou a outra mulher.)

— E esse tempo? — perguntei.

(— Ouvi que ela estava a caminho de Chicago.

— Como assim? Você quer dizer indo para o mesmo lugar *que nós*?

— Ah, meu Deus, Mary, e se ela estiver no nosso trem?)

O camareiro começou a parecer nervoso, mexendo nos apetrechos que estavam equilibrados na ponta do pequeno lavatório, na parede do compartimento próxima da cama. Xampu. Condicionador. Sabonete líquido. Loção facial. Miniatura de sabonete.

— E como estão indo os Bears? — tentei.

Do corredor, veio um som gutural de desaprovação e, aí, se ouviu a primeira mulher falar novamente:

— Se eu visse a Janie Jenkins, cuspiria na cara dela.

A segunda mulher não hesitou:

— Eu sairia correndo.

Esfreguei minha testa. O camareiro não parava de acertar as miniaturas. As mãos dele... estavam trêmulas? Será que ele tinha me reconhecido? Não, claro que não. Este era um homem que via centenas de pessoas diariamente. Ele não teria me dado maior atenção do que um verdureiro daria a uma alface, certo? Mesmo que fosse uma alface que estivera se escondendo no banheiro, tivesse tagarelado como alguém que saiu de um hospício e estivesse indo para uma cidade para onde suspeitavam que também estivesse indo uma célebre e suspeita assassina...

Fiz menção de dar o menor passo possível na direção do camareiro e ele se encolheu, deixando toda a coleção de miniaturas cair no chão.

— Que merda — falei.

O olhar dele se desviou para o corredor e de volta.

— Eu devia realmente...

Eu gostaria de dizer que o que fiz a seguir foi uma decisão consciente, mas, na verdade, estava fora do meu controle. O elástico do meu verdadeiro caráter voltava veloz para seu lugar de origem.

Eu me movi para a frente, dando a volta no camareiro para fechar a porta. Desta vez, milagrosamente, o trinco se fechou. *Tudo se* encaixou.

O camareiro tentou sair de fininho, e eu não deixei.

— Antes que se vá — disse —, tenho uma pergunta.

Ele engoliu em seco.

— Sim, senhora.

Eu dei mais um passo na direção dele e passei o dedo no seu broche identificador. — Sr. Shelton, não é?

— Sim.

— Bem, eu estava imaginando se você teria por acaso um primeiro nome.

Sua respiração suspensa, presa.

Quase que por reflexo, minha mão direita se esgueirou para dentro da mochila.

— É claro que eu não acho que seria muito difícil de me seguir, ainda mais com manifestos de passageiros e tudo o mais. Na verdade, acho que hoje em dia é tudo on-line. Nomes, números... endereços. — Achei as tesouras afiadas, enrolei meus dedos em volta do cabo. — Privacidade não é mais como antes, não é?

— Não vou dizer nada — ele cochichou.

Eu sorri.

— Dizer nada sobre o quê?

Ele sacudiu a cabeça, vencido.

Eu deixei as tesouras caírem de volta no fundo da mochila.

— Resposta certa — falei. Dei um passo atrás e abri a porta. — Não vá esquecer.

Ele saiu voando, sem olhar para trás, abençoado seja.

Meu olhar voltou para as miniaturas e eu me vi no espelho. Sem surpresa, percebi que o meu sorriso não tinha calor. Era forçado e terrível, uma caricatura carnavalesca.

Será que era assim que uma assassina sorria?
Relaxei minhas bochechas, pálpebras e maxilar, até que a minha cara parecesse mais amigável.
Deus, isso é ainda pior.
Rosnei e me abaixei para recolher as garrafinhas do chão. Não havia motivo para deixar um xampu e um condicionador perfeitamente aceitáveis para trás.

Ninguém que conhecesse Janie Jenkins teria acreditado que ela pudesse cometer um assassinato.

"Eu jamais adivinharia", disse Grant Collins, um dos colegas de Janie. "Quer dizer, por que ela faria isso? Ela já era famosa", ele parou. "E gostosa."

Ainsley Butler, dezoito, era uma das amigas mais próximas de Janie e uma das que mais a apoiava. "Não é verdade", ela me disse, enquanto tomava um drinque (que o garçom da Soho House não hesitou em servir). "Conheço a Janie desde que se mudou para cá", ela falou. "Quer dizer, eu sou a melhor amiga dela. Ela pegava roupas emprestadas comigo o tempo todo. Ela nunca faria nada assim."

Quando pedi a Ainsley para comentar os relatos sobre a relação turbulenta entre ela e a mãe, ela foi menos solícita. "Não sei nada sobre isso", ela falou, com os lábios bem crispados.

Quando falei com Ainsley, um pouco antes do julgamento, no entanto, seu comportamento foi bem diferente. Eu perguntei a ela se havia mudado de opinião, agora que conhecia os detalhes do crime. "Estou indignada e revoltada", ela disse. "Mas, agora? Olhando para trás? Eu não estou totalmente surpresa. E me sinto tão abençoada por ela estar enfrentando as consequências de seus atos, porque tenho cem por cento de certeza de que eu seria a próxima."

— Alexis Papadopoulos, *E o diabo sorriu:*
A história de Janie Jenkins

CAPÍTULO CINCO

Alguns minutos antes da meia-noite, o trem parou completamente diante de um robusto prédio de tijolos. Agarrei meus pertences e pus minha cabeça no corredor para dar uma espiada antes de me apressar até o espaço entre o meu vagão e o próximo. Escorei minha mala com o joelho e vesti o casaco e as luvas com dificuldade, permitindo que o ruído sincopado do trem expulsasse meus pensamentos da trilha em que tinham caído.

Eu nunca chegaria até Omaha, não agora — táticas de meter medo como as que usei só surtem efeito em espaços confinados. Assim que o pavor do camareiro passasse, ele perceberia quão vazias foram as minhas ameaças e não demoraria muito para dar um telefonema para a esposa dele, ou para a filha, ou para Trace. E eu não ia permitir, de jeito nenhum, que a primeira foto minha em dez anos fosse tirada num trem da *Amtrak*. Quer dizer, nesta luz.

Não, eu tinha que saltar deste trem *já*.

Encostei o queixo no meu peito, abri a porta e saltei, arrastando a minha mala atrás de mim. Respirei aliviada quando me assegurei de que era a única passageira a desembarcar. A cidade — McCook, era o que dizia a tabuleta — claramente não era um destino para turistas, mas, levando-se em conta a sorte que tenho, eu não ficaria especialmente surpresa em descobrir que estava sediando a Feira Estadual de Nebraska ou a Convenção dos Delegados Distritais.

Continuei andando como se soubesse para onde estava indo e consegui sair da estação e chegar à rua antes que o trem saísse. Assim que ele sumiu, parei para tomar fôlego e me localizar. Eu estava indo para o oeste, isso eu podia afirmar, mas já não dava para dizer se estava indo para perto ou para longe da cidade. McCook desafiava estes parâmetros, uma cidade de cinzas espalhadas sem uma lápide.

Continuei a andar. O ar cheirava a folhas de outono queimadas, apesar de não haver nenhuma árvore à vista, mas também não havia iluminação de rua, então quem podia dizer o que existia ou não por ali? O único ruído era o chacoalhar da minha mala, o atrito das rodas no caminho irregular e o bater ritmado de meus sapatos no concreto. Continuei olhando por cima do ombro.

Puxei a gola do casaco para espantar os arrepios.

Então *ali*, duas quadras adiante: um motel, um desses administrados por um casal, com um letreiro pintado à mão e uma caminhonete azul e enferrujada do lado. Parada do outro lado da rua, avaliei o lugar enquanto tamborilava nos lábios. Pela janela da recepção, podia ver o chão de tábua corrida e os tapetes de pele de urso, um revisteiro arrumado, quadros emoldurados de gado gordo. Uma mulher jovem estava encostada no balcão da recepção, de olhos fixos no celular em suas mãos.

Perfeito — exceto, *merda*, pela câmera de segurança no canto atrás.

Olhei para a rua e não consegui ver mais nada, nem a distância. Eu estava com frio, estava cansada e sabia que estava a ponto de ter uma crise feia, desde o momento em que meu estômago processou a última descarga líquida de adrenalina, no trem. Eu precisava de privacidade mais do que de qualquer outra coisa no momento.

Fechei meus olhos e ensaiei algumas frases. *Oi! Não fiz reserva, mas estava imaginando se você teria um quarto para esta noite. Um quarto de solteiro, por favor. Sim, sou apenas eu. Ah, o meu nome é Rebecca — Rebecca Parker. Sim, sou da Califórnia. Oh, meu Deus! Você está certa! Que observadora! O clima é tão melhor lá. Eu sei, o sol, não é mesmo? Estou surpresa que alguém tão esperta e perspicaz esteja presa atrás de um balcão de recepção, num motel, numa cidade de quem ninguém, exceto você mesma, ouviu falar ...*

Apertei o arco do meu nariz. Não. Tente novamente.

Oi! Não fiz reserva, mas estava imaginando se você teria um quarto para esta noite. Um quarto de solteiro, por favor. Sim, sou apenas eu. Ah, o meu nome é Rebecca — Rebecca Parker. Sim, sou da Califórnia. É lindo lá. Você devia visitar algum dia! E posso dizer que adorei o que você fez com o seu cabelo?

Melhor. Peguei uma touca de tricô na minha mochila, enterrei até as orelhas e entrei. Fui direto para o balcão e juntei as mãos para evitar que ficassem tremendo.

— Oi, eu...

— Bem-vinda à Pousada Country — disse a moça, levantando a cabeça, sem desgrudar os olhos do celular. — A recepção é à esquerda.

— Eu não fiz reserva, mas...

— É domingo à noite. Ninguém mais fez. — Ela largou o celular dentro da bolsa pendurada no encosto de sua cadeira. — São sessenta contos. Bem, na verdade, são cinquenta e nove e quarenta e cinco por causa dos impostos, mas eu não tenho troco.

— Você não quer saber que tipo de quarto eu estou querendo?

— É que nós só temos de um tipo. — Ela olhou para mim e franziu o rosto. — A não ser que queira o de cadeirantes.

Eu virei o rosto de lado.

— O padrão está bom.

— Beleza.

Deslizei o dinheiro para ela e escrevi um nome no livro de registro. Ela nem olhou para ele.

Ela não devia ter mais do que vinte anos, os cabelos batiam nos ombros e eram lisos e escorridos desde a raiz. Podem ter sido castanhos, podem ter sido louros, quem poderia dizer depois de tanta tinta. Estava enfeitada com uma grande quantidade de acessórios, braceletes, penas, lenços e sinos — achados da ponta de estoque da Hermès.

Seu nome, de acordo com o crachá, era Kayla.

Da cabeça aos pés, um desastre.

Mas quem era eu para falar? Eu olharia o meu visual como um esquadrão de bombas olharia para um pacote suspeito. Não haveria nenhum incidente no meu turno. Por baixo do casacão cheio de grumos, que era duas vezes o meu tamanho, eu estava usando um conjunto de camiseta e casaco coordenados e uma calça de pregas. Sapatilhas com laçarotes. Os sapatos eram pequenos demais — um lembrete para andar, sem saltitar — e as solas eram tão finas que eu podia sentir o rejunte da cerâmica no chão da entrada. Minha calcinha vinha até o umbigo.

Senti meu olhar relaxar ao ser indulgente comigo mesma, por um momento, em memória dos dias em que estava mais na moda. Me arrependi quase que de imediato. A primeira imagem que me veio à cabeça foi a última peça de moda que usei: um par de botas que roubei do armário da minha mãe, na noite em que ela morreu.

Eu costumava fazer muito isso naquela época, roubar as coisas da minha mãe. Não porque eu fosse uma psicopata ou uma sociopata ou qualquer-outro-tipo-de-pata que a acusação disse que eu era. Fazia isso porque era adolescente e — meu Deus, gente, quantas vezes vou ter que dizer isso? — isso é o que adolescentes fazem. (A não ser que você seja o tipo de pessoa que queira ser um advogado criminal, acho.)

Mas, se isso importa, eu não tinha planejado roubar aquelas botas. Eu havia planejado roubar algum dinheiro. Duas semanas antes, minha mãe tinha recolhido todos os meus cartões de crédito e de débito em retaliação a uma foto que tirei para a *W*. E, como eu decidira que precisava ficar chapada, precisava de dinheiro.

O que queria dizer que era a hora de procurar os tesouros enterrados.

Apesar de ser quase que exclusivamente atraída apenas por gente de finanças (ou talvez, por isso mesmo), minha mãe nutria uma profunda desconfiança pelos bancos e guardava suas coisas de valor — dinheiro, cartas, joias, chaves — escondidas em casa. Em garrafas vazias de vinho, nos bolsos dos casacos de pele, nas capas duras de livros que ela achou que eu jamais leria. Ela usava iscas e pistas falsas; ela escondia itens sem utilidade em lugares óbvios, para que você não procurasse os itens úteis que estavam, inevitavelmente, logo ao lado. Ela usava algo que eu apelidei de Repelente de Jane: sachês de lavanda e rosa branca, suas essências favoritas. Ela costumava espalhar coisas por toda a parte. Uma vez, eu perguntei se, por acaso, os sachês não estavam se reproduzindo e se não devíamos, talvez, chamar um exterminador de pragas antes que nossos narizes caíssem em protesto. Ela apenas me olhou com seu olhar favorito — *Jesus Cristo, Jane* — e se afastou.

A casa estava cheia de empregados naquela noite, então, eu tinha que ser cautelosa na minha busca. (Minha mãe estava fazendo um evento de caridade para alguma causa que ela fingia apoiar. Golfinhos com necessidades especiais ou crianças feias ou alguma coisa do gênero, não sei. Eu nunca fui considerada adequada para frequentar as festas dela.) Mas era bastante fácil surrupiar um dos radinhos das minions-organizadoras e ficar sabendo, desta maneira, onde ela estava — mesmo que isso significasse ficar escutando as mensagens delirantes sobre a sublime, encantadora e cheia de charme senhora Por-favor-me-chame-de-Marion Elsinger.

Assim que ouvi que ela estava provando *gougères* na cozinha, eu fui até seu closet.

Rapidamente, descobri todo tipo de coisas (um broche de rubi, um jogo de chaves, uma carta erótica do padrasto número três), mas demorou um tempo para achar um maço de notas de vinte num oco feito no salto de um calçado Tory Burch. Eu estava puxando as notas quando vi as botas aparecendo por trás de uma arara de roupas da Chloé, da coleção de primavera de 2002, digna de esquecimento. Eu nunca tinha visto aquelas botas antes, mas, ah, elas eram sedutoras, acima do joelho, em couro preto e com o bico elegante. Elas tinham a altura perfeita também: um quê de *Pretty Woman*. Eu joguei o radinho para o lado, me sentei no chão e peguei as botas. Calcei a esquerda e puxei o zíper. E ele prendeu na minha panturrilha.

— Vadia magra — resmunguei.

Eu segurei a perna contra a parede e puxei.

Um ruído veio do quarto. O martelar de saltos altos contra o piso de madeira. Minha mãe.

Eu catei o radinho e a outra bota e tudo mais que eu tinha espalhado pelo chão e comecei a pular em direção à porta de conexão com o banheiro, mas o som de vozes baixas falando com raiva me fizeram parar. Havia alguém com ela. *E quem diabos seria?* Eu me apoiei numa estante para me equilibrar e encostei o ouvido na parede.

— Não te devo nada — minha mãe dizia. Eu recuei. Eu achava que ela só usava esse tom comigo.

Quem quer que estivesse ali falou em seguida. Era um homem.

— Você acha que é muito mais esperta do que todo mundo, não é? — ele disse.

— Mais esperta que você não significa grande coisa — ela respondeu.

— Devia ter batido nessa boca há muitos anos.

Eles se afastaram da porta e suas vozes ficaram mais distantes. Eu comprimi o corpo todo contra a parede, mas, mesmo assim, não consegui ouvir mais do que alguns fragmentos da conversa que se seguiu.

— ... você acha que não...

— Foda-se...

— O que você fez...

— ... se safar com alguma coisa...
— Ninguém irá...
— ... Eu nunca...
— ... Tessa...
— ... Adeline...
— Jane.
— Olá?

Eu me assustei com Kayla olhando para mim, a testa enrugada com irritação.

Eu pisquei.

— O quê?

— Eu perguntei se precisa de mais alguma coisa — ela falou.

Eu olhei para ela.

— Não?

— Então, como eu disse, seu quarto é no segundo andar.

— Ótimo. Obrigada.

— E, de novo, as escadas são bem ali.

Eu concordei. Certo. *Certo.*

— Certo. — falei. Puxei o ar. — Acho que, então, só preciso de minhas chaves!

As suas próximas palavras foram faladas deliberadamente devagar.

— Estão na sua mão.

Eu olhei para baixo.

— Ih!

Pelo amor de Cristo. Preste atenção, Jane.

— Ei — Kayla falou de repente —, eu te conheço de algum lugar?

— Não — repeti. Mas, desta vez, não havia uma pergunta no ar.

Ela deu uma olhada.

— Você tem certeza?

Meus próprios olhos se estreitaram.

— Com certeza.

— Bem, então tá — ela disse depois de um instante. — Espero que sua estadia seja agradável ou sei lá. — Ela sacudiu a cabeça e meteu a mão na bolsa procurando o celular. O barulho das chaves me lembrou de alguma coisa — da caminhonete azul que estava na rua. Meus ombros se aprumaram. Eu sorri.

Botas e dinheiro não são as únicas coisas que sei roubar.

QUERIDA FILHA

* * *

Minhas pernas só tinham força suficiente para me levar ao meu quarto. Uma vez lá dentro, fechei e passei o trinco na porta. Verifiquei as janelas e puxei as cortinas. Tirei o telefone da tomada. Puxei a colcha de tecido floral desbotado e o cobertor térmico bege. Depois, fui ao banheiro, acendi a luz e tranquei a porta dele também, antes de entrar na banheira e puxar a cortina, esperando que o meu coração voltasse ao ritmo normal, em vez de bater descompassado contra as minhas costelas.

Tenho certeza de que existem pessoas para as quais sair da prisão é como a *Nona sinfonia* de Beethoven. Crescente, alegre, acompanhada de coro. Mas, para mim — para a maioria de nós, eu acho —, era mais como a *Quinta* de Beethoven. Estávamos ocupados demais nos surpreendendo com o tamanho e a quantidade de coisas a fazer do que apenas relaxar um pouco, como da primeira vez que você vai na mercearia e descobre que existe mais do que um tipo de farinha de trigo.

Eu me preparei para a desorientação — afinal de contas, não era a primeira vez que era solta na selva —, mas eu não tinha calculado a enorme força que isso tinha. Quer dizer, claro, eu sabia que estava sem traquejo social para lidar com as pessoas. Quem não estaria após dez anos? E, mesmo quando eu não estava na solitária, eu havia sido relegada aos níveis mais baixos da sociedade prisional, o status reservado aos moribundos, aos psicopatas, aos mendigos, e minhas conversas haviam sido limitadas, de maneira geral, à troca de poucas palavras com os guardas e conselheiros, nenhum dos quais estava interessado em conversa fiada — se é que estavam sequer interessados em conversar. Antes de Noah, meses se passavam em que eu falava menos de cem palavras ao todo, e noventa por cento delas eram sim ou não.

Mas mesmo assim, *Jesus*.

Me estiquei na banheira, tirando um pouco da tensão dos meus tornozelos. Os meus pés quase não chegavam à parede acima da torneira. Dei uns chutes, deixando os ladrilhos de rosa claro com rodamoinhos negros.

Jane esteve aqui.

Eu esfreguei as marcas com os cotovelos do meu cardigã. Meu nome ficava bem melhor escrito com sangue.

Sacudi os sapatos para fora dos pés e abracei meus joelhos contra meu peito. *Chega*. Eu tinha coisas mais importantes em que pensar. Como um carro. Eu tinha um esperando por mim em Omaha, um modelo atual de sedan bem genérico que escolhi em uns classificados eletrônicos, porque achei que os modelos mais modernos eram os que os criminosos mais distintos usariam, mas, agora, eu ia ter que improvisar e odeio improviso. É preguiçoso, o último recurso de tolos e de pessoas sem visão, e eu não queria ser nenhum dos dois.

E, ainda por cima, a não ser que eu estivesse enganada, neste caso em particular, o improviso significava roubar o caminhão da Kayla. O que significava que eu teria que me levantar muito cedo.

Tirei os óculos e limpei as lentes com a bainha do meu suéter. Deus, o que eu estava fazendo? Conduzindo uma *investigação*? Seguindo uma *pista*? Não, eu estava seguindo uma *suspeita*, uma suspeita baseada numa lembrança fragmentada de uma conversa que mal escutei.

Tessa, Adeline, Jane.

Eu falei com os policiais tudo sobre a conversa que eu havia escutado do closet da minha mãe, mas eles estavam certos de que eu estava mentindo desde o início. E não ajudou quando eles, cheios de má vontade, me permitiram escutar alguns áudios na tentativa de identificar alguma coisa — qualquer coisa — da misteriosa voz masculina e tudo o que consegui fornecer foram alguns adjetivos fracos. A voz era brusca e malvada, era tudo o que eu sabia, eu disse. O detetive da Homicídios chegou a revirar os olhos para mim quando eu disse isso a ele.

E também não ajudou muito não haver nenhuma evidência de outra pessoa ter estado no quarto dela. Também não havia indícios que minha mãe conhecesse alguém com os nomes de Tessa ou Adeline. Por um momento, eu cheguei a sentir um fiozinho de esperança quando descobri que uma das garçonetes que trabalhou na festa se chamava Adel*aide*, mas a única coisa remotamente suspeita sobre ela era um namorado que trabalhava na Abercrombie & Fitch.

Eventualmente eu comecei a duvidar de mim mesma, principalmente quando considerei como era estranho que ela tivesse um homem no quarto dela. Mesmo quando minha mãe era casada, o acesso ao quarto era proibido a todos, menos a ela. E ainda havia o fato de que a voz dela estava carregada de raiva e áspera e cheia de palavrões. Quanto mais eu pensava nisso, mais me parecia que aquelas palavras soavam como algo que *eu* teria dito.

Quanto mais tempo ficávamos sem descobrir nada de novo, mais fundo eu me enfiava no território do guerreiro solitário. Nem mesmo *Noah* achou que isso pudesse levar a alguma coisa.

E finalmente: se realmente houvesse alguma coisa a ser descoberta, será que Noah não teria descoberto?

Mas, aí, novamente, era a única coisa que eu tinha.

Assim que acharam que eu era sã o suficiente para frequentar a biblioteca da prisão, eu dei início ao processo lento e agoniado de vasculhar as prateleiras. Textos legais. Ficção popular. História europeia. Sátiras menipeias. Literatura americana antiga. Autoajuda. Li tudo que puder imaginar. E, enquanto fiz isso, eu, muito lentamente, compilei uma lista de Adelines.

Adeline, o ciclone.

Adeline, o parasita sanguíneo.

Adeline, o selo de discos.

Por um tempo as coisas não estiveram bem e as pessoas responsáveis pela administração do meu Seroquel certamente sabiam disso. Mas, aí, eu achei Adeline, em Illinois, uma cidadezinha diminuta que ficava equidistante de Madison, Chicago e Cedar Rapids, não muito distante do lugar em que John Deere fabricou seu primeiro arado de aço. Estar assim tão animada com a descoberta era um sinal do quanto eu estava desesperada, porque, até onde eu sabia, minha mãe nunca tinha posto o seu pé manicurado em nenhum lugar na área entre Los Angeles e Nova York. Mas havia algumas palhas no vento que precisavam ser reunidas: Adeline era relativamente próxima a Peoria, onde um de meus padrastos, aparentemente, tinha uma fábrica; o índice pluviométrico no ano em que minha mãe morreu; e o fato de tê-la ouvido dizer uma vez a palavra 'Dubuque'.

Noah havia concordado finalmente em dar uma verificada, apesar de ter sido cauteloso em encher a minha bola. Sempre que me relatava seus progressos, ele começava com alguma coisa como: "Por favor, não esqueça que precisamos controlar nossas expectativas." Mas eu estava tão desesperada por boas novas que vi como incentivo a mera sugestão de que eu ainda tinha expectativas a serem gerenciadas. Fora de contexto, a mais tênue esperança pode crescer e seduzir.

Daí, um dia, a sua visita começou ligeiramente diferente, com uma pergunta que ele nunca fez durante o tempo todo em que nos conhecemos.

— Como vai? — ele perguntou, enquanto brincava com uma das esferográficas de que gostava.

Eu não soube como responder, por isso consultei a minha Bola 8 Mágica da Interação Social. Assumi, como de costume, o papel da filha-da-puta-fria-como-uma-pedra.

Me atirei na cadeira e acendi um cigarro.

— Divina.

— Bom.

— E agora é a minha vez de perguntar, como você tem passado?

Ele tamborilou com a caneta contra o seu bloco.

— Se quiser.

— Sem ofensa, Noah, mas tive conversas melhores na solitária.

— Não podemos todos ser Dorothy Parker.

— Fico com a Dorothy Gale.

Ele jogou a caneta na mesa.

— Não estou aqui para te entreter.

Eu puxei as minhas correntes com força.

— E ainda assim é a única coisa que você conseguiu fazer por mim até agora.

Ele umedeceu os lábios, a minha concentração vacilou. Aí, ele concordou, claramente tomando algum tipo de decisão.

— Tem uma coisa que eu preciso te contar — ele disse. — Sobre Adeline.

Minha cabeça se levantou com tanta violência que o pescoço estalou.

— É? — falei. — O quê?

Suas mãos se aproximaram das minhas. Quando o guarda no canto abriu a boca para protestar, fui para trás instintivamente, mas Noah continuou com as mãos estendidas tentando me alcançar até que estivesse segurando meus pulsos como se fossem dois gatinhos recém-nascidos. O guarda se aproximou. Noah o fez parar.

— Por favor — ele disse.

E, aí, percebi que ele tinha vindo me dizer que não tinha achado nada, que ia desistir de Adeline.

Houve um guincho que eu acho que veio da minha garganta.
As mãos de Noah seguraram as minhas.
— Jane...
Meus olhos se reviraram e, antes de se fecharem, eu vi o guarda ficando desfocado por cima do meu ombro. Fiquei imaginando o que ele achava que ia acontecer, quase sonhando. Eu tinha um metro e cinquenta e oito. Eu pesava cerca de 30 quilos. Estava *desnutrida*. Não havia nada que eu pudesse fazer, absolutamente nada.

Não, espera... havia uma coisa. Abri os olhos. Uma expressão malvada e obstinada surgiu no meu rosto.

Olhei para Noah, que abanava as mãos para todos os lados, e apertei minhas unhas roídas contra a pele macia do lado de dentro do antebraço dele, cavando devagar mas firmemente, como se estivesse tentando descascar uma laranja. Senti a pele romper e tudo ficar quente e úmido. Eu apertei, e apertei, e apertei mais ainda, até que ele finalmente começou a reagir.

No canto, o guarda estava resmungando coisas como *doida* e *piranha* enquanto chamava por reforços no rádio e, assim que eu ouvi a porta abrir, eu soltei Noah e treinei minhas feições para passar um aspecto mais aceitável, um olhar vazio — menos como uma mula, eu dizia a mim mesma, mais como uma vaca. Mas, na verdade, a quem eu estava tentando enganar? Segundos mais tarde, os guardas me tinham de pé, suspensa pelos cotovelos, e, antes que eu pudesse pensar *perdido por um, perdido por mil,* eu estava me esgoelando e chutando e cuspindo, porque eu já estava ferrada mesmo.

Eu nunca vou esquecer a expressão na cara de Noah enquanto os via me arrastarem para longe. Como Madre Teresa velando pelos pobres. Como se *ele* tivesse sido responsável por me deixar na mão.

Foi por isso que nunca falei para ele quando descobri a respeito da outra Adeline. Ele nunca teria se perdoado por não a ter achado primeiro.

Eu dobrei uma toalha sob minha cabeça e me virei de lado, tentando ignorar a maneira como os meus ossos dançavam como um pistilo no fundo da banheira.

Estava tarde e era domingo, mas eu sabia que Noah ainda estaria trabalhando, à pouca luz, mapeando a estratégia para qualquer caso perdido que tivessem largado em sua mesa. Eu podia imaginar como era o seu escritório: atulhado e bagunçado e cheirando a comida chinesa — apesar de eu nunca ter visto ele comendo, então, como podia saber? O que é que eu realmente sabia sobre ele? Não significa muito dizer que uma pessoa é tudo na sua vida quando esse tudo consiste em uma hora a cada quinze dias.

Quando finalmente adormeci, eu estava imaginando se ele ainda teria as minhas marcas nos seus braços.

Kayla @kaylaplayah
Bom dia Nebraska!!!
11:12 — 3 Nov 2013

Kayla @kaylaplayah
"Se você acredita em si mesma tudo é possível." <3 <3 <3
16:19 — 3 Nov 2013

Kayla @kaylaplayah
Cemitério no turno da noite argh
22:34 — 3 Nov 2013

Kayla @kaylaplayah
RT @ MileyCyrus Space balllllllllz.
22:35 — 3 Nov 2013

Kayla @kaylaplayah
Aí pessoal uma garota megaesquisita acaba de entrar e acho que ela é a mulher do saco preto lol
00:42 — 4 Nov 2013

Kayla @kaylaplayah
Quem quer panquecas
05:03 — 4 Nov 2013

Kayla @kaylaplayah
ALGUÉM ROUBOU MEU CARRO PQP
09:38 — 4 Nov 2013

CAPÍTULO SEIS

O amanhecer é uma coisa tão brusca nas pradarias, um fio de uma navalha de luz fria que corta tudo no horizonte, atravessando a terra vazia e entrando direto nos meus malditos olhos. Sua força luminosa dói como uma ressaca.

Estranho, mas eu gostaria de *estar* de ressaca. Porque, quando você está concentrado, pensando no quanto está se sentindo mal, você esquece por um instante quão mau você é. Porque a dor pode ser seu próprio remédio. Porque vomitar é um meio supereficiente de continuar magra. Se eu estivesse de ressaca, talvez não precisasse me apegar ao meu desconforto, apoiando um tipo de ansiedade com outra.

Já passava das oito na manhã de segunda. Horas e mais horas pela frente, embora, em linha reta, meu destino esteja a uns quinhentos quilômetros ao norte de McCook, desde que vi o tamanho do tanque de gasolina da caminhonete, decidi ficar nas autoestradas e estradas o maior tempo possível, e cada uma delas, desde a 83 até a 80 e depois da 61 até a 4, seria um pouco pior e um pouco mais lenta que a anterior. Ainda por cima, perdi tempo ao parar numa lavanderia, que ficava aberta vinte e quatro horas, nos subúrbios de North Platte, para trocar as placas da caminhonete da Kayla pelas de um caminhão parecido que estava no estacionamento.

(Graças a Deus, tenho meu canivete suíço. Ferramentas multifuncionais são como insultos, moças — vocês devem, sempre, ter uma à mão.)

O capinzal se dobrava à brisa. Minhas mãos seguraram o volante com mais força. E senti como se estivesse entrando num grande oceano verde, no início de uma tempestade de verão, e a água estivesse ficando mais funda e as correntes estivessem me levando a lugares aonde eu não queria ir, e a qualquer momento os vagalhões começariam a arrebentar...

Jesus Cristo. Eu juro que, algumas vezes, abro a boca e sai uma pérola digna de revista de literatura do ensino médio. O fato é que estou com medo.

Oito horas depois, a uns trinta e dois quilômetros de Chadron — logo depois da fronteira com a Dakota do Sul e se aproximando de Black Hills, numa estrada sem nome, que não parecia ter sido recapeada desde a administração de Eisenhower —, a luz de aviso do painel do carro se acendeu.

Olhei para fora da janela, e, depois, para o mapa no assento do passageiro. *Merda*. Estava literalmente no meio do nada e nem mesmo a banalidade da vida de prisioneira me convencera a fazer um curso básico de mecânica de automóvel. Se o motor morrer agora, estou ferrada.

Empurrei minha franja sebosa para o lado e tentei me controlar. Eu sabia por experiência própria que, se não tomasse cuidado, o meu pânico me reduziria a ponto de não ser mais eu mesma, até que me tornasse nada mais do que um saco de tripas reviradas. No momento em que encontrei o corpo de minha mãe, meus circuitos foram todos redirecionados e, hoje em dia, o risco de queda por sobrecarga é sempre iminente.

Bambu, falei para mim mesma. *Sou um bambu e os problemas passam por mim como o vento.*

Não. Nada.

Minha visão começou a escurecer pelos cantos.

Certo, vamos tentar um pouco daquela respiração tibetana.

Nada.

Minha visão começou a escurecer bem no meio.

— Ah, que merda...

Pisei nos freios no instante em que a roda da frente saiu da estrada, levantando uma nuvem de poeira e cascalho, mas eu sabia que isso não seria o bastante. Eu me lembrava vagamente do dia em que não faltei à instrução de motoristas...

Virei o volante para a esquerda.

O caminhão derrapou. Eu não podia virar no meio da derrapagem. Então, segurei o volante com força, fechei bem os olhos e resguardei o meu estômago. O caminhão rodopiou num círculo; segurei na primeira, e na segunda, e, aí, as rodas traseiras pegaram no cascalho do outro lado da estrada.

O caminhão arfou e estremeceu até parar.

Eu me sentei ali por um instante, totalmente imóvel. Religuei o carro. O motor *parecia* estar direito.

Tirei as chaves, puxei a alavanca que solta o capô e desci da caminhonete, me segurando na porta para apoiar minhas pernas, que estavam moles que nem gelatina. Quando consegui me aprumar, dei a volta para dar uma olhada nas... entranhas da caminhonete? Enfim, naquelas coisas embaixo do capô. O motor cheirava a café queimado e parecia... engenhoso.

Encostei-me no para-choque e peguei meu celular. Sem serviço. Relutantemente, avaliei o entorno, achando nada mais do que postes e arame farpado. Olhei na direção de Chadron, e na direção de Hot Springs. Meia hora em qualquer direção — desde que o motor aguente.

Um crepitar de cascalho e o lamento do motor.

Alguma coisa amarga subiu pela minha garganta, como se eu tivesse tomado um gole de leite quando esperava um suco de laranja.

Olhei em volta do capô levantado. Um carro surgia atrás do meu.

Não, apaga isso — um *carro de polícia* surgia atrás do meu. Podia não estar pintado, mas eu tinha certeza. Dez anos de prisão tinham me dado um infalível faro para o fedor autoritário.

Acertei os óculos e fiz a melhor cara de estes-não-são-os-androides--que-estão-esperando.

Havia dois homens no carro e, mesmo pelo para-brisa, eu podia ver que eles gesticulavam muito no meio de uma discussão séria que caracterizava um assunto importante. Baixei o capô e me dirigi para a porta do carro. E a abri.

Os homens saltaram, e não sabia se ficava aliviada ou apreensiva pelo fato de não estarem de uniforme. Ou estavam de folga ou eram detetives — se é que existiam detetives na Dakota do Sul.

Olhei primeiro para o motorista. Ele era alto, do tipo magro e sem pressa, escuro o suficiente para Hollywood facilmente o escalar como elenco para oitenta tipos étnicos diferentes. Cabelo desalinhado, vestido em jeans desbotados e uma camiseta do Jethro Tull. Óculos escuros espelhados de aviador, o que significava que ele assistia à TV demais, ou não assistia à TV. O que conseguia ver abaixo daqueles óculos podia até ser bonitinho, mas malcuidado, lábios rachados, cicatriz no nariz e a barba cheia de falhas, que era adorada pelos guitarristas de dezessete anos.

O outro homem era pesado e os cabelos eram louro-brancos, suas sobrancelhas protuberantes à la Cro-Magnon não harmonizavam com o nariz longo e patrício. Seus olhos estavam mais para crateras oculares do que para globos, afundados e à sombra da testa tão proeminente que este homem provavelmente nunca precisou de óculos de sol na vida. Depois de algum tempo, percebi que ele apontava na minha direção.

Relaxei no assento do motorista e enfiei a chave na ignição. Eu não poderia fugir, mas talvez eu pudesse convencê-los a irem embora. E, assim que saíssem, eu dirigiria na direção oposta.

Olhei para o espelho retrovisor. O Magrelo murmurava alguma coisa que não consegui entender. O Sombrio jogou as mãos para cima antes de sair atrás dele e se encostar contra a cerca. Puxou um cigarro do bolso da camisa e ficou olhando para longe. Não reparei que o Magrelo estava se aproximando até que ele estava bem ao meu lado.

Sorri, um sorriso de gentil dispensa.

— Tá morta? — ele perguntou.

Essa foi a hora em que todas as terminações nervosas de meu corpo ficaram dormentes.

Apenas dormentes.

Todo mundo me pergunta qual foi meu primeiro pensamento quando a encontrei. Mas não foi assim. Eu não pensei em nada até bem mais tarde. Eu estava confusa antes mesmo de abrir meus olhos, ainda dando voltas com a terrível mistura de uísques, comprimidos para dor e conversas enfadonhamente tolas. E, de qualquer maneira, apesar de não interessar a ninguém: quando eu entrei no quarto de minha mãe, parte de mim já sabia. Se isso resultou de ter sentido que algo estava errado, ou porque eu mesma tinha feito aquela coisa errada, bem... essa é a pergunta de 16,5 milhões de dólares.

E aí, antes de perceber o que estava fazendo, eu estava no chão com o rosto próximo do que sobrou do dela, gritando numa orelha ensanguentada, enquanto tentava reunir inutilmente, com as mãos em concha, tecido, víscera e osso. Claro que, àquela altura, não adiantou mais nada.

Essa fora a última vez que a vi. Se ao menos eles tivessem me deixado ir ao necrotério — os pontos limpos do patologista teriam sido um alívio bem-vindo —, mas não me permitiram tal privilégio, tal como foi. Por isso, minhas retinas estão para sempre gravadas com a imagem de uma estranha, uma mulher cuja beleza cuidada tinha sido respingada pelo quarto todo. Não chegava a ser um corpo — era um salpico.

Eu gostaria de ter sido capaz de desviar o olhar, mas, àquela altura, a visão era o melhor dos meus sentidos, um abraço e um drinque comparados ao lamaçal, ao silêncio. Fiquei mesmerizada com todas aquelas partes dela que ela tentara manter longe dos olhares dos outros: uma mancha bege de sol no seu colo, uma veiazinha púrpura parecendo um bezerro. Eu não sabia que a linha dos lábios era maquiagem permanente ou que faltavam cílios no meio de sua pálpebra esquerda. Um de seus implantes tinha despencado, perfurado por uma bala. Por um segundo, eu pude ver como ela era, quando eu era pequena, antes das cirurgias e próteses e cremes noturnos feitos de esperma de macaco.

Ela nunca tinha sido tão querida para mim quanto naquele momento. Então eu vi o que ela havia escrito no chão:

JANE

Foi então que finalmente eu tive meu primeiro pensamento consciente: *Não posso deixar ninguém ver isso.*

(E não deixei.)

Não importa quanto os meus otimistas terapeutas e assistentes sociais tenham tentado me dizer, aquela manhã não será algo que eu possa "superar", "processar" ou com que eu possa "conviver". Uma pessoa não pode tropeçar na própria mãe assassinada e esperar que vá ficar bem no dia seguinte, ou no ano seguinte, ou mesmo uma década depois. Não mesmo. Que sorte a minha, terei que carregar esta experiência em particular para o resto da vida. É como aquele hóspede que deixa a roupa íntima suja no seu banheiro e abre latas de atum na sua cozinha — ou pior ainda, ao contrário — e que não vai embora não importa o quanto você peça, com educação, para que se retire.

Mas não estou mentindo quando digo que isso está melhor do que costumava ser e que, agora, é mais uma dissonância cognitiva continuada do que um terror paralisante. Algo com o que estou tão acostumada, que sou quase capaz de esquecer que está ali... a menos que pense nisso por engano. Aí, é impossível pensar em qualquer outra coisa. Como: piscar, respirar, sentir a língua dentro da boca. Mas, em vez de ser a sua língua, são seus dedos, e, em vez de ser sua boca, é o sangue de sua mãe.

O policial me encarava de perto. Ele me segurava por um dos ombros e me sacudia.

— Ei, moça, você está aí?

Eu recuei, como a cobra que sou, e armei o bote, mas meus sentidos voltaram bem a tempo. Eu recuei, quase me empalando com a alavanca de marcha no processo. Uma lembrança inconveniente sobre a última vez que fiz sexo veio à tona.

Eu me mexi, muito consciente.

— Me desculpe. Eu estava pensando em outra coisa.

Minhas palavras eram enroladas, desajeitadas, exatamente como o resto de mim. Eu corri a língua sobre meus dentes mais afiados para despertá-la.

O policial tirou os óculos e se colocou bem diante da porta aberta. Seus olhos eram da cor de piche molhado.

— Sua caminhonete — ele falou. — Eu perguntei se sua caminhonete está morta.

— É só um alarme falso. Veja. — Virei a chave na ignição e rezei para que o grunhido do motor fosse suficientemente convincente.

Ele se abaixou, olhou o painel e viu a luz de alerta.

— É um longo caminho até um mecânico — ele disse. — Abre o capô, deixa eu dar uma olhada.

— Ah, não, de verdade, não precisa...

Ele andou até a frente do carro. Meu pé pisou com força por duas vezes no acelerador para liberar combustível. Então, desliguei o carro e fui me juntar a ele. Ele estava mexendo com uma coisa que tirou da sua espécie de cinto, como se soubesse o que estava fazendo. Suas mãos pareciam seguras, seus braços pareciam fortes.

De repente, senti o vento cortante. Enrolei-me no meu casaco.

Ele levantou os olhos e me viu tremer.

— Você não é destas bandas, né?

Eu apontei meu queixo para a paisagem desolada.

— Ninguém é destas bandas.

Para com isso, Jane. Não é hora de mostrar personalidade.

Ele sacudiu a cabeça e voltou sua atenção para o motor. Indulgentemente, me permiti uma fantasia: o capô despencando na parte de trás de sua cabeça.

— Está ferrado? — perguntei.

Ele baixou o capô.

— Não dá para saber... preciso verificar mais uma coisa.

Ele acabara de dar a volta na frente do carro quando outra lufada de vento nos trouxe um cheiro muito ruim. Olhei logo para o Sombrio: ele estava encostado na cerca e não estava fumando um cigarro, estava fumando um baseado.

— Que tipo de policiais são vocês? — perguntei ao Magrelo, não escondendo uma reação de repulsa à própria palavra.

Ele imediatamente deu um passo para trás e uma das mãos foi para o lugar onde o coldre deveria estar.

Meu corpo adotou sua própria postura defensiva, as unhas prontas.

— Vocês são, *obviamente*, policiais — eu disse. Mas será que eram? Não tinham distintivos. Nem sirenes. Nenhuma arma à vista. Apenas um Crown Victoria que podia ter sido pego em qualquer lugar.

Olhei de relance outra vez para o Sombrio. Ele se coçava, calmamente, parecendo notadamente mais relaxado. Ele tinha um daqueles corpos de pernas compridas em que noventa e cinco por cento da massa corporal está concentrada na barriga. Ela ficava pendurada como um balão de água por sobre o cinto. Fiquei olhando e imaginando como seria se fosse aberta.

Tirei conclusões erradas, eu sei. Ele não era policial.

Mas o Magrelo... Ele era outra história. Estava encostado contra a caminhonete com um tipo de indiferença estudada que você aprende a reconhecer uma vez que passe algum tempo numa sala de interrogatório. Eu disse para mim mesma para andar com cuidado, mas meu queixo ainda queria bater no homem.

— Então, para onde está indo? — ele perguntou.

Adotei uma cara de paisagem para esconder temporariamente minha incapacidade de identificar que estados sem valor ficavam onde.

— Montana.

Eu percebi que disse besteira um pouco tarde demais.

— Você sabe que tem uma autoestrada que te leva lá.

— Eu prefiro as que têm paisagem.

Sua expressão era claramente cética. Por que ele estava perguntando? O que importava? O que diabos havia de errado com ele? O que diabos havia de errado *comigo*?

Cheguei perigosamente perto para cheirar a minha axila.

— Então, que tipo de negócio você tem em Montana? — ele perguntou.

— Que tipo de negócio você tem por *aqui*?

Outra coisa estúpida de ser dizer. Ele cruzou os braços me encarando.

— Vamos lá, cara, estamos atrasados! — Sombrio gritou, cortando o que eu percebi ser um silêncio prolongado. Desviei o olhar do Magrelo. E tive que me segurar para não desenhar um círculo com a ponta do pé.

— Leo! Olha a hora!

— Meu Deus, Walt, já vou. — E, com um grunhido de chateação, Magrelo foi até a lateral da caminhonete e abriu a tampa do tanque. Olhou para mim de novo. — Aí está — ele disse.

— O quê?

— Da próxima vez que você encher o tanque, talvez queira colocar a tampa do tanque de volta. — Ele mostrou, com ostentação, como rosquear a tampa do tanque até fazer um clique e fechar a tampinha de acesso.

Cerrei os dentes para evitar sair dizendo que não era culpa minha, que não era tão estúpida. *Droga da Kayla.*

— Obrigada — consegui dizer. Não sorri, nem cumprimentei, apesar de saber que isso seria exatamente o esperado... Mas, aí, percebi que ele também não esticou a mão para me cumprimentar.

— Bem — ele finalmente falou —, imagino que esta é a hora em que devo lhe desejar um bom dia.

— É um pouco tarde para isso — respondi, mais alto do que gostaria.

Terceiro strike. O brilho especulativo do seu olhar se cristalizou, com desconfiança. Assim que ele se virou para se afastar, eu subi de volta na cabine e tranquei a porta atrás de mim. Liguei o carro e, é claro, a luz de alerta disparou.

Segundos depois, o policial e seu amigo partiram, o carro deles deixando para trás uma nuvem gigante de poeira. Quando ela, finalmente, se dissipou, eles tinham desaparecido, deixando a sensação de que eu acabara de ser vítima de algum tipo de miragem das pradarias desertas.

Mais tarde, é claro, foi o que desejei.

Jane Jenkins
Centro Feminino de Santa Bonita
24 de abril de 2004

Querida Jane,

Eu quase que não te escrevi esta semana. Parte de mim se preocupa com que estas cartas sejam presentes, vislumbres da vida exterior, até mesmo algum tipo de companhia. E você, é claro, não merece nada disso.

Eles permitem que leia cartas na solitária? Ouvi dizer que era lá que você estava. Você vive se metendo em encrenca aonde quer que vá, não é?

Eu ainda achava que você merecia pena de morte, mas imagino que a solitária é uma solução aceitável. Ouvi falar que as alucinações podem começar quando se está nela há 72 horas. É verdade, Jane?

O que você vê quando alucina? Você vê sua mãe? Ela fala com você? Ela lhe diz o que realmente pensa de você?

Você me vê?

Eu vejo você, Jane. Eu te vejo no chão, tão quebrada, ensanguentada e humilhada quanto a sua mãe. Eu vejo seu sangue escorrer entre meus dedos.

Mas isso não é uma alucinação, é um sonho.

Trace

CAPÍTULO SETE

Dezoito meses atrás, num dia que não posso precisar para você porque, *alô*, eu estava numa prisão de segurança máxima onde nunca há mudanças, eu finalmente descobri o que achei que seria a "minha" Adeline — numa seção de geologia, imagina. Ali, na página 527 de uma pesquisa do século XX sobre tecnologia da metalurgia, num livro nunca emprestado, doado por um geólogo bem-intencionado, cuja filha tinha surtos caritativos, eu achei esta passagem:

Um número de minas ao sudeste de Black Hills foi abandonado no fim do século XIX quando veios maiores de ouro foram descobertos mais ao norte.[5] Nas décadas seguintes, no entanto, muitos destes locais se provaram fontes tremendamente lucrativas de estanho e foram readquiridas pelos mesmos donos que as haviam abandonado.

E havia esta nota de rodapé:

[5] Esse tipo de comportamento irrefletido e paranoico era bem comum neste período, quando os donos de minas se mudavam para novos locais ao menor sinal de melhores oportunidades. Em nenhum lugar, esse fenômeno foi mais forte do que em Ardelle e em sua cidade irmã, esquecida há muito, Adeline, dois assentamentos que nunca foram totalmente povoados simultaneamente. Seus moradores se alternavam sempre entre elas, dependendo de onde achavam que o mineral iria prosperar naquele ano. A população urbana acabou se estabelecendo de forma permanente em Ardelle depois de 1901, quando as ferrovias de Chicago, Burlington e Quincy se juntaram para construir um ramal até Ardelle, mas nunca conseguiram transpor as montanhas até Adeline.

Uma coisinha de nada! Mal chega a ser uma referência! Teria sido tão facilmente despercebida se não fosse a minha mania crescente de prestar atenção aos detalhes. Mas, na minha cabeça, a remota possibilidade de ser descoberta e ser considerada importante lhe davam crédito — o que é o conhecimento, senão um monte de coisas muito improváveis reunidas por alguma inevitabilidade?

Nos dias em que eu ainda pensava na eventualidade de sair, comecei a planejar minha visita a Ardelle. Antes de mais nada, eu sabia que precisaria de um disfarce. A parte física, como sempre, era a mais fácil. No início, eu me divertia com a fantasia de me transformar numa mulher fatal: cabelos negros em ondas grandes, saltos altos, insinuações cheias de farpas ditas com um sotaque gutural europeu. Mas eu sabia que minha compulsão por parecer gostosa — sim, e posso admitir que é uma compulsão — era uma de minhas maiores fraquezas, o que quer dizer que a gostosura seria a primeira ideia a ser abandonada.

Seguida pelo cabelo.

(Aliás, eu não acho que não consiga ouvir vocês agora: "Seu cabelo! Entendemos! Jesus!" Mas, quer saber? Se você acha mesmo isso é porque você não sabe o que é ter um cabelo que é naturalmente fantástico.)

A minha nova personagem, eu sabia, seria mais complexa. Eu não apenas teria que despistar a imprensa e qualquer um que encontrasse em Ardelle, mas eu também ia precisar ser o tipo de pessoa que pudesse fazer perguntas sem desencadear outras perguntas em resposta, o tipo de pessoa em quem excentricidades e falta de traquejo social fossem tolerados, e até esperados. Após horas pensando no assunto, cheguei à conclusão desalentadora de que eu teria que me tornar uma nerd.

Por sorte, eu tinha alguma experiência com essa espécie em particular. Nos primeiros quinze anos da minha vida, fui jogada de um tutor para outro, aprendendo todas as coisas que minha mãe achava que moças (ou crianças bastardas da baixa nobreza) deviam saber — o que, posso dizer, foram retiradas diretamente de um romance de Edith Wharton. Eu estudei etiqueta, música, mobiliário antigo, dobradura de guardanapos. Eu posso identificar um Picasso falso a mil passos, danço *gavotte*, sou adepta do garfo pequeno com dois dentes, do estilete para manteiga e da colher para molhos. Minha educação foi então completada com atenção superficial aos assuntos mais comuns, que eram ensinados, na sua maioria, por acadêmicos desgraçados ou medíocres que não queriam desistir e mudar de profissão.

Foram destas sementes que nasceu Rebecca Parker. Era um disfarce perfeito, de verdade, uma coisa que ninguém, exceto Noah, jamais esperaria de mim: esperteza.

E esperta de maneira a servir a meus propósitos particulares.

Rebecca Parker, eu decidi, diplomou-se em Velharias-sobre-a-América numa Universidade de um Estado-Plantador-de-Milho. Sua tese de graduação, "Assunto Indeterminado sobre a Corrida do Ouro: Data indeterminada do Século XIX", foi premiada pelo departamento. Seu trabalho foi publicado em impressionantes jornais dos quais nenhum leigo ouviu falar, como o *Detalhes Enfadonhos sobre as Dakotas* e *Nerds, Antissociais e sem Experiência Sexual Discutem sobre Vaqueiros*. Ela frequentemente é convidada a se apresentar em convenções organizadas por associações com "história" em seus nomes. Sua presente pesquisa inclui algumas coisas pioneiras e outras sobre os índios americanos. Pergunte a ela sobre qualquer dessas coisas e você vai se entediar a ponto de preferir fazer uma lobotomia a pedir uma atualização sobre o assunto.

(Mas eu fiz algumas jogadas ensaiadas e escrevi um ensaio curto sobre os padrões dos assentamentos do século XIX, no caso de você não ficar satisfeito.)

Então, eu fui solta, e todas as minhas incertezas se tornaram possibilidades. Eu mandei Noah rodar pela Califórnia para preparar minha nova identidade e encomendar o meu novo guarda-roupa, e, enquanto ele estava ocupado com isso, planejei a minha viagem para Ardelle, mapeando a minha rota e reservando um quarto na única pousada que tinha um site na internet. Aí, eu parei para descansar: quando liguei para fazer a reserva, falei com a proprietária doce e entusiástica, uma mulher chamada Cora Kanty.

— Você não pode vir nesta época! — ela disse quando perguntei pela disponibilidade das acomodações.

Por uns minutos, fiquei incrédula (*outras pessoas queriam visitar o lugar?*), mas me recuperei rapidamente.

— Neste caso, haveria outro hotel que você pudesse me recomendar?

— Ah, não foi isso que eu quis dizer! É que, se puder esperar até novembro, vai poder se juntar a nós em nosso festival anual: A Época da Corrida do Ouro! É muito divertido, principalmente se for uma fã de história como eu.

Analisei as possibilidades. O festival daria a cobertura perfeita. Haveria multidões nas quais se esconder, eventos para comparecer. Se houvesse uma pessoa chamada Tessa em Ardelle, eu certamente acabaria a encontrando. Eu só precisaria de uma boa razão para ser bisbilhoteira — que era onde entrava Rebecca Parker.

— Novembro, então — eu disse. — Porque você não imagina como eu sou absolutamente *fascinada* por história.

Quando cheguei na caminhonete de merda da Kayla, o sol estava se pondo e a minha imediata impressão ao chegar foi que as coisas provavelmente pareceriam bem melhores quando fosse noite escura.

Eu não tinha sido capaz de descobrir muita informação a respeito de Ardelle, então eu não sabia bem o que esperar. Eu sabia que a cidade estava classificada como um local "recenseado", e o eufemismo mais benevolente que posso imaginar para isso é: o cocô do cavalo do bandido. Eu também sabia sua renda *per capita* (US$ 35,83), a divisão étnica da população (98,6% de brancos e 1,4% de índios americanos e nativos do Alaska), idade média (47.2) e indústrias primárias (hotelaria, mineração e turismo). Mesmo assim, eu nunca teria imaginado que encontraria apenas algumas dúzias de construções espalhadas em doze quarteirões numa malha de cinco ruas.

Eu achei que me ajudou imaginar a planta da cidade como a disposição das teclas no painel do telefone, assim:

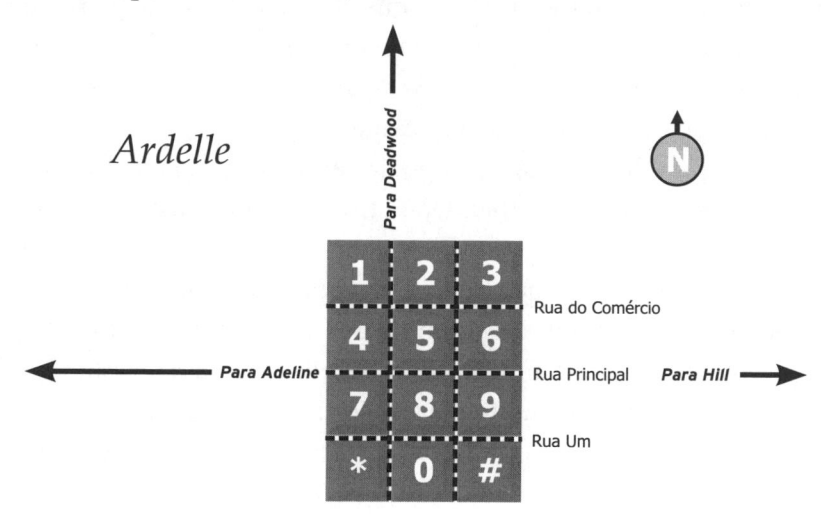

Ardelle

Para Deadwood ↑

1 2 3 — Rua do Comércio
← Para Adeline   4 5 6 — Rua Principal   Para Hill →
7 8 9 — Rua Um
* 0 #

N ↑

(Para Gasolina, disque 6.)
(Para Mantimentos, disque 2.)
(Para Prefeitura, disque 5.)

(Para falar com um de nossos operadores — bem, desculpe, você deu azar, porque alguém com esse tipo de visão vagamente comercial provavelmente deixou a cidade há muito tempo.)

A maioria das lojas pelas quais passei quando dei uma volta pela Rua Principal já tinham encerrado o expediente — se é que elas sequer se deram ao trabalho de abrir. Estacionei a caminhonete na esquina mais escura do final da Percy, logo depois da pousada. Dei uma olhada no meu reflexo no espelho retrovisor. Meus olhos estavam arregalados e tinham um anel vermelho: eu não tinha o hábito de usar lentes de contato, ou isso é o que eu disse para mim mesma.

Saltei da caminhonete, andei até a esquina e fiz a curva bem devagar. De acordo com o meu mapa, a cidade era encravada num vale profundo — a passagem oeste que ia para Adeline, eu supus — com a Rua Principal correndo pelo seu ponto mais baixo e fazendo a separação entre a autoestrada estadual e a estrada municipal. Se eu forçasse a vista, poderia ver onde a Rua Principal se estreitava numa única faixa de asfalto irregular e desaparecia abruptamente entre as árvores. A vala era suficientemente nivelada para acomodar a cidade confortavelmente, mas as encostas da montanha se erguiam tão altas em três dos lados que era impossível não pensar que o bosque estava a ponto de despencar por cima de você.

Apenas uma casa estava localizada no alto dos morros. Um retorno ao estilo romanesco. Bonitinha. Incongruente.

Olhando pela Rua Principal, eu podia ver uma lavanderia, uma loja de ferramentas e um salão de bilhar. Do outro lado da rua havia um cinema, com uma única sala de projeção, no qual estava em cartaz um filme de super-heróis que até eu sabia que tinha sido lançado na primavera do ano anterior. Algumas adolescentes estavam na frente, correndo de um lado para outro, desconsoladas. Eu caminhei até a pousada, uma casa no estilo Rainha Anne, azul-escura, com mansardas e um pórtico largo na entrada. Do lado, havia uma igreja, uma pilha de tijolos vermelhos grosseiros, sem charme, que estava bloqueando o que sobrava do sol, projetando uma sombra sobre a pousada e criando, assim, uma área de lusco-fusco prematuro e particular.

Uma lufada de vento desceu a passagem e me açoitou. A minha mão automaticamente se ergueu para manter meu cabelo fora das vistas, mas ele estava duro de suor seco. Um benefício inesperado de um dia estressante.

QUERIDA FILHA

Tremi. Estou acostumada ao clima frio, é claro, mas aqui era diferente. Nada de adornos de zibelina. Nada de palacetes. Nada de pós-esqui.

Nada de mãe.

Fechei o meu casaco empelotado e acertei meu cachecol cinza. Ele cheirava a saco plástico.

Algo murchava no meu peito. Quer dizer, sério? *Este* lugar? Que tipo de conexão poderia existir entre minha mãe e uma cidade assim? Ela era tão exigente com o que a cercava quanto com o que vestia, porque ela sabia que mesmo um diamante perfeito podia parecer horrível num engaste barato. Ela tinha considerado que *Beverly Hills* não estava à sua altura.

Eu me virei e me dirigi para a pousada. Mas ao menos uma coisa fazia sentido: se minha mãe conhecesse alguém que morasse aqui, ela jamais admitiria isso.

Ardelle, para aqueles que não tiveram o prazer de conhecê-la, está firmemente encravada em Black Hills, a quase cinquenta quilômetros do monte Rushmore, nas encostas ao leste da montanha Odakota. Como nós ardellinos sabemos, nossa estonteante cidade natal foi, no passado, um ajuntamento pouco firme de garimpeiros, fundado em 1885 pela Companhia Mineradora e de Manufatura J. Tesmond Percy, e batizada, juntamente com a cidade irmã Adeline, em homenagem às filhas gêmeas de Percy. A população cresceu em 1888, depois que Percy anunciou a descoberta de três novos veios de ouro, e, em 1890, Ardelle era uma cidade de tamanho respeitável, com uma igreja e três bares.

Quando a exploração do ouro começou a decair, a cidade enviou um contingente para o oeste, para o então abandonado assentamento de Adeline, para ver se havia algo que ainda pudesse ser salvo. Para a surpresa de todos, um rico filão foi descoberto pouco depois! Os garimpeiros se realocaram e os donos de lojas os seguiram, e, pouco depois, Ardelle só era uma cidade no nome.

É claro que, eventualmente, o ouro acabou em Adeline, também.

Mas o ritmo de vidas em Adeline e Ardelle já estava estabelecido, já que ambas as cidades eram abençoadas com prata, tungstênio, zinco e estanho. Pelos vinte anos que se seguiram, a população se mudou de um lado para outro da montanha, dependendo de quais minas estavam sendo mais lucrativas no momento. Esses deslocamentos eram tão frequentes que algumas famílias até construíram casas idênticas em cada cidade para tornar as coisas mais fáceis! No final das contas, no entanto, Ardelle, com sua maior acessibilidade, foi atraindo mais e mais a população local, e, hoje em dia, não existem mais residentes permanentes em Adeline. Mesmo assim, ninguém em Ardelle diria que ela está abandonada. Adeline, como dizem, está apenas esperando para renascer.

— Cora Kanty, *Sociedade Histórica Feminina de Ardelle Newsletter*, vol. 1, edição. 1. 10 de janeiro de 2011

CAPÍTULO OITO

Quando entrei na pousada Prospect Inn, quase mordi a língua. Aqui estava um quarto que minha mãe teria aprovado: era limpo, elegante e cheirava a dinheiro.

Limpei meus sapatos no capacho antes de atravessar o que parecia um tipo de carpete turco antigo que não aguentaria o tráfego de pés, o que significava que ele tinha sido trocado mais de seis meses antes. À minha esquerda havia um salão — e, à direita, estava a área da recepção. Ali, sentada a uma escrivaninha Hepplewhite, estava uma menina esguia, com uma brochura, a mão branca e delicada mexendo no canto da página com a calma sobrenatural que brota da certeza de que o mundo gira à sua volta. Ela não estava esperando para virar a página. Ela estava esperando com extrema confiança que a página virasse para ela.

Eu costumava conhecer esta sensação.

Quando ela levantou o olhar, a luz da lâmpada atrás dela brilhou em seu cabelo e eu fiquei, momentaneamente, incapacitada pelo efeito. Seu cabelo louro-acobreado tornara-se incandescente — como fogo grego, pensei.

Eu cocei a nuca, esperando com isso afastar a poesia da minha cabeça. Não é fácil se readaptar depois de dez anos de feiura.

— Olá — ela dizia —, em que posso lhe ajudar? — Até suas palavras eram um jogo de poder, tão dolorosamente baixo que eu tive que me aproximar para ouvi-la. Eu era como a folha em seu livro: me dobrando à sua vontade.

Segurei a minha primeira, segunda e terceira até a oitava resposta, lembrando que Rebecca Parker não deve ter gaguejado uma única palavra irônica em toda a sua enfadonha vida.

— Eu fiz uma reserva — foi o que falei. — O último nome é Parker.

Ela abriu uma pasta de cartolina e olhou seu conteúdo.

— Você chegou um dia antes.

— Acho que não consegui esperar.

— É mesmo? — Ela ajeitou a cabeça para o lado e depois para trás, como se estivesse decidindo qual a melhor pose para a foto. — Sabe, temos uma moça na cidade que podia fazer maravilhas com seu cabelo. Tenho certeza que ela consegue te encaixar enquanto estiver aqui.

— Que legal da sua parte fazer essa oferta — respondi, porque seria uma vergonha vir todo o caminho até aqui só para ir para a cadeia por estrangular uma pirralha nojenta. E se eu fosse jogada na cadeia, seria por alguma excelente razão.

— Bem, é para isso que estou aqui. Me chamo Rue, vou me certificar de que você tenha tudo de que precisar enquanto estiver conosco.

Nesse caso, você pode me dizer se conhece alguém chamada Tessa? Ou pode apenas me dizer se sabe se eu sou uma assassina? Pode responder a qualquer uma das duas perguntas?

Fui para o lado e, ostensivamente, olhei tudo à volta enquanto reunia meus pensamentos. À minha esquerda, havia uma mesa posta, com um jogo de chá de prata e uns bolinhos amarelos. À minha direita, havia uma pintura a óleo que se parecia muito com um Manet. À minha frente, estava o livro da Rue.

Seus olhos ainda estavam pregados em mim.

Hora de agir com naturalidade.

— O que está lendo? — perguntei.

Ela ergueu as sobrancelhas — que eram douradas e amplas e pareciam que nunca precisaram ser feitas na vida, que diabos —, mas me respondeu mesmo assim.

— *Jane Eyre*.

— Um dos meus favoritos — menti.

Ela sorriu.

— É claro que é.

Forcei minhas mãos a relaxarem quando tudo que eu queria era poder pegá-la pelo pescoço e arremessá-la ao chão. Você tem que dar um corte em meninas como a Rue logo de cara, se não quiser passar vergonha. Sei disso melhor do que ninguém.

QUERIDA FILHA

* * *

Na noite em que minha mãe foi morta, eu fui a uma festa na casa de uma menina chamada Ainsley Butler.

Os pais de Ainsley estavam fora da cidade naquela semana — Cabo, provavelmente; como sua filha, eles não tinham grande imaginação —, e ela prometera uma festa "épica", a que eu decidira ir apesar de saber que as únicas coisas consistentemente épicas são entediantes, falhas e poemas, sendo que estes são uma entidade à parte. Mais tarde, as pessoas diriam que eu estivera lá pelo álibi. Mas, na verdade, eu apenas não podia suportar a ideia de outra noite no clube, lotado de atrizes, modelos e meninos que não tinham vergonha de ser DJs.

Ainsley vinha do dinheiro de petróleo — mas não, tipo, o petróleo de Rockefeller. Óleo de primeira. Como um óleo estilo Louis Vuitton. Como um óleo ostentação. Então, quando a princesa Ainsley resolveu que queria ser a próxima Tori Spelling, o pai dela mudou a família toda para uma imitação de Tudor monstruosa em Bel-Air. A multidão de adolescentes desesperados ali, naquela noite, se esfregando bêbados uns nos outros na esperança de tropeçar no que, no melhor dos casos, seria um orgasmo medíocre era o complemento perfeito para a decoração.

Quando cheguei, circulei pelos limites da festa, sem chamar a atenção, até que achei o caminho para um aposento que poderia ter sido chamado de estúdio, se alguém na casa fosse capaz de um raciocínio mais elaborado. No canto ao fundo, abaixo de uma reprodução de Holbein, estava aquilo que eu estava procurando: o aparador. Eu me servi de uma dose generosa de algo caro e suave, e já estava quase na metade quando ouvi um barulho atrás de mim.

Me virei e vi um amontoado de meninas em frente ao imenso sofá do aposento. Eram novas — doze ou treze — e pequenas, ainda acanhadas, aquela fase estranha entre ser criança e adolescente. Em pouco tempo, elas estariam comprando peitos grandes e bolsas ainda maiores de coca e, em seguida, elas nem sonhariam em se sentar em círculo, a não ser que algum babaca estivesse envolvido, mas, naquela noite, elas ainda eram menininhas e, por uma fração de segundo, eu quis juntá-las num abraço de urso e levá-las para longe, para um lugar simples e direto, como, sei lá, Glendale ou Encino.

Uma gorduchinha ruiva tomou coragem e se levantou.

— Oi, Jane — disse. Sua voz era esperançosa e animada, como de uma professora pré-escolar. Sua saia não era comprida o suficiente para cobrir os joelhos gorduchos.

Eu me acomodei numa enorme cadeira e peguei um maço de cigarros na minha bolsa. Enquanto as meninas aguardavam a minha resposta, elas se juntaram na expectativa, bebês pinguins aguardando o peixe regurgitado.

— Se importam se eu fumar? — perguntei, não que me importasse. Naquela época, eu não fazia perguntas, eu juntava informação.

Elas sacudiram as cabeças vigorosamente. A ruiva meio que levantou a mão, pedindo permissão para falar.

Eu assenti, me divertindo.

Ela fez um gesto em direção ao cigarro.

— Posso...

— Não.

Ela se encolheu de volta e eu acendi o cigarro, segurando a fumaça nos pulmões até sentir a tonteira leve no fundo da cabeça que sempre acompanha a primeira baforada. A festa imediatamente se tornou mais tolerável.

— Qual o seu nome? — perguntei à menina.

— Maggie — ela respondeu. — Maggie O'Malley.

— Jesus. Seus pais são da ronda policial de Boston ou algo assim?

— Como?

— Nada. — Eu a avaliei. Uma saia que não lhe caía bem; um corpete cujo decote ela puxava a todo instante. Na linha do seu queixo, uma constelação de espinhas que ela tentara cobrir com corretivo. Seu copo de plástico vermelho não havia sido tocado. — O que está bebendo?

Ela hesitou.

— Vodca com cranberry?

Eu arranquei o copo da mão dela e dei um gole; era forte o suficiente para fazer meus lábios se curvarem em torno dos meus dentes. Eu o apoiei na mesa de canto.

— Vocês estão querendo ser agarradas ou algo assim?

— Ah? Ah, meu Deus, não. Que nojo.

— Então, não aceite bebidas misteriosas de estranhos. Se forem ser estúpidas, sejam estúpidas por escolha.

Maggie puxou o cabelo para trás e levantou o queixo, e eu imaginei, com algum horror, se ela estava pensando em me convidar para a festa de formatura do sétimo ano.

Em vez disso, ela perguntou:

— Você está realmente saindo com Tobey Maguire?

As outras meninas todas falaram ao mesmo tempo.

— De jeito algum.

E uma falou:

— Ouvi dizer que estava com Pacey...

— Aquele cara do cinema.

— Leonardo DiCaprio.

— Leo só namora modelos — disse Maggie, que me fuzilou logo em seguida. Mas eu não passei recibo. Apenas bebi meu uísque e admirei minhas botas, deixando elas especularem. Elas iriam inventar muito mais do que eu jamais seria capaz.

Eu já tinha parado de prestar atenção havia muito tempo quando percebi que um silêncio de culpa havia calado o grupo. Abri a boca para dizer alguma coisa, mas, aí, eu vi um aplique louro e glitter de corpo suficiente para cegar uma vista. Ainsley. Eu me estiquei até o aparador para uma nova dose.

A mão de Ainsley envolvia o bíceps de um cara com o olhar escorregadio de um adúltero habitual. Ela vestia um modelito tão terrivelmente horroroso que eu me recuso a descrevê-lo.

Ela ficou em pé do lado de fora da porta do estúdio, examinando as meninas e brincando com o pé no acabamento da soleira, como se fosse uma fita de isolamento. "Eu não sabia que estávamos oferecendo um baile de caridade", ela falou. E se virou para seu acompanhante com o esboço de um sorriso. (Obs.: o delineador de lábios dela tinha um tom vermelho-arroxeado que não combinava em nada com seu tom de pele.) "Me lembra outra vez: qual a obra de caridade que estamos ajudando... é a Salve as Crianças? Ou Paralímpicos?"

As meninas se retraíram, baixando seus rostos. Maggie abraçou sua bolsa, uma bolsa vintage da Kelley que já tinha visto dias melhores. Eu tive uma súbita e indesejada visão: Sra. O'Malley puxando a bolsa das entranhas de seu closet — uma expressão facial da qual já ouvi falar, mas nunca vi — e colocando-a nos braços sequiosos de Maggie, tudo pela honra de ter sido convidada para uma festa adolescente de verdade, apesar de ela ser ruiva e gorda. Elas provavelmente tiraram fotos.

Virei meu uísque, pensativa. Aí, me acomodei de volta na cadeira e acendi outro cigarro. Ao riscar o fósforo, Ainsley entrou rodopiando, seu rosnado se aplacando um pouco quando me reconheceu.

— Jane! Não pensei que você viesse.

Soltei três círculos de fumaça deliberadamente.

— Estão reprisando *Touched by an Angel*.

Ela tinha a mesma expressão que se via sempre que tentava se sentar com uma saia muito curta. Isso me fez sorrir. Ainsley estava desesperada para convencer o mundo de que éramos as melhores amigas. Ela provavelmente achou que isso seria bom para sua carreira de atriz.

— Por que você não vem aqui para fora? — ela convidou. — O pessoal ali é mais do *nosso* tipo de gente.

— Amigos seus?

— Claro...

— Não estou interessada.

Seu rosto empalideceu sob o pó bronzeador.

— Mas...

Eu dobrei o indicador chamando.

— Você. Qual o seu nome?

Ele olhou para Ainsley em pânico, porque mesmo um cachorro percebe o perigo.

— Eu não acho...

— Grant está comigo — Ainsley disse.

Eu ronronei e tornei a cruzar as minhas pernas.

— Por que não vem conosco para fora? — ela tornou a convidar, com um ligeiro choramingo e biquinho.

— Porque — respondi — eu não me interesso por idiotas, a menos que esteja fazendo sexo com eles. — E me virei para Grant, com um sorriso que não era particularmente cativante. — Então, *Grant*... o que acha?

Quando, nem sessenta segundos depois, eu deixei o estúdio com Grant me seguindo obedientemente, um sorriso de alegria e espanto se abriu no rosto de Maggie O'Malley e eu quase me esqueci de sacar o corretivo Clé de Peau do fundo da minha bolsa e jogar para ela.

— Para as sardas — disse a ela.

Mas é claro que o jogo virou. Três meses depois, cada uma das pessoas naquela sala testemunhou contra mim.

Minha boca se abriu para dizer a Rue exatamente o que eu pensava sobre ela...

— Rue? Você está aí?

Eu me virei. Uma mulher com o cabelo castanho-claro, parecida com a Rue, estava em pé no hall de entrada, mãos miúdas em luvas de couro apoiadas nos quadris. Um colar de pérolas negras e gordas aparecia por baixo do cachecol que, a não ser que eu esteja muito enganada, era de cashmere.

Então, aqui está o dinheiro. Ou pelo menos alguém próximo ao dinheiro.

Eu disse ao meu coração para se acalmar. Só porque ela era rica não queria dizer que conhecesse minha mãe.

Quando viu a Rue, a mulher jogou as mãos para o alto.

— Estive procurando por você em toda parte.

— Bem, parabéns — respondeu Rue —, você me achou.

— Achei que Shandra estivesse trabalhando hoje à noite.

— É. Eu também.

— Por que não ligou? Estávamos nos preparando para jantar, você sabe que é nosso último jantar antes de o festival começar. Estávamos esperando você.

— Se queria que eu estivesse à sua disposição, não devia ter me forçado a aceitar este emprego idiota em primeiro lugar. — A mulher mais velha apertou os lábios e levantou o indicador, mas Rue falou mais rápido. — Mas isso não importa, mãe *querida*, porque, caso não tenha reparado, temos uma hóspede.

Se eu já não estivesse observando a mulher, não teria percebido a maneira mecanicamente eficiente como alterou sua expressão, uma criança prodígio manipulando um cubo mágico.

— Ah, você deve ser a srta. Parker! Você está adiantada! — A voz dela gotejava doce, como um xarope, o que traduzi como prazer. Me lembrei de uma coisa. Essa não era Tessa. Essa era a dona da pousada.

— Sra. Kanty? — perguntei.

Ela sacudiu a mão.

— Me chame de Cora. — Seus olhos ficavam cheios de pés de galinha quando sorria; se não fosse por isso, eu teria dito que ela tinha uns vinte e tantos anos. Seu cabelo estava preso num charmoso coque, um tanto revolto, preso no alto da cabeça. O estilo devia parecer muito jovem para ela, mas complementava suas maçãs avermelhadas, que estavam assim não devido a cosméticos ou ao ar frio, mas, aparentemente, devido ao... álcool?

Ricos de segunda geração, concluí. Condicionada ao privilégio, mas ainda um pouco deslumbrada.

— ... será particularmente especial este ano — Cora estava dizendo —, e eu realmente acho que você...

— Mais alguém vem se juntar a você? — Rue perguntou.

Eu me surpreendi.

— Pode repetir?

— Você tem namorado?

— Rue, francamente — Cora disse bruscamente.

— Que foi? — perguntou Rue. — Eu só preciso saber quantos bombons eu ponho nas almofadas. Quer dizer, eu posso, provavelmente, adivinhar, mas achei melhor perguntar.

— Rue, já chega. — Cora torceu seu sorriso de volta aos lábios antes de se virar para mim. — Adolescentes — ela disse. Eu concordei, mesmo que parte de mim cuspisse e esfregasse a língua pelo fato de ter tomado partido da mãe de alguém.

Cora me segurou pelo cotovelo e me levou para o corredor, para longe da risadinha de Rue, e meu corpo ficou todo concentrado nos dez centímetros quadrados de contato entre nós. Apesar das três camadas de roupa, parecia que ela estava passando uma escova sobre uma queimadura ainda recente. Precisei de total concentração para não puxar o braço.

— Receio que não tenhamos nada planejado para o festival esta noite — Cora falou —, mas, se quiser, adoraríamos que se juntasse a nós para o jantar.

Eu prefiro transar com uma árvore de Natal.

— Eu adoraria.

Ela juntou as mãos.

— Maravilhoso! Então, por que não deixa a Rue lhe mostrar seu quarto agora, e, aí, seguimos todas juntas? — Ela se inclinou e ajeitou meu cabelo atrás de minha orelha. — E não ligue para a Rue. E daí se você está solteira? Quem sabe... você não encontra alguém por aqui?

Rue já estava a meio caminho nas escadas quando comecei a segui-la. Ela olhou para mim por cima do ombro e piscou com sagacidade.

— Você vai ficar no sótão — ela gritou alegremente —, tal qual Bertha Mason!

Interrogatório de A. Butler, Continuação
Por sr. Thompkins
Mary Ann Palmiter
Datilógrafa Juramentada

1 SRTA. BUTLER: EU NEM A CONVIDEI, PARA COMEÇAR. ELA APENAS
2 APARECEU.
3
4 SR. THOMPKINS: E COMO VOCÊ CONHECEU A RÉ?
5
6 SRTA. BUTLER: ESTUDAMOS JUNTAS NA MESMA ESCOLA. QUER DIZER,
7 QUANDO ELA SE DAVA AO TRABALHO DE APARECER.
8
9 SR. THOMPKINS: E VOCÊ A VIU NAQUELA NOITE?
10
11 SRTA. BUTLER: VI.
12
13 SR. THOMPKINS: VOCÊ PODE DIZER A QUE HORAS?
14
15 SRTA. BUTLER: DEZ OU DEZ E MEIA, ACHO.
16
17 SR. THOMPKINS: VOCÊ FALOU COM ELA?
18
19 SRTA. BUTLER: SIM, E FOI MUITO DESAGRADÁVEL. ELA ESTAVA
20 FURIOSA E AGRESSIVA E FALAVA INSULTANDO E EU TEMI
21 PELA MINHA SEGURANÇA.
22
23 SR. THOMPKINS: VOCÊ SE SURPREENDEU COM ESSE COMPORTAMENTO
DELA?
24
25 SRTA. BUTLER: NÃO. ELA ERA UMA VACA, PODE PERGUNTAR A QUALQUER
UM.

Interrogatório de M. O'Malley, Continuação
Por sr. Thompkins
Mary Ann Palmiter
Datilógrafa Juramentada

1 SR. THOMPKINS: SRTA. O'MALLEY, COMO DESCREVERIA O ESTADO MENTAL
2 DA RÉ NAQUELA NOITE DE 14 DE JULHO?
3
4 SRTA. O'MALLEY: ELA ESTAVA BEBENDO.
5
6 SR. THOMPKINS: VOCÊ PODE ESTIMAR QUANTO ELA TINHA
7 BEBIDO?
8
9 SRTA. O'MALLEY: MINHA IMPRESSÃO É QUE ELA ESTAVA MUITO BÊBADA.
10
11 SR. THOMPKINS: VOCÊ CHEGOU A VÊ-LA BEBENDO?
12
13 SRTA. O'MALLEY: SIM.
14
15 SR. THOMPKINS: QUANTOS DRINQUES?
16
17 SRTA. O'MALLEY: NA VERDADE, APENAS UM.
18
19 SR. THOMPKINS: ENTÃO, POR QUE VOCÊ DISSE QUE ELA ESTAVA
20 "MUITO BÊBADA"?
21
22 SRTA. O'MALLEY: PORQUE ELA ESTAVA MUITO ESTRANHA.
23
24 SR. THOMPKINS: DE QUE MANEIRA?
25
1 SRTA. O'MALLEY: COMO SE ELA ESTIVESSE OLHANDO FIXAMENTE PARA O
2 CHÃO E PARA A PAREDE E, AÍ, QUANDO AINSLEY APARECEU, ELA NÃO OLHOU PARA
3 ELA NEM UM POUCO.

4
5 SR. THOMPKINS: SERIA POSSÍVEL QUE A SRTA. JENKINS ESTIVESSE SOB A
6 INFLUÊNCIA DE UMA DROGA?
7
8 SRTA. O'MALLEY: EU NÃO SEI. EU ACHO QUE ELA ESTAVA APENAS...
9
10 SR. THOMPKINS: SIM, SRTA. O'MALLEY?
11
12 SRTA. O'MALLEY: NÃO, VOCÊ ESTÁ CERTO, ELA PROVAVELMENTE ESTAVA
13 DROGADA.

CAPÍTULO NOVE

Deixamos a pousada sob o cuidado da esquiva Shandra, uma petulante de uns vinte anos que chegou com raiva depois de um breve telefonema de Cora.

— Obrigada por nada — disse Shandra, mexendo no canto do olho, de onde um de seus cílios tinha se soltado. — Eu estava num encontro.

Rue sorriu ironicamente.

— Não se preocupe. O banco de trás do Chevette Corsica do Xander Pierson ainda vai estar lá quando você sair.

— Rue. — Cora segurava a porta aberta. — Se deixarmos seu pai sozinho com a comida, só teremos o bolo de café de ontem.

— Seria uma sorte e tanto — Rue falou entre os dentes ao passar por mim.

Os Kanty viviam bem no limite da cidade, na casa mais ao oeste da Rua Principal. Era outra construção vitoriana — em tons de lavanda, pelo que se podia ver à luz do pórtico — e era um cartão-postal tão bonitinho quanto a pousada, com uma cerquinha arrumadinha e sebes bem aparadas. Eu teria apostado um bom dinheiro que a simpática guirlanda outonal, feita à mão, que estava na porta da frente, custava pelo menos metade do valor da caminhonete de Kayla.

Um espantalho estava sentado no balanço da varanda, com as pernas cruzadas e os braços esticados no encosto do banco e presos no lugar, uma paródia grotesca de despreocupação.

— Rebecca?

O banco balançava para frente e para trás, a cara do espantalho entrando e saindo das sombras do seu chapelão de brim. O apogeu era quando o holofote da varanda iluminava o risco vermelho de sua boca.

— Rebecca?

Dei um pulo. *Esse é o seu nome agora, estúpida.*

Cora estava olhando para mim.

— Você está bem?

Se segura. É fácil... é um jantar em família, não um banquete de Estado. (Mas, aí, o que eu sabia de família? Eu só comia com a minha mãe se não houvesse mais ninguém para lhe fazer companhia.)

Abri um sorriso hesitante.

— Estava apenas admirando... a porta. — Olhei para a porta e cataloguei tudo que eu podia que pudesse interessar a alguém como Cora. — As ferragens — eu disse, com algum alívio — são P&F Corbin?

O rosto de Cora se iluminou.

— Sim! E originais... levei *anos* procurando. — Ela passou o braço dela no meu, com cumplicidade. — Deixa eu te contar, Rebecca, você não acreditaria no estado deste lugar quando eu comprei em...

Ela me puxou para dentro. Rue se agitava mais adiante, e Cora seguiu falando sobre a recuperação e os detalhes de época e os segredos de vários elementos decorativos, apontando a concepção dos corredores, a grade vintage do aquecedor, o papel de parede que vinha da demolição de outra mansão do século XIX. E, aí, chegamos a umas portas duplas em carvalho, para as quais Cora não precisou chamar a minha atenção. Eram lindas, com vidros pintados de rosa e verde. Um desenho floral: gavinhas de folhagem e flores de cinco pétalas. Estiquei a mão para tocá-las...

— Pessoal — disse Cora —, gostaria que conhecessem Rebecca Parker.

Eu me virei para dar de cara com Cora me apresentando como se eu fosse uma menina que ela tivesse puxado da cartola. E, aí, minha boca ficou muito seca: diante de mim eu contei sete travessas, três tipos de garfos, um presunto do tamanho de uma criança da pré-escola e quatro rostos que eu não conhecia.

Levantei a mão.

— Olá?

QUERIDA FILHA

* * *

Um dos meus tutores lá na Suíça era um desses cavalheiros clássicos que deixara seu cargo no King's College depois de ter sido pego com dois de seus estudantes em uma posição tão comprometedora que teria feito o próprio Catullus corar. Nigel não tinha o menor remorso da coisa toda, como se percebia pela tranquilidade com que me contava isso, que era a mesma com que esclarecia detalhes sobre a Grécia homérica. Sua segunda história preferida era sobre esse poeta — seu nome era Simonides — que estava se apresentando para um monte de caras ricos quando, *bum*!, o salão de jantar desmoronou e esmagou todos que estavam dentro.

Todos, exceto Simonides, que havia, por sorte, saído da sala segundos antes do acidente.

Os corpos dos convidados para o jantar estavam tão acabados que, quando vieram fazer os preparativos para os enterros, ninguém conseguia dizer quem era quem. Mas Simonides era conhecido pela sua grande inteligência e, por isso, as famílias vieram pedir sua ajuda. "Nos ajude!" — elas suplicaram. "Nos ajude a identificar nossos entes queridos, para que possamos enterrá-los junto dos nossos antepassados! Por favor, diga qualquer coisa de que possa se lembrar!" O que aconteceu em seguida, pelo que Nigel me contou, foi que Simonides fechou seus olhos, respirou fundo e começou a recitar os nomes de cada um dos convidados conforme seus lugares à mesa.

Simonides: prova de que poetas podem se sair bem em festas.

Desde então, quando confrontada com um grupo de desconhecidos — e quando eu avalio que o perigo mortal está razoavelmente alto (o que era constante em Beverly Hills) —, eu tento entrar em sintonia com o meu Simonides interior. O que quer dizer que eu olho cada pessoa nos olhos, ouço seus nomes e, aí, faço uma rima bem ruim com eles para que não me esqueça deles, nem que o teto desabe.

Respirei fundo e estudei a mesa de jantar dos Kanty. Seis pessoas olhavam para mim: Rue, Cora e outros quatro a quem serei apresentada.

Duas eram mulheres. Será que uma delas podia ser a Tessa? Não achei que fosse — elas estavam mais próximas da minha idade do que da idade da minha mãe, e eram bonitas. Minha mãe, uma eterna especialista na magia da estética relativa, preferia apenas se relacionar com pessoas menos atraentes do que ela.

Então, por onde começar?

Não, não foi uma pergunta retórica, foi um teste. Porque a resposta é sempre a mesma: você começa pela pessoa mais poderosa do ambiente. Ele ou ela será inevitavelmente aquele ou aquela a quem você terá que vencer ou arremessar para alcançar o que deseja.

Neste caso, o homem em questão foi muito fácil de escolher — ele era o simpático, mais velho, que estava sentado à cabeceira mais longe da mesa. O cabelo era grisalho e tinha o tipo de rosto que transpira inteligência, com maçãs salientes, olhos azuis pensativos e nariz sério. Ele bebericava em uma xícara de chá com a borda dourada, seu dedinho curvado graciosamente. Foi o dedinho mais do que qualquer outra coisa que me convenceu de seu status. Era um dedinho do tipo *sim-sou-um-homem-de-Dakota-que-bebe-chá-como-Lizzy-Bennet*, e daí?

Dei um passo à frente e estiquei a mão.

— Você deve ser o marido de Cora — falei.

O pessoal, como dizem, foi à loucura. Para minha decepção, minhas orelhas ficaram vermelhas.

Quando os risos rarearam, Cora, secando uma lágrima do canto do olho, disse:

— Não, querida, este é Stanton Percy.

Eu suspirei.

— Como em Avenida Percy?

Cora fez que sim e apertou meu braço de maneira a passar segurança.

— Espero que não use isso contra mim — disse Stanton, com suavidade. — Te juro que não há nenhum significado metafórico para as cavernas. — Sua voz era surpreendentemente áspera e grave para um homem tão elegante e arrumado. Era o tipo de voz que você espera de um ferreiro, não de um homem com as camisas engomadas. Eu tentei imaginá-la por trás do *drywall* e do isolante.

Você acha que é muito mais esperta do que todo mundo, não é?

Sacudi a cabeça. Não dava para dizer se ele era o homem que eu ouvira naquela noite.

— Me desculpe, sr. Percy...

— Stanton, por favor.

— Stanton — repeti.

Stanton, Stanton, um homem e tanto.

Cora pôs a mão no ombro do homem na outra cabeceira.

— E *este* é Eli... meu marido.

Eu sorri para ele. Eli tinha a estrutura embrutecida de um corredor de longa distância ou de um militar, alguém que não estava apenas em forma, mas que tinha estado em forma por tanto tempo que o corpo nem permitiria a possibilidade de alguma protuberância. Nós éramos feitos de argila úmida; ele tinha passado muito tempo no forno. E sabia disso.

Sua expressão era educada, mas não entusiástica, claramente um marido que expressaria o nível preciso de animação que sua mulher demandasse e nada mais. Embaixo da mesa, seu pé se sacudia impacientemente.

Eli, Eli, ele... é tão forte que me repele.

— Prazer — ele disse, relutante, em um tom tão baixo que era quase inaudível.

Cora apontou para uma das duas mulheres na ponta distante da mesa.

— Esta é Kelley.

A mulher que acenou em resposta era pequena e tinha os cabelos pretos e óculos muito escuros. Sua pele era de um dourado naturalmente saudável, mas estava desbotada por muitas horas gastas dentro de casa. Suas unhas eram pintadas de preto e estavam lascadas, e seu sorriso, tão amplo que eu podia ver a ponta da língua aparecendo.

— Que prazer em conhecê-la — ela disse, e, meu Deus, eu acho que ela estava sendo sincera.

Kelley, Kelley, que linda sua pele.

— E esta é Renée. — A segunda mulher tinha uma beleza de uma linda moça de fazenda, um louro teutônico, e parecia saber dirigir um trator. Seu cabelo era comprido e solto e do tipo de louro dourado que inspira similares agrícolas — parecia linho, milho ou trigo de inverno. (Pelo menos, é o que eu acho, porque não sei qual a aparência de linho, milho ou trigo de inverno.)

Ela usava jeans apertados e uma blusa de flanela de botões que apenas se afastavam um pouco na altura de seu peito. Tentei não ajeitar minhas próprias calças, que estavam largas demais nos quadris e justas demais nas coxas, de maneira que as nádegas estavam formando umas bolsas como se eu estivesse de fraldas.

Renée, Renée, ela... blá-blá-blá.
— Oi — ela falou.
Ah: *Renée, Renée, seu cabelo é tão belo quanto você.*
Todos aguardam em silêncio. Ih, merda, é a minha vez de falar...
— Obrigada a todos por me receberem. — Minha voz falhou na última palavra. Eu levei a mão à garganta. Ser simpática exigia um tom mais alto do que eu estava acostumada.
Cora pôs as mãos em mim novamente, me direcionando para a única cadeira vazia com uma firme pressão nos meus ombros.
— Fique à vontade — disse ela. Prontamente, calculei quanto eu precisaria baixar o nível para parecer à vontade sem ser mal-educada. Do outro lado da mesa, as duas mulheres se entreolharam.
Cora me serviu um copo d'água antes de se sentar do outro lado da mesa, entre Eli e Renée.
— Sabe, Kelley e Renée são as duas mulheres de negócios mais bem-sucedidas em Ardelle.
— Belo elogio — Renée murmurou.
— Kelley tem uma livraria na Percy — Cora continuou —, e Renée é dona da mais linda galeria a apenas algumas quadras. Você devia ver o que ela tem em exposição, tem esculturas, têxteis e fotos...
— Cora, como sempre, é generosa demais — Renée disse. — As coisas que comercializo estão mais para o artesanato do que para o lado das artes, se você me entende. Mas este é o meu lar e eu faço o que dá. Nós não temos exatamente uma grande demanda por cerâmica pós-minimalista, sabe?
— Pelo menos, ainda não! — Ela deu uma cutucada brincalhona. Renée pareceu muito pouco à vontade, ajeitando os punhos de sua camisa, mas, se isso era devido ao otimismo ou carinho de Cora, não dava para saber.
Eu queria ter com o que brincar também, mas quando me troquei para o jantar peguei a camisa com as mangas menos bufantes possíveis (i.e., com mangas três-quartos). Tentei acomodar as mãos no meu colo, mas achei que isso seria formal demais, então decidi apoiar minha mão esquerda na mesa, de uma maneira que esperei que parecesse negligente. Eu virei meu anel até que parecesse na posição certa.
— Eli, não.
Eu levantei os olhos. Eli estava servindo colheradas de batata no seu prato. Cora segurou a mão dele com a dela.

— Ainda não estamos todos aqui — ela disse.

— Rue! — Eli gritou. — Venha se sentar! Agora!

Suas palavras eram precisas como sua atitude, com um tom que não dava espaço para argumentação.

Devia ter batido naquela boca muitos anos atrás.

Meus olhos se estreitaram.

Eli esperou Rue se sentar antes de levantar a colher na direção de Cora.

— *Agora* eu posso?

— Não, porque *ainda* não estamos todos aqui. — Ela olhou para a mesa e franziu a cara. — Ah, caramba, e agora temos um lugar a menos. Rue, querida, você pode pegar mais uma cadeira, por favor? — Cora correu para a cozinha e voltou com uma braçada de porcelana e talheres.

— Cora — Kelley falou —, quem mais está vindo?

Cora me empurrou um pouco para a direita e Rue para a esquerda, e começou a colocar os pratos e o faqueiro entre nós duas.

— Bem...

Renée grunhiu.

— Ah, Cora, não.

Cora se endireitou.

— Olha, ele está totalmente só naquela casa aos pedaços. Só Deus sabe o que ele está comendo.

— Alguma droga do Sturgis, provavelmente. — Kelley zombou.

Stanton estalou os dedos.

— Crianças, por favor. — Todos se aquietaram. Eu movi meu salto direito para que os pés ficassem paralelos.

Stanton me olhou por cima da xícara de chá.

— Você veio para o festival, imagino.

— Eu não perderia por nada! — respondi. — Sou historiadora, sabe, e sou especializada em demografia e ramificações socioeconômicas do século XIX...

— Cora — ele cortou rapidamente, os olhos já olhando por cima —, qual é o primeiro evento mesmo?

— O Café da Manhã de Broa de Milho e Feijão — Cora disse, olhando para mim. — Usamos apenas receitas autênticas de 1880.

— Acho que essa palavra não significa o que você está pensando que significa — Renée falou.

— Autêntica? — perguntou Cora.

Renée olhou para o presunto de canto de olho.

— Receitas.

Eli se sentou em sua cadeira, olhando para algo através da janela.

— Eis que ele chegou.

Renée quase não teve tempo de armar outra cara feia antes de ele entrar. Quando eu o vi, meu estômago afundou tanto e tão rápido que tenho quase certeza de que foi parar no núcleo externo da Terra.

— E este — Cora apresentou, sem necessidade — é Leo La Plante, o irmão de Kelley e um dos melhores de Ardelle.

Eu afundei na minha cadeira. *Leo, Leo, o policial que eu havia encontrado mais cedo, hoje, quando eu não estava interpretando a historiadora virginal e, sim, a ordinária, ex-prisioneira. Ai, meu pai, estou ferrada.*

O que foi? Eles não precisam todos rimar.

— Você está atrasado — disse Renée para o Leo, como forma de cumprimento.

— Vai se ferrar também, Renée. — Leo deu um beijo em Cora antes de pegar uma latinha do engradado e deixar o resto em frente a Eli, que grunhiu prazerosamente.

Ele quase conseguiu me fazer acreditar que não tinha me visto.

— Você não vai nem pedir desculpas pelo atraso? — reclamou Renée.

Cora descobriu alguma coisa muito interessante no fundo de sua taça de vinho e Kelley esfregou os olhos, como quem queria ver algo diferente. Stanton bocejou.

— E o que você sabe sobre desculpas? — Leo perguntou.

Cora lançou um olhar suplicante para Kelley, mas ela não viu, porque estava esfregando os olhos novamente.

— Eu sei quando são esperadas, para começar. Ai! — Renée se virou, Kelley a beliscara no braço. — Isso dói!

— Cara — Kelley disse —, dá um tempo.

Renée mostrou o dedo do meio para Leo e ele retribuiu antes de se sentar na cadeira vazia que estava, claro, ao meu lado. Ele se virou para mim e sorriu. Eu odiei ter notado que ele tinha se barbeado.

— É tão bom ver uma cara nova aqui na cidade — ele falou. — Como disse que se chamava?

Avaliei a importância de conhecer os cidadãos proeminentes de Ardelle e a importância de me afastar desse cara.

Não, ele é apenas um policial, eu disse para mim mesma. *E provavelmente nem é tão bom.*

— Me chamo Rebecca — respondi.

Ele inclinou a cabeça.

— Jura? Eu não teria adivinhado.

Ou talvez ele seja um bom policial.

— Minha mãe escolheu esse nome por causa de uma personagem de seu livro favorito — falei.

— *Vanity Fair*?

Eu sorri para a mesa.

— A Bíblia.

Leo se recostou e abriu as pernas. Meu joelho se afastou do dele como baratas se afastam da luz. Ele sentiu, como se estivesse verificando a resposta e se certificando de que estava correta.

Ele não estava tentando me ameaçar. Ele estava me testando.

Mas por quê?

Bem, eu precisava testá-lo de volta.

— Sabe — eu disse —, você me parece familiar. Será que não nos encontramos antes?

Os olhos dele se estreitaram.

— Depende. Já esteve sob a custódia da polícia?

Eu relaxei. Se ele não queria que a mesa soubesse que eu o tinha visto na estrada, então eu sabia de alguma coisa que ele não queria partilhar. E, então, eu tinha uma vantagem.

— Cora — Eli falou, lançando um olhar feio para o Leo —, por favor, me diga se já podemos comer.

Cora abanou as mãos, aflita.

— Ah, claro... por favor.

Nós nos servimos e começamos a comer. Apesar de a refeição não ser nada trivial, como Cora dera a entender na pousada, ela certamente tentava ser. Eu me servi de aspargos com molho *hollandaise* desandado e batatas-doces fritas, que estavam quase pretas. O presunto eu nem experimentei. Eu mantinha uma contagem em minha cabeça — *um-Mississippi, dois-Mississippi, três-Jesus-meu-pai-por-que-não-existe-um-nome-de-estado-mais-*

-longo-que-Mississippi —, para lembrar que eu deveria dar uma garfada cada vez que chegasse a sessenta.

No *quarenta-Mississippi*, Leo falou novamente.

— Então, o que a traz por aqui, *Rebecca*?

— O festival, *é claro* — disse Rue.

Leo ignorou sua resposta.

— Como você ficou sabendo, se não se importa que eu pergunte? Muita gente nunca ouviu falar, sabe, e tenho certeza de que Cora gostaria de saber se sua divulgação está funcionando.

Eu me peguei puxando o colar de dentro da gola rulê.

— Cora mesma me contou quando liguei para fazer a reserva.

Os olhos de Rue estavam arregalados de incredulidade.

— Quer dizer que você queria vir para cá antes de saber sobre o festival?

Enfiei uma batata na boca e levei algum tempo mastigando-a. Levei mais tempo ainda engolindo-a, não porque estava pensando, mas porque a batata tinha textura de talco em pó.

— Eu sou historiadora — disse, assim que consegui engolir a coisa toda. — Eu vou aonde a história está.

— Mas de onde você veio? — Leo perguntou.

Kelley puxou o guardanapo da cara.

— Caramba, Leo, isso não é um interrogatório.

— Pelo menos, ele não está falando de Pink Floyd — Renée comentou.

Leo acenou com o garfo para ela.

— Você está apenas se depreciando, querida.

Kelley sacudiu a cabeça, ciente de que eu a observava, seu dedo girando em círculos na altura da orelha cheia de piercings. Um de seus brincos era uma carinha feliz amarela. Outro era um coração.

— Falando em história — disse Cora, claramente mudando o rumo da conversa —, você está olhando para quatro quintos da Sociedade Histórica Feminina de Ardelle. A parte feminina, é claro, está agora um pouco ultrapassada, mas Stanton não nos permitiu mudar o nome.

— Espera, quem é o quinto membro? — Renée perguntou.

— Nora Freeman — Kelley respondeu.

— Eu pensei que ela tivesse saído.

— Ela não pode sair. Temos que ter Freeman no conselho. Abiah escreveu isso nos estatutos.

Stanton grunhiu.

— Provavelmente, a única vez que minha avó entendeu algo errado.

— Mas a gente recebe a anuidade do fundo dela enquanto a mantivermos na lista de membros — Kelley informou.

Renée pensou sobre isso por um instante.

— Você quer dizer que ela paga pelos nossos donuts?

— Sim, ela paga pelos nossos donuts.

Renée levantou seus óculos.

— Nesse caso: à Nora Freeman! — Quando mais ninguém levantou a taça, ela revirou os olhos, puxou o cabelo para trás com uma das mãos e bebeu o resto do seu vinho.

— Eu preciso saber — Cora me disse, se debruçando para a frente —, você planeja escrever alguma coisa sobre Ardelle ou Adeline? Sempre achei uma tragédia sermos tão mal representados na literatura, e estava louca para te perguntar sobre...

Não estou aqui para que me faça perguntas, senhora.

— É claro que eu espero escrever alguma coisa — respondi —, apenas ainda não descobri bem o quê. Eu suponho que posso chamar isso de reconhecimento de terreno.

Cora concordou ansiosa.

— Há umas cartas antigas maravilhosas escritas pela avó de Stanton...

— Eu estava pensando em dar uma olhada na história mais recente da cidade também...

O garfo de Eli aranhou o fundo do prato. Ninguém pareceu surpreso com o ruído. Registrei a reação dele no arquivo mental recém-criado que chamei de Qual-é-a-desse-cara-chamado-Eli?.

— Sabe o que você devia fazer? — Cora disse. — Você devia ir até a casa da Kelley. Desde que a cidade teve aquela infestação de cupins, ela guarda a maioria dos arquivos da cidade no fundo de sua livraria.

— Não espere nada muito sofisticado — Kelley falou. — Em sua maioria, são anuários do terceiro ano, o jornalzinho da Sociedade Histórica e as cópias mofadas do *Pepita Diária*.

— É um jornal? — perguntei.

— Não mais — Cora respondeu. — Ele parou de ser publicado... quando foi, amor, mil novecentos e oitenta e poucos? — Quando Eli não respondeu de imediato, ela o cutucou no ombro com seu garfo.

— Oitenta e nove — ele disse. E se serviu de outra fatia de presunto. Sua terceira. Meu estômago revirou.

E por falar nisso, estou atrasada nas minhas garfadas. E peguei um pouco do *hollandaise*.

— Sua família mora aqui há muito tempo, Eli? — perguntei quando pude falar novamente.

— O bisavô dele se mudou para cá em 1885 — respondeu Cora. — A família de Stanton também.

— Todo mundo tinha a febre do ouro — disse Stanton.

— Mas o ouro se esgotou, certo? Então, por que todos permaneceram?

— Eles achavam que o ouro ia voltar.

— E eles estavam certos?

Stanton tomou um gole de sua água.

— Esse é o problema com a febre do ouro... não tem cura, só uma trégua.

Eli se serviu de outra fatia do presunto.

— Ainda mora alguém em Adeline? — perguntei.

Kelley sacudiu a cabeça.

— Não desde o final dos anos 1980.

— Mas não faz tanto tempo assim e a maioria das casas está razoavelmente intacta — falou Cora. — Como a antiga casa em que Eli cresceu. É exatamente como esta, sabia? As duas cidades são basicamente a imagem espelhada uma da outra. — À medida que foi se alongando no assunto, sua voz assumiu a segurança de um vendedor experiente que faz sua apresentação. — Adeline é um lugar tão único, tenho certeza de que você mesma perceberá isso. É charmosa, é histórica, é...

— Uma ruína — completou Renée.

Cora deixou seu garfo cair no prato.

— Não importa qual é a sua aparência agora. Só importa como vai ficar, quando eu terminar tudo.

— Mas, Cora, só o custo da restauração... — Renée falou ressentida.

— E não sobrou quase nada... — Kelley completou.

— Você realmente acha que poderemos competir com Deadwood? — perguntou Leo.

— Aquele lugar é fodidamente bizarro, se quer saber o que acho.

Ficamos todos em silêncio e olhando para Rue. Ela arrastava um aspargo de um lado do prato para outro.

— Olha o vocabulário, querida — Cora falou baixinho.

— Ué! Mas é mesmo.

Eu suspirei e bloqueei os sons de todos, fazendo barulho com o garfo e a faca no prato para parecer que estava comendo. Eu estava numa espiral. Eu já tinha sofrido o suficiente durante um jantar inteiro e só tinha conseguido até agora reunir uns parcos comentários. Adeline era bizarra. Cora era atrevida. Eli gostava de comer. Mas, e daí? Nenhum deles se chamava Tessa — e a minha intuição me dizia que, até encontrar Tessa, não seguiria adiante. Eu simplesmente não tinha informação suficiente. Quer dizer, não dava para simplesmente dizer: "Oi, eu sei que acabamos de nos conhecer, coisa e tal, mas, por acaso, algum de vocês matou a minha mãe? Modelito loura hitchcockiana? Bonita de verdade? Peitos à mostra até aqui? Ei, não se preocupe se foi você, de verdade, eu mesma pensei em fazer isso um monte de vezes. Seria algo que teríamos em comum!"

Mas eu nunca encontraria Tessa se ficasse esperando a informação cair no meu colo. Então, o que fazer agora? Se ela tinha alguma relação com o assassinato de minha mãe, eu deveria ser discreta. Caso contrário, ela saberia que eu estava procurando por ela e isso poderia afugentá-la. Minha única pista desapareceria.

O policial. Eu perguntaria ao policial. Talvez eu até conseguisse fazer uma ou duas perguntas diretas. Afinal, ele era a única pessoa na cidade sobre quem eu tinha uma vantagem.

Uma pena que ele era também a única pessoa na cidade que tinha uma vantagem sobre mim.

Pousei meu garfo. Dobrei meu guardanapo. E deixei a conversa à mesa fluir, enquanto eu pensava na melhor maneira de me aproximar de Leo — e, imediatamente, me recusei a considerar a possibilidade de que a única razão para não achar Tessa era porque ela não existia de fato.

Segunda-feira, 04/11/2013 — às 20:30
POSTADO pela Equipe da TMZ

JANIE JENKINS

O GATO E O RATO

Jane Jenkins, a conhecida periguete que foi condenada pelo assassinato brutal de sua mãe... e que foi febrilmente perseguida pela imprensa... passou as primeiras semanas, depois que deixou a cadeia, em um hotel em Sacramento, Califórnia, pelo que apurou a TMZ.

Ficamos sabendo que o California Executive Suites hospedou alguém que não saía do cômodo e que pediu para que os serviços de quarto fossem suspensos durante toda a sua estadia. Depois que este hóspede deixou o hotel, o serviço de limpeza encontrou um quarto suspeitamente limpo... e uma pilha de notas de vinte dólares — num total de quatrocentos dólares — na mesinha de cabeceira.

A suíte não tinha sinais de ter sido ocupada, mas quando uma curiosa camareira (que pediu anonimato) deu uma busca mais detalhada descobriu um pedaço de papel amassado embaixo da almofada de uma das cadeiras com o número de telefone de uma companhia local de táxis. A TMZ ligou para o número e confirmou que a companhia recebeu um chamado de uma hóspede do hotel chamada "Zelda Zonk", um pseudônimo famoso usado por Marilyn Monroe. Mas quando o motorista chegou no horário marcado não havia ninguém à espera.

Diversas fontes relataram que um homem parecido com o advogado de Janie foi visto entrando e saindo do prédio várias vezes, e, segundo investigação da TMZ, no dia 17 de outubro, às 3:40 da manhã, um hóspede usou o Business Center do hotel para fazer reserva em um voo saindo dia 2 de novembro, de Sacramento, com destino a Anchorage, no Alasca... mas, segundo fontes na companhia aérea, o bilhete não foi usado.

Será que Janie está tentando nos despistar? Ou alguma coisa a impediu de tomar aquele voo? O assassinato da mãe de Janie não é o único mistério aqui.

CAPÍTULO DEZ

Kelley me encurralou quando todo mundo estava ocupado tirando a mesa.

— Venha tomar um drinque conosco mais tarde — ela convidou.

Olhei de relance para o Leo. Cora tentava dizer alguma coisa para ele, mas ele me observava. E escutava. Pensei nas minhas primeiras aulas de etiqueta. Fazia muito tempo desde que eu parara de me importar se as minhas negativas eram ou não educadas.

— Eu agradeço o convite — disse —, mas não tenho certeza se é uma...

— É uma ideia ótima — Renée comentou ao passar com uma braçada de copos.

Numa outra vida, eu teria jogado um cigarro nos pés de Kelley e teria me afastado, não importa o quanto ela fosse simpática. Mas, nesta vida, eu apenas disse "Uhn, então tá".

— A gente pode arranjar alguma coisa para comer também — Kelley falou, antes de voltar para a mesa e recolher os garfos e facas sujos, com um sorriso que a fez parecer menos ainda com seu irmão. Havia uma leveza tal na sua expressão que me fez pensar na alegria de uma menininha com cachinhos dourados saltitando em um jardim.

Já o rosto de Leo era tenso e controlado. Se ele quisesse sorrir, provavelmente preencheria a papelada necessária com antecedência. Em três vias. Eu mal podia acreditar que eram parentes.

Mas eu, mais do que qualquer outra pessoa, sabia que laços de sangue nem sempre são aparentes.

Leo se esticou por cima da mesa para pegar o meu copo...

Eu me mexi para interceptá-lo.

— Deixa que eu pego — disse.

Seus lábios se curvaram num deliberado eu-sei-que-você-sabe-que-eu-sei.

— Ah, não tem problema — ele disse.

— Eu não ia querer que se perdesse no caminho para a máquina de lavar louça. — Peguei meu copo, meus talheres e meu prato, e me encaminhei para a cozinha.

Ele se debruçou e sussurrou para mim:

— Se você está tentando me deixar fora disso, está fazendo um péssimo trabalho.

Virei-me de costas e peguei o meu guardanapo também, só por precaução.

Dez minutos mais tarde, desci a Rua Principal com Kelley e Renée, desviando de crateras e me abraçando para me esquentar. Não devia estar fazendo muito mais do que seis graus negativos, mas não dava para dizer isso olhando para elas. Renée estava usando algo volumoso de praticidade implacável; o casaco de Kelley era feito de pedacinhos de tweed pretos e brancos diferentes, cheio de alfinetes de segurança que não teriam mantido uma fogueira aquecida, mas no qual ela parecia confortável. Eu me senti como uma cria subdesenvolvida largada para morrer na ribanceira.

Olhei para o Sul, para a casa em cima do morro.

— Quem mora ali? — perguntei.

— Stanton, é claro — Renée respondeu.

— Casa bonita — comentei.

— Se você gosta deste tipo de casa...

Esfreguei minhas mãos e me forcei a continuar.

A mão de Kelley segurou meu pulso e me puxou para a frente de modo a ficar abrigada entre elas.

— Não está acostumada ao frio? — ela perguntou.

— Faz muito tempo.

Renée fungou.

— Se você acha que está frio agora, espere para ver amanhã.

Desvencilhei minha mão e a enfiei no bolso, esperando não parecer tão estranha quanto estava me sentindo. Para alguém que passou dez anos na cadeia feminina, eu certamente estava pouco à vontade perto de mulheres. Mas eu não havia crescido com elas: minha mãe também nunca ficava à vontade com mulheres, e, com exceção da empregada ocasional ou a cozinheira, nossa equipe era exclusivamente masculina. De tempos em tempos, um de meus padrastos comentava sobre o fato, tipicamente com uma pitada de ciúmes. Minha mãe sempre respondia com algo do tipo: "Não é que eu prefira os homens, querido. Eu simplesmente sei o que esperar deles."

Quando ela dizia isso, quase sempre estava olhando para mim.

Paramos diante de um prédio que, se não tivesse pintado suas janelas novamente, pareceria uma daquelas cadeias de restaurantes que anunciam tudo-o-que-você-conseguir-comer em pãezinhos. Esse era a Toca do Coiote, o único lugar onde valia a pena beber em Ardelle ou, pelo menos, foi o que Renée e Kelley afirmaram. Aparentemente ele tinha sido, durante anos, um restaurante abaixo da média, até mesmo para os padrões de Ardelle, mas, quando a dona faleceu, ela o deixou para um sobrinho, um homem chamado Tanner Boyce. Ele tinha mudado o destino da Toca do Coiote, em pouco tempo, ao instalar uma dúzia de aparelhos de TV e anunciar cobertura de esportes via satélite.

— Não se aproxime muito de Tanner — Renée disse. — Ele é pegajoso.

Lá dentro era quente e úmido e vagamente lento, como um vestiário depois da derrota. Tirando o equipamento atlético, Tanner não havia feito muito para transformar o restaurante familiar em um bar para maiores de 21. Os nichos ao longo da parede oeste ainda eram forrados em vinil vermelho; as mesas ainda eram cobertas por toalhas xadrez de plástico. Havia uma pilha de cadeiras e banquetas num canto, e, do lado direito da porta, uma máquina de jogos eletrônicos como Tiro ao Alvo, Gálaga, Ms. Pac-Man, e uma máquina caça-níqueis com o formato de uma galinha.

— Margie costumava dar uma ficha para as crianças ao final da refeição — Kelley comentou ao passarmos por ela. — Você colocava a ficha ali e a galinha te dava um prêmio em um ovo de plástico.

— Tanner a usa para vender preservativos — disse Renée.

Nós nos movemos entre os jogadores de bilhar e os atiradores de dardos e nos espremernos contra o balcão do bar, que tinha pipoca cor de pistache espalhada. Renée encheu a mão de pipoca numa cestinha vermelha. Ela suspirou de prazer.

— Deus, depois de comer na Cora essa coisa parece ambrosia.

Eu fiz uma careta. Elas pareciam perfeitamente felizes durante o jantar.

— Mas vocês limparam seus pratos...

— Sim, com os guardanapos. Kelley e eu pagamos cinco pratas para Rue jogar as sobras no lixo.

O bartender veio em nossa direção, e mesmo que eu não tivesse percebido os ombros de Renée se enrijecerem, eu saberia que estava olhando para Tanner. Ele era apenas ligeiramente bonito, mas não tão inexpressivo que eu não pudesse imaginar o apelo potencial sob certas circunstâncias, da mesma forma que até uma velha embalagem de Cheetos pode parecer ótima num pacote promocional.

Seus braços eram magros e musculosos e cobertos por uma densa variedade de tatuagens que ele provavelmente copiou de uma revista qualquer de artes marciais.

Ele fez uma cara sorridente ao se aproximar, e eu percebi que seus olhos não estavam apenas despindo Renée. Eles estavam filmando-a com câmera de visão noturna e postando na internet.

Ele encaixou Renée entre seus cotovelos e se debruçou até que seu rosto estivesse quase tocando o dela.

— Eu não saio antes das duas — ele disse. — Mas eu sempre digo que a vida não vale a pena se você só sair uma vez por noite.

Ela o empurrou para trás.

— Vai sonhando, Tanner.

— Todas as noites, Renée. — Ele sorriu e passou a língua sobre os dentes, e cheirava a alguma fragrância que provavelmente tinha "brisa" no nome.

— O que vai beber? — ele perguntou para mim sem tirar os olhos de Renée.

Analisei a coleção de garrafas atrás do bar. E a prateleira mais baixa — não que eu fosse beber nada de nenhuma prateleira.

— Club Soda com lima — pedi.

— Certo. Um "Noiva de Cristo" saindo.

Empurrei meus óculos no nariz para dar uma olhada nele, quando dei o troco que ele merecia — tipo: "É isso aí, essa sou eu, apenas outra garota que prefere trepar com um morto a trepar com você" —, mas, *que droga*, a única coisa que Rebecca podia fazer era dar um sorriso amarelo. Ele empurrou o copo para mim e não se desculpou quando o drinque respingou na minha mão toda.

— Ignora ele — disse Kelley. — Renée não quis sair com ele no ensino médio e ele vem descontando isso em todas nós desde então.

Arqueei as sobrancelhas.

— Surpresa porque eu não saí com ele? — perguntou Renée.

— Surpresa porque ele cursou o ensino médio.

— Bem, só no sentido mais amplo da palavra. — Ela jogou a cabeça para trás e sorveu a cerveja. — Então, você provavelmente está se perguntando por que convidamos você para vir aqui.

— Não é pela comida?

Kelley e Renée se entreolharam.

— Não exatamente — disse Kelley.

— Achamos que devíamos te avisar — disse Renée.

Ocupei-me mexendo nos óculos e levando alguns segundos para identificar a tensão em meu peito como expectativa.

— Me avisar? Sobre o quê?

— Sobre Ardelle — ela respondeu.

Levantei a cabeça.

— Como assim?

— Não é que as pessoas não tenham tentado escrever a respeito dela, sabe? É que, uma vez que elas chegam aqui, elas nunca encontram nada sobre o qual valha a pena escrever. É, claro, um pouco estranho como ficamos indo para lá e para cá e tudo mais, mas isso não é realmente interessante, é teimosia. Apenas não quero que perca seu tempo.

Escorreguei meu dedo pela lateral do copo e sequei a condensação no guardanapo sob ele. Por que será que duas mulheres de negócios, numa cidade agonizante, se dariam ao trabalho de afugentar uma cliente em potencial?

— Mas o festival...

— O festival é uma porcaria — disse Kelley.

— Das grandes — disse Renée.

— *Nós* mesmas só aguentamos por causa da Cora.

— E porque gostamos da comida de graça — acrescentou Renée. — Mas vai ter cerca de uma dúzia de pessoas que não são de Ardelle e todo o restante estará bêbado. Vai ser como ir a uma daquelas confraternizações de colégio como acompanhante de alguém, só que a confraternização dura cinco dias. E, na última noite, todo mundo tem que se fantasiar.

Expectativa se transformou em suspeita. Que tipo de jogo elas estavam fazendo? Será que faziam isso com todo mundo que vinha para a cidade, ou será que eu disse alguma coisa que disparou o alarme? Decidi dar corda.

— Eu não sei — disse, não tendo nem que fingir minha perplexidade —, eu gosto de fantasias.

Renée me deu um tapinha no ombro.

— Isso é porque você não as cheirou.

Experimentei o meu drinque e fiz uma careta. Tanner não havia me servido soda; ele me deu água tônica. Ia ser uma noite daquelas.

— Vocês estão tentando se livrar de mim? — perguntei, de brincadeira.

Kelley riu.

— Claro que não. Apenas não queremos que você tenha muitas expectativas de...

— Coisas boas — concluiu Renée.

— Mas...

— Merda — disse Renée. — Falando de porcaria das grandes...

Eu segui seu olhar; Leo se aproximava.

— Senhoras — ele disse. — Renée. — Ele se debruçou sobre o balcão e pegou uma garrafa de cerveja, que abriu com um trejeito de mão. Depois que se acomodou na banqueta, perto de Renée, pegou um maço de cigarros, bateu um para fora e esticou-se para pegá-lo com a boca.

Tanner apareceu neste momento para arrancar o maço de sua mão.

— Leva isso lá para fora, Leo.

Leo sacudiu a cabeça.

— Está mais frio que um mamilo de urso-polar lá fora.

— Anda, cara. É a lei.

— Qual é a minha fala, mesmo? — Leo bateu um dedo contra a têmpora. — É claro, já sei: "Eu sou a lei."

— É melhor que alguns de nós não tenham câncer, Leo — disse Renée.

— Viver com câncer, aqui, seria uma bênção.

— Só se for você que tiver.

Leo bagunçou o cabelo de Renée antes de pôr outro cigarro no canto da boca e acendê-lo. Tanner abanou as mãos e se afastou. Renée arrancou o segundo cigarro e o atirou por cima do balcão.

— Ficarei feliz de esperar você pegar isso aí — ele falou.

— Ficarei feliz de observá-lo enquanto espera.

Puxei Kelley pela manga.

— Qual o problema entre eles? — perguntei, mantendo a voz bem baixa.

— Ah, nada de mais. Eles foram casados. — Ela olhou para eles e fez uma careta. — Bom, tecnicamente, ainda são.

— Por que eles ainda não oficializaram?

Kelley deu de ombros.

— Eles dizem que não há razão para ter pressa. Eles já estão separados. Apesar de que, mesmo quando estavam juntos, já eram meio que separados... se é que isso faz sentido.

— Você ficaria surpresa — eu disse.

Dei um gole na minha tônica. Ela realmente precisava de gim.

A discussão entre Renée e Leo havia se intensificado: ela vaiava e cutucava os ombros dele, cada vez com mais força. Quando ela armou um murro, Kelley interveio, segurando o braço de Renée e pondo a mão no peito de Leo.

— Mudando de assunto! — ela comandou, e pelo olhar trocado entre Leo e Renée, eu sabia que era a tática favorita de Kelley. — Leo, vamos começar com você: ouvi falar que você estava procurando por Walt Freeman hoje.

Walt? Onde foi que ouvi esse nome antes? E por que Leo está me vigiando tão de perto?

— Não era nada de mais — disse Leo —, os caras lá em Pine Ridge acabaram de me avisar que o localizaram por lá.

— Que Walt Freeman? — perguntei.

Renée deu uma risada debochada.

— Ah, ele é a coisa mais próxima de um mestre do crime que temos em Ardelle. Estamos superagradecidos ao Leo aqui por nos proteger desse grande traficante de maconha.

— A gente realmente devia estar agradecida — disse Kelley. — A maconha dele é uma bosta.

Leo deixou a cabeça cair para trás.

— Sério, Kelley, estou bem aqui.

Eu abaixei o meu drinque. Ah. *Esse* Walt: o maconheiro das cavernas. Isso era ainda melhor do que eu tinha imaginado.

Arregalei os olhos e deixei o queixo cair um pouquinho.

— Esse Walt é muito perigoso? — questionei.

— Ele é menos Moriarty do que um Coringa — disse Kelley. — Mas como Cesar Romero, não como Heath Ledger.

Renée pôs as mãos dela em cima das minhas.

— Apenas faça de conta que sabe o que significa. É o que sempre faço.

Eu assenti automaticamente. Então, o Leo tinha estado fora da estrada com um conhecido criminoso — ou com um criminoso conhecido por mais do que fumar maconha. E agora estava mentindo sobre isso. Isso não era apenas uma vantagem: isso era material para uma chantagem de verdade. Finalmente, algo que eu sabia como fazer.

Quando olhei para o Leo, ele jogou uma pipoca no ar e a pegou com a boca. Ah... a tranquilidade estudada de um jogador que blefa. Se ele mudasse de assunto agora, eu teria certeza de que tinha um trunfo.

— Então, do que estavam falando quando eu cheguei? — ele perguntou. — Parecia sério.

(Eu escondi um sorriso.)

— Nada de mais — disse Renée —, estávamos apenas tentando ajudar a Rebecca a sair dessa.

— De verdade — disse Kelley. — Quer dizer, Deadwood é realmente bonito e eu posso recomendar um ótimo hotel por lá.

— Já ouvi ideias piores — Leo resmungou.

Eu concordei.

— É muito simpático de sua parte pensar em mim, mas Deadwood realmente não me interessa. Estou curiosa com as cidades gêmeas. E, de qualquer maneira, eu gosto daqui.

— Por que gostaria daqui? — os três perguntaram simultaneamente.

— Mas... vocês parecem gostar. Ou é outra daquelas coisas tipo comida-nos-guardanapos?

— Que coisa tipo comida-nos-guardanapos? — questionou Leo. — Espera, vocês não estavam...

Renée tapou a boca dele com a mão.

— Olha — ela disse —, se você acha que vai ajudar, eu posso contar tudo de interessante que já aconteceu em Ardelle. — Ela acenou para Tanner. — Outra Coors! — E se virou de volta para mim. — Aposto que posso contar para você tudo antes de ele trazer a minha cerveja.

Levantei as mãos e me rendi.

— Ótimo — eu disse —, conta aí.

Ela tomou fôlego.

— Então. Em 1885, alguns caras brancos e velhos vieram para cá e acharam ouro. Esgotou o veio. Aí, eles acharam algum estanho. Esgotou o veio. Aí, começaram a cortas as árvores. Acabaram com elas também. Fim.

Amenizei um ruído de impaciência.

— Deve haver mais do que isso — falei. — Você acaba de descrever a história da... Terra.

— Inclusão de outros grandes acontecimentos: no inverno de 1934, minha avozinha Moore perdeu duas cadeiras e um gato num incêndio na cozinha; na primavera de 1972, a tia de Kelley bateu o seu Firebird novinho num poste de telefone, na Rota 61; no verão de 1985, a irmãzinha de Eli fugiu com um ladrão de banco; e, na primavera de 1997, Walt foi expulso do MIT e voltou para casa para construir um cachimbo de maconha melhor. Incluí tudo, Kel?

Kelley deu de ombros, sem jeito.

— É isso aí.

— Não se esqueça da vez em que você foi encontrada bêbada mergulhando na piscina infantil de Obermeyers — acrescentou Leo.

— Então, tá — Renée disse. — E isso também. Obrigada, Leo.

Espetei o meu canudinho no gelo do fundo do copo. Não acreditei nem por um segundo que Kelley e Renée estivessem motivadas pela bondade em seus corações... ou que nada mais acontecera por aqui. Mas percebi que estava na hora de uma retirada estratégica. Os guardas da prisão sempre souberam que, quando eu estava mais bem-comportada, era quando eu estava pronta para ser mais perigosa. Mas ninguém pensaria isso de Rebecca Parker.

Bem... Kelley e Renée não iriam, de qualquer maneira. Leo exigiria maior cuidado. Eu ia ter que correr o risco de pegá-lo sozinho. E eu estava bem certa de como fazer isso.

Levantei-me e pesquei algum dinheiro na minha bolsa.

— Muito obrigada a todos pela companhia, mas preciso ir... Cora me disse que fecham a porta às dez horas.

— Ah, não se preocupe com isso — disse Kelley. — Cora tem uma chave sempre embaixo do anjo de pedra, no jardim da frente.

— Se eu não for para a cama logo, nunca acordarei a tempo para o café. — Puxei umas poucas notas de um dólar e parei. — Cora não prepara o café da manhã, não é?

— Isso faria você mudar de ideia sobre ir embora? — perguntou Leo.

Eu virei as costas para Kelley e Renée de maneira a poder dar a ele o sorriso que eu sempre usara para as mulheres que achavam que eram mais bonitas do que eu.

— Cuidado com o que vai dizer ou eu posso começar a achar que não gosta de mim.

Dito isso, saí, certa de que Leo não estaria muito atrás. Homens como ele sempre têm que ter palavra final.

Assim que saí, meu telefone vibrou. Outro post de Trace:

> Esqueça o Havaí, esqueça a Tailândia, esqueça qualquer lugar estrangeiro glamoroso para o qual você pensa que Janie Jenkins foi. Ela NUNCA deixou Sacramento... pelo menos, não até recentemente. A vaca está aprontando. O que quer que seja, leitores: NÃO a deixem escapar. Encontrem-na, e aquele dinheiro pode ser SEU.

Eu li o post três vezes. Eu achava que levaria, pelo menos, de três a quatro semanas para a imprensa me localizar, mas esqueci de levar em conta o ódio insaciável de Trace. Mais uma razão para não perder tempo.

Então, tá. Não é como se eu quisesse ficar, mesmo. O quanto antes eu sair desta latrina, melhor. Eu preciso achar Tessa e descobrir se ela encontrou a minha mãe e, aí, seguir adiante o mais rapidamente possível.

O barulho do fósforo riscando; o cheiro da fumaça; a voz:

— O que está lendo?

Eu não precisava levantar o olhar para saber de quem se tratava.

— Meu horóscopo. Ele diz: "Você encontrará um moreno alto e babaca."

Leo deu uma tragada.

— Astrólogas não são mais como antigamente. Eu nem sou tão alto assim.

Empertiguei-me e dramaticamente pus o celular no bolso, com raiva.

— Bom, isso foi divertido. Agora, se me dá licença... — Ele bloqueou o meu caminho, como eu esperara. Minha performance estava quase perfeita, se não fosse o fato de eu não conseguir parar de olhar para o cigarro dele.

Ele reparou e ofereceu um.

— Tá a fim?

Eu havia deixado de fumar na véspera da minha última audiência, para o caso de os deuses demandarem um último sacrifício, antes de, condescendentemente, atirarem um osso para mim, o que queria dizer — eu estava tentando, desesperadamente, não fazer a conta — que fazia quarenta e oito dias desde meu último cigarro.

Isso são 1.152 horas.
69.120 minutos.
4.147.200 segundos.
E, pelo menos, cinco eternidades.

Eu me debrucei ligeiramente na direção do cigarro de Leo, uma flor que se verga em direção ao seu sol carcinogênico.

— Eu não fumo — grasnei.

— Claro que não. — Ele exalou em minha direção e observou a fumaça dissipar, um olhar predador que me fez dar um passo para trás. — Sabe, eu verifiquei a sua placa.

Ah, que merda.

Forcei um sorriso doce.

— Então, você *consegue* fazer o trabalho policial.

— Você sabe que está registrada sob outro nome? Um nome que *não* é Rebecca Parker?

— Acabei de comprar; a transferência ainda não se completou.

— Você comprou aquela porcaria por opção?

— Já não estabelecemos que eu não entendo nada de carros?

Ele rolou o cigarro para a frente e para trás, entre o polegar e o indicador.

— Eu acho que não estabelecemos nada.

A porta do bar se abriu de repente, um casal bêbado cambaleou para fora, se segurando um no outro para evitar a queda. Nós os observamos se deslocarem rua abaixo até desaparecerem na escuridão.

— Então, o que realmente veio fazer aqui? — questionou Leo.

— Quantas vezes vou ter que responder a essa pergunta?

— É, bem, se me lembro corretamente, você disse, originalmente, que estava a caminho de Montana.

— Eu não dou meu número para homens que acabo de conhecer. Não sou esse tipo de garota.

— Hum. — Ele deu outra tragada. — Eu acho que vou descobrir isso, não é? — Ele sorriu e, na luz quente da brasa do cigarro, ele não era nem tão feio quanto eu havia imaginado.

Algo se acendeu por trás das minhas costelas.

Eu não me surpreendi.

Como quase todas as afetações, o meu funesto gosto por homens tinha se tornado um hábito.

O último homem com quem dormi foi um cara chamado Kristof (você não achou que eu ia mesmo fazer sexo com aquele cara nojento, o Grant, pensou?) e apenas seu nome, provavelmente, diz tudo que você precisa saber. Eu me lembro de Kristof como sendo literalmente da Transilvânia, mas é claro que não me lembro de verdade. Ele era, certamente, de algum lugar do Leste Europeu. Eslovênia, talvez? Eslováquia? De qualquer maneira, era de algum país onde a língua dava um trabalhão aos intérpretes do tribunal.

Kristof estava em Los Angeles por mais ou menos um ano quando eu o vi pela primeira vez, preparando uma fileira de cocaína numa boate em Melrose como se fosse Michelangelo com um cubo de Carrara feito de cocô de bebê prensado. Quando Kristof não estava me perseguindo, estava perseguindo alguma carreira sobre a qual nunca me interessei — modelo, provavelmente, porque ele era quase bonito demais: bela estrutura óssea e faces suaves com lábios macios. Um querubim que havia descoberto pilates e pornô. Se eu tivesse doze anos de idade, eu teria acreditado que ele era a coisa mais fantástica que já tinha visto. Aos dezessete, porém, eu podia dizer que era estranho, mas, mesmo quando eu finalmente o deixei tocar meu vestido, meu pescoço e minhas coxas, eu fiquei imaginando se beijá-lo seria como beijar uma carcaça ou um extraterrestre. Eu já sabia que não seria como beijar um homem.

Não que eu estivesse ligando.

QUERIDA FILHA

Era com Kristof que eu estava na noite do assassinato — eu o encontrei logo depois de roubar as botas da minha mãe, mais ou menos uma hora antes de ir para a festa da Ainsley. Havíamos combinado de nos encontrar na sala de bilhar que minha mãe havia decorado para lembrar a grandeza do velho continente num tempo em que homens eram pessoas e mulheres eram propriedade. Tinha painéis de madeira e retratos emoldurados e um brandy caro, um umidificador para charutos em escala humana e uma Winchester calibre doze na parede. (Não que eu precise lhe lembrar isso.) Cheirava a couro e spray aromatizante de limão.

Minha mãe não poderia ter gastado mais tempo para decorar qualquer outro cômodo da casa e, no entanto, era o que ela menos frequentava. O que o tornou o cômodo que eu mais frequentava.

Quando Kristof chegou, eu lhe ofereci um drinque, um esboço de aceno do que seria respeitável, mas ele tirou o copo da minha mão antes que eu pudesse servi-lo. Segundos depois, eu estava ocupada lidando com a sofreguidão de sua investida. Eu posso relatar que, no final das contas, ele estava mais para extraterrestre do que para carcaça, o que deixa claro que podia ser pior. Eu estava levemente me divertindo, de qualquer maneira. O suficiente para só perceber os passos quando já tinham nos flagrado.

Havia quatro deles em pé na entrada — todos homens, provavelmente convidados querendo desfrutar de um cigarro — e, quando nenhum deles se desculpou pela intromissão, senti um desconforto. Quando Kristof os xingou no que quer que fosse a sua língua, três deles evaporaram, mas o quarto se demorou na porta. Eu abracei o quadril de Kristof com uma perna para me equilibrar e me estiquei para pegar a espingarda — que minha mãe sempre deixava carregada. Eu a encaixei no meu ombro e a apontei para a cara do intruso. Ele me encarou por um longo minuto antes de sair batendo a porta. Eu não abaixei a arma até ter certeza de que ele tinha saído.

Aí, eu suspendi minha saia e deixei Kristof me foder no buffet Luís XV.

Há quem ache que imprudência é um estado de abandono. De descuido. Uma decisão consciente de ignorar as consequências e repercussões. E eu aposto que deve ser libertador para eles, como rodopiar até cair no chão. Mas não para mim. Minha imprudência era uma demonstração de controle. Eu rodopiava em círculos para mostrar que era capaz de andar em linha reta depois.

Kristof falou tanto que nem se deu conta de que eu não falei nada, e apesar de me arrepiar quando seus dedos roçavam na minha pele nua, como todos os homens antes dele, tomou a reação como sendo de desejo, não aversão. Alguns minutos depois, ele jogou a cabeça para trás e balbuciou uma série de advérbios sem sentido, enquanto eu pensava sobre todas as coisas que você pode provocar no corpo de outra pessoa.

<Mensagens **Noah** Contato

Segunda-feira 21:34

Você está aí?

Segunda-feira 21:47

Responde, por favor.
Preciso falar com você. É importante.

Segunda-feira 22:04

Jane. Eu sei por que você disse o que disse. Não me importo.

Não se preocupe que esta não é uma porra de uma carta de amor.

Segunda-feira 22:13

Droga, responde.

Segunda-feira 22:37

CADÊ VOCÊ?

CAPÍTULO ONZE

Eu analisei o Leo. Ele não se parecia em nada com o Kristof, a não ser pelo fato de que uma ideia ruim se parece com outra.

— O que foi? — ele perguntou.

— Me leva para a sua casa.

Ele tossiu uma nuvem de fumaça.

— Você é imprevisível, é preciso reconhecer.

— Não é isso. Eu só quero conversar.

— Não consigo saber se está brincando.

— Não tá a fim? Não se preocupe, tudo bem. Eu fico feliz de conversar com a polícia estadual sobre ter visto você com o mestre do crime Walt Freeman esta tarde.

— Não está brincando, então. — Ele passou a mão pelos cabelos e coçou a nuca. — É o que mereço por ter sido um bom samaritano.

— Eu sempre achei que o bom samaritano era um convencido filho da puta. — Eu o puxei pelo braço. — Vamos lá, policial, vamos embora.

Ele jogou o cigarro fora.

— Na verdade, é delegado.

— É claro — resmunguei.

Andamos em silêncio pelo resto do caminho, virando para o sul, na Percy, e oeste, na Um, passando por outra série de casas comerciais de tijolo e madeira. Não era tarde, mas não havia ninguém na rua. Não havia nenhum lugar para onde alguém pudesse ir.

Ele estabeleceu um ritmo acelerado e eu estava sem fôlego quando chegamos à casa dele, uma casa em mau estado, num estilo italiano, com rachaduras cinza, que tinha uma cúpula caída uns setenta graus para a esquerda. Um verdadeiro Boo Radley especial. O canteiro da frente era cercado com uma corrente abrutalhada, daquelas que você espera ver em um ferro-velho. Na entrada de carros, os esqueletos de duas motocicletas enferrujadas estavam encostados em uma parede cinza, parcialmente escondidas por um Crown Victoria branco. Quando subimos os degraus da frente, passamos por um cartaz de um Bichon Frisé com os dizeres: "Tosa e um corte — dois biscoitos!"

Foi só depois de arquivar o cartaz como algo-que-um-assassino-não-teria é que me dei conta de que nunca parei para considerar a possibilidade de Leo ser o homem que ouvi no closet da minha mãe naquela noite.

Quando ele abriu a porta, hesitei.

Aí, uma bola peluda e branca correu para nós e eu esqueci de ser cautelosa.

Cães: minha outra fraqueza.

Leo se abaixou e pegou um filhotinho que cabia numa bolsa grande da Marc Jacobs, o prendeu com um braço e brincou com ele com a mão livre.

— Este é o Bones e, sim, ele morde. Vocês dois vão se dar superbem.

Eu cocei o Bones atrás da orelha antes que pudesse evitar.

Leo me lançou um olhar perplexo e carregou o cão para o fundo da casa, me deixando no hall de entrada. Eu ouvi o barulho de um saco, seguido do som metálico de ração caindo na tigela.

Vaguei pela sala de estar. Dois sofás azuis ficavam sobre um tapete peludo de fios grossos; a mesinha de centro cor de avelã tinha pilhas enormes do que pareciam ser revistas de jardinagem. Um filodendro num canto.

Franzi a testa. Um filodendro *definitivamente* não era o tipo de coisa que um assassino teria. Nem mesmo um policial corrupto.

— Você tem certeza de que esta é a sua casa? — perguntei quando ele voltou.

— É a casa dos meus pais. Eles se mudaram há dez anos para um lugar que o pessoal da Cora achou para eles na Flórida. Eles adoraram. Meu pai achou um grupo de RPG e minha mãe agora tem tempo para suas orquídeas.

— Você não chegou a redecorar, né?

— Gosto dela assim.

Ele cruzou os braços, esperando meu próximo movimento.

Mas por de repente não saber qual seria meu próximo passo, eu fui até a lareira e olhei as fotos emolduradas na prateleira.

Leo e Kelley, quando crianças, brincando no lago. Um homem e uma mulher vestidos de maneira formal diante de uma igreja.

— Seus pais? — perguntei.

Ele assentiu.

Leo com uniforme de futebol, a bola sob o pé. Kelley usando um tutu numa expressão entediada.

— Vai me dizer o que quer? — ele perguntou.

— Já, já — respondi, pensando furiosamente. Achei que tinha sacado o Leo, mas acho que não entendi nada. Que tipo de pessoa guarda tantas fotos da família?

Que tipo de pessoa guarda *qualquer* foto da família?

Formatura de ensino médio do Leo. Formatura da faculdade de Kelley. Formatura do Leo na Academia de Polícia. Viagens da família a São Francisco, Seattle e ao Grand Canyon.

Cheguei à última foto. Era uma foto de grupo, com mais ou menos uma dúzia de pessoas numa linha irregular. Leo parecia estar no ensino médio. Kelley era apenas uma menininha.

— O que é isso aqui? — indaguei.

Leo veio por trás para ver mais de perto.

— Esse foi o Centenário da Cidade — falou. — Houve toda uma comemoração. — Ele apontou para um adolescente louro que tinha o aspecto magro de alguém que teve um surto de crescimento recente ou não comeu o suficiente. — Olha, esse é o Eli.

— E quem está ao lado dele?

— A irmã dele.

— Bonita.

Ele concordou.

Eu respirei, segurando a minha próxima pergunta, tentando definir se era ou não a coisa certa a dizer.

Perguntei assim mesmo:

— Como se chamava?

— Tessa — ele respondeu.

E num espetáculo de autocontrole sobre-humano, evitei que a minha cara traísse qualquer sinal da tempestuosa confusão que me assolou.

— Sabe de uma coisa? — disse, depois de uma longa pausa. — Mudei de ideia. As minhas perguntas podem esperar. — E dei um passo hesitante para trás. — Mas acho que vou, no fim das contas, aceitar aquele cigarro.

Não vou dizer que saí correndo da casa do Leo, mas também não saí devagar. Assim que virei na Rua Principal, o vento me açoitou e me desequilibrou. Foi com enorme esforço que mantive os pés no chão, mas não reduzi a velocidade até que encontrei uma esquina na qual pudesse me abrigar. Parei e pus o cigarro que Leo me deu entre os lábios.

Apalpei meus bolsos, mas... *droga*. Eu não tinha um isqueiro. Revirei minha bolsa, dedos em ação... *Sim!* Puxei uma caixa de fósforos, arranquei um fósforo e o acendi. Um clarão de luz, o calor de um beijo de borboleta. Eu estava a ponto de tocar o cigarro com a chama quando eu vi.

O cigarro caiu dos meus lábios. E não me movi para pegá-lo.

Eu havia me esquecido da caixa de fósforos.

Sabe, fui eu que chamei os policiais... depois que encontrei minha mãe. Depois que achei a minha voz. Mas eu fumei um cigarro antes. Eu me afastei do corpo e do sangue e revirei as minhas coisas atrás de fogo, em frenesi, como se eu tivesse fumado meu último cigarro 4.147.200 segundos atrás. E, finalmente, achei essa caixa de fósforos. Não era nada de especial. Era do tipo comum, branca, que você consegue em qualquer posto de gasolina. O tamanho ideal para uma única digital do polegar.

Pelo tremular da chama, eu vi o rosto da minha mãe como tinha sido naquela manhã, suculento e amassado, um tomate esmagado pelo pé.

O vento soprou novamente, apagando o fósforo. Eu o atirei no chão e peguei outro.

Minha mãe, mais cedo, naquela mesma noite, de sobrancelhas e unhas feitas, ereta... havia um brilho de ansiedade nos olhos dela?

Eu acendi outro.

Minha mãe, quando eu era muito nova, seu nariz ainda muito empinado, seus lábios ainda muito finos.

E, aí, eu peguei a foto que roubei de Leo — e acendi um último fósforo.

Exalei. No retrato, Eli estava tão diferente: seus ombros caídos e suas roupas pareciam nunca ter sido lavadas. Tessa não era muito melhor. Suas clavículas espetavam por baixo da pele. Suas mãos pendiam frouxas do lado do tronco. Seu sorriso era cruel, mas ela era tão jovem e bonita que qualquer um que visse o retrato se sentiria na obrigação de retribuir o sorriso.

Menos eu.

Não.

Porque Tessa era a minha mãe.

O fósforo queimou até as pontas dos meus dedos. E eu não senti nada.

Do Diário de Tessa Kanty

15 de agosto de 1985

Foda-se esse lugar.

CAPÍTULO DOZE

Quando eu acordei na manhã seguinte — na banheira restaurada de pés de pata do meu quarto —, a foto ainda estava na minha mão. Abri os olhos devagar para olhar para ela pela décima oitava vez. Fora Tessa e Eli, havia quatro famílias na foto: a de Kelley e Leo; a de Renée; a de Walt e a de Stanton. A mulher magra e de cabelo prateado com o braço em volta do Leo era a mãe dele e da Kelley; o homem de ombros largos e roliços e com um sorriso radiante era o pai deles. A mulher mais velha, com a cara encarquilhada, bem-humorada, deve ter sido a avó deles.

Renée e a mãe eram igualmente louras e igualmente angulosas.

Os cinco membros da família de Walt usavam camisas de futebol do time dos Vikings.

A esposa de Stanton e seu filho pareciam querer estar em qualquer outro lugar no mundo.

Mas era para Tessa e Eli que meus olhos voltavam a todo o instante. Eles estavam sozinhos: sem pais, sem avós, nada. E eles estavam tão próximos um do outro que seria impossível que não se estivessem se esbarrando. Mas não estavam.

Eu toquei o rosto de minha mãe. Por que ela tinha fugido? Quer dizer — além da razão óbvia. Nem eu podia culpá-la por não querer ficar em Ardelle.

Você odiava todo mundo de sua família ou só a mim?

Minha mãe nunca falava de sua família. Isso não tinha me parecido incomum quando era mais nova. Nos nossos círculos, o assunto família era delicado. Se você viesse do dinheiro, beleza ou poder, você ia querer que as pessoas soubessem. Mas anunciar essas relações era admitir sua falta de adequação — ninguém nunca precisou perguntar a Nat Rothschild sobre sua árvore genealógica. Eu posso ver agora como isso funcionou a favor da minha mãe.

Marion Jenkins, segundo me contaram, veio a Zurique no outono de 1985, num redemoinho de cabelo sedoso e Yves Saint Laurent, a filha abandonada (ela dizia) de uma família americana abastada de quem se cochichava que tinha conexões com Chernyshev-Besobrazovz, de Nova York. Ela estava na Suíça como parte de uma viagem de rebeldia à moda antiga, mas, uma vez lá, nunca foi embora e, em poucas semanas depois de sua chegada, já tinha conquistado a nata de Zurique com suas boas maneiras e bom coração. Até hoje, as anfitriãs da cidade se referem a ela como *Seelewärmerli:* "pequeno braseiro de corações."

Eu não estou brincando.

Ela conheceu meu pai num réveillon ou algo assim em São Moritz. Ela era a única de seu grupo que não podia esquiar (não sabia como) e ele era o único do grupo dele que também não podia esquiar (velho demais). Enquanto todos os demais desciam as encostas de Corviglia, ela fez companhia a ele e o fez rir e lhe serviu todo o brandy que seus netos disseram que ele não devia beber. Na manhã seguinte, ele a levou voando para o seu palacete nos arredores de Sion, onde viveram juntos até a sua morte, no Natal seguinte, quase um mês depois que nasci.

Minha mãe sustentou até o dia de sua morte que ela nunca imaginara que o doce Emmerich era um membro menos importante da casa de Hapsburg-Lorraine.

... É, a família dele também não acreditou.

E, assim, a família de meu pai não queria nada com nenhuma de nós e, como os meus pais nunca se casaram, não havia por quê. Mas eles não puderam evitar que ela herdasse uma parte do patrimônio — minha mãe também era ótima na escolha de advogados — e, depois disso, ela nunca mais teve que se preocupar com a opinião inconveniente da baixa nobreza. Ela se instalou em Genebra, criou uma ou duas fundações e, logo, a sua ilegitimidade foi considerada parte de seu charme.

Como ela sempre dizia: "Você pode se safar de qualquer coisa, desde que vista roupas lindas, organize grandes festas e doe dinheiro para crianças com fenda palatina."

Ela teria sido um ótimo papa.

Então, não, minha mãe não falava da família e, se alguém o fazia, nunca me disseram nada. Algumas vezes, porém, eu me deixava levar pela imaginação — normalmente sobre os meus pais. *Mémé* e *Pépère*, como eu os chamava. Eu os imaginava sorvendo uísque e ralhando com babás dominicanas da janela de seus palacetes. Mas, na verdade, eu sabia que meus avós eram falecidos. Quando qualquer outra pessoa falava dos próprios pais, mamãe ficava com uma expressão preguiçosa e de superioridade, como um recém-casado que aconselha o amigo solteiro. Ela sabia que não teria que suportar essa etapa da vida novamente.

Eu sempre achei que me sentiria da mesma forma.

Quando você olha para o futuro de sua família, é a perda que você antecipa, nenhum ganho.

E, mesmo assim, aqui estava eu, recém-agraciada por um tio e um primo. O dobro de parentes consanguíneos do que jamais tive. Será que eu reconheceria algo de mim neles — ou deles em mim?

Será que eles me reconheceriam?

Onde diabos eu me meti?

Levou dez minutos para eu me convencer a pôr a foto de lado e sair da banheira. Depois de uma quantidade generosa de sabão e uma escova áspera, eu estava pronta para desfilar outra vez dentro da mistura de poliéster — desta vez, um suéter que comprei num catálogo para grávidas e um par de calças com pregas. (Isso mesmo: calças larguinhas para mamães.)

Passei um cinto nas calças largas e andei até a pequena escrivaninha perto da janela. (Se você torcesse o pescoço, podia até conseguir um vislumbre da estrada que levava para fora da cidade.) Passei o dedo na borda. Era uma peça de mobiliário tão elegante que, por um instante, me fez querer ter correspondência para pôr em dia e, assim, poder desfrutar dela. Amenidades para uma irmã mais velha e devotada, talvez, ou a resposta a um convite para um baile.

Minha mãe teria rido até cair, só da ideia. Eu sei exatamente o que ela diria: *Você não é nenhuma rosa inglesa, Jane... você é um pulgão.*

Meu celular vibrou na mesinha de cabeceira e eu o peguei, agradecida pela distração. Olhei o visor: outra mensagem de Noah.

QUERIDA FILHA

Vou tentar esta última vez.

Afundei-me na cama. Eu sabia que era uma péssima ideia responder. Eu sempre fui muito condescendente com Noah, não importa o tipo de comunicação. E ele, provavelmente, estava furioso por eu tê-lo ignorado na noite anterior... e foi por isso mesmo que o ignorei. Se ele ficasse com raiva, talvez não viesse atrás de mim.

Não, eu não podia responder à mensagem. Silêncio de rádio total. Era a única forma. Taquei o telefone na cama.

Ele vibrou de novo.

Ah, droga. Peguei o telefone.

Você está viva?

Morta eu não estou

Como vai Wisconsin?

Meus dedos ficaram imóveis. Será que ele já havia descoberto que eu não estava lá?

Ótimo

Você precisa saber que já te rastrearam até Sacramento.

Eu ouvi

Como?

Parece que foi o serviço de limpeza.

Acho que devia ter deixado uma gorjeta maior

Sua próxima mensagem levou quase um minuto para chegar.

Não é a resposta que eu esperava.

E o que você esperava
Onde diabos está a pontuação
Ah
E o que você esperava?
Preocupação?
Apreensão?
Frustração?

:(
:0
:<
Melhor assim?

Não.

Dureza

Desta vez, ele não respondeu. Missão cumprida. Eu acho.
Cocei o nariz. A pele começava a rachar.

Cambaleei para fora do quarto, tentando ter pensamentos felizes do tipo nós-vamos-conseguir! Talvez isso tudo não fosse tão ruim. Café da manhã costumava ser a minha refeição predileta, sabe, e não era apenas porque minha mãe nunca estava acordada.

Lá embaixo, as festividades estavam a todo vapor. Quase oitenta pessoas tinham se amontoado ao redor de umas dez mesas e a sala estava ruidosa com sistemas digestivos autoindulgentes. Mais de uma pessoa tinha a mão descansando sobre a barriga. Kelley acenou para mim de uma mesa; ao seu lado, Rue franziu o cenho. Eu as ignorei com a maior educação enquanto observava a sala. Contei três dúzias de homens que eram velhos o suficiente para ter estado no quarto da minha mãe naquela noite. Um era o Stanton. Outro era o Leo.

Mas era na direção de Eli que eu me dirigia.

Não... era na direção do *meu tio* que eu me dirigia.

Deus, eu devia ter trazido drogas mais fortes.

Eli mal levantou os olhos quando me aproximei. Eu me sentei entre ele e outro convidado. Um homem de cabelos escuros com queixo quadrado e olhos cansados que segurava sua xícara de café com cuidado e estava com um olhar enfurecido, bem além do que o mau humor matinal poderia explicar. Quando me sentei, acidentalmente esbarrei na cadeira do estranho.

— Desculpe — murmurei.

— Opa! — ele falou. Estava vestido de maneira indiferente, com calças de brim e uma Henley cinza texturizada. A tira do seu chapéu azul e laranja estava manchada de branco pelo suor. Ele levantou o queixo para dar o maior bocejo possível.

Chutei a sua cadeira novamente, de propósito.

Observei Eli pelo canto do olho. Ele avançando, vigorosamente, em um prato de feijão que podia ter alimentado um campo inteiro de mineradores. Cora estava sentada ao seu lado e serviu outro monte no prato dele.

Será que ele matou a minha mãe por comida?

— Bom dia — saudei.

Eli resmungou, com o garfo na boca.

— Você dormiu bem? — Cora perguntou.

— Como os mortos!

Eu sorri para Eli e abri a boca.

Falando em mortos...

A porta da cozinha se abriu com violência e uma mulher roliça com cabelo desgrenhado e parco, que nem o de um recém-nascido, emergiu com uma bandeja, seu queixo rosado tremendo, enquanto ela andava na nossa direção. Ela largou dois pratos de ovos e broa de milho na frente do homem de boca zangada e na minha.

— Acabou o feijão — ela grunhiu. Os lábios de Cora se afinaram enquanto a observava se afastar.

O homem olhou para seu prato como se, estando no corredor da morte, tivessem lhe entregado a última refeição trocada.

Eu me virei de volta para Eli...

— Eu esperava ter a oportunidade de apresentá-la — disse Cora para mim, atraindo a atenção do homem sem nome. — Vocês dois são os únicos por aqui que estão sozinhos, então pensei que, no caso de quererem companhia, podia ser... — Ela se desconcentrou diante da falta de expressão do homem e, aí, se recuperou. — Rebecca, esse é o Peter! Peter, Rebecca. Rebecca é historiadora.

Ela hesitou novamente quando ele não se mexeu para me cumprimentar.

— Peter — ela continuou, com muita animação — é escritor de uma *revista* e ele está cobrindo o festival para eles... Não é empolgante?

Peter abanou a mão na frente do rosto como se estivesse afastando um mau cheiro.

— Estou animado de estar aqui.

Eu dei o sorriso menos simpático que consegui.

— Igualmente.

Ao lado de Cora, Eli comia furiosamente. Melhor esperar para conversar com ele quando sua boca não estiver mais ocupada.

Alisei o guardanapo sobre meu colo e examinei a comida. Minha faca estava mal colocada. Eu virei a lâmina para dentro. Fiquei imaginando se seria mais fácil se eu simplesmente me apunhalasse na lateral do pescoço e terminasse com tudo. Um repórter. Cristo.

E um pensamento mais aterrorizante ainda: *E se ele não fosse o único?*

Olhei para os outros convidados à mesa. Havia dois casais e uma família de quatro pessoas. Um casal comia com as cabeças bem juntinhas, suas jaquetas de motocicleta estavam penduradas em suas cadeiras. A mulher se esticava para pegar outra broa e a pontinha do desenho de sua tatuagem apareceu por debaixo da manga. Fiquei tensa. Tatuagens — uma das poucas coisas que minha mãe e eu estávamos de acordo: ambas achávamos vulgar. É claro que as razões da minha mãe eram cosméticas, enquanto as minhas eram táticas. Você nunca devia fazer algo tão difícil de mudar.

O outro casal era bem jovem, recém-formados, talvez, e muito malvestidos. Num feriado programado, achei. Já a família era assustadoramente correta: eles tinham camisas brancas combinando e postura perfeita, e nem olhavam para seus garfos quando os levavam à boca.

Eles eram claramente de fora da cidade — ninguém estava comendo muito.

Eu deixei escapar um suspiro. Inofensivo o grupo todo. Tinha certeza.

— Será que mais alguém vai chegar hoje? — perguntei à Cora.

— Não. Isso é tudo. Mas é claro que você nunca sabe se alguém vai decidir parar aqui de repente. — Ela virou o creme em seu café. — Apesar de achar que estas coisas são muito melhores quando são aconchegantes assim, quando todos temos a oportunidade de conhecer um ao outro.

— Bom, está do jeito que gosto — falei. — Adoro conhecer pessoas.

Cora sorriu, e eu retribuí. Principalmente porque descobri que ela era suscetível a elogios.

Olhei de novo para Eli e, depois, para Peter. *Quem devo perturbar primeiro?* Bebi um longo gole d'água, porque, como diz Sun Tzu, um general que perde uma batalha fez poucos cálculos antes, e também o general que se hidrata tem uma pele mais bonita.

A cozinheira largou outro prato em frente a Eli e ele começou a trabalhar, decidindo as coisas por mim. Eu me virei para Peter.

— Então, você é escritor?

— Jornalista.

— Qual a diferença?

— Jornalistas não podem escolher o tema de suas matérias. — Ele se virou e olhou para fora da janela, perdendo o meu reflexo de levantar os olhos para o teto.

— Bem, quem sabe? Talvez você tenha uma história maior do que a que você negociou.

Ele deu de ombros de maneira tão gaulesa que fiquei sem saber se ele era uma ameaça ou uma piada. De qualquer maneira, suspeitei que ele ia precisar de muito mais café para ser de qualquer serventia para mim.

Virei-me para Cora.

— O que devemos esperar de hoje?

Ela pegou um pequeno folheto amarelo de uma pilha próxima a seu prato e me entregou.

— Aí tem a programação. O tour a Adeline é a próxima atividade e os ônibus fretados saem da pousada às dez e meia. Até lá, acho que você vai gostar de dar uma volta na livraria da Kelley. Ela sabe mais sobre Adeline e Ardelle do que eu; além disso, você pode ver o museu e os arquivos da cidade.

— Então a Kelley nasceu aqui? — perguntei.

Cora riu.

— *Todo mundo* nasceu aqui.

— Menos você — arrisquei.

Por um instante, seu perpétuo sorriso não tinha nada de sorriso.

— Acho que eu sempre quis morar num lugar com alguma história — ela falou. — O que temos de mais parecido com um monumento cultural na Cidade do Panamá é o bingo Bon Temps.

— Foi lá que você conheceu Eli? — perguntei. — Na Cidade do Panamá?

Eli sacudiu o garfo; Cora assentiu.

— Eli tinha se estabelecido lá — ela completou. — Uma noite ele entrou num bar em que eu estava... e, bem, você sabe o que dizem dos homens de farda.

— A Cidade do Panamá é muito longe. Você visita sua família com frequência?

— Não tanto quanto gostaria. Há tanto que fazer aqui, com a pousada, a restauração e o festival... Eu não tenho muito tempo livre.

Eli acabou sua última broa. E eu dei o bote.

— E você, Eli?

— Eu também não tenho muito tempo livre.

— Eu quero dizer, você vai ver sua família com frequência? Ou vivem todos na cidade?

Ele pousou a caneca e me olhou nos olhos.

— Toda a minha família está nesta sala.

Eu comecei: será que isso queria dizer que ele sabia que sua irmã estava morta ou apenas que estava morta para ele? Ou será que ele estava fingindo que nunca teve sequer uma irmã?

Ele saiu da mesa antes que eu pudesse perguntar mais alguma coisa.

— Com licença — ele disse.

Observamos ele se afastar, inclusive Peter, no que reparei.

— Isso foi repentino — Peter comentou.

Cora conseguiu rir.

— Como eu disse, há tanto que fazer!

Eu acertei meus óculos para dar uma olhada mais detalhada nas rugas de preocupação no rosto de Cora. Se eu estava entendendo direito as coisas, ela estava mortificada, e qualquer má impressão que Eli pudesse ter dado, ela tentaria consertar. Ela estava me mostrando o flanco descoberto e eu resolvi atingi-la ali.

Cheguei perto, cuidadosamente me inclinei sobre ela, e levantei meu queixo, porque é isso que as pessoas que não estão nem aí fazem.

— Posso ver que você ama isso aqui — disse. — Mas Eli... por que ele decidiu voltar para cá?

Ela suspirou.

— Para falar a verdade, eu não sei. Algumas vezes, Eli nem parece gostar daqui. Eu não consigo entender por quê.

— É apenas natural.

— Como assim?

— Parece que você também não gostava da Cidade do Panamá.

— Bem, aquele lugar é um buraco.

— E assim são todos os lugares quando você é criança. Se você crescer num chalé suíço, vai aprender a odiar chocolate quente.

Peter estava prestando pouca atenção, focado em amassar os ovos com o garfo. De vez em quando, olhava o outro lado do salão antes de continuar, desapontado, sem encontrar nada interessante. *Ele pode ser perigoso*, pensei — mas ele também pode ser útil. Se ele tivesse uma história para a qual ligasse, ele poderia fazer todas as perguntas difíceis. Eu apenas tinha que ter certeza de que ele acharia a história certa — e que eu estivesse por perto para escutar.

Sorri, pensando nos detalhes da ideia. Ele poderia vir a ser o meu próprio Renfield. Se ele fizesse um bom trabalho, eu talvez lhe desse uma ou duas aranhas.

Joguei minha primeira isca:

— Ouvi falar que Ardelle teve a sua cota de problemas naquele tempo.

— Onde você ouviu isso? — perguntou Cora.

— Que tipo de problema? — perguntou Peter, os olhos totalmente focados em nós duas, pela primeira vez na manhã toda. *Bingo*.

A espinha de Cora ficou reta de repente.

— Certamente não sei do que está falando.

— Que tipo de problema? — Peter repetiu. Quando Cora não respondeu de imediato, ele pôs as suas mãos nas dela e sorriu. — Pode ser um ótimo pano de fundo para a matéria.

— Bem, eu acho...

— Ótimo — Peter cortou, puxando seu bloco de notas e sua caneta.

— Você tem que entender que — ela falou, torcendo seu guardanapo — a infância de Eli não foi uma época feliz. Economicamente falando, quero dizer. O estanho estava acabando e as pessoas estavam perdendo seus empregos, suas casas. Os Percy, é claro, passaram por isso tranquilos, mas o resto de nós... o resto *deles*, quero dizer... foi muito duro. Especialmente para Eli. A mãe dele faleceu quando ele ainda era apenas um garoto e, aí, o pai morreu de enfarto quando Eli tinha saído do colégio havia apenas dois anos. E ele não deixou muito mais do que uma hipoteca e um pedaço de terra sem valor nas montanhas. Eli tentou achar um emprego na cidade, mas não era o suficiente. Em um determinado momento, ele teve que vender a casa em Adeline.

Eu me recostei na cadeira. Minha mãe tinha crescido *pobre*? E, mesmo assim, ela achava tranquilo gastar tanto em sapatos?

— E para quem ele a vendeu? — perguntou Peter.

Cora hesitou.

— Stanton. Na verdade, agora, Stanton é dono da maior parte de Adeline. — Ela firmou sua expressão. — E é uma coisa boa, também... ali está um homem que aprecia história.

— Mas isso deve ter sido difícil para o Eli, perder a casa — eu disse.

— Realmente foi. Especialmente logo depois que sua irmã...

— Sua irmã? — perguntei com cautela.

— Ah, não foi nada — Cora respondeu —, ela apenas deixou a cidade, nada mais.

Peter a observava com um brilho especulativo no olhar.

— Mas, mais cedo, ele disse que toda a família dele estava aqui hoje. Por que não mencionou a irmã que está fora?

— Não é algo sobre o qual a gente gosta de falar.

— Onde ela está agora? — Peter perguntou.

Cora colocou seus talheres no prato e colocou o guardanapo na mesa.

— Você sabe tanto quanto eu — respondeu.

Guia do Visitante de Ardelle

Atrações:
Museu da Mineração, Av. Percy, 238.
Centro de Visitantes, Av. Principal, 205.
Exposição Interpretativa sobre Oglala Sioux, Av. Percy, 238.

Eventos:
Dias da Poeira Dourada, primeira semana de novembro. Horários disponíveis no Centro de Visitantes de Ardelle (localizado na Pousada Prospect Inn).

Hospedagem:
Pousada Prospect Inn, Rua Principal, 205. A construção impecavelmente restaurada oferece serviços modernos em um cenário do século XIX. Doze quartos privativos lindamente mobiliados, com camas de casal e banheiro no quarto. Internet. Diversão. Café e chá da tarde.

Alimentação:
A Toca do Coiote, Rua Um, 300. Bar completo, TV via satélite. Bebidas pela metade do preço em dias de jogo.
VFW Post #919, Av. Tesmond, 124.
Empório Geral do MacLean, Rua Principal, 398. Espetinhos de búfalo, doces e compotas feitas em casa, cuca.

Compras:
Galeria e Presentes Odakota, Rua Principal, 142.
Livraria La Plante, Av. Percy, 238.
Loja de Roupas Hill Creek, Rua Principal, 140.
Loja de Consignação da Rita, Rua Comercial, 155.

Camping:
Um camping pode ser encontrado a 4,8 quilômetros a oeste de Ardelle, do outro lado da passagem. Reboques, ancoragem, 20/30/50 amp, estação de lixo. Mesas de piquenique e estribos.

CAPÍTULO TREZE

Peter estava fazendo um trabalho tão bom até aqui que resolvi sacudir outra aranha na sua frente.

— Parece um pouco suspeito, não parece? — comentei.

— O que parece suspeito?

— A coisa toda sobre a irmã do Eli.

Peter assentiu hesitante, não de todo convencido.

— Eu imagino... — eu disse, deixando a frase no ar deliberadamente.

— O quê?

— Se a dona da livraria sabe tanto sobre a cidade, talvez ela também saiba algo sobre a irmã de Eli.

— É uma boa ideia, na verdade. — Ele se levantou. — Acho que sei para onde vou agora.

Eu levantei a minha mão e disse:

— Espera!

Como é que eu ia convencê-lo a me deixar acompanhá-lo? Percorri minhas opções. Homens como Peter existem para ter seus egos massageados, então, uma das opções era viver o papel da moça sem conserto que tem uma paixonite. Mas como será que uma apaixonada sem jeito se parece? Será que eu devia flertar de modo ineficaz? Deveria corar e desviar o olhar? Não estou certa. Eu tive uma dúzia de paixonites na minha vida — só desejamos o que é difícil, e os homens de minhas relações não eram exatamente conhecidos por ser reticentes.

E ainda tínhamos minhas roupas a considerar.

Não, se eu ia convencer Peter a me deixar a par de tudo, obviamente não seria por sedução sexual.

Certo, então vai ser na adoração ao herói!

— Por que eu não te acompanho? Não sei se Cora mencionou, mas sou uma historiadora, quem sabe eu possa ajudar? Parece uma história com potencial e eu adoraria vê-lo trabalhar. Eu sempre sonhei em ser uma repórter, sabe? Assim como Lois Lane!

Ele suspirou.

— Ah, céus, por que não? A única coisa que todos querem falar é sobre os *hors d'oeuvres* do baile de sábado. Vamos nessa.

Apesar de a livraria ser perto — apenas quatro quarteirões —, estava tão frio e úmido que, ao acharmos o lugar, já me sentia como uma esponja de banho encharcada. Uma sineta anunciou a nossa entrada.

A sala da frente estava repleta de mercadoria — suvenires, na sua maioria — e cheiro de couro cru. Eu fui de uma vitrine para outra, examinando cerâmica e tecidos e livros nada interessantes, publicações sobre história local. Reparei que um deles era da autoria de Cora: *A volta do gótico na Corrida do Ouro — Arte decorativa e arquitetura na explosão urbana de Black Hills*. Meus olhos pesaram de tédio só de olhar para ele.

Já o volume seguinte era mais promissor. *As famílias fundadoras das cidades gêmeas de Odakota* — escrito por uma Kelley La Plante. Tirei da estante. Era dividido em cinco partes.

Os Percy
Os Kanty
Os Freeman
Os Fuller
Os La Plante

Tirei a foto da minha bolsa e contei. Isso, cinco famílias.

— O que é isso? — Peter perguntou, por cima do meu ombro. Eu enfiei a foto no fim do livro.

— História do século XIX — disse. — *É fascinante*. Estou lendo sobre a representação política das minorias étnicas e sua ligação com a construção da ferrovia transcontinental. Você gostaria de dar uma olhada?

Ele ficou pálido.

— Talvez mais tarde.

Respirei aliviada e abri o livro novamente. Folheei para depois da introdução — e achei a árvore genealógica da família Kanty.

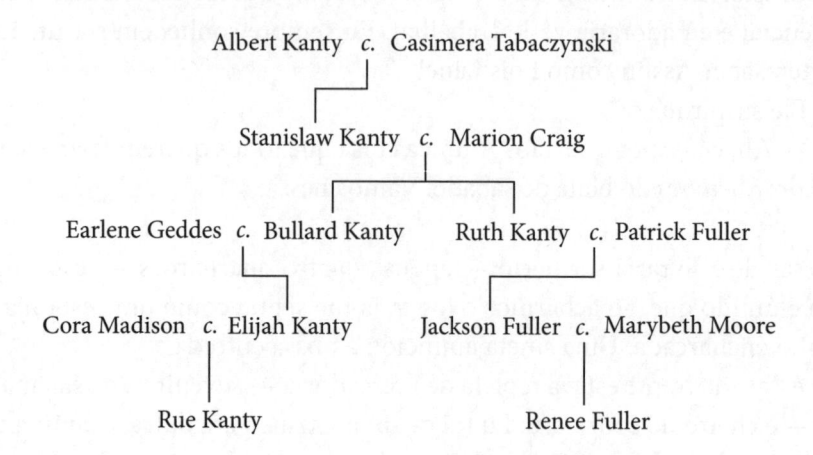

```
                    Albert Kanty  c.  Casimera Tabaczynski
                              |
                    Stanislaw Kanty  c.  Marion Craig
                              |
      Earlene Geddes  c.  Bullard Kanty      Ruth Kanty  c.  Patrick Fuller
                        |                              |
      Cora Madison  c.  Elijah Kanty       Jackson Fuller  c.  Marybeth Moore
                    |                                    |
                Rue Kanty                            Renee Fuller
```

Sem menção a Tessa.

Mas a árvore da família não foi um desperdício. Agora eu sabia que também era parente da Renée. Primas em segundo grau. *Deus, a maldade parece estar mesmo no meu sangue.*

Virei a primeira página da história dos Kanty.

Albert Kanty, o primeiro colono europeu da área, chegou, em 1881, da província prussiana de Posen (agora, parte integrante da Grande Polônia Voivodeship), na companhia de sua mulher, Casimera, e de sua irmã, Agnieszka. A posse de Kanty era a maior da área, maior até mesmo que a de Tesmond Percy, assinada oito meses mais tarde. Foi a posse de Percy que se provou ser a mais lucrativa das duas. Contudo, tão logo Kanty exauriu suas próprias reservas, ele foi trabalhar para a companhia mineradora inexperiente de Percy. Mesmo assim, até a sua morte, em 1897, Kanty continuou a vasculhar a sua própria terra em busca de outro veio.

— Eu sabia que não levaria muito tempo para descobrir meu segredo.

Meu coração rateou. Kelley se aproximara de mim. Seu cabelo estava penteado em marias-chiquinhas e ela usava uma camisa preta com uma estampa de um provérbio que eu não conhecia.

Acalmei minha respiração.

— Seu segredo?

Ela acenou para o livro.

— Sou uma geek *e* uma nerd.

Demorei meio segundo para recuperar a minha linha de raciocínio e algo no olhar parado de Kelley me fez perceber que ela havia notado.

— É muito bem escrito.

— Pode levar, cortesia da casa. Não é sempre que encontro alguém que realmente queira ler a coisa.

— Obrigada — falei com convicção. — É uma loja ótima que você tem aqui — comentei, sem nenhuma convicção.

— Acho que sim. — Ela passou a mãos por colares de penas de uma das vitrines. — Eu não curto muito a mercadoria, mas não posso me dar ao luxo de me livrar dela.

— Ela não é tão... — comecei, mas Kelley me lançou um olhar. — Certo, é bem ruim.

— Aqui costumava ser uma livraria, uma de verdade, e, até mesmo nessa época, as pessoas vinham aqui me visitar e logo começavam com "Oi, indiazinha. Vou levar um par dos seus melhores mocassins e um saco de carne-seca de búfalo". Então, quando herdei a loja de meu pai... bem, comecei a estocar mocassins e carne-seca de búfalo.

— Por que não se mudou para um lugar onde as pessoas, de fato, compram livros?

Ela sorriu.

— Eu digo a mim mesma que convencê-los a comprar porcarias superfaturadas é a melhor vingança.

— Mas, onde está o museu?

— O *museu*?

— Cora disse que aqui também tinha um museu.

Kelley revirou os olhos.

— Clássico da Cora. Chamar o que temos de um museu é um exagero absurdo. A gente mal tem uma exposição. Mas você é mais do que bem-

-vinda a olhar, se quiser, é logo ali. — Ela me guiou por uma porta à nossa esquerda, para uma vitrine que era um pouco mais do que uma série de caixas contendo velhas ferramentas de garimpo de valor histórico seriamente questionável. Havia uma fileira de fotografias ao longo de uma parede, todas identificadas por uma etiqueta irregular datilografada. Várias mostravam a pousada de Cora e era preciso reconhecer que suas restaurações eram perfeitas. A única diferença que podia ver era na tabuleta. A Prospect Inn atual era sinalizada por uma tabuleta de cedro, mas, em 1890, as coisas eram bem mais simples, apenas uma tábua onde se lia "Quartos". Numa das fotos, você podia ver uma mulher num avental bufante se esgueirando pela porta lateral.

Kelley me deu um empurrãozinho para a frente.

— O café é por ali.

Entrei num tipo de quarto que você pode sentir nos pelos do nariz. Livros empilhados sobre livros; prateleiras empilhadas sobre prateleiras; poeira sobre poeira. Fui até a estante mais próxima, inclinando a cabeça para ler os títulos antes de puxar um. Na capa, uma mulher de pele esverdeada abraçava um homem com cauda de tigre. Até pensei por um minuto em comprá-lo. Eu não havia lido por prazer durante anos — dez anos, na verdade. Confinamento na solitária e investigação obsessiva costumam se tornar um obstáculo para isso.

— E isso — disse Kelley — é o que Cora gosta de chamar de a Exposição Interpretativa sobre Oglala Sioux. — Ela lutava para não rir.

— Não entendi.

— Cada um desses volumes é um artefato de grande valor cultural para a comunidade Oglala Sioux de Ardelle, que, preciso esclarecer, é o meu pai.

— Parece que Cora podia ter uma carreira em publicidade. — Eu pus o livro de volta. — Ele não levou os seus livros com ele para a Flórida?

Só quando Kelley deixou de responder é que me dei conta do que tinha deixado escapar.

— Eu encontrei seu irmão, de novo, no caminho de volta para a pousada, ontem à noite — eu disse como quem não quer nada. — Ele mencionou que seus familiares tinham se aposentado.

Ela me observava, sua cara no limiar de tantas expressões simultâneas que não consegui nem imaginar o que se passava por sua cabeça.

— Eu tinha esperança de que, a esta hora, você já estaria a meio caminho de algum lugar legal.

Por cima do ombro de Kelley, eu vi Renée, em pé, descalça, ninando uma caneca de café, aos pés da escada que eu não tinha visto ainda. Eu a olhei de novo, imaginando se a veria de uma forma diferente agora que sabia ser sua prima em segundo grau, e não pude resistir a procurar em seu rosto alguma coisa, qualquer coisa, que se parecesse comigo. Mas eu não estava contando com isso. Qualquer semelhança entre mim e minha mãe foi sempre notadamente ausente. Sou loura espalhafatosa, rosto fino, corpo de bailarina, sem graciosidade. Minha mãe, por sua vez, parecia a Marilyn Monroe — mas desfilava como a Grace Kelly. Eu não era apenas a maçã que tinha caído longe da árvore. Eu era a maçã que tinha sido comida pelos vermes, também.

Só notei porque estava observando Renée muito de perto. Quando ela veio para junto de nós, Kelley passou os nós dos dedos nos quadris de Renée de um jeito que me fez pensar que ela não estava consciente de estar fazendo isso. Os meus lábios se torceram para cima. Elas podiam também estar carregando cópias idênticas do livro *O fruto proibido* (de Rita Mae Brown).

Pela primeira vez em não sei quanto tempo, deixei escapar uma verdadeira gargalhada gutural. Foi um ruído desagradável e rascante, como um parafuso sendo apertado por uma furadeira, mas foi, eu admito, um alívio saber que ainda era capaz de fazer isso.

Ambas se viraram para mim, Renée dando um passo para ficar ligeiramente na frente de Kelley, formando um paredão. A suavidade que tinha surgido em seus sorrisos substituída por um esboço de sorriso alerta.

Meu próprio sorriso se desfez e eu o entoquei de volta no lugar.

Segredos são a minha moeda de troca, mas, que diabos, como são complicados.

Existem três maneiras de se lidar com segredos, sabe? A primeira é a que você vê em telenovelas e em mal executadas manobras do ensino médio. Primeiro, você encontra um indício incriminador e, aí, você o usa para forçar um fluxo constante de favores, pagamentos ou atitudes. O problema com isso é que, se usado indefinidamente, desvaloriza o custo da conivência e reduz o custo da exposição. Mais ainda, a probabilidade de que você perca a exclusividade da informação aumenta a cada dia que passa. Nunca, jamais, pense que você é o único revirando o lixo, especialmente em Los Angeles. Víboras são medidas por sua picada por uma razão.

O segundo é mais eficaz: você faz apenas um único pedido, muito bem pensado. E você dá ao seu alvo apenas uma chance. Esse é o meu *modus operandi*. Se o alvo não faz o que pediu, quando você pediu, você vaza o segredo. Sem desculpas. Sem misericórdia. A inflexibilidade é a chave para a credibilidade. Mães, treinadores de cães, Israel... você sabe do que estou falando.

Mas ainda existe uma terceira maneira, mais radical: você revela que sabe o segredo... e o mantém debaixo dos panos. Faça isso e eles vão até te contar outros e talvez guardar algum seu, em troca. E eles pensarão que estão fazendo isso porque querem, quando o que você realmente fez foi dolorosamente alinhar seus incentivos. Afinal, isso é o que confiança realmente significa. Algumas pessoas são incentivadas pela virtude.

Foi por isso que optei pelo terceiro método.
Pode ser exatamente o que eu precisava para derrotá-los.

— O que é tão divertido? — Renée perguntou, quebrando o silêncio.
— Leo sabe? — indaguei.
Elas se entreolharam.
— Sabe o quê? — Kelley perguntou.
Eu resolvi pagar para ver como reagiriam ao saber do que a pequena Jane era capaz:
— Que sua mulher tem um caso com sua irmã.
Kelley engoliu em seco. Renée revirou os olhos. Sucesso.
— Ah, vamos — Kelley falou —, você tem que admitir que, falando deste jeito, é bem engraçado. — Ela envolveu o braço em Renée e deu vários beijos na curva de seu pescoço, até que ela relaxasse. Aí, ela apontou para mim. — Retiro o que disse sobre você ter que deixar a cidade. Acho que vamos querer você por aqui.
Relaxei meus ombros.
Passos soaram na sala contígua: Kelley e Renée se separaram. Segundos depois, o repórter entrou. Eu me retirei para perto de uma das estantes, no canto.

— Ei — Peter cumprimentou Renée e Kelley, sem o menor preâmbulo —, são esses os arquivos?

Renée lançou um olhar de total desprezo, concentrando-se um pouco mais em suas alpargatas azul-escuras.

— É isso aí, todo seu. — Ela apontou com o polegar para uma pirâmide de caixas de papelão desbeiçadas, no outro canto da sala.

O olhar que Peter deu parecia o de uma virgem em sua camisola de dormir num filme de vampiros.

— Temos em microfilme também — Kelley falou, em tom de desculpa —, mas os leitores de microfilme estão quebrados desde junho.

Peter se aproximou e, com apenas dois dedos, levantou a tampa de uma das caixas. O papelão estava mole e esverdeado, com a textura de um cream cracker que foi deixado por tempo demais na canja de galinha.

— Se tiver alguma pergunta — Renée prosseguiu —, você provavelmente terá mais sucesso com a Hermione Granger aqui.

Kelley levantou a mão.

— Sou eu. Mas, às vezes, também respondo como Kelley.

Peter deu um passo na sua direção.

— Sou Peter Strickland, estou escrevendo uma matéria sobre Ardelle...

— Ui, o que você fez para merecer isso? — perguntou Renée. Kelley deu uma cotovelada nas suas costelas.

— ... e estava pensando se poderia fazer umas perguntas.

— Claro, será um prazer ajudar — Kelley se voluntariou. Ela se sentou no sofá macio e verde que havia na sala e ajeitou a almofada que estava próxima, levantando uma nuvem de poeira branca ao fazê-lo. Peter olhou com desaprovação para o sofá antes de sentar-se ao lado dela.

Renée se encostou na parede perto de Peter, não se dando conta, acho, de quanto sua postura era protetora. Eu me mantive distante virando as lombadas dos livros, fazendo de conta que estava absorta na minha pesquisa. Arranjando uma desculpa para estar ali.

— Eu gostaria de saber o que pode me contar sobre os Kanty — Peter começou.

Dance, macaquinho, dance.

Eu dei um passo para mais longe, mas não tão longe que não pudesse ouvir a resposta de Kelley.

— Bem, Albert Kanty foi o primeiro a ter uma posse por aqui, claro, então eles estão em Ardelle até há mais tempo do que os Percy.

— Mas foram os Percy que fundaram Ardelle.

Kelley deu de ombros.

— Não era uma posse muito boa.

— Isso deve ter gerado algum ressentimento.

Renée riu.

— Os Kanty têm uma raiva que você nem imagina. Eu não me lembro de ter ouvido Eli dirigir uma palavra a Stanton até Cora entrar na história.

Bem, *isso* era a cara da minha mãe. Ela sempre manteve um inventário atualizado de tudo que eu fiz de errado, um Papai Noel com um chip no ombro. Como a vez quando eu tinha cinco anos e a fiz perder um voo para Turks e Caicos, porque resolvi achar que minha babá era um fantasma que só eu podia ver. Ou quando, aos oito anos, estraguei um jantar porque procurava uma passagem secreta no armário de casacos e fiz uma arquiduquesa decrépita desmaiar quando ela veio pegar seu mink. Ou ainda a vez em que deixei o fotógrafo da *W* entrar em casa. Tudo que eu fiz foi sempre imperdoável, irrevogável. No tribunal da minha mãe, disparar um alarme era o mesmo que matar.

Passei para a outra estante, puxando um livro aqui, outro acolá.

— O que você pode me contar sobre Tessa Kanty? — Peter perguntou.

— Não muito — Kelley disse. — Não vejo Tessa desde criança.

— Ela e o irmão eram próximos?

— Não sei dizer.

Por que será que eu tinha a impressão de que estava mentindo?

— E qual era o grau de parentesco com, uhn... — ele puxou seu bloco de notas e deu uma olhada — com Jared Vincent?

Eu gelei. *Quem diabos era Jared Vincent?*

— O que tem em mente? — Renée perguntou. — Uma versão de 1985 de Bonnie e Clyde? Não há nada aí.

Os lábios de Peter se estreitaram.

— Jared Vincent roubou trinta mil dólares, que nunca foram recuperados, na mesma época em que sua namorada de dezoito anos desapareceu. Me parece que temos uma história aí.

Um livro de capa dura caiu no chão.

... o verão de 85, quando a irmãzinha do Eli fugiu com um ladrão de banco.

Como eu não tinha percebido a conexão?

Espera — a minha mãe tinha apenas dezoito?

Renée bateu com a caneca na mesa, me tirando do meu transe.

— Se é uma história, é curta. De apenas uma palavra para ser exata: coincidência.

Kelley, com o bom-mocismo de sempre, pôs a mão no braço de Peter.

— Não ligue para ela. Tessa e Renée... são parentes. É uma história delicada. Mas ela está certa. Não há nada de escandaloso nesse caso. Tessa apenas tinha um péssimo gosto para homens.

— Nem tão péssimo se a deixou 10 mil dólares mais rica.

— Ninguém acha que a Tessa pegou esse dinheiro — disse Kelley. — Se tivesse, ela teria dado tudo para o irmão... Eles perderam a casa de Ardelle naquele mesmo ano. Aquele dinheiro teria evitado isso.

— Isso nem é...

Renée o cortou.

— Não que as pessoas não tenham tentado falar sobre Ardelle. Mas, depois que chegam aqui, elas nunca acham algo de que valha a pena falar. Somos desinteressantes, somos teimosos. Não desperdice seu tempo.

Ah, fala sério. A fala toda era um *discurso decorado*. Os olhos de Renée encontraram os meus e ela deu de ombros, como que pedindo desculpas.

— Mas, se você realmente quiser saber mais — Kelley falou de maneira tranquilizadora —, por que não vem conosco até Adeline? Você pode ver a antiga casa dos Kanty por si mesmo, perceber o jeito da família, e o que mais quiser. É mais interessante do que os arquivos, eu juro.

Ele cruzou os braços.

— Prefiro ficar por aqui, se não se importar. Não sou muito interessado em arquitetura.

— Você pode se surpreender — disse Kelley. — Mas, claro, fique à vontade. Eu apenas espero que tenha trazido um antialérgico.

Peter não perdeu tempo em se dirigir para as caixas, que ele desceu e organizou numa linha metódica, trocando uma ou outra de lugar, depois de dar uma olhada breve no conteúdo de cada uma. Ele resmungou algo incompreensível.

Eu me voltei para a estante e fiquei olhando para os livros na minha frente, sem vê-los. Minha mãe achava que combinar os sapatos com a bolsa era uma coisa moralmente questionável. E ela tinha se envolvido com um *ladrão de bancos*?

— Se não corrermos, vamos perder o ônibus fretado.

Eu levantei os olhos. Kelley e Renée estavam aguardando à porta. Por mim, ao que parece.

— Nada que valha a pena contar? — resmunguei.

Renée deu de ombros.

— Como a Kelley disse... somos família.

CAPÍTULO CATORZE

O caminho para Adeline era difícil. A estrada não era conservada e era cheia de crateras e protuberâncias, as raízes das árvores rasgando caminho pelo asfalto, ávidas por retomar seu território. O ônibus fretado não era equipado para esse tipo de terreno e nos atirava para o alto, sem aviso, e de volta aos assentos de borracha dura. Eu não me senti muito diferente do que havia me sentido quando trepei com o baterista metaleiro. Certamente me senti tão nauseada quanto.

Tentei me concentrar em Cora, que, na frente do ônibus, nos dava aulas de história.

— A primeira mina de ouro comercial documentada nos Estados Unidos foi descoberta em 1799...

Arhg. Não.

— Então — Renée falou por detrás de mim, a voz baixa o suficiente para apenas Kelley e eu a ouvirmos —, ouvi dizer que tem passado algum tempo com Leo.

— Não da forma como está insinuando. Por coincidência, nós saímos do bar na mesma hora.

— E ele, por coincidência, contou a você a história da vida dele no caminho?

Eu pus a mão na vidraça fria e, depois, a encostei no meu rosto.

— Só jogamos conversa fora, nada mais.

— Nós passamos na casa do Leo no nosso caminho para casa, sabe? — Renée falou. — E nós te vimos sair.

— Eu até acenei — Kelley acrescentou. — Acho que você não me viu.

Eu fechei meus olhos.

— Não — falei. — Definitivamente não te vi.

Renée me deu um tapinha no ombro.

— Está tudo bem. Eu entendo. Ele tem esse charme do feio-sexy.

— Diga que é de família e eu te bato — Kelley falou.

Renée esticou o braço passando por mim até Kelley, tocando seu ombro com as pontas dos dedos duas vezes, antes de os pousar no encosto da cadeira. Mesmo usando flanela quadriculada, seus braços eram flexíveis e belos.

O ônibus subia pela estrada, e as árvores iam ficando mais próximas. Meus ouvidos doíam com o ar preso neles. Renée estava falando alguma outra coisa, mas eu mal podia escutá-la, então, apesar do que minha mãe classificava como impróprio, como passar batom à mesa ou mandar cartas de agradecimento por e-mail, eu apertei o nariz e tentei equalizar a pressão dentro da minha cabeça. Quando meus ouvidos soltaram, tudo estava tão alto que fiquei com a impressão de que o ouvido estivera preso desde que eu chegara a Ardelle.

— Não estou interessada no Leo. Estou aqui apenas pela história.

— É o que você diz — Renée murmurou —, mas, mesmo assim, você não está prestando atenção ao que Cora fala, não é mesmo?

Eu me virei para olhar para ela e verificar se o brilho que eu sabia que estaria nos seus olhos era de suspeita ou de divertimento.

— Eu me distraí por um instante. Mas não estou interessada nele... não desta maneira.

Renée me recostou.

— Bom, acho que não é pra mim que você tem que dizer isso.

Eu me atrapalhei com o barulho da correia e da suspensão que o ônibus fazia. Cora falava algo sobre Custer.

— Faz quanto tempo que você morou em Adeline? — perguntei a Kelley.

— Não o suficiente — Renée respondeu.

— Saímos em 1985 — Kelley disse —, quando eu tinha dez e Renée tinha doze. Foi assim que nos conhecemos, para falar a verdade: Leo, Renée e eu. Os brancos-nem-de-todo-empobrecidos do lado errado da passagem.

— Não se esqueça do Walt... — Renée acrescentou.
— Como se ele fosse deixar.
— E quanto a Eli?
Kelley inclinou a cabeça.
— É — ela disse depois de algum tempo —, Eli estava lá também. Não o víamos muito, nem a Tessa. Eles eram um pouco mais velhos do que o restante de nós. E, depois que o pai deles morreu, cada um deles teve que pegar uns seis empregos diferentes. Renée, lembra quando ela trabalhava no MacLean?
— Ah, puxa. Aquilo era ótimo; ela nos dava fleischkuekle com ketchup sempre que o velho morcego aprontava.
— Ganhamos muito fleischkuekle — Kelley comentou.
— E quanto às crianças do lado *certo* da passagem?
Renée estalou a língua.
— Essa seria a galera do Mitch Percy. Como ele achou Lacoste na zona rural da Dakota do Sul, eu nunca vou descobrir.
— Esse é o Mitch Percy *daqueles* Percy — Kelley falou. — Filho do Stanton.
A voz de Cora se sobressaiu:
— ... mais ao sudeste, tem a área comprada pela Energy Innovation Corp durante a Bolha de Urânio de 1957 e, ao noroeste, temos a Reserva Natural de Odakota, que é um lugar ótimo para visitar se algum de vocês gostar de trilhas...
Eu me virei para Kelley e Renée.
— Stanton pareceu ser legal.
— Ele é, na maioria das vezes — Renée concordou. — Não sei como ele conseguiu gerar um idiota tão retardado.
— Genes são uma coisa do capeta.
Olhei para fora da janela outra vez. Eu podia ver uma clareira a distância. Estávamos quase lá — no lugar que gerou a minha mãe. Eu dei um nó no meu lenço de pescoço e o deixei apertado o suficiente para doer.

Adeline pode ter sido planejada para ser a imagem refletida de Ardelle, mas a semelhança era menos visível do que triste, como se alguém tivesse pegado Ardelle, colocado numa cama de bronzeamento e dado cinquenta cigarros por dia. Eu desci do ônibus fretado, aterrissando em um monte fétido e castanho.

— Acho que os burros estão de volta — Renée falou. — Bem-vindos ao lindo centro de Adeline!

Raspei a sola da minha bota no para-choque dianteiro do ônibus antes de me juntar aos outros diante de uma casa bege acinzentada pela umidade. Os suportes do pórtico da frente começavam a se soltar e o friso superior cedia para os lados, o equivalente arquitetônico a um par de tetas velhas. Era uma casa, pensei, que desistiu de Adeline, bem antes de Adeline desistir dela.

— Esta — Cora informava — foi a casa da infância do meu querido marido Eli, e vocês podem reparar as semelhanças com a nossa atual casa, pela qual passamos ao deixar Ardelle. Foi erguida em mil oitocentos...

— Por quanto tempo eles moraram aqui? — perguntei a Renée.

— Eli vendeu a casa quando se alistou, em 85... na mesma época em que a maioria de nós se mudou.

Ano cheio de acontecimentos.

— ... e esperamos que, em breve, possamos recuperar a glória anterior das construções. — Cora respirou fundo para encher o peito de orgulho e eu agarrei a oportunidade de levantar a mão.

— Podemos entrar?

Cora olhou para a casa atrás dela e coçou um lado da cabeça.

— Eu não acho uma boa ideia — ela respondeu. — Não sei se é seguro. Mas talvez você possa voltar quando tivermos terminado a restauração! Planejamos não apenas consertar a antiga casa dos Kanty, mas também os correios e a prefeitura, que estão a pouco menos de dois quilômetros de distância... Então, se me seguirem, vamos começar nossa visita! — Ela tocou o rebanho para a frente, os visitantes seguindo com docilidade, Rue se desgarrando para o lado como uma criancinha distraída. Eu andei com o grupo por vários metros, até que viramos uma esquina e eu vi Kelley e Renée se entreolharem.

Voltei até a casa dos Kanty e examinei o pórtico. O que será que Cora estava armando? Podia não estar bonito, mas certamente era bastante firme. Mas me segurei numa coluna de madeira para manter o equilíbrio e testei as tábuas do pórtico com a ponta da bota, só para me certificar.

QUERIDA FILHA

Tá vendo? Está ótima.

Dei um passo à frente e abri a porta da frente — que, imediatamente, despencou das dobradiças. Eu a agarrei exatamente quando caía no chão, o barulho dela batendo no chão de madeira ecoando pela entrada. Fiquei parada, em silêncio, e esperei. Pelo ruído de passos. Pelo barulho de vozes. Mas, graças a Deus, ninguém apareceu.

Coloquei a porta de volta no lugar da melhor forma possível e dei uma olhada em volta. Uma entrada-padrão, com um cômodo grande de cada lado. Eu havia levantado poeira com a minha entrada nada graciosa e, por um breve instante, o sol refletiu na poeira, tão profuso, que parecia que o ar estava carregado de brilho, como num vale encantado. Mas, aí, a poeira assentou e o cômodo ficou da cor que a água da banheira fica quando você mergulha o cabelo cheio de xampu.

Eu sentia o cheiro de cigarros e de cerveja derramada; escória arredia a distância.

À minha esquerda, estava o que havia sido uma sala de estar. Uma mobília havia sido deixada para trás com a casa: um sofá manchado, uma mesinha de centro feita de bordo e marcada com três longos arranhões, um conjunto de mesinhas de apoio empilhadas num canto. O chão estava marcado por pegadas, algumas mínimas (ratinhos, espero) e umas maiores (gambá, temo). E pelo menos um par de pegadas era de gente.

Eu me dirigi para a escada, que era acarpetada com algo que um dia provavelmente foi um amarelo-claro, mas anos de negligência haviam enlameado e que parecia, agora, cor de camuflagem para o deserto. Por baixo, a madeira estava tão fraca que sentia como se estivesse andando sobre palitos de picolé. Nas paredes, havia quadrados esbranquiçados onde quadros de família um dia estiveram pendurados.

Quer dizer, é ali que os quadros de família são sempre pendurados nos filmes, certo? Eu não saberia, se não fosse isso. Minha mãe nunca pendurou fotos de sua família em áreas públicas.

(Nem em áreas privativas, só para esclarecer.)

No topo da escada havia quatro portas. Abri a mais próxima. Eu mal podia ver dentro do quarto — não dava para dizer se havia cortinas pesadas ou não tinha janela. Dei um passo e esperei que meus olhos se acostumassem e foi quando senti o ar mudar de cheiro. Alguma coisa correu na minha direção. Eu me atirei para o lado e a coisa passou correndo por mim, em direção à entrada, onde se juntou com outra criatura maior. As coisas eram cinza, com caras brancas e rabos de rato. Uma mostrou um rosnado com dentes. Eram gambás. E eles me lembraram de Ainsley.

Dei um passo para trás: eles me seguiram com seus olhos negros e brilhantes.

Depois de um minuto de tensão (para mim, de qualquer maneira), eles se esgueiraram para a esquerda e fugiram pela porta. Eu voei para a frente e bati a porta atrás deles. Recuperei o fôlego e esperei que o quarto não tivesse nenhuma pista, porque, definitivamente, eu não queria ter que entrar nele.

Voltei até aquele primeiro quarto escuro e entrei nele. Apalpei a parede até achar uma cadeira de espaldar, que eu sacudi à minha frente, em arcos, como se fosse uma tocha em uma caverna, enquanto eu me dirigia ao que esperava que fosse a janela. E era. Eu abri as cortinas de veludo emboloradas, recebendo uma nuvem de poeira na cara pelo meu esforço. Quando a minha vista deixou de ficar embaçada, percebi que não havia feito muito para clarear as coisas. A vidraça estava incrustada de sujeira, a luz mal conseguia passar através dela. Passei a manga do casaco nelas para limpá-la, mas a maior parte da sujeira estava do lado de fora. Tentei abrir o trinco, mas ele não se mexeu.

Examinei o cômodo da melhor maneira possível. Diferentemente dos cômodos do térreo, este aqui ainda estava mobiliado. Havia um colchão num estrado de caixa de molas, uma escrivaninha de aglomerado, uma estante baixa, com três dúzias de brochuras de clássicos com lombadas inteiras. Um criado-mudo com um pé faltando e uma cômoda vazia. Não havia pôsteres nem quadros ou enfeites — nem indícios de que tivesse havido pôsteres, quadros ou enfeites. Em vez disso, havia uma sensação de ausência que diferia do restante da casa. Esse cômodo não havia sido abandonado; ele nunca tinha sido habitado.

Olhei novamente para o criado-mudo. Era mobília barata imitando mobília cara, com a madeira escurecida a tal ponto que não se pudessem ver suas imperfeições e um puxador que era uma cópia malfeita de um Chippendale. Eu abri a gaveta e olhei o interior. Estranhei. As proporções estavam erradas.

Espera, eu já vi isso antes — em todas as casas em que vivi.

Eu afundei um dos cantos do fundo da gaveta e o outro, do outro lado, subiu. Por baixo do compensado, havia um envelope pardo, escrito "confidencial" em uma letra infantil toda rebuscada, de menina. Passei o dedo pelas letras antes de abrir o envelope e o virar de cabeça para baixo.

Algo pesado escorregou e caiu no colchão. Eu olhei para ele e sorri.

Playgirl, abril de 1985. *Tom Selleck: Um solteiro no paraíso. Tim Hutton: Símbolo sexual com consciência. Yuppies: Nus.*

Foi aí que eu soube, sem sombra de dúvida, que este tinha sido o quarto de minha mãe.

MARION ELSINGER

Origem: Wikipédia, a enciclopédia livre
(Redirecionado de Marion Jenkins)

Marion Jenkins Elsinger (1957-2003) era uma filantropa suíço-americana. Em 2003, ela foi assassinada em Beverly Hills, Califórnia. Sua filha, Jane Jenkins, foi inicialmente condenada e ainda se suspeita que seja responsável por sua morte.

Infância [editar]

Marion Elsinger, nascida Marion Jenkins, morou na Suíça de 1985 a 2001. Casou-se quatro vezes (a mais recente com Jakob Elsinger) e tinha um relacionamento bem documentado com o industrial suíço Emmerich von Mises, com quem teve a filha, Jane. Viveu em Los Angeles, Califórnia, de agosto de 2001 até sua morte.

Filantropia [editar]

Mecenas fiel das artes e da decoração, Elsinger era patrocinadora ativa de vários museus proeminentes da Europa, inclusive o Österreichische Galerie Belvedere, a Fundação Beyeler, o Kunstmuseum Basel e o Museu de Gegenwartskunst.

Ela era conhecida pelo trabalho de caridade, frequentemente levantando fundos para o Midwest Food Bank, Hunger Relief International, Orphan Grain Train e para a Associação do Lábio Leporino e Palato Fendido.

Morte [editar]

Em 15 de julho de 2003, Elsinger foi encontrada morta em sua casa, em Beverly Hills. Sua filha, Jane Jenkins, que, supostamente, almejava o controle da fortuna de Elsinger, foi presa e condenada por seu assassinato.

Em 2013, Jenkins foi libertada. O caso, no entanto, permanece fechado.

CAPÍTULO QUINZE

Eu me sentei na cama e folheei a revista, mais preocupada em perceber indícios de sua dona do que com as fotos em si. Procurei uma página com as pontas marcadas ou com a marca suarenta de um dedo ávido, mas, até onde podia ver, a revista estava em ótimas condições, parecia nova. Ela nunca tinha sido folheada antes.

O que fazia todo sentido. A revista era outro de seus truques. Um artefato chamativo destinado a desviar seu olhar de uma busca mais meticulosa.

Então, onde estava o que realmente valia a pena?

Levantei-me e ergui o colchão do estrado, mas não achei nada, então, me abaixei e comecei a verificar cada milímetro no estrado da cama box. Na ponta mais distante, havia uma marca, quase imperceptível, de um recorte no tecido. Enfiei os dedos e puxei um diário de um rosa bem forte, com uma fechadura no formato de coração.

Com certeza, outra isca falsa. Era também óbvia demais. Arrombei a fechadura com a ponteira do cadarço de minhas botas e abri na primeira página.

Me deixa em paz, Eli.
Com amor,
Tessa

As páginas restantes estavam em branco. Não era, na verdade, diário nenhum — era um aviso para seu irmão. Mas, para mim, era o sinal claro de que ainda havia algo a ser encontrado.

Busquei na minha memória o catálogo de todos os esconderijos favoritos de mamãe. Levei um tempo e apertei os olhos, como se aguçar a visão aguçasse a memória também. *Os livros*, lembrei-me. Ela gostava de esconder coisas em livros, porque achava que ninguém à sua volta se interessaria em lê-los, nunca tendo percebido, é claro, que eu lia tudo, porque jamais havia me atribuído outro adjetivo além de desleal.

Examinei a estante. Trinta anos atrás, minha mãe vivia sozinha com seu irmão, então, o que será que ela achou que seria menos provável de despertar o interesse dele? *Um conto de duas cidades?* Divertido demais. *O conde de Monte Cristo?* Fanfarrão demais. *Mulheres apaixonadas?* Intrigante demais. *O corcunda de Notre Dame?* Sensual demais. *Crime e castigo.* Eureca!

Eu o puxei da prateleira e, com um único movimento, passei por todas as suas páginas. Nada, uma milhão de páginas sem nada. Eu estava a ponto de trocá-lo por outro título quando algo me chamou a atenção, uma frase escrita com a mesma caligrafia rebuscada: *Esse livro é uma bosta.*

Enfiei o livro de volta na estante. Que hipocritazinha. Da última vez que eu dissera "bosta" na frente dela, ela me olhou, tomou um gole de seu bourbon e falou para meu padrasto, com um meneio preguiçoso de mão: "Não diga que eu não avisei."

Verifiquei o restante dos livros. Nada ali também.

Sequei o suor do pescoço. Por sorte, ainda havia um último lugar para olhar — minha mãe sempre adorou seus closets.

Assim que cheguei à porta, soube que era o lugar certo. Eu podia sentir o cheiro dos sachês.

Claro que o closet não estava vazio: tinha três porta-vestidos pendurados no cabideiro. Abri o zíper de um e puxei um vestido. Tamanho PP, pretinho básico, sem decote na frente, mas bem decotado nas costas. Donna Karan. Continuei procurando. Um vestido envelope, calças Calvin Klein, um tomara que caia. Estas não eram roupas de minha mãe, de jeito nenhum. Essas eram roupas compradas por alguém que achava que a Nordstrom vendia coisas de moda. E, mais, elas eram recentes demais. Debrucei-me e percebi que, por baixo da lavanda e das rosas, havia traços do cheiro característico de lavagem a seco recente. Revirei tudo até achar a etiqueta — fora levada para uma tinturaria em Rapid City, havia pouco tempo.

Por que alguém estaria guardando roupas neste quarto velho?

Um barulho lá fora me despertou a atenção. Olhei pela janela e identifiquei a sombra formada pelo grupo que estava dando a volta num prédio, no final do quarteirão.

Eu enfiei os vestidos de volta no porta-vestidos e empurrei tudo para uma das pontas do cabideiro.

Passei as mãos ávidas sobre as paredes e prateleiras, procurando ressaltos, reentrâncias, partes soltas, por painéis deslizantes que não estivessem perfeitamente encaixados. Puxei o cordão da lâmpada, sem pensar, mas é claro que a eletricidade tinha sido cortada tempos atrás. Mas, quando o soltei, a lâmpada piscou, uma, duas, três vezes. A cordinha ficou balançando diante de meus olhos. De um lado para outro.

Eu pisquei. Talvez não fosse uma lâmpada sem importância.

Corri de volta ao quarto e peguei a cadeira, subindo nela de maneira que pudesse alcançar a luz e desatarraxar a lâmpada. Tirei o bocal do lugar e enfiei a mão no forro do teto, esperando que não houvesse animaizinhos no forro. Meus dedos tatearam... alguma coisa.

As tábuas do pórtico rangeram.

Segurei-me melhor e senti que a coisa se soltava. Agarrei-a, mal percebendo o azul do envelope comercial enquanto o enfiava na minha bolsa.

Lá embaixo, a porta da frente se abriu.

Recoloquei a cadeira no lugar, encaixei o colchão no estrado e saí para o corredor na ponta dos pés.

— Olá? — a voz chamou. — Tem alguém aí?

Olhei para a esquerda e para a direita, mas as escadas eram a única saída.

— Eu posso te escutar aí em cima — a voz disse. Uma mulher... não, uma menina. *Rue*.

Voltei para o fundo do corredor, saindo do topo das escadas.

— Quem quer que você seja, não deveria estar aqui — ela disse.

Rue subia as escadas. Um, dois, três, quatro — já no meio do caminho. Prendi a respiração e mandei meu coração se acalmar, porque logo ela estaria perto o suficiente para ouvi-lo. Não havia para onde ir.

Aí, ouviu-se um gemido longo e um arranhão na porta às minhas costas. Assim que vi a ponteira da bota aparecer na virada do corredor, escancarei a porta ficando atrás dela, enquanto o gambá saía voando em direção às escadas. Houve um grito e um gemido, e um dos gambás bateu na parede com um baque antes que eu ouvisse Rue descer as escadas correndo. O outro gambá focinhou seu companheiro e ambos saíram atrás dela.

Fiz uma prece em agradecimento — e também uma promessa de doar vinte mil dólares para um santuário de gambás, assim que saísse dessa confusão.

Quando recuperei o fôlego, meti a mão na minha bolsa, tateando até achar as pontas do envelope que achei no closet de minha mãe. Puxei e o abri — e senti meus ombros despencarem.

Não havia nada de especial. Apenas dinheiro. Cinco notas de vinte.

Bem, eu imagino que seja melhor que quatro notas de vinte.

Eu tirei as notas e as coloquei na minha carteira — afinal, era tecnicamente meu dinheiro —, e estava a ponto de amassar o envelope quando vi um cartão dentro dele. Nele havia um endereço:

Rua Metzger, 2130 apt° 5
Rapid City, SD
55701

Fechei os olhos e me encostei na parede. Finalmente. Uma pista.

Desci com cuidado, jogando o peso no corrimão para não fazer barulho nos degraus. Olhei para me certificar de que o grupo de turistas ainda estava fora de vista antes de sair para o pórtico e piscar com a claridade.

A mão de alguém se apoiou no meu ombro, e eu tenho vergonha de dizer que reagi como um clichê: gritei.

Uma risadinha baixa soou no meu ouvido e eu senti o aroma do sabonete de marfim da Renée.

— Você quase me matou de susto — resmunguei.

— Jura? — E olhou, por cima de mim, para dentro da casa. — O lugar continua cheio de gambás?

Eu bati a poeira das minhas calças.

— Como você sabe?

— Costumávamos vir aqui quando estávamos no colegial, é a razão pela qual o lugar ficou em ruínas tão rapidamente. Nada como adolescentes bêbados para detonar a integridade estrutural de uma construção.

— Algumas partes da casa não estão em mau estado — disse.
— Acho difícil de acreditar...
— Como o quarto da irmã do Eli, por exemplo.
Os lábios de Renée enunciaram uma palavra antes de partir para a outra.
— E que quarto é esse? — ela perguntou.
— Lá em cima, primeira porta à esquerda.
— Como você sabe que é dela?
— Alguém o está usando — falei como se não tivesse escutado a sua pergunta. — E não apenas para fazer bagunça.

Os olhos de Renée se perderam na distância, e o que quer que ela tenha visto fez com que os traços de sua boca se fincassem de cada lado.

— Eles vão voltar logo. Se alguém perguntar, eu te levei para o bordel. Cora se recusa a incluí-lo no tour.

Ela me guiou pela lateral da casa, entre duas construções baixas de tijolo. Alcançamos o grupo quando Cora estava terminando sua apresentação sobre a capelinha.

— Esta, naturalmente, foi a primeira construção a ser abandonada — Renée sussurrou ao reencontrarmos o grupo.

— Um fato curioso sobre Ardelle — Cora dizia —, quando a igreja de Santa Barbara foi fechada, a maioria dos católicos começou a frequentar a Primeira Igreja Luterana de Ardelle, porque era difícil demais chegar à igreja mais próxima durante o inverno, que era em... Custer? Rue, querida, é isso mesmo?

— Isso mesmo — confirmou Rue.
— Mas ninguém vai mais lá — Cora informou.
— Na verdade — disse Rue —, a mãe de Joey Macarelli costumava ir às terças e aos domingos.

Renée esboçou um sorriso para mim e, aí, disse para todos ouvirem:
— Conta para eles por que ela parou, Rue.

Rue deu uma risadinha.
— Porque Joey pegou a Colleen Obermeyer. E se frequentar a igreja duas vezes por semana não conseguia evitar que ele andasse dormindo por aí, ela achou que podia economizar a gasolina.

Cora coçou o arco do nariz. Armou aquele olhar que papai e mamãe trocavam que queria dizer *isso-nunca-aconteceria-conosco*.

— O que foi? — Rue disse, com as mãos nos quadris. — Você devia estar *feliz* que eu sei disso. Você não pode evitar ser pega se não sabe o que ser pega quer dizer. Jesus. — Ela se afastou, sua cabeleira magnífica balançando no seu ritmo.

Por um minuto, Cora pareceu genuinamente chateada, mas logo recuperou seu entusiasmo e bateu palmas.

— Chega disso! Nós todos veremos a outra igreja esta noite, a Primeira Igreja Luterana, já que eles estão oferecendo o jantar americano! Mas, agora, é hora do nosso piquenique no gramado. Espero que se juntem a nós lá. É uma excelente oportunidade para encontrar os moradores da cidade e ouvi dizer que Suzy MacLean vai trazer seu famoso *fleischkuekle*, que é um bolo de carne, para aqueles de vocês que ainda não tiveram este prazer.

— Experimente com ketchup! — Kelley falou.

CAPÍTULO DEZESSEIS

— Mas todo mundo não acabou de tomar um enorme café da manhã? — sussurrei para Kelley.

Kelley engoliu uma mordida do fleischkuekle. — Havia cinco anos, nos primeiros festivais, apenas um quarto da cidade aparecia em um quarto dos eventos. Então, Cora começou a trazer tortas de um lugar bacana em Rapid City. E cresceu, a partir daí. — Estávamos em pé, no limite da área de piquenique de Adeline, segurando pratos de papel encharcados de óleo de fritura, tiritando com a maioria dos moradores da cidade, com exceção de Renée e Stanton, que estavam jogando ferraduras e já estavam, portanto, transbordando de espírito competitivo. Pelos palavrões que se ouviam, por cima do barulho das vozes, dava para concluir que Renée estava perdendo.

Não consegui achar Eli em lugar nenhum. Mordi o meu fleischkuekle, esperando que um pouco de comida acalmasse meu estômago. Toda essa comilança podia me transformar numa americana de porte médio em pouco tempo.

Cora veio ao nosso encontro, a boca franzida em desaprovação.

— Rebecca, eu não vi você no tour... espero que não tenha...

— Eu estava com Renée.

Kelley me lançou um olhar, mas Cora não percebeu.

— Ela te levou no bordel, não foi? — ela disse, suspirando. — Bom, eu imagino que isso seja melhor do que te levar à casa antiga de Eli. Pelo menos, o teto ali não está prestes a despencar.

— Me desculpe. Mas isso era proibido, também?

— Ah, não se preocupe com isso. Eu odeio quando as pessoas entendem tudo errado. Não é um lugar assim tão arruinado, sabe, os Percy se certificaram disso. — Cora olhou para seu relógio. — Ah, caramba! Preciso continuar. Eli está arrumando a igreja, e se eu não estiver lá para supervisionar as coisas, acabaremos tendo que nos sentar no chão. Te vejo lá?

Infelizmente.

— Claro!

Kelley e eu nos dirigimos lentamente para assistir ao jogo das ferraduras. Renée estava sendo aniquilada.

Esperei um pouco antes de falar. Nunca é bom parecer ansiosa demais.

— O que Cora quis dizer sobre Percy se certificar de alguma coisa?

— Bem, essa era uma cidade da companhia, né? E Tesmond queria que ela espelhasse sua personalidade: toda certinha e moralista, ou seja lá o que for. Então, ele tentou expulsar as prostitutas, zoneando as casas em que viviam mulheres solteiras. — Ela sorriu. — Mas as prostitutas descobriram rapidamente uma maneira de burlar isso.

— O que é que elas fizeram?

— Elas se casaram com os empregados. Pelo que entendi, os homens ficaram mais do que felizes de fazer este favor.

Comi outro pedaço do meu bolo. Stanton acabara de jogar uma ferradura a dois centímetros do alvo. Renée arremessou a dela no chão, frustrada.

— Quanto tempo vai levar esta partida? — perguntei.

Kelley sacudiu a mão.

— Eles jogarão por horas. Renée não gosta de parar quando está perdendo, mas ela também nunca vence. Eles não param até não conseguir mais enxergar o alvo. Stanton também é assim. É como uma tempestade perfeita.

— E a que horas é mesmo o jantar?

— Começa às cinco.

Um ruído de metal e uma ovação da torcida. Renée finalmente havia feito um ponto. Eu aplaudi distraidamente enquanto preparava meu próximo passo.

Eu não tinha a menor dúvida de que Tessa Kanty e Marion Elsinger eram a mesma mulher. A semelhança fotográfica era um indício — a semelhança comportamental, no entanto, era ainda mais marcante. Mamãe e seus segredos. "Uma senhora nunca se revela", era o que costumava dizer.

E agora eu tinha um endereço. Mas não sabia de nada que pudesse identificar o homem que ouvi no quarto dela naquela noite — a não ser o fato de ela tratar seu irmão como... irmão. Todos os irmãos tentavam ler os diários uns dos outros, certo?

— Ei, Kelley?

Ela desviou o olhar do jogo.

— Sim?

— O que é que o Eli faz?

— Ah, ele é aposentado.

— Já?

— Ele era da força aérea, mas, uma vez casado com Cora...

Ela não precisou completar a frase.

— Quer dizer, não me entenda mal — ela disse —, ele ainda tem muito que fazer por aqui. Eu acho que ele estava falando sobre fazer uma especialização em geologia ou algo assim... ele já foi meio vidrado nisso. Quando era menino, fazia coisas do tipo economizar sua mesada para comprar um detector de metais. Ele costumava passar horas nas montanhas.

— Isso parece... divertido.

— Não se nunca achar nada.

Lembrei-me de meus anos na biblioteca da prisão.

— Sei como é.

Mas não quero sentir isso nunca mais.

Terminei meu bolo de carne e lambi os dedos.

— Que horas o ônibus fretado vai voltar para Ardelle?

— Às três e meia — ela respondeu. — Por quê?

— Só queria ter certeza de que terei tempo para me arrumar antes do jantar.

E também invadir a segunda casa dos Kanty num único dia.

Deus, *déjà-vu* é uma sensação muito ruim.

Eu olhei a casa dos Kanty em Ardelle e me estremeci. Era realmente idêntica à casa em Adeline, em tudo, menos no estado de conservação. Durante o dia, era a coisa mais linda — até o espantalho na varanda parecia dar boas-vindas —, mas eu não confiava nisso, não mais. Os Kanty eram meus parentes, o que quer dizer que a mentira corria em seu sangue.

Procurei na frente da casa um meio de entrar. As portas estavam bem trancadas e as janelas estavam fechadas, por causa do frio. Talvez eu pudesse escalar para um balcão do segundo andar — aquela porta parecia mais vulnerável. Mas, *não, espera*, uma ideia melhor: me lembrei do que Kelley dissera sobre uma chave extra que Cora guardava na pousada. Chequei se o caminho estava livre e passei furtivamente pelo jardim, puxando uns galhos e espinhos, até encontrar a estátua de um anjo em bronze, escondida sob a sebe. Eu a levantei e peguei a chave.

Se tolice era o diabrete das mentes pequenas, então estava agradecida aos diabretes.

Entrei e me desloquei rapidamente pela entrada, ignorando o radiador antigo, o papel de parede recuperado e as portas de vidro desenhadas. Os quartos da família, eu sabia, estariam no segundo andar. Parei no topo da escada. A porta à minha esquerda — o *quarto de Tessa*, pensei — estava aberta. Olhei para dentro, perdendo o interesse tão logo vi a colcha roxa e o cachorro de pelúcia. Quarto da Rue. Que seja.

O quarto seguinte era um quarto de visitas: paredes de um azul veneziano e um conjunto de quarto de mogno maciço — a mesa de cabeceira era uma George Bullock? Beleza. Eu dei uma busca rápida no quarto, olhando debaixo da cama e no armário de roupas, mas tudo que achei foram lençóis e toalhas limpas, e uma embalagem de duas escovas de dente extramacias. Além de um roupão atoalhado numa embalagem protetora, o closet estava vazio. Cora realmente era uma anfitriã séria.

Depois, vinha o quarto de casal. Era comparativamente moderno, com assoalho nu e mobília simples. A mesinha de cabeceira de Cora — ou, pelo menos, eu achava que era dela — tinha um pequeno vaso de flores e um livro sobre uma feira mundial. A de Eli estava vazia. Além da cama impecavelmente arrumada e os sapatos sociais engraxados, cuja ponta aparecia sob a franja da colcha, não havia sinais da presença dele no quarto.

O último quarto, no entanto, era seu estúdio. Entrei. As paredes dos dois lados estavam cobertas por estantes; à minha frente, estava uma prancheta de metal coberta por grossa camada de papéis curvados nas pontas. Eu virei a luminária para poder dar uma olhada neles.

Levei alguns minutos para entender o que estava olhando — fazia muito tempo que eu não via um mapa topográfico sem ser em um livro de geologia. Eu os folheei, até que encontrei um estudo datado de 1885. As terras de todos estavam demarcadas: dos Percy, Kanty, La Plante, Fuller e Freeman. Os Kanty e os Percy tinham dez vezes mais terras do que as outras três famílias juntas. Observei os contornos da propriedade dos Kanty e, então, virei para o próximo mapa: 1897. Sua posse era menor agora. 1908: menor ainda. O mapa mais recente era de 1992, e ele mostrava a agora *diminuta* posse dividida em duas sessões: Uma marcada com um "E" e outra com um "T".

Minha mãe ainda possuía esta terra em 1992? Não podia valer mais nada a esta altura. Ela nunca reteve um patrimônio que não pudesse liquefazer.

Sentei-me na cadeira de escritório e a girei. Quando ela parou, eu estava de cara para uma das estantes. Dei uma olhada nos títulos: *O manual do prospector moderno, O atlas dos escavadores de ouro, Mineração de ouro na década de 1980.*

Kelley não havia exagerado. Eli, definitivamente, ainda era aficionado.

Girei a cadeira de novo. Desta vez meu olhar recaiu na outra estante. Mistérios militares, história não ficcional e biografias nas prateleiras mais altas. E, nas prateleiras mais baixas, uma coleção de grossos álbuns de couro preto. Eu peguei o primeiro — um bilhete caiu no chão.

> Eli,
> Eu sei que você disse que não os queria, mas, acredite em mim, um dia ficará feliz de tê-los.
>
> Todo meu amor,
> Cora

Parece que Eli dava tanto valor às fotos quanto a minha mãe.

Abri o livro: fotografias de Rue, ainda bebê. *Quem se importa?* Casamento de Cora e Eli. *Quem se importa duas vezes?* Eli e o homem que devia ser seu pai — meu avô. Parei. Eu podia ver a semelhança do Eli com o queixo forte do homem, uma semelhança com minha mãe na sua boca firme. Mas não havia nada em mim.

Por falar em minha mãe, onde estava ela?

Passei as folhas mais depressa e acelerei, as fotos passando velozmente, e em nenhum lugar, em nenhum retrato, vi sinal de Tessa.

Será que Eli havia insistido em banir toda as provas de existência da minha mãe?

O pensamento era perturbador, apesar de ser algo que eu já havia desejado algumas vezes. Então, por que não parecia correto agora? Será que eu era a única que podia odiar minha mãe?

Decidi não pensar demais sobre isso.

Removi os vestígios da minha invasão e saí, fechando a porta atrás de mim. Andei até o outro lado do corredor, parando, quando entrevi uma coisa pela porta aberta do quarto de Rue. Entrei. Como qualquer adolescente, Rue havia pregado pôsteres nas paredes — eram de cantores, atores, bandas das quais nunca ouvi falar. Alguns haviam sido emoldurados. Eram paisagens. E eu reconheci todas.

Montreux. Appenzell, Zernez. Lucerna.

Suas paredes estavam cheias de retratos da Suíça.

Quais são as chances de isso ser apenas uma moda entre os jovens de hoje?

Terça-feira, 05/11/2013 — às 14:30:

POSTADO pela Equipe da TMZ

JANIE JENKINS
ESTRANHOS NO TREM

A última notícia que temos é que Jane Jenkins, 26 anos, estava hospedada em um hotel comum em Sacramento, Califórnia. A maioria especula que ela teria voado de Sacramento para alguma outra localidade no país... ou num jato particular ou com um nome falso. Mas a TMZ acredita que Jenkins não escapou pelo ar, mas num trem.

Recebemos uma pista anônima, de uma mulher em Chicago, de que seu pai teria visto Jenkins com os próprios olhos. Ele está relutante em aparecer, sua filha informa, pelo fato de Jenkins tê-lo ameaçado caso ele viesse a público com esta informação... O que é claramente um sinal de que a mulher que ele encontrou era de fato Jane Jenkins. O pai dela, informa a fonte, estava no Amtrak California Zephyr, que vai de Sacramento até Chicago.

Sabemos que Noah Washington, o advogado *superdevotado* de Jenkins, voou com frequência para Chicago nos últimos meses, supostamente para ouvir depoimentos para uma causa classista em que está trabalhando por lá. Será que isso também significa que Jenkins está indo para o lado mais alto do Meio-Oeste? Só o tempo dirá.

CAPÍTULO DEZESSETE

Não tive tempo para pensar tanto no que encontrei na casa dos Kanty, não se quisesse evitar ser surpreendida onde eu definitivamente não deveria estar. Então, saí devagarinho pela porta, coloquei a chave debaixo do anjo de bronze e corri de volta ao meu quarto para me trocar antes de ir para o jantar. Quando tornei a sair, meu telefone vibrou. *Cacete!* A TMZ tinha localizado o camareiro.

E pior ainda: Trace sentira cheiro de sangue.

> Nós NÃO podemos ignorar o fato de que não temos confirmação de que Jenkins tomou o trem até Chicago. Não temos razão sequer para achar que ela iria para Chicago. O fato de seu advogado chinfrim ter sido visto por lá deixa claro que ela NÃO iria nesta direção. Na última vez que ela foi vista, o trem tinha acabado de cruzar a fronteira entre Colorado e Nebraska, e seria uma besteira desprezar a possibilidade de ela ter saltado em qualquer das estações entre Denver e Chicago. Se esperamos encontrar Jenkins, é FUNDAMENTAL que nos concentremos nestas treze estações. Ela teria que alugar um carro, comprar um carro, chamar um táxi ou pegar um ônibus. É aí que devíamos estar procurando-a, leitores.
>
> E para aqueles que dizem que eu devia deixá-la viver em paz, eu pergunto NOVAMENTE: se Janie Jenkins fosse, de fato, inocente, por que estaria se escondendo? Encarem os fatos, gente. Eu, que

tenho um QI de 180, não consigo ver, até agora, outra pessoa que pudesse ter feito isso.

Uma onda de tontura tomou conta de mim. Talvez Trace tivesse alguma razão. E daí que a minha mãe tinha dito que era de Nova York quando era, na verdade, de Dakota do Sul? E daí se ela tinha namorado um ladrão de bancos? Eu ainda não havia visto ninguém em Ardelle que pudesse querer vê-la morta... A não ser que "ter sido malvada comigo em seu diário" pudesse ser considerado motivo suficiente.

Mas tinha que haver um *motivo*, não é? Tinha que haver uma razão para que a minha mãe nunca tivesse me dito nada sobre este lugar.

Quando desci para o porão da Primeira Igreja Luterana, fui envolvida pelo calor que emanava de toda aquela gente. Tirei o casaco, chapéu e luvas e os joguei numa pilha bagunçada de casacos, que parecia resultar do mesmo efeito sobre outras pessoas.

O aposento cheirava a solados de borracha e cheiro de desodorante; o chão era revestido de um linóleo amarelo com manchas cinza, que parecia ter sido salpicado com molho de carne que ninguém se importara em limpar, o que talvez fosse o propósito da padronagem. No fundo da sala, tinha um palco com uma única caixa de som e uma bateria de meter medo. O palco estava envolto por um saiote laranja; de cada lado, havia uns balões meio murchos.

Mesas de armar estavam enfileiradas de forma desalinhada, cada uma com jogos americanos dourados e cornucópias decorativas. Algumas poucas pessoas já estavam comendo, mas a maioria ainda estava amontoada no buffet — um mar de vasilhas plásticas díspares e travessas de alumínio descartáveis que havia sido armado no lado oposto da sala.

Olhei a multidão, procurando um rosto familiar ao entrar, enquanto passava os dedos pela parede.

— Quer uma rifa?

Virei-me. Stanton estava sentado a uma mesa que eu não notara, apesar de estar bem diante dos meus olhos, sua mão esquerda na manivela de um antigo globo de bingo. Seu cabelo cuidadosamente repartido de lado — seu couro cabeludo rosado pelo calor, as bochechas num tom que a maioria das mulheres pagaria uma fortuna para reproduzir, e um sorriso aberto. A seus pés, uma caixa térmica estocada de refrigerante sem marca e Capri Sun.

Puxei minha carteira.

— Quanto custa a rifa?

— Não quer saber qual é o prêmio? — ele perguntou. — Tirados os impostos, é claro.

— Tenho certeza que é por uma boa causa.

Ele rodou o globo com um floreio.

— De fato, srta. Parker. E, neste espírito, cada rifa custa vinte dólares.

— Jura?

Ele olhou para os dois lados e se debruçou com um ar conspiratório formado pelas sobrancelhas e a mão que, do lado da boca, ocultava as palavras que dali brotavam.

— Se prometer guardar segredo, lhe vendo uma por dez.

Entreguei a nota.

— Acho que vou ficar com duas, então.

Ele destacou três rifas.

— Aqui. Por minha conta. Não podemos ter um convidado na cidade que se sinta menos do que bem-vindo.

Rabisquei "Rebecca Parker" nas rifas — fazendo mentalmente um gesto de polegar para cima, por me lembrar do meu próprio nome — e as deslizei sobre a mesa.

A seguir, fui para o buffet, enchi o prato com algo cinza e abri caminho entre as cadeiras até chegar ao Peter. Ele estava sentado sozinho a uma mesa, alternando entre a leitura de um fichário grande e branco e escrever em seu caderno de notas.

Imaginei o que ele teria descoberto para mim, na minha ausência.

Ele não disse nada quando coloquei o meu prato e copo na mesa. Acho que é minha vez de iniciar a conversa.

— Já experimentou o bolo de carne?

— Sou vegetariano.

— Sabe como se pode descobrir se alguém é vegetariano?

— Como?

Engrenei.

— Eles vão te dizer.

Ele não riu.

Brinquei com a carne no meu prato, modelando dois pequenos morros separados por um vale estreito.

— Então, achou alguma coisa interessante nos arquivos? Aposto que a esta altura você está a meio caminho de um furo de reportagem.

Ele finalmente ergueu os olhos e, aí, escorregou o fichário na minha direção, batendo com os nós dos dedos num artigo recortado.

— Aqui. Aquele assalto ao banco sobre o qual todos evitam falar. Nunca foi resolvido. O dinheiro nunca foi recuperado.

— Fascinante. — Do lado do artigo, havia uma foto de um homem com cabelos negros e encaracolados descendo até os ombros. — Esse é o ladrão? — perguntei, envolvendo minhas palavras com leve tremor na voz, bem feminina.

— É, ele se chamava Jared Vincent. Foi preso três anos depois do assalto.

— E isso não significa que o caso está encerrado?

— Para a polícia, sim. Mas eu acho que ele tinha um cúmplice. Se ele tivesse o dinheiro, o teria devolvido. Reduziria a pena.

— Quem você pensa que passou ele para trás?

— Do jeito que eu vejo, estavam juntos nessa. Ela o traiu e fugiu; ele pagou o preço.

Isso me pareceu o motivo mais forte para matar de que já ouvi falar. Eu passei o dedo sobre a margem do texto, tentando captar as palavras, mas tendo dificuldade em entender a letra.

— Ele ainda está preso? — perguntei, pensando, é claro, se ele ainda estaria preso em 14 de julho de 2003.

— Eu não sei. Ainda estou tentando fazer com que o pessoal da polícia fale comigo, mas ninguém atendeu ao telefone. Nada aparece no Google sobre este lugar.

Senti algo na minha nuca, não como uma picada, mas como uma brasa. Olhei por cima do ombro e vi Leo olhando para mim, do outro lado da sala. Meus lábios se curvaram.

Concentre-se, Jane.

Eu me sacudi e olhei novamente para Peter.

— Esse Jared também era daqui? É por isso que ninguém quer falar sobre isso?

— Não dá para dizer. Quer dizer, sim, ele era daqui, mas eu não acho que este seja o problema. Não acho que eles tivessem nenhum interesse em protegê-lo. Parece que muita gente por aqui tinha conta neste banco. É como se ele tivesse roubado diretamente dos bolsos deles.

— O banco é aqui na cidade?

— Não. É em... espera aí. Ele puxou o fichário para perto dele e o rodou para poder ler. Virou a página, passou os olhos nela, e virou para a página seguinte.

— Aqui diz que era em Custer. O Jenkins Poupança e Empréstimos.

— Oh! — falei quando minha língua desgrudou do céu da boca. — Que nome bacana!

Eu esfaqueei meu bolo de carne um pouco mais. Não havia sequer me passado pela cabeça que Peter pudesse descobrir que Tessa era também conhecida como Marion Elsinger, nascida Jenkins — minha mãe era mais astuta. Ela teria coberto seus rastros.

Mas eu não havia imaginado que ela tivesse tentado ser engraçadinha.

— E a Tessa? Teve alguma sorte em localizá-la?

— Não achei nada. Não há nada sobre ela, em lugar nenhum. E ninguém que é inocente se daria a esse trabalho todo. — Por sorte, fomos interrompidos por uma cacofonia de adolescentes. Rue e um grupo de rapazes musculosos e sem sal. Nossa legião típica de adolescentes. Um dos rapazes deu um gole numa garrafinha prateada e deu uma cotovelada triunfal nos amigos, para o caso de não ter sido óbvio o suficiente. Eu estava um pouco desapontada com Rue. Tinha esperança de que ela fosse mais esperta.

Uma menina num Mary Janes com salto agulha, provavelmente comprado na Payless, cutucou Peter no braço.

— Aí... então, nós vamos nos sentar aqui, tá?

A menina se postou ao lado da cadeira do Peter, esperando. Quando ele não se mexeu, ela se sentou ao seu lado ruidosamente. Ele lançou um olhar carrancudo para ela e não escondeu o fato de que estava olhando seu decote. Aparentemente, Peter podia se distrair de seus propósitos.

Os outros garotos arrastaram cadeiras e as aglomeraram em torno da mesa; um deles meteu o cotovelo no meu peito, até que eu desse espaço para Rue. E só quando ela forçou sua cadeira em frente à minha, é que pude dar uma boa olhada nela.

Principalmente no que estava vestindo.

— É um vestido muito chique para um jantar americano.

Ela não pareceu ter me ouvido.

— Donna Karan?

O sorriso que despejou em mim tinha toda a amabilidade de ácido sulfúrico sendo atirado na minha cara.

— Fico surpresa que tenha reconhecido a marca.

— Eu acho que já vi este vestido antes. Talvez na capa de alguma revista? *Ou num quarto de uma casa abandonada?*

Eu estava a ponto de dizer mais alguma coisa, mas estávamos atraindo a atenção — a loura me olhou com a expressão confusa. Eu desviei o olhar, endireitando os ombros e respirando pela boca. Em outras circunstâncias, eu podia ter achado a situação divertida. Eu, Jane Jenkins, me aproximando de um grupo de adolescentes ainda mais tragicamente iludido do que os que eu conhecera antes. *Crianças.* Eles ainda achavam que sabiam alguma coisa que ninguém mais sabia, da mesma maneira que toda geração acha que inventou o sexo, da mesma maneira que toda geração acha que será lembrada. Eles ainda sonhavam *em ser melhores do que isso* e tinham aspirações de que *um dia deixaremos tudo isso para trás*. O que eles não entendiam é que não fazia a menor diferença quem você era ou de onde vinha. Ninguém nunca consegue deixar tudo para trás. O melhor que se pode esperar é poder começar do lugar menos pior possível. O restante de nós vai ter que fazer dar certo.

Eu me contorci em torno da minha dor de estômago crescente, como um ratinho que havia sido cutucado.

E foi assim que Leo me achou, dez minutos depois — não, é claro, que ele estivesse olhando para mim. Ele estava olhando para a mesma coisa que Peter e todo o resto: Rue.

Típico.

— Ei, Rue. O que é isso que tem aí?

Rue olhou para baixo para a garrafinha de metal que havia circulado até ela. Ela a colocou atrás de si e dobrou seu corpo de modo que seus joelhos bonitos apontassem para o Leo.

— Leo, baby — ela disse.

Leo deu um passo para trás e olhou para cima no teto.

— Rue, *de fato* baby.

— Não seja assim — ela disse, fazendo biquinho, deslumbrantemente. O resto, infelizmente, era teatralmente pobre e regional.

Leo suspirou.

— Vamos fazer o seguinte: você vai me dar a garrafinha e, aí, eu, que não sou nenhum cavalheiro, vou buscar outra coisa para você beber. E, quando eu voltar, podemos esquecer que isso aconteceu. Então, o que me diz? Você prefere Coca-Cola ou Coca Zero?

Rue enrolou uma mecha de cabelo no dedo.

— Que tal um bourbon, puro?

— Não abuse, Rue.

Rue pegou o misturador do drinque com tanta lascívia que parecia uma moça que tinha acabado de descobrir sexo oral. Eu queria sacudi-la pelos ombros e gritar: "Tome vergonha!"

— Deixa pra lá. O que meu pai não sabe não pode fazer mal a ele.

Leo arrancou o misturador da sua boca e o atirou na mesa.

— Acho que você não conhece seu pai tão bem quanto eu. — Ele esticou a mão. — Me dá isso aqui.

— Que seja. — Ela bateu com a garrafinha com força na mão dele e se virou para seu grupo.

— Sempre um prazer, Rue — ele disse, enquanto guardava a garrafinha no bolso. E quando seu olhar se virou para o meu lado, algo na sua expressão mudou, como uma cobra que muda de pele.

— O que foi? — falei baixinho. — *Tenho* mais de 18 anos.

— Engraçado você dizer isso. — Ele agarrou meu braço e me pôs de pé. — Venha comigo.

Antes que eu pudesse protestar, ele já tinha me arrastado por metade da sala, passando pelos olhares atentos de Kelley. Eu dei o sorriso mais feliz que pude, como se fosse a coisa mais normal do mundo ser arrastada por um agente da lei — o que, é claro, era para mim. Leo me levou por uma porta onde estava escrito "Privativo" e a fechou, bem fechada, atrás de nós.

— Você não podia ter me pedido com educação? — falei, massageando meu ombro.

— Teria funcionado?

Eu me virei de costas.

A saleta era mínima e sem janelas, feita de painéis de madeira que tinham sido pintados com tinta clara na tentativa de parecer mais alegre. A maior parte do espaço era tomado por uma escrivaninha de metal com o tampo de fórmica. A luminária tinha o tom do verde da sopa de ervilha e tremeluzia. Uma traça estava presa entre a lâmpada e o globo de luz.

Apoiei-me na mesa e deixei a cadeira para o Leo. Para ficar mais alta. Ele abriu a garrafinha que tirara da Rue e ofereceu:

— Quer um gole?

— O que é?

Ele tomou um gole e sorriu.

— Forte.

— Acho que estou bem.

Ele atarraxou a tampa de volta e pôs a garrafinha do meu lado, sobre a mesa.

— No caso de mudar de ideia... Então, sobre o que você e a Rue estavam falando?

— O de sempre. Garotos. Sutiã. Menstruação.

Minhas pernas começaram a se balançar, algo que eu costumava fazer para atrair a atenção para os meus tornozelos na época em que usava saias justas e saltos. E a atenção de Leo foi direcionada. Mas sua boca não ficou inquieta e interessada; pareceu amarga, como se tivesse chupado um limão — e como se ele soubesse que ainda ia chupar outros trinta.

Suponho que não haja mais nada bonito nos meus tornozelos ossudos, de qualquer maneira. Não que você pudesse sequer adivinhar por baixo das bainhas grossas de poliéster. Minhas calças não tinham pernas, mas toras.

Mas, ainda assim, meu pé batia contra a mesa — *bam, bam, bam* — até que Leo esticou a mão e segurou minha perna, logo abaixo de meu joelho. Tentei fazer de conta que era perneta e que a sensação da mão dele na minha perna era apenas uma dor reflexa de um amputado, não algo real. Porque se, de fato, *era* real, era a primeira vez que alguém tocava na minha perna em muito tempo, mesmo que o toque fosse tão íntimo quanto o de uma depiladora búlgara aplicando a última camada de cera no ânus de uma cliente.

— Eu quero a minha foto de volta.

— Que foto?

— Não se faça de burra comigo. — Ele ajustou sua mão e algo percorreu toda a minha perna até o meu calcanhar. Tentei puxar a perna, mas ele a manteve bem segura.

— Tá. Te entrego amanhã.

— Que bom.

— Feliz que tenhamos acertado isso.

— Eu também.

Olhei para a porta e me senti melhor ao ver que ele não a havia trancado, apesar de ter certeza de que ele pensou no caso. Graças a Deus, Kelley havia visto a gente entrar na sala. Se eu viesse a morrer ali, pelo menos alguém encontraria meu corpo.

— Então era isso? Estou livre para ir embora?

Seus dedos se apertaram e ele respirou bem fundo, então percebi que isso não era um bom sinal.

— Não. Você não pode ir embora até que me explique como exatamente você se apossou de um carro roubado... com placas roubadas.

Eu segurei um gemido de desânimo. Agora eu ia ter que arranjar um outro carro. E esconder o velho.

— Eu deveria também mencionar que transportar bens roubados pela fronteira estadual é um crime federal.

Revirei os olhos.

— Apenas se os bens forem estimados acima de cinco mil, o que ambos sabemos que não é nem remotamente o caso. Mas valeu a tentativa.

— Por sorte, tenho certeza de que roubo de carro ainda se aplica.

Eu o observei de perto, tentando imaginar se o que tinha com o cara maconhado dos olhos fundos era pior do que o furto de carro. O fato de não me ter levado presa ainda me dava esperanças.

— Então, me prende.

Suas sobrancelhas subiram.

— Isso é tudo que tem a dizer?

Relaxei. Ele estava jogando verde. Eu estava segura, por enquanto.

— Não, há mais uma coisa. Tira a merda da sua mão da minha perna.

Ele a tirou, mas não se retraiu na cadeira, cruzando os braços em frustração, como eu havia imaginado. Em vez disso, se levantou e apoiou a mão na mesa, a ponta do dedão roçando no meu quadril. Reconheci a tática de intimidação... e, puta merda, estava funcionando. A ansiedade estava me dando coceira na pele.

— Vou perguntar mais uma vez: por que está aqui?

— Pela história.

— Mentira. — Seu hálito não era desagradável, cheirava a enxágue bucal e Marlboro Reds.

— Por que se importa?

— Tenho uma regra: nunca confie numa menina bonita.
— Que bom que não sou bonita.
— Mais mentiras.

Ele se inclinou por cima de mim e eu odeio admitir que eu me aproximei também. Mas quando eu tinha certeza de que seus lábios fariam algo aos meus... e quando eu estava quase certa de deixar... sua mão livre veio por trás da minha cabeça, segurou o meu cabelo na nuca e inclinou minha cabeça para o lado, e não fez isso com gentileza. Minha cabeça toda se sentiu afogueada e enevoada, como quando o remédio que você precisa, finalmente, é ingerido.

Eu me safei de sua mão e me virei para ele. Sua expressão era suave, tranquila, transparente, sem parecer vidro, gelo ou água parada, mas mais como o céu noturno em que não se vê estrelas, ou quando você descobre que está cheia de pensamentos desesperadoramente improdutivos como *O que vem depois do infinito?*. Eu não sabia o que devia dizer.

E ele sussurrou ao meu ouvido: "O que quer que esteja fazendo, é só uma questão de tempo para eu descobrir." Aí, me lançou um último olhar e saiu da sala. Eu fiquei na escrivaninha por mais alguns minutos, tentando definir se tinha ou não ficado feliz com sua saída.

CAPÍTULO DEZOITO

Saí da igreja e desci a rua até a Toca do Coiote. Era hora de dar um jeito no caminhão de Kayla. Eu havia visto um celeiro velho em Adeline, onde achei que pudesse esconder a coisa, mas não podia dirigir até lá com tanta gente saindo do jantar e indo para casa. Eu também não queria esperar no meu quarto. Passei seis horas compulsivamente checando as fechaduras e os interruptores de luz, as janelas, as tomadas, o armário, o chuveiro e o eternamente maligno vazio debaixo da cama e, por sorte, meu corpo acabou me vencendo. E isso foi a melhor coisa.

A Toca do Coiote foi a única opção que me restou.

Pedi uma água com gás e encontrei uma banqueta vazia entre um paquerador num suéter de lã azul e uma mulher numa calça de cós baixo que pagava cofrinho para todo mundo no bar. Eu tive um enorme prazer de me sentar ali... Meu corpo se sentia tão leve entre eles, como se eu tivesse acabado de aterrissar em Vênus e estivesse curtindo a gravidade reduzida.

Uma risadinha bêbada, tão suave quanto um pum numa roupa de banho molhada, soou na minha orelha direita. Olhei para o lado e vi a mulher próxima a mim dando pinta para um cara, no outro extremo do bar.

— Olha lá, se não é o Mitchell Percy — ela disse.

Eu me virei para olhar para o filho de Stanton. Ele não herdara nada da elegância antiquada de seu pai: sua aparência era totalmente de novo-rico, desde o relógio de mergulho enorme até o cabelo Apenas para Homens. Ele usava calça cáqui e a camisa polo típicas daqueles homens que carregam suas compras para você até o carro antes de te estuprar. Toda vez que ele cumprimentava alguém, uma parte dele provavelmente lamentava a falta de musculatura.

A mulher do meu lado se esticou e escondeu mais um dedo da barriga gorda e branca.

— Então, o que faz um cara bacana como você num lugar como esse? — perguntou ela. Ela parecia acreditar que seu tom era de puro flerte, mas ela soava como uma menininha falando com seu cobertorzinho favorito.

Mitch sorriu, seus dentes branqueados parecendo azuis à pouca luz do bar.

— Não tem nada de bacana em mim, querida.
— Nós sentimos sua falta no jantar desta noite.
— E eu, com certeza, queria estar lá.

Eu reavaliei a mulher. Ela não era *de todo* ruim, decidi. Seu decote era tão profundo que eu podia ver a ponta das auréolas dos seus seios, mas, diferentemente de mim, ela pelo menos *tinha* seios. E não era exatamente gorda. Ela era magra o suficiente para você saber que não estava nem aí, provavelmente raspava sua moita de vez em quando, mas não era tão magra que não pudesse dar conta de gozar durante o sexo. Era uma mulher para homens preguiçosos. O tipo de mulher para uma noite chuvosa e escura.

Dei um gole na minha água e fiz de conta que estava acompanhando um jogo. Quer dizer, o que estava passando na TV.

— Eu fiz a minha famosa torta de pêssego — a mulher dizia —, mas, para sua sorte, tenho outra esperando em casa. Posso esquentá-la rapidinho.

— Desculpe, querida — respondeu Mitch, e outra pessoa podia até acreditar na sua sinceridade. — Minha mulher está de olho no meu peso.

Ela ergueu o copo para ele.
— Bom, se vier a mudar de ideia, me avise.
— Pode deixar.

A mulher suspirou antes de se endireitar de novo e pedir um novo drinque para Tanner. Só eu vi o desprazer que surgiu na cara de Mitch assim que ela se virou. Ficou aparente na cartilagem do seu queixo, rodeou sua boca e penetrou em suas narinas. Ele deixou algumas notas no balcão e saiu.

A mulher me olhou pelo canto do olho e deu um sorriso triste que me fez perceber que ela era mais inteligente do que eu havia imaginado.

— Moças têm que se oferecer, sabe? — Ela estendeu a mão, surpreendentemente delicada. — Eu me chamo Crystal — ela disse.

— Rebecca — respondi.

— Está aqui para a "Época da Corrida do Ouro"? Ah, por que perguntar? É claro que está.

Assenti.

— Prazer em conhecê-la também.

Tanner entregou o seu drinque, que ela tomou com vontade. Eu aproveitei a oportunidade para olhar mais de perto a pele do seu pescoço, um método razoavelmente confiável de determinar a idade de alguém num mundo onde cirurgia plástica é bem barata. Estimei que tivesse quarenta e poucos... a idade da minha mãe se ainda fosse viva.

(Eu ainda não podia acreditar que minha mãe fingia ter dez anos *a mais*. Isso é que era dedicação.)

Eu me virei para Crystal.

— Então, o que há entre você e o cara? — perguntei, apontando com a cabeça para o final do balcão.

— Você quer dizer... com o Mitch?

Confirmei.

— Nada de mais. Fomos colegas de colégio. Acho que fiquei com uma queda por ele desde então.

— Dá para ver por quê. — E eu achei que era verdade. O ambiente para os solteiros era provavelmente bem difícil.

— Quer dizer, ele ainda é uma gracinha. Mas, naquela época, caramba! Ele era todo sardas, músculos e cabelo. Como se pertencesse a um pôster. Houve um tempo em que pensei na possibilidade... mas, bem, acho que eu já estava com o Darren de qualquer jeito e, antes que eu pudesse fazer alguma coisa a respeito, tendo um bebê. — Ela deu um longo gole. — Eu nunca fui boa em planejamento.

Mas havia algo nos ombros curvados de Crystal que contavam uma história diferente. Passados trinta anos, sem nenhuma abertura, a maioria teria desistido. Ela estava genuinamente desapontada, o que me fez pensar que, em algum momento, ela teria sido genuinamente encorajada. Eu aposto que uma noite ela se deitou com Mitch Percy e, depois disso, ele nunca assumiu que isso aconteceu. Era assim que as coisas se passavam com moças como ela e rapazes como ele. E, mesmo que ela quisesse dizer para todo mundo que ela era uma moça diferente — na real, ela era *exatamente o oposto*, porque ela era a moça que um dia ele realmente quisera —, o que podia fazer? A única outra parte do que aconteceu não se importava com a verdade. Ela viveu na luz inconstante do candeeiro que todos à sua volta diziam ser constante.

— Quem perde é ele — eu disse, depois de algum tempo.

Crystal virou-se para mim, surpresa.

— Obrigada. Então... você teve algum namorado adolescente que lhe escapou?

Como se eu fosse me apaixonar por um adolescente. Blergh.

— Ah, não. Eu nem fui ao baile de formatura.

Ela pôs a mão no meu braço.

— Talvez isso tenha sido melhor. Eu fui ao baile de formatura com Darren e olha no que deu.

Acenei para Tanner, pedindo outra água com gás, desejando ardentemente pedir outra coisa. Ele me viu e, deliberadamente, olhou para o outro lado. Babaca.

— De verdade... isso teria sido tão incomum? — Crystal, sentindo a empatia da plateia, começou a colocar a raiva para fora. — Não é como se eu não tivesse mais nada na vida. Claro que ele podia ter sido melhor, mas, *definitivamente*, ele foi pior, acredite em mim. Todo lixo da cidade se pôs de joelhos para se aproximar de sua carteira.

Sua voz estava alterada e as pessoas começavam a olhar para nós. Eu mudei de posição e abaixei a cabeça.

— Então, você não estava atrás do dinheiro dele?

— Claro que não, eu estava atrás de seu corpo. — Ela caiu na gargalhada, sacudindo a cabeça e esfregando as bochechas, como se ressentimento fosse uma câimbra que ela pudesse massagear e passar. — Desculpe. Foi uma noite ruim. Não... risca isso. Foram trinta anos ruins.

— Pode crer.

— E é uma tremenda babaquice. Eu era uma moça boa... às vezes, boa até demais, obviamente... então, por que não tive sorte? Em vez disso, tive que vê-lo com outras moças como a maldita Tessa Kanty. Aquela garota era podre até o miolo, uma ladra e uma mentirosa, e só Deus sabe mais o quê, e ela estava interessada somente no que ele podia comprar para ela, nada mais... mas ela era linda, então, por que ele devia se preocupar com o resto? — Crystal elevou o copo e o manteve no ar, sem firmeza. — À Tessa Kanty, a maior vadia de Black Hills.

Nesse ponto, eu estava meio tentada a fazer algo inédito: dar um abraço espontâneo numa quase estranha. Finalmente alguém que tinha entendido.

— Eu acho que você já bebeu o suficiente. — Levantei os olhos e vi Tanner debruçado sobre nós. Por quanto tempo ele estava ali?

Ele se esticou e começou a retirar o copo de Crystal, mas ela o segurou com força.

— Cale a boca, Tanner. Você nem a conhecia.

— Nem preciso. Conheço Eli. Ele não ia querer você falando sobre a irmã dele.

— É, bem, ele também não a conhecia. Tessa era uma puta ávida por dinheiro, nada mais, nada menos. — Suas pálpebras trabalhavam vigorosamente para reter as lágrimas.

Tanner soltou o copo com um suspiro.

— Tá, Crystal, tudo bem. Termina aí. Mas fala baixo, tá?

— Obrigada, *papai*. — Ela virou o rosto e passou a mão nos olhos. Eu lhe passei um guardanapo, que ela enfiou no nariz. — Aposto que isso não fazia parte da programação de Cora — ela disse. — Venham, venham ver a Crystal passar vergonha! — Ela fungou. — Deus, estou tão envergonhada.

— Não fique.

— Você é legal.

Eu engoli a vontade de negar, instintivamente.

Ela deu um golinho no seu drinque e, no silêncio, inevitavelmente, ficamos assistindo ao jogo. Como todo mundo na cidade, nós estávamos apenas procurando por alguma distração que não envolvesse pensar.

Pena que não pensar não era uma opção.

— Crystal, posso fazer uma pergunta?

— Claro.

Peguei outro guardanapo e o dobrei em quadrados menores.

— O que aconteceu com a garota de quem você estava falando? Essa Tessa?

— Ela fugiu. — Crystal ficou olhando para sua cerveja. — Ninguém ficou triste em vê-la partir.

Olhei para o fundo do meu copo vazio. Era melhor do que dizer a Crystal que eu também não tinha ficado triste em vê-la partir.

— Você sabe por que ela partiu? Foi o Eli...

— Ah, não, ela partiu pela mesma razão por que garotas assim sempre fogem: engravidou.

Assim que as ruas pareceram suficientemente vazias, me encaminhei para o estacionamento que ficava do lado da pousada. Subi na caminhonete e dei a partida. Aí puxei meu celular.

"Me ligue a qualquer hora, para o que precisar", foi o que Noah dissera. Tomara que tenha sido sincero.

Engrenei o carro e acomodei o celular entre o ombro e o ouvido.

Ninguém atendeu.

Contornei uma cratera; o celular caiu no meu colo. Dei uma olhada de relance para ele e selecionei o nome de Noah novamente, antes de recolocá-lo entre o ombro e o ouvido.

— Te pedi para mandar mensagem — ele falou.

— Senti saudades da sua voz.

Era para ser uma brincadeira. Mas não soou assim.

Olhei pelo espelho retrovisor e voltei a olhar para a estrada em frente. Não era uma boa ideia falar enquanto dirigia, mas nenhuma das duas coisas podia esperar.

— Preciso de uma coisa.

— É claro que precisa. Mas eu não trabalho mais para você, ou será que se esqueceu?

— Bom, eu sei que você adora fazer o bem...

— Jane, está tarde...

— Espera... ai, merda. — A caminhonete pulou e eu mordi minha língua com força.

— Onde você está?

— Isso não importa, só preciso saber se você tem a minha certidão de nascimento.

— Para que precisa disso?

— Você tem ou não tem?

— É claro que tenho, eu tive que usá-la para fazer sua mudança de nome... você está com sorte de eu ainda estar no escritório.

Ouvi o folhear de papéis.

— Aqui está — disse ele. — E agora?

Segurei o volante com força e confirmei se estava no meio da pista.

— Qual a minha data de nascimento?

— Eh, Jane...

— Diz aí, por favor?

— A mesma data de sempre: 22 de novembro de 1986. Isso não é uma maneira esquisita de me lembrar que preciso comprar um presente para você, é?

— Cala a boca e me deixa pensar. — A caminhonete batia na estrada esburacada. E eu fingia que estava levando meus pensamentos junto. — Espera aí — disse. — Qual o nome do hospital?

— Espera, me dá um minuto, está tudo em alemão...

— E também em francês e italiano. É claro que você sabe essas línguas. Não te ensinaram nada em Yale?

— Sim, línguas úteis, como espanhol.

— Muito engraçado... procura aí. Será provavelmente uma palavra terminada em "spital".

— Obrigado, eu nunca teria adivinhado... não tem nada assim.

— Tem certeza?

— Espera, poderia ser *Hausgeburt*?

Estacionei no acostamento.

— Repete.

— Hausgeburt.

— Soletra para mim, por favor, porque seu alemão é uma *Scheiße*.

— Ei, eu estou lhe fazendo um favor. — Mas ele soletrou assim mesmo. Eu apoiei a minha testa no volante.

— Você tem certeza de que é isso que está aí?

— Tenho.

Sentei-me direito e engrenei o carro outra vez.

— Certo, ótimo, obrigada, valeu.

— Espera, você viu que...

Desliguei.

Hausgeburt. Minha mãe — *minha mãe* — tinha feito um parto em casa? A mesma mulher que tomava Vicodin quando a unha partia? De jeito nenhum. Que droga, ela mentira sobre a *minha* idade também, né? O que significa que meu pai não era um cara decrépito de Lichtenstein... ele era algum perdedor da Dakota do Sul.

Que filha da mãe. Eu tinha um pai esse tempo todo.

Pior, eu estive lendo o horóscopo errado todos esses anos.

O que muita gente não sabe — mas não ficaria surpresa de ouvir — é que Janie Jenkins sempre foi o centro de controvérsias desde do momento em que nasceu: quando nasceu, sua mãe ainda não era casada com seu pai, o bilionário suíço Emmerich von Mises. Era de conhecimento geral que eles planejavam se casar e Emmerich publicamente reconheceu a paternidade de Janie, mas, infelizmente, ele morreu em dezembro de 1986, dois meses antes do casamento com Marion.

Os filhos do primeiro casamento do Emmerich se opuseram a seu relacionamento com Marion desde o início, por acharem que ela estava usando seu pai por causa do dinheiro. E, de fato, Emmerich deixou para Marion um generoso dote. Também foi sussurrado, no entanto, que ela estava considerando mover uma ação para garantir uma pensão vitalícia para sua filha. Mas não há indícios de que ela, de fato, tenha entrado com tal ação.

Quando conversei com a família de Von Mises, tomei conhecimento da história por trás da suposta ação. Andreas von Mises, filho de Emmerich, explicou suas razões. "Não é que nós não queiramos dar a pensão a uma criança inocente", disse Andreas. "Mas nossa família estava extremamente relutante em apoiar uma mulher que acreditamos firmemente ter manipulado nosso pai. No entanto, depois que registramos nossas objeções e informamos a Marion que as faríamos públicas, se necessário, Marion retirou a queixa. Ela estava apenas protegendo os interesses de sua filha, ela dissera — e ela não queria macular o legado de meu pai. Em retrospecto, eu... lamento o incidente. Julguei Marion erroneamente. Ela estava apenas tentando fazer o melhor."

— Alexis Papadopoulos, *E o diabo sorriu*:
A história de Janie Jenkins

CAPÍTULO DEZENOVE

— Você está com uma aparência horrível — disse Peter ao se sentar na cadeira, na minha frente, na mesa do café na manhã de quarta-feira.

Claro que estava com uma aparência horrível. Depois que estacionei a caminhonete no celeiro abandonado de Adeline, levou uma hora para eu andar de volta. E, mesmo depois de uma ducha quente, as pontas dos meus dedos ainda estavam latejando.

— Eu não durmo bem quando não durmo na minha própria cama — falei.

Ou em banheiras que não sejam a minha própria banheira.

E é claro que meus pensamentos não tinham ajudado.

Você nunca pensa sobre o nada? Eu penso. Eu penso sobre o nada o tempo todo.

Porque é claro que o nada é tudo que nos espera. *É claro* que é. Se não fosse assim, por que nossos corações bombeariam mais do que o necessário? Por que não emergimos no mundo, puros e inocentes, e aí, antes de termos a oportunidade de nos meter em algum problema, antes mesmo de comermos a nossa primeira porcaria gordurosa, nossos sistemas entram em colapso e vamos direto para o além? Se houvesse uma vida melhor depois da morte, por que nos preocuparíamos em nos adaptar para sobreviver? Por que sequer haveria evolução? Por que disputar alguma coisa que não é a melhor? Se a morte fosse *realmente* fantástica, numa situação de vida e morte, nossos corpos não seriam estimulados com adrenalina e cortisol, nossos cérebros não ficariam nos açulando em vez de relaxar felizes e amorosamente sonolentos. Hannibal Lecter seria o nosso Mickey Mouse.

Não. Há uma desgraceira geral nos esperando. Nossos corpos entendem isso. O problema real é que ter *consciência* disso é intolerável.

Então nós aguentamos. Nós criamos fé e magia e testes de personalidade on-line, enxertos ortopédicos para o stilleto de 13 centímetros de salto que é a nossa mortalidade. E sabe o que mais? Somos bons nisso — nós somos muito bons em dar conta de tudo. E por isso acho que, quando o fim chegar, será menos pior do que temo. Acho que nossos cérebros catam a coisa mais próxima que nos consola, seja o que for. A satisfação de um nobre sacrifício. O orgulho num trabalho bem-feito. A promessa de uma luz branca resplandecente.

Ou a negação. Essa será minha meta. Mesmo quando aqueles últimos minutos soarem no relógio, mesmo quando todo mundo souber com certeza que o meu fim chegou, estou certa de que ainda esperarei por uma cura milagrosa, uma segunda chance, um telefonema do governador. Alguma falha no sistema de autodestruição.

Espero que seja assintomático no final. Se os últimos dez anos me ensinaram alguma coisa, foi isso.

Mas, se tudo isso for verdade... o que isso significou para a minha mãe? O legista disse que demorou alguns *minutos* para ela morrer depois que atiraram nela. Será que ela tentou se sentar e pegar alguma coisa para fazer um torniquete na perna ou para pressionar contra o rosto? Será que ela ligou para a emergência e pediu socorro? Não. Ela encheu o dedo de sangue do seu peito e escreveu meu nome perto dela, no chão.

Não ouve negação ali. Minha mãe sabia muito bem o que estava por acontecer. Senão, ela teria tentado se salvar. Em vez disso, seu último ato foi um "vai se foder".

O que facilitou o caminho da minha mãe, então? Até eu admito que ela era humana, então, deve ter acontecido *alguma coisa*. Mas, com certeza, não foi algo de fé ou de sacrifício, e eu só consigo imaginar uma outra opção: que ela estava sentindo tanta dor que o esquecimento teria sido um alívio.

Eu não sei ao certo como me sinto em relação a isso.

Despertei de volta para o presente e olhei para a bagunça de panquecas no meu prato. Eu não estava realmente comendo-as. Eu estava apenas cavando-as, como se fossem ruínas maias e eu não quisesse destruir a camada abaixo da superfície. Muito sutil o meu subconsciente.

— Quem é aquele cara com quem você saiu ontem à noite? — perguntou Peter.

Dei uma garfada. Eu nunca havia percebido antes como comida pode ser útil para ganhar tempo... e disfarçar um susto. Uma coisa seria se Kelley e Renée percebessem que Leo estava interessado em mim: eu podia contar com sua discrição. Mas outra coisa seria se *todos* notassem.

— O irmão de Kelley — respondi, depois que engoli.

— Vocês parecem se conhecer muito bem.

— Todo mundo na cidade é muito simpático. Imagino que você estranhe isso, sendo de Nova York.

— Quando a simpatia vem de um policial... sim.

— Leo é um policial? Eu nunca teria adivinhado.

(É muito fácil bancar a burra para um cara como o Peter.)

Eu me endireitei, como se acabasse de ter uma ideia brilhante.

— Ei, sabe o que você devia fazer? Você devia perguntar a *ele* sobre o roubo do banco. Ele provavelmente sabe tudo sobre isso.

Ele sacudiu a cabeça.

— Tentei. Se ele sabe alguma coisa, não está dizendo nada. Não para *mim*, pelo menos. — Ele fez uma pausa. — Mas você... ele gosta de você. — Ele me lançou um olhar significativo, o que eu descreveria como se estivesse revirando os olhos como uma boneca. Seu olho esquerdo ficou tremelicando, como se ele não fosse capaz de se decidir se uma piscadela seria demais.

— Você gostaria que eu perguntasse isso a ele por você?

Ele sorriu.

— Eu adoraria.

— Sem problemas. — Parei e pensei no cartão de visitas na minha bolsa. — E será que teria como me fazer um favor em troca?

— Acho que sim.

— Eu sei que isso é uma coisa meio esquisita para se pedir, mas eu realmente preciso fazer umas coisas hoje. Coisas pessoais. — Parei. Será que devia prosseguir e dizer que precisava comprar absorventes? Não, era melhor deixar tudo meio insinuado mesmo. — Mas meu carro está sem bateria, então pensei se poderia me emprestar o seu.

Por alguma razão qualquer, o pedido não o intrigou.

— Você acha mesmo que consegue que o policial nos ajude? — indagou.

Nem um pouquinho.

— Com certeza.

Ele deu de ombros e tirou as chaves do bolso.

— Claro, por que não? A revista está me pagando por quilometragem. Só não me deixa na mão. Eu realmente preciso da ajuda daquele cara.

— É um trato. — Estiquei a mão. Eu esperava que ele deixasse as chaves caírem na minha mão, mas ele as sacudiu, em vez disso. Sua pele estava quente e úmida, como uma massa de farinha que ainda não tinha acabado de fermentar.

Eu estava andando na direção da porta quando uma mão pesada caiu no meu ombro.

— Rebecca, certo?

Eu me virei e dei de cara com Eli. Seu rosto estava com a mesma expressão severa de sempre. Eu imaginei se era esperado que eu batesse continência.

— Isso mesmo. Prazer em revê-lo, Eli.

Seus olhos apontaram para o lado.

— Eu vi você sentada com aquele repórter.

— Peter?

— Esse mesmo. — Ele hesitou. — Olha, eu não quero que você se sinta desconfortável, mas eu estava imaginando se você podia me contar no que ele está trabalhando.

Olhei para Peter. Ele ainda estava absorto no seu fichário.

Olhei de volta para Eli. Isso ia exigir algum tato, mas, se eu conseguisse que ele ficasse do meu lado, valeria a pena.

— Vamos conversar lá fora — sugeri.

Ele me seguiu até a varanda da frente. Eu me sentei no balanço; ele se encostou nas grades.

Apoiei as mãos no colo.

— Você está preocupado por ele estar escrevendo sobre sua irmã — falei.

Seu punho se cerrou e depois relaxou.

— Que droga, eu falei para Cora que um repórter seria uma dor de cabeça.

Eu lhe dei um sorriso empático.

— Tem alguma coisa que eu possa fazer?

— Você, por acaso, sabe o que ele pretende escrever?

— Ele está investigando um assalto a banco, é tudo que eu sei.

— Bem, eu imagino que não possa evitar que ele leia o que já está nos jornais — ele disse.

Sua voz estava tensa, mas, um segundo antes de ele falar, vi que seu queixo relaxara. Interessante.

— Ficarei feliz em ficar de olho nele, se quiser — disse. — Garantir que ele esteja se comportando, esse tipo de coisa. Estava planejando passar algum tempo nos arquivos, de qualquer maneira.

Ele colocou as mãos atrás das costas e olhou para a rua.

— Eu agradeceria.

Sentei-me e olhei para o perfil de Eli, pensando em fazer a pergunta que ainda não tinha coragem de fazer.

Já esteve em Beverly Hills?

Uma hora mais tarde, eu estava dirigindo para o norte pela US-16, andando tão rápido quanto a porcaria do carro de aluguel de Peter permitia. As nuvens daquele dia eram desconfortavelmente uniformes, fofas e brancas. Parecia um céu claro do qual haviam tirado o azul, como se houvesse uma mudança molecular na atmosfera terrestre desde da última vez que a olhara.

Eu sei que estava me arriscando indo até Rapid City, mas, Deus, como era bom sair da cidade. Quanto mais longe eu ia, mais facilmente respirava. Quer dizer, sim, Rapid City era uma metrópole cosmopolita se comparada a Ardelle e, a cada pessoa com quem eu cruzava, aumentava o risco de ser reconhecida. E havia este endereço para o qual estava me dirigindo — pelo que sabia, podia ser o quartel-general do clube Janie-Jenkins-é-super--culpada.

Pelo menos, estaria fazendo alguém feliz nesse caso.

Mas valia a pena o risco. Eu tinha o endereço — *uma pista de verdade*. E mesmo que não soubesse aonde estava indo, eu sabia que o lugar significara alguma coisa para a minha mãe. Se não, ela não o teria escondido tão bem.

Rapid City surgiu, uma poeira de construções que, de longe, mais parecia pessoas espalhadas numa área de piquenique. Verifiquei o mapa que pegara na pousada e me dirigi para o centro, para algum tipo de zona histórica que parecia ser mantida para abrigar feiras semanais de artes. Parei diante de um prédio que parecia um caixote de quatro andares, com uma loja de roupas do oeste no térreo. Verifiquei a relação das lojas. As salas do térreo eram todas ocupadas por serviços — um quiroprático, um podólogo, um contador e, depois da sala 5, eu li: *M. Copeland, Fotógrafo*.

Franzi a testa. Se havia alguma coisa que minha mãe odiava eram os fotógrafos. Será que outra pessoa escondera o cartão? Se eu tiver vindo todo esse caminho só para descobrir que a Rue gosta de tirar fotos artísticas, vou queimar o cabelo dela.

Toquei a campainha.

— Pode subir! — A voz era tão clara que deu para ouvir perfeitamente, apesar da estática do intercomunicador.

Subi uma pequena escada que era exatamente igual a todas as outras, verde-clara com riscos de massa corrida bem branca, onde os pintores foram negligentes. Antes que eu tivesse tempo de repensar minha decisão, a porta se abriu.

— Você deve ser Candace!

A mulher que me cumprimentara tinha os cabelos brancos e era pequena — menor que eu — e vestia uma túnica de macramé e uma saia bem larga. Seus pés estavam descalços, suas unhas do pé, longas e sem pintura.

— Bem, na verdade...

Ela me puxou para dentro e me atirou num sofá forrado de uma estampa em zigue-zague.

— Vou fazer um chá, por que não?

Olhei à minha volta. A sala era triangular e sem janelas; na hipotenusa, um passa-prato que dava para a cozinha. Estava silencioso, a não ser pelo barulho da água correndo, a chaleira sendo cheia. O bater das canecas sendo tiradas de um armário lotado de coisas.

— Meu nome não é Candace! — falei, não querendo ser pega numa mentira inútil.

— Ah, não tem problema — ela respondeu.

Eu me sentei. O teto, uma malha de telhas acústicas e luz fluorescente, era mais adequado para uma sala cheia de cubículos. As luzes do teto estavam apagadas, no entanto, e a sala estava iluminada por uma pequena floresta de lâmpadas de chão num canto, como se alguns raios de luz dourada agradável pudessem esconder o pragmatismo frio da sala.

A mulher meteu a cara pelo passa-prato.

— Você está aqui para fotos de noivado? Fotos de casamento? Talvez alguma coisa especial para seu namorado ou sua namorada?

Fotos *especiais*? Isso era a cara da Rue.

Eu fechei os lábios por cima dos dentes, pensando no que queria perguntar.

— Estou procurando fotos da minha mãe — disse, com rapidez, como se a frase inteira fosse apenas uma palavra. — Ela era uma de suas clientes, e como ela faleceu... bom, eu não tenho tantas fotos dela quanto gostaria de ter. — Baixei meus olhos e desviei o olhar, como faço quando um terapeuta me faz uma pergunta que preciso fingir que é difícil de responder. — Estava imaginando se você, por acaso, guarda seus negativos.

A mulher apoiou os cotovelos no passa-prato e encostou o queixo nas mãos. Sua expressão ficou suave, melancólica e empática.

— Não sei se meus arquivos são antigos o suficiente, mas posso, com certeza, dar uma olhada. Você tem alguma ideia de quando ela teria vindo aqui?

— Não sei exatamente... provavelmente em 84 ou 85.

Os olhos dela se grudaram nos meus.

— Sinto muito — ela disse —, mas você deve estar enganada. Eu só tenho esse negócio desde 92.

— Mas eu achei o seu endereço nas coisas dela. — Procurei o cartão na minha bolsa e ela deu a volta e entrou na sala para pegá-lo.

Ela o leu uma vez e, então, o virou algumas vezes, antes de me devolver.

— Ela o guardou num lugar muito especial — disse — e, por isso, concluí que era importante.

— Tenho certeza que sim.
— Você, por acaso, saberia o que existia antes aqui?
Ela se sentou ao meu lado.
— Como disse que era seu nome mesmo?
— Rebecca.
— Me chamo Marilyn. Você mora por aqui?
Controlei minha impaciência, me lembrando de que não era uma policial que podia intimidar o interlocutor.
— Não — respondi —, sou da Califórnia.
— Ah, que sorte a sua. Uma região tão linda. Eu tenho amigos em Monterey. Eles fazem coisas *incríveis*. Talvez eu devesse lhe dar o contato deles, para o caso de você passar por lá. — Ela cruzou as pernas e, com o pensamento distante, puxou o lóbulo da orelha. — Há quanto tempo ela faleceu?
Eu engoli em seco.
— Minha mãe? Já faz dez anos agora.
— Não faz tanto tempo, então. — A chaleira apitou e ela voltou para a cozinha para fazer o chá. Ela emergiu, trazendo duas canecas fumegantes e uma caixa de creme, encaixada entre o ombro e o queixo. Ela colocou tudo na mesinha de centro, girando as canecas até que ambas estivessem com as asas alinhadas. — A minha mãe ainda é viva, se é que pode acreditar. Cento e quatro anos e ainda dança como uma Rockette. Um coração de cavalo, os médicos dizem... e a cabeça de um também. Você sabe, eu vim para cá vinte anos atrás para poder cuidar dela na velhice e, agora... bem, ainda estou por aqui, não estou? Setenta e quatro anos e estou só esperando minha mãe morrer.
Eu abri a minha boca, mas não emiti nenhum som.

Essa é uma história que você provavelmente conhece. Não discuto sua veracidade.
Na noite do assassinato, depois que deixei Kristof na sala de bilhar, corri escada acima para pegar a minha bolsa antes de sair para a casa de Ainsley.
Minha mãe esperava por mim no meu quarto.
— Faça as malas com o que quer que vá levar com você. Vamos amanhã, bem cedo.
Tropecei de surpresa e, quando vi o olhar de desaprovação dela, quis gritar.

— Não estou bêbada, sou desastrada! — Mas, honestamente, acho que ela preferia que estivesse bêbada. Teria significado que minha falta de graciosidade era apenas temporária.

— Do que está falando? — perguntei. — Não posso ir embora.

— Você pode e você vai. — Isso, para ela, era o fim da discussão, e ela se virou para voltar para o quarto. Mas eu não ia parar ali. Corri atrás dela.

— Mas eu finalmente estou começando a chegar a algum lugar.

— Como o quê? Porta de cadeia profissional?

Dei um passo para trás.

— Pelo menos, eu *ganho* o meu dinheiro.

Eu vislumbrei um indício daquela única ruga entre as sobrancelhas antes que ela se dissipasse.

— Estou indo, quer você vá ou não comigo — respondeu.

— E isso é algum tipo de ameaça?

— Sim.

— E qual parte de "não preciso de você" você não entendeu?

Ela pôs a mão na parede e, por um instante, achei que minhas palavras fossem tão cortantes que ela precisara se apoiar. Mas ela estava apenas preparando seu próximo ataque.

— Sabe, quando eu tive você, pensei: "Até que enfim, *até que enfim* vou ter alguém do meu lado."

— Isso é um péssimo motivo para se ter uma filha.

— Na época, eu não sabia disso.

Ela me empurrou e saiu, e, se eu estivesse pensando com clareza, teria deixado por isso mesmo. Mas eu não tinha mais controle sobre meus atos do que um fuso sobre sua direção, então, em vez disso, atirei as seis palavras que criam raízes numa menina assim que seus seios crescem.

— Eu queria que você estivesse morta.

Ela se virou, seu sorriso era uma faca bem amolada.

— Nunca se esqueça, Jane: desejos são para os covardes.

— Receio que não seja uma coisa muito educada de se perguntar — Marilyn estava dizendo —, mas, quando você está esperando pelo tempo que eu estou esperando, você tem muito tempo para ficar divagando. — Ela enlaçou os dedos em torno da caneca. — Você pode me contar como é que é? Perder a mãe?

Eu engoli em seco.

— Ninguém nunca me perguntou isso antes.

— Sinto muito por ouvir isso.

— Por quê?

— Porque significa que as pessoas só estão preocupadas em como elas querem que você se sinta.

Peguei minha caneca, passei o dedo na borda.

— Eu não tenho certeza de como devo responder a isso.

— Foi de repente?

Eu levantei os olhos.

— Não repentino o suficiente.

— Suponho que nunca seja. — Marilyn se recostou, puxando e enrolando uma longa mecha branca, como se estivesse puxando seus pensamentos do fundo do poço. — Posso ver o cartão de novo?

Entreguei e ela ficou olhando para ele. Eu não consegui perceber nada por sua expressão. Era límpida como um céu pela manhã. Fiquei subindo e descendo o saquinho de chá na água.

— Aqui costumava ser um consultório médico — Marilyn disse por fim. — Essa é uma das razões pelas quais comprei essa sala, eles fecharam todas as janelas, o que a torna perfeita para fotografia. É como uma grande câmara escura.

— Que tipo de consultório médico?

Seu dedão do pé bateu no linóleo no mesmo ritmo que eu subia e descia o saquinho de chá.

— Era uma clínica para senhoras. — Ela parou. — Estava vazia havia anos quando eu a comprei... Ninguém mais a queria. Fiz um ótimo negócio.

Minha mão parou. O saquinho de chá fez um pequeno círculo.

— E por que ninguém mais queria?

— Não era uma clínica para qualquer tipo de mulher. Era para mulheres que se encontravam... em determinada situação.

— Ah — falei. Puxei o saquinho e o deixei cair na mesa. Ambas olhamos para nossas canecas.

QUERIDA FILHA

A campainha tocou. Marilyn se levantou e foi atender à porta, movendo-se bem devagar, como se estivesse andando em um caminho com água até a cintura... ou talvez só eu achasse isso. Eu me lembro de imaginar por que a campainha continuava tocando... *Será que a tal Candace estava encostada nela? Será que era mais alguém? Estava quebrada?* Mas não, percebi que era apenas o barulho dentro da minha cabeça.

Então, um interruptor dentro de mim mudou de posição e o mundo voltou a se mover, e eu com ele, e quando Marilyn abriu a porta, eu estava a seu lado. Abri caminho, passando por uma morena com rolinhos de cabelo, e saí. Marilyn deve ter vindo atrás de mim, porque ouvi sua voz ecoar enquanto descia as escadas aos tropeços.

— Às vezes, é possível querer algo e, ao mesmo tempo, não querer.

— Espero que sua mãe viva para sempre — gritei de volta.

Quando cheguei ao carro, meu corpo fervia por dentro, como se meu sangue tivesse virado ácido e estivesse agindo sobre meus ossos.

Sentei-me no banco da frente e apoiei a minha cabeça no volante, vasculhando meus pensamentos na esperança de encontrar outra explicação. Que o endereço no cartão era de uma amiga. Que era o tipo de segredo que as adolescentes trocavam entre si quando dormiam uma na casa das outras. Que era algum tipo de brincadeira.

Você precisa entender: não é que eu tenha ficado chocada com o fato de ela ter pensando em abortar. Não se esqueça de que eu era uma adolescente bem ativa num mundo pautado por sexo. Não, eu estava chocada era com o fato de ela não ter ido até o fim com isso. Eu era a única coisa que não se encaixava na vida dela. Eu não podia acreditar que ela teria deixado passar a oportunidade de me tirar do caminho.

Talvez nem ela mesma acreditasse nisso.

A nossa briga não acabou no corredor naquela noite — se tivesse, as meninas do jantar, que testemunharam a minha "ameaça", teriam sido capazes de contar o que se passou em seguida.

Reconhecendo que perdi a batalha, me retirei para o banheiro mais próximo, para, ostensivamente, arrumar meu cabelo. Minha mãe veio atrás.

— O que pensa que está fazendo? — perguntou.

— Saindo. — Eu senti que minhas mãos foram para os quadris e meu queixo se projetou para a frente.

— Mas eu acabei de dizer que...

— Protesto, meritíssimo. Irrelevante. — Eu me virei para o espelho, examinei meu reflexo e enfiei a mão pelo decote para acertar os peitos.

— Jane.

Ajeitei meu cabelo.

— O quê?

— Olhe para mim.

Algo na sua voz me fez obedecer. Ela estava usando seda branco-pérola, que deixava sua pele com o aspecto de luar, transformando-a de granito para mármore. Seus olhos delineados com três camadas de Chanel Inimitable, à prova de água, eram de um azul calmo enganador, brilhantes devido aos remédios que eu sabia que tomava todas as noites. Segurei a bainha da minha saia com os dedos e dei um pequeno passo para trás.

— Um dia você terá uma filha...

— Não se eu puder evitar.

— Um dia você terá uma filha — ela disse outra vez, com tranquilidade, como se fosse um garçom enumerando os pratos do dia — e, quando tiver, aí vai entender quem você realmente é.

— Me deixa adivinhar... uma vagabunda? Uma pirralha? Um amargo desapontamento?

— Não. — Ela chegou para a frente e segurou meu queixo. — Uma oportunidade perdida.

Que tola, eu sempre achei que ela quisera dizer que eu não estava vivendo à altura do meu potencial. Mas, talvez, do que ela realmente se arrependia era de eu estar viva, para início de conversa.

Virei a chave e ouvi o ruído indiferente do carro de aluguel econômico. Não era tarde demais... eu ainda podia deixar *isso* de lado. Eu levaria umas doze horas para dirigir até o dúplex em Wisconsin. E, ali, uma chave me esperava, debaixo de um tapete onde se lia "Vai embora"... uma brincadeira do Noah. O dúplex tinha dois banheiros, Noah havia me contado. O que quer dizer que podia escolher entre *duas* opções de lugar para dormir. Uma melhora de cem por cento em relação ao que eu tinha agora.

Mas, talvez, nunca mais tivesse outra oportunidade de descobrir quem era o meu pai de verdade.

Eu fiquei imaginando se ele me olharia da mesma forma que minha mãe olhara.

Dirigi para o leste na I-90 até Badlands, antes de mudar de ideia e voltar para Ardelle.

Imbecil.

Departamento de Polícia de Beverly Hills

Boletim de Ocorrência Número 2938-A
Nome do Relator
Policial Michael Balmores

Data do Relatório   Horário Inicial   Horário de Término
16 de julho de 2003   10:00   10:30

Em 15 de julho de 2003, o policial Gregory Tucker e eu atendemos a um chamado de um possível homicídio na residência de Marion Elsinger, na rua Laurel. Quando ali cheguei, fui recebido por Jane Jenkins, que havia dado o telefonema. Apesar de Jenkins parecer calma e controlada, suas roupas, suas mãos e seu rosto estavam cobertos de sangue.

Jenkins me conduziu até o quarto, no andar de cima, onde eu encontrei uma mulher aparentando meia-idade, deitada no chão. Ela havia sangrado muito e parecia ter sido vítima de disparos. Estava claro que a vítima estava morta. Eu isolei a área e chamei o legista.

Quando o policial Tucker e eu começamos a interrogar Jenkins sobre as circunstâncias em que ela achara o corpo, ela não foi capaz de dar nenhum detalhe. Como continuamos o interrogatório, ela começou a ficar muito agitada. Eu pedi a Jenkins que mantivesse a calma e, a esta altura, ela começou a ser fisicamente agressiva. Ela tentou me agredir e o policial Tucker foi obrigado a contê-la. Assim que o reforço chegou, o policial Tucker a conduziu à delegacia para novo interrogatório.

CAPÍTULO VINTE

Quando voltei a Ardelle, parei primeiro na pousada para deixar as chaves de Peter.

Rue estava sentada na recepção, lendo, e estava tão quieta que eu tive certeza de que estava curtindo os efeitos da noite anterior. Aparentemente, Leo não havia tirado todo o seu brilho de luar.

Joguei as chaves na mesa, só para vê-la se encolher.

— Estava pensando se poderia entregar estas chaves ao sr. Strickland para mim — disse. Ela olhou para cima e piscou uma vez, o gesto exageradamente lento, como se suas pálpebras falassem inglês e eu fosse uma turista estrangeira. Em seguida, ela voltou ao seu livro.

— Ainda lendo *Jane Eyre*?

— Sua capacidade de observação surpreende e encanta.

— Peraí... — Estiquei a mão e peguei o livro, mas Rue o arrancou das minhas mãos. — Posso ver uma coisa rápida?

— Não.

— Por que não?

— Porque eu tenho que acabar até hoje à noite.

O livro era uma brochura com lombadas inteiras, parte de uma coleção. E, ontem, eu havia visto os outros. Esse livro era da minha mãe.

Será que ela escrevera alguma coisa nele?

— Você pode me emprestar quando acabar?

Ela o apertou contra o peito.

— Eu o prometi a uma amiga.

Atrás de mim, a porta da frente se abriu, de supetão. Um grupo de hóspedes — supostamente voltando de alguma atividade do festival que eu perdera esta manhã — espantava o frio e Cora fazia um convite animado para o chá da tarde. Eu não tirei os olhos da Rue.

— Está lendo para a escola?

— Não estou na escola. A que tinha aqui fechou e mamãe não quer que eu dirija até Custer. Então, estou fazendo meus estudos a distância. É mais rápido, de qualquer maneira.

Bem, isso respondeu à pergunta. Rue estava mentindo — o ensino a distância não testa obras de literatura específicas. Ou, pelo menos, não testava quando eu o fiz.

Olhei para trás. Os hóspedes continuavam entrando e Cora recitava uma lista de nomes de chás Oolong, Rooibos e Darjeeling. Logo ela me veria e, aí, eu estaria presa tomando mais uma droga de chá e perdendo tempo com conversa fiada. Vou ter que voltar depois para lidar com Rue.

Eu me afastei devagar da mesa, do sorriso de ressaca de Rue, hesitando apenas mais uma vez antes de me enfiar pelo corredor, pela cozinha e sair pela porta dos fundos.

Estava na hora de pagar o favor de Peter.

A Delegacia de Polícia era na esquina entre a Tesmond e a Comercial, num prédio que parecia uma caixa de chapéu, entre dois postes de luz em ferro trabalhado que estavam acesos mesmo às duas da tarde. Parei na base da escada e olhei para o sol, no alto, como se estivesse gravando a última sequência de um anúncio de antidepressivos. O sol não estava particularmente quente, no entanto, e a brisa que varria trazia o cheiro de abóboras apodrecendo. Eu me arrastei para dentro.

A delegacia era um único salão, quadrado, de teto alto, de uma cor de mucilagem que dava comichão nos meus olhos. Havia duas escrivaninhas: uma vazia, outra ocupada por um homem uniformizado de aparência afável; uma parede de arquivos de pastas suspensas, uma cela com um vaso de aço inoxidável e um beliche. Dois pés com botas descansavam na madeira da cama.

Fiquei diante do oficial de plantão, até que ele deixasse a papelada e olhasse para mim. Ele tinha bochechas rosadas de bebê e olhos tão grandes que seu rosto projetava contentamento constante, como se ele estivesse abrindo um presente de aniversário que era exatamente o que desejava. No crachá, lia-se "*Policial Billy*".

Ele sorriu.

— Posso ajudar?

— O Leo está?

— Sinto muito, dona, mas ele já foi embora. Quer deixar um recado?

Juntei as mãos na minha frente e me balancei na ponta dos pés.

— Bem, eu não sei se ele falou com você, mas Leo tinha dito que eu podia dar uma olhada em uns registros antigos. Para pesquisa. — Eu arqueei as costas e os ombros um pouco, como achei que um pesquisador faria.

— O delegado La Plante lhe disse isso?

— Disse. — E, antes que ele seguisse avaliando, falei: — Eu não preciso ver tudo que tem, é claro. Só o que tiver do início dos anos oitenta e poucos.

Antes que Billy pudesse responder, o beliche na cela soltou um rangido longo de uma porta que parece se abrir sozinha; Billy e eu nos viramos para olhar. O homem na cela se sentara e seus olhos fundos travaram nos meus. Era Walt Freeman. Mestre do Crime. O Maconheiro. O Sombrio.

— Você — ele disse.

Billy olhou para nós dois.

— Vocês se conhecem?

— Claro que não.

Walt sacudiu a cabeça.

— Eu não tenho tempo para isso. — Ele se esticou para a frente e passou os braços pelas barras, juntando o dedo médio ao polegar. — Billy, cara, você precisa me deixar conectar.

— Walt, se você quer uma conexão de internet melhor, talvez devesse evitar ser preso.

— Ou o Leo podia deixar de ser tão chato.

Eu deixei que seu diálogo estúpido morresse. Então, o Leo tinha mesmo prendido Walt. Apesar de ser a primeira pessoa a perceber meu narcisismo acelerado, eu sabia que não era de todo infundado achar que isso tinha tudo a ver comigo. Quando os encontrei na estrada secundária, prender Walt parecia ser a última coisa em que Leo estava pensando. Mas Walt era meu único trunfo com o Leo e, agora que eu estava na cidade, ele se tornara um risco. Quais os próximos passos que Leo planejava? Será que ele ia me prender? Me chantagear? Nos dois casos, eu estava com problemas.

— Tenho coisas a fazer — Walt dizia.

— É mesmo? — Billy falou. — Tem alguma maratona *Dragon Ball Z* passando?

— Se não vai pagar minha fiança, pelo menos me deixa usar seu cabo ethernet.

Billy ficou boquiaberto.

— Você deve estar de brincadeira.

— Vamos lá. Compartilhar e cuidar, irmãozinho.

Walt lançou um olhar triste e armou um beicinho. Como um cachorrinho perdido. Que tinha raiva.

— Por favorzinho?

Billy jogou as mãos para o alto.

— Tá. Vê se não faz nada ilegal. Se fizer, vou contar para a mamãe e, aí, ela nunca vai mudar de ideia sobre sua fiança.

— Claro, você é quem manda. — Walt se virou e se agachou, procurando alguma coisa embaixo do seu beliche. Quando tornou a se levantar tinha um laptop preto e pesado nas mãos. Ele abriu a porta da cela, deslizando-a, e se instalou na escrivaninha, ao lado da escrivaninha do Billy.

Eu dei um olhar incrédulo para Billy.

— Você não tranca a cela?

Billy corou.

— O delegado La Plante tem a única chave da cela. Mas, não se preocupe, ele não é perigoso. A não ser, talvez, para mim.

— Ele é seu irmão?

— Infelizmente.

— Todo mundo nesta cidade é parente?

— É o que parece, às vezes. Mamãe sempre diz que parece um jantar de Ação de Graças que nunca termina. O que estava dizendo que precisava?

Olhei para Walt de relance. Ele não parecia estar prestando atenção.

— Arquivos de casos antigos e registros de prisões.

— Eu adoraria ajudar — disse Billy —, mas não me sentiria tranquilo em deixar você dar uma olhada nas nossas coisas sem antes falar com o delegado La Plante.

Bati os cílios seguidamente antes de me lembrar que estavam escondidos atrás da franja pesada e oleosa.

— É que estou trabalhando com um prazo.

— Eu posso ligar para o Leo...

— Não! Quer dizer... não se dê ao trabalho por minha causa. Tenho certeza de que posso achá-lo sozinha.

— Então, talvez seja melhor assim. Duvido que ele me atendesse mesmo.

— Você tem alguma ideia de onde ele pode estar?

— Depende se a d. Kanty pegou ele de jeito. Se pegou, ele deve estar no VFW, ajudando a arrumar o evento desta noite. Se não, ele estará na Toca do Coiote.

— Isso ajuda bastante. — (O que quer dizer que agora eu sabia onde evitá-lo.)

— Mas, se não conseguir achá-lo — Billy continuou —, Kelley tem todos esses papéis velhos na loja dela, eles costumavam publicar um boletim policial toda a semana. Às segundas, acho. Talvez isso ajude? É o que falei para o outro cara que veio aqui... Paul ou Patrick ou...

— Peter?

— Esse mesmo. Ele esteve aqui há apenas algumas horas. Talvez você possa alcançá-lo.

— Ele acaba de sair daqui — Kelley falou quando entrei pela porta dela.

— Peter?

— Leo.

Tropecei no umbral e me apoiei numa estante cheia de roupinhas de bebê do Pequeno Nugget.

— Ele também estava te procurando — ela acrescentou, de forma dissimulada.

— Não é um Encontro Misterioso — resmunguei.

— Você quase me engana.

Deus, os sorrisos de Kelley eram insuportáveis. Fiz uma careta, o que a fez sorrir mais ainda.

— Peter também esteve por aqui?

— Ele veio olhar os jornais de novo. — Ela me levou para os arquivos e apontou para a fileira de caixas plásticas etiquetadas que haviam substituído as caixas caindo aos pedaços. — Ele também os arrumou.

— O que ele estava procurando, você sabe?

Kelley sacudiu a cabeça.

— Não faço a mínima ideia. O que quer que fosse, no entanto, ele pareceu satisfeito.

Mas um assalto em Custer não teria sido reportado no boletim policial de Ardelle. Será que Peter estava procurando outra coisa? Talvez sobre Tessa?

Eu me ajoelhei e abri a caixa etiquetada *1982-1984*. E comecei a puxar os jornais de segunda-feira.

Kelley se sentou no sofá e colocou os pés sobre a mesa, com os tornozelos cruzados.

— Sabe, eu nunca me interessei muito por nada que fosse de antes da virada do século, mas a maneira como Cora vive me dizendo para não escrever *nada* sobre o século XX me faz pensar que talvez eu devesse escrever sobre o século XX.

Achei o primeiro boletim policial:

26 de fevereiro, 1982
22:37. Queixa sobre alguém que tocou a campainha na estrada Tesmond, mas que não estava lá quando se abriu a porta.

Bem, isso era promissor.

— Se não se importa que eu pergunte, por que se interessa por isso? Quer dizer, por essa história?

Kelley se recostou e olhou para o teto.

— Isso pode soar estranho, mas eu gosto daqui. Sinto uma atração pelo lugar, e é mais que uma atração do tipo "Esse foi o lugar onde cresci" ou algo do gênero. Ou talvez seja apenas por eu não saber como é morar em outro lugar.

8 de setembro, 1982
1:12. Queixa da rua Um sobre o vizinho que ficou batendo a porta. Policial sugeriu que deixasse um bilhete.

— Há quanto tempo você e Renée estão juntas?

— Difícil dizer. Nós meio que sempre estivemos juntas. Mas, se você está perguntando há quanto tempo dormimos juntas, aí eu responderia que deve ter, aproximadamente, três anos.

— O Leo sabe?

— Ele não é nenhum idiota. Além do mais, Renée mal podia esperar para contar a ele.

— Então, por que ainda são casados? Por que nem *sequer* se casaram?

Quando Kelley não respondeu, levantei a cabeça dos jornais e olhei para ela. Ela olhava fixamente para o lado, esfregando a palma da mão contra a bochecha.

— Eu não posso culpá-lo — ela falou. Ela puxou a mão para longe, olhou para ela e, depois, segurou com força o braço do sofá. — Quer dizer, quem *poderia* culpá-lo? Renée é supersexy.

Alguma coisa dentro de mim ficou mole e triste.

— Você também não é de se jogar fora.

Kelley riu.

— Eu sabia. Você só está usando o Leo para chegar perto de mim.

— Parece que eu não seria a primeira.

Eu enfiei a cabeça de volta nos jornais.

3 de abril, 1983
12:13 Queixoso entrou na Delegacia para relatar motorista que ligou a seta e não virou.

— Então, por que não saiu fora?

— Não é como se estivéssemos dentro. Eu apenas não gosto de fazer disso uma grande coisa.

— Pela minha experiência, isso tende a fazer com que as coisas fiquem ainda maiores.

12 de março, 1984
18:08 Queixa sobre uma mala enorme na rua Comercial. Policial terminou confirmando que a mala continha lixo.

Joguei os jornais de volta na caixa e me sentei nos meus calcanhares. Tirei os óculos e a franja da testa. Não adiantou nada.

Quando recoloquei os óculos, reparei que Kelley me olhava de forma estranha.

— O que foi?

— Por que não tenta 1985? — ela disse.
— Você se lembrou de alguma coisa?
— Não, mas tenho uma sensação. — Ela veio para perto, se ajoelhou do meu lado e pegou outra caixa. Ela se virou para me mostrar a lateral que Peter tinha marcado com post-its com datas.
— Ah.
— Ele tem seu valor.

Juntas, reviramos os papéis até que tivéssemos as edições importantes espalhadas diante de nós. Tirando um único artigo sobre a posse de Reagan, as manchetes eram todas de notícias locais; temperatura recorde no monte Rushmore; a abertura do Camping de Adeline; o desfile de Natal da Primeira Igreja Luterana; pelo menos, três jantares americanos (um maior e dois menores).

— O que acha que vamos encontrar? — perguntou Kelley.
— Tenho esperanças de encontrar alguma coisa sobre o passado manchado de Tessa Kanty.

Abri o primeiro jornal e comecei a ler.
— Você tem uma caneta?

Kelley foi até o sofá e procurou entre as almofadas.
— Vermelha ou preta?

Peguei a vermelha. Vinte minutos mais tarde, eu tinha circulado sete itens:

20 de janeiro, 1985
23:39: Uma moradora de Adeline, com dezessete anos, foi recolhida por suspeita de roubo. Ela foi liberada mais tarde.

17 de maio, 1985
14:33: Uma moradora de Adeline, com dezoito anos, foi presa por roubo. Queixa foi retirada.

18 de maio, 1985
12:34: Investigada confusão doméstica na rua Principal.
Em um telefonema, um residente de Adeline, com vinte e um anos de idade, relatou ter sido empurrado e agredido por uma mulher de dezoito anos. Policiais deram à mulher uma advertência.

7 de junho, 1985
19:28: Uma moradora de Adeline, com dezoito anos, foi presa por roubo. Queixa foi retirada.

8 de junho, 1985
1:23: Queixa de barulho na rua Principal de Adeline. Uma mulher de dezoito anos e um homem de vinte e um anos foram citados.

21 de julho, 1985.
00:47: Uma moradora de Adeline, de dezoito anos, e seu passageiro, um morador de Ardelle, de dezoito anos, foram detidos sob suspeita de ingestão de bebida alcoólica por menor de idade e direção sob efeito do álcool. O passageiro foi liberado, a motorista foi autuada.

22 de julho, 1985
23:08: Querelante relata preocupação com um homem e uma mulher na rua Principal em Adeline a quem ele podia ouvir gritar. Policial investigou e arquivou o relatório. Uma moradora de Adeline, de dezoito anos, e um morador de Adeline, com vinte e um anos, receberam uma advertência.

Sentei.
— Só para eu saber, quantas moças de dezoito anos viviam em Adeline em 1985? — questionei.
Kelley me olhou.
— Apenas uma.
— E quantos anos Eli tinha naquela época?
— Em torno dos vinte e um.
Apontei para o penúltimo item.
— E, aqui, o sujeito alcoolizado, o companheiro de dezoito anos, há alguma chance de ele ser o mesmo que foi preso por roubo?
— Jared Vincent — Kelley informou. — E, sim, isso parece correto. Ele era de Ardelle e, por isso, eu não o conheci, mas acho que terminaria os estudos no mesmo ano que Tessa.

— Terminaria?

Ela hesitou.

— Eu não sou o Peter... não precisa desconversar. Não estou aqui para expor ninguém.

— Só porque gosto de você não significa que te conheça melhor.

Observei a Kelley. Hoje seu cabelo estava torcido numa floresta de coques bagunçados, três brincos na orelha esquerda e quatro na direita. Seus lábios estavam lambuzados de manteiga de cacau. Seus olhos eram castanhos e tranquilos. Eu nunca tive que pedir um favor para uma pessoa como ela antes — uma pessoa que não era má por dentro.

Decidi tentar algo novo.

— Bem, e se você conhecesse? Se você me conhecesse melhor?

— Está dizendo que existe algo que eu deveria saber?

— Sim.

— E você me contaria, se eu perguntasse?

— Sim.

Ela se sentou, em silêncio, ruminando o assunto. Aí, ela sacudiu a cabeça e levantou-a.

— Fechado.

Respirei aliviada. Ela não precisara perguntar, eu sei, mas eu precisava oferecer. Era como a destruição garantida mutuamente. Só que... melhor.

Seu sorriso se tornou perverso.

— Mas, se o seu segredo é que você também gosta de moças, tenho que avisar: Leo vai ficar muito danado.

Eu ri apesar de tudo.

Ela voltou a se sentar no sofá.

— Então, isso é o que tenho para contar e eu sinto muito se não é grande coisa. Todos nós, jovens de Adeline, conhecíamos Tessa muito bem. Como eu disse, ela era a única adolescente do lugar, o que significa que ela tinha o monopólio do negócio de *baby-sitting*. Nós provavelmente a víamos... duas ou três vezes por semana.

Tentei imaginar minha mãe tomando conta de crianças.

— E ela dava conta do recado?

— Eu não sei se minha mãe achava isso, mas eu achava que sim. Tessa não se ligava em regras, sabe? Por exemplo, quando ela tomava conta da gente, nós ficávamos acordados depois da hora de dormir e pintávamos nossas unhas dos pés de roxo. Até o pequeno Billy Freeman. Isso é o que me lembro melhor dela. Ela era divertida. — Ela parou. — E era bonita, é claro, mas todo mundo se lembra disso.

— Você gostava dela.

— Bem... sim.

Meu cérebro estava ocupado se organizando, por isso, demorei algum tempo para decidir o que dizer em seguida.

— Como era o relacionamento entre ela e Eli? Por esses relatórios da polícia, parece que eles não se davam tão bem assim.

O olhar de Kelley tremeu e se estabilizou.

— Você, certamente, não deveria levar isso tão a sério. A polícia estava sempre pegando no pé de Tessa e Eli. "A maldição dos Kanty", como Renée chama. Até Cora aparecer, a família... bem, eles não tinham a melhor reputação. Tessa e Eli podiam brigar por causa do Atari e os policiais os teriam citado por isso.

— Kelley... não sou Peter.

Ela suspirou.

— Certo, eles também não eram santinhos. Eli e Tessa tinham seus problemas. Quem *não* teria problemas? Quer dizer, primeiro a mãe deles morreu, depois o pai deles morreu, e eles foram atingidos pelo empréstimo e Tess teve que deixar a escola para trabalhar. E, antes de Eli se alistar, ele era... diferente. Era muito compenetrado, mas não conseguia domar sua ira. Nem Tessa, se quer saber.

— Por que acha que ela foi embora?

— Eu não acho que tenha sido por alguma coisa que aconteceu. Acho que ela foi embora apenas... para sair daqui. Todos sabemos tanto uns sobre os outros aqui, e todos *achamos* que sabemos tanto sobre os outros, que às vezes eu acho que este lugar é como uma casa de espelhos, sabe? Nenhum dos espelhos ainda é plano. E algumas pessoas não aguentam isso.

— Mas não você, né?

— Eu gosto da distorção.

Eu juntei os jornais e os coloquei de lado.
— Você acha que ela roubou o banco com Jared?
Kelley beliscou os lábios.
— Olha, se você disser a Renée que eu disse isso, eu vou arranhar sua cara toda, mas, sim, eu tenho certeza de que ela roubou o banco. Como eu disse, ela não ligava muito para regras.

CAPÍTULO VINTE E UM

Eu observei o fluxo de pessoas, fortemente encasacadas, que caminhava para a Tesmond, na direção do posto VFW, um prédio cinza grande com as laterais em alumínio, cujo teto se elevava em ângulos acentuados como os de um chalé suíço. FILÉ MIGNON NO PRIMEIRO SÁBADO, dizia o cartaz. CAFÉ DA MANHÃ AOS DOMINGOS. SALVAÇÃO, NUNCA.

Certo, pode ser que a última frase não estivesse escrita. Mas estava começando a parecer verdade.

Dei uma guinada para a direita e escorreguei para a viela entre a loja abandonada de ferramentas e a padaria abandonada. Pressionei a testa contra os tijolos frios. Solta no mundo por cinco dias e o que aprendi até agora?

(1) Meu tio era definitivamente um babaca.
(2) Minha mãe talvez tenha sido uma criminosa.
(3) Meu pai era provavelmente um americano.

Três de três porcarias.

Dos meus lábios saiu, baixo e devagar, a mais sagrada das palavras:

Meeeeeeeeeeeeeeeeeeeerda!

Fechei os olhos. Droga. Não ia demorar muito para a imprensa ou, pior ainda, Trace, me localizar. E eu ainda tinha tantas perguntas.

A respeito do Jared: Será que minha mãe realmente o traiu? Ele ainda estava preso? Ou ele teria ido a Los Angeles dez anos atrás para se vingar?

E ainda havia Eli. Será que minha mãe tinha ido embora por causa dele? Será que ela quis sair de Los Angeles por causa dele também?

E quem diabos era o meu pai?

Olhei por trás da esquina da padaria, em direção ao VFW. Eu tinha que ir — tinha que seguir extraindo informação. Eu não podia deixar que Leo, ou qualquer outra pessoa, me pusesse para correr. Eu era Janie Fucking Jenkins, porra. As pessoas deviam ter medo de mim.

Eu me aprumei e mandei minhas pernas andarem.

A resposta delas foi um sonoro: "Fala sério, sua vaca."

Minha resolução se dissipou num instante.

Talvez eu pudesse encontrar coragem em algum outro lugar. Me encostei à parede e puxei meu telefone. Digitei uma mensagem.

Oi Noah

Ele demorou uns cinco minutos para responder.

O que foi?

Nada eu só queria dizer oi
Oi

Tenho que entrar numa reunião.

Pisquei. Então, tá. Tentei outra coisa:

Eu também queria te agradecer

Agora eu tenho certeza de que algo está errado.

Uau. Cruel.

Mas, quando o telefone tocou, eu sorri.

— Pensei que você ia entrar numa reunião.

— É Janie Jenkins? Sou Kurt Johnson, estou ligando do *NBC Nightly*...

Atirei o telefone contra a parede com todas as minhas forças. Disse a mim mesma para respirar, mas meus pulmões estavam em consenso com as minhas pernas.

Tocou de novo.

Peguei o telefone e o esmaguei contra a lateral da parede... duas vezes. Ele ainda tocava.

Eu olhei a tela. Não tinha nem rachado.

— Mas que *merda*!

— Você precisa tirar o chip da operadora.

Olhei para cima. Leo jogou fora o cigarro que estava fumando no meio da rua e se esticou para pegar meu telefone. Ele silenciou meu celular.

— Você tem um clipe de papel?

Abri e fechei a boca duas vezes. Peguei minha bolsa e vasculhei. Caneta, não. Absorvente interno, não. Tesouras, não. Puxei uma pinça cor-de-rosa.

— Isto serve?

Leo pegou a pinça e fez alguma coisa na lateral do telefone. Um chip saiu e ele o jogou no chão, esmagando-o com o salto de sua bota.

Ele me devolveu a pinça.

— Boa.

— Ela é ótima também para pelos finos e encravados.

— Então, o que foi tudo isso? Problemas com algum ex-namorado?

— É, algo do gênero. Obrigada pela ajuda.

— Não sou *de todo* ruim. — Ele deixou meu telefone cair na minha bolsa, então puxou a gola do meu casaco. — Por que não te acompanho até a VFW... e me certifico de que você não vai se perder?

— Fala sério! Agora você é um cavalheiro?

— Se isso servir aos meus propósitos...

— Mas é só atravessar a rua.

— Apenas me acompanhe, tá?

Sua mão se acomodou na curva da minha espinha e disparou algo na minha pele, algo para o qual eu não tinha um nome a atribuir. Eu era uma cega que tinha esquecido como é cada cor.

— Ouvi dizer que estava me procurando.

— Eu pensei que você não retornasse as ligações de Billy.

— Não foi o Billy que me ligou.

Meu corpo ficou frio.

— Walt.

— Isso mesmo. Eu finalmente o peguei.

— Olhe só para você, Eliot Ness.

Ele se debruçou.

— Eu não sei se já te disse, mas, no outro dia, eu estava a *esse* ponto de pegá-lo. Tinha o colocado, inclusive, no meu carro. Mas, aí, parei para abastecer e ele... simplesmente escapuliu.

— E você teve muita vergonha de contar para alguém. Muito embora alguém possa ter visto vocês dois numa estrada secundária.

— Era nisso que eu estava pensando. Quer um cigarro?

— Vai se foder!

Estávamos quase na entrada. Acordes longínquos de música clássica podiam ser ouvidos pela porta mal fechada. Os outros viciados estavam apagando seus cigarros e batendo os pés antes de entrar.

Olhei para Leo.

— Bem, como estamos trocando informações, eu não sei se te contei *isso*: minha caminhonete parece que desapareceu.

Admiração transpareceu em seus lábios.

— Que pena. Não sei o que pode ter acontecido com ela.

— Esse lugar é cheio de mistérios, não é?

Eu me estiquei para abrir a porta, mas Leo segurou minha mão, impedindo que eu a abrisse completamente. Ele não disse nada, esperando que eu desse o próximo passo. E mesmo sabendo, dei.

— E se fizermos um trato?

— Sou todo ouvidos.

— Vou embora... o que deve diminuir seu trabalho em cinquenta por cento, ou mais.

— O que quer em troca?

— Acesso a seu arquivo.

— Sem chance.

— Acesso a alguns registros específicos, então?

Eu gostaria de dizer que ele me puxou para mais perto, mas a verdade é que ambos nos aproximamos. Seus cílios, reparei, eram curtos e espetados, nada que leve uma menina a se tornar romântica. Mas eu os fitei de qualquer maneira, porque, desta forma, eu não teria que prestar atenção em seus olhos.

Eu não estava apenas andando em gelo fino. Eu estava pisando forte nele.

— Quais?

— O registro de prisão de Jared Vincent. E qualquer outro associado ao caso.

Sua expressão não se alterou nem um pouquinho, e foi assim que eu percebi que o surpreendera. Ele se virou e nos empurrou pela porta.

— Eu acho que eu prefiro manter você sob as minhas vistas.

Eu dei um tapa na mão dele e depois no seu braço, como uma ação preventiva.

— Sabe, eu não me divirto assim há muito tempo — ele disse.

Eu odeio admitir que eu também não.

Eu já lhe contei sobre Kristof, então, acho que é melhor contar sobre Oliver também — pela coerência, não porque esteja buscando algum tipo de absolvição.

Oliver, veja só, foi o meu primeiro.

(A palavra que lhe ocorre provavelmente é amante, mas a que estou pensando é marco.)

Tenho certeza de que já ouviu essa história antes — provavelmente aquela em que ele me achou num clube em Hollywood, pairando na noite como uma joia ou coisa assim, e que foi, imediatamente, trespassado pela minha beleza. Mas a verdade é que nos encontramos no apartamento dele próximo à parte mais caída da Robertson, num estirão cheio de oficinas mecânicas que ainda é parte de Beverly Hills, mas que os mapas nem se dão ao trabalho de mencionar.

Espera... deixa eu voltar.

O fato é que você deve começar de onde espera continuar. É um erro comum que se comete — estragar tudo no início —, porque na verdade você não tem a menor ideia de *como* prosseguir. Quer dizer, olha a Paris. Tão perfeita em tantos aspectos. Mas, se sua estreia é uma *sex tape* com um desconhecido... quer dizer, um cara chamado *Rick*? Fala sério... jamais esquecerão que você estava por baixo desde o início. O cheiro de uma boceta fedorenta grudará em você para sempre, não importa quanto pêssego você acrescente ao seu perfume.

Mas me desculpem, senhoras, no meu mundo, a verdade é que você vai sair da obscuridade trepando, então, se você não pode ter um Rick — e, por favor, nunca saiam com um Rick —, quem escolherão?

Bem, na minha (não acho que esteja errado dizer experiente) opinião, você não pode começar com um magnata, ou um herdeiro, ou — Deus não permita — um hoteleiro, porque não importa quanto dinheiro esses homens tenham, eles são apenas garçons glorificados, sempre atentos ao que se passa e impecavelmente vestidos, que, de vez em quando, seguram a sua bolsa. Você também não pode escolher um ator, porque eles simplesmente não são humanos. Evite-os a todo custo.

Se você está realmente comprometida com a causa, o que tem que fazer é achar um músico. Eles são de vanguarda, criativos, famosos, talentosos e, se tiver sorte, morrerão jovens. Sua melhor aposta é achar um que seja vagamente admirado pela crítica, mas que esteja entre os quarenta melhores. Não faria mal ele ter sotaque. *Voilà*. Exposição imediata, falta de dignidade mínima.

Não que eu entendesse isso tudo quando encontrei Oliver. Tive sorte. Mas, olhando em retrospecto, ele era perfeito: a atitude de quem não está nem aí. O humor seco britânico. A sede alcoólatra de quarenta russos.

Eu tinha quinze anos, acabara de me mudar para Los Angeles. Nós nos mudamos porque minha mãe não estava preparada para renunciar ao seu então marido, Jakob Elsinger, um banqueiro suíço com meticulosa dependência ao relógio, que havia sido arrastado para o sudeste da Califórnia por seu meticuloso clima de igual dependência. Minha mãe, inicialmente, se opusera à mudança. "A América é tão cansativa", dissera, com um suspirar lânguido, convenientemente ignorando o fato de ela *ser* americana. Mas Köbi a convenceu. Ele tinha um jeito para fazer isso. Ele era o único deles que conseguia. Eu não acredito que nunca pedi a ele para me ensinar como fazer isso.

Mas eu achava que sabia tudo naquela época.

Eu não podia ver a hora de deixar a Suíça. Eu estava cansada do desfile interminável de tutores e das longas e solitárias horas com nada para fazer e ninguém para ver. Eu argumentei que devia ir para um internato, mas minha mãe nunca levou a sério a ideia e nem Köbi foi capaz de convencê-la desta vez. Minha mãe tinha a intenção de continuar meus estudos em casa, quando chegássemos à Califórnia, mas eu exerci minha opção apocalíptica: me matriculei no colégio público mais próximo.

Depois disso, ela concordou facilmente em me deixar frequentar um daqueles colégios particulares da moda.

Eu adorava a nova escola. Não o curso em si, é claro, apesar de que, secretamente, eu gostava da oportunidade de aprender algo além de boas maneiras e arte decorativa europeia. O lado social das coisas era totalmente diferente. Ah, a gloriosa *rapinagem* daquelas crianças. Eles não tinham dentes: nasciam com presas (ou eram dotados para relações públicas). Não posso dizer o quanto era refrescante, como era revigorante. Eu vivera muito tempo com uma mãe patologicamente discreta, num mundo onde ambição desmedida era vista como lepra. Como cidade, Los Angeles era como um desodorante corporal estilo Irish Spring.

Após apenas três semanas na companhia de meus colegas de classe, eu tinha adquirido mais conhecimento prático cultural do que com os melhores tutores europeus em três anos. Eu posso não ter nascido com presas, mas, ali, aprendi a afiar meus caninos. E também a usar cílios postiços.

Enquanto isso, minha mãe estava navegando numa nuvem de eventos de caridade e consultas de cirurgia plástica, e Köbi podia ver o mar de seu escritório no décimo segundo andar. Parecia um arranjo perfeito. Eu era quase feliz.

Mas minha mãe acabou com tudo. Ela e Köbi vinham brigando havia meses, por isso, não foi uma exatamente uma surpresa quando aconteceu. Àquela altura, o casamento deles me lembrava um daqueles lagos africanos em que borbulham gases venenosos, e sempre que eu ia me deitar, imaginava se eu me sufocaria durante o sono. Então, eu sabia que, algum dia, eu chegaria do colégio e encontraria alguém fazendo as malas de Köbi, por ordens de minha mãe. Eu até sabia o que ela diria: "Suponho que também vá me culpar por isso."

Eu não imaginava que ela ameaçasse me tirar do colégio.

Bem, foda-se esse barulho.

Foi aí que decidi dar uma volta na Robertson, indo para um bar que havia visto uma vez, quando cometi o erro de deixar meu motorista fazer um atalho por Culver City.

Não era dos lugares mais bonitos. O bar era iluminado, atrás, por luzes de LED vermelho, o que, à noite, provavelmente dava um efeito de brilho decadente europeu, mas, no meio do dia, fazia a gente sentir como se estivesse sentado sob aquelas luzes que se usam para manter a temperatura dos Big Macs. A banqueta do bar era muito dura para se sentar e tinha um apoio para as costas, em metal curvo, que parecia presumir algum grau de escoliose, e os copos tinham gosto de detergente.

    Eu já tinha tomado três vodcas, quando Oliver se sentou a dois bancos de distância. Eu mal percebi sua presença, que dirá sua identidade. Eu me lembro de notar, ao longe, o tom grave e retumbante de sua voz ao fazer seu pedido — "Uísque, com gelo, tá?" —, mas, de resto, não me chamou a atenção. *Judge Judy* estava no ar.

    — Um pouco nova demais para este lugar, não? — Foi a primeira coisa que Oliver me disse.

    Eu olhei para ele. Havia dois dele — minha visão já estava afetada pela bebida, mas eu podia dizer que ele tinha o físico de um corredor, flexível e musculoso. Ele usava jeans e camiseta. E não era nenhuma novidade. Era apenas de algodão azul liso. No balcão, diante dele, havia um celular despretensioso e um maço amarelo de cigarros. Em outra cidade, isso poderia querer dizer que ele era apenas um cara normal, mas, em Los Angeles, não era nada menos que um cuidadoso repúdio ao excesso de cuidado. Eu fiquei impressionada.

    — Provavelmente — respondi.

Bebemos nossos drinques em silêncio. Ele pediu outro.

    — Você mora por aqui? — ele perguntou.

    — Por ora.

    Eu podia ouvir os cubos de gelo no seu copo se entrechocando quando ele os fazia rodar. Quando imagino o som que o cérebro faz quando cogita alguma coisa, esse é o som que me vem à cabeça.

    — Você gosta daqui? — perguntou.

    — O que há aqui para não se gostar? E não me responda algo tedioso como "o trânsito".

    — Eu ia dizer o povo local.

    Quando olhei para ele desta vez, consegui forçar meus olhos em algo parecido com um foco, e quando suas duas imagens convergiram, elas se tornaram sólidas onde se sobrepunham — um diagrama de Venn de um homem. E foi naquela intersecção que eu reconheci não só quem ele era, mas o que ele era: o modo como eu me manteria na Califórnia.

    Em um belo momento, tudo que aprendi na vida se cristalizou em um plano perfeito e brilhante.

Minha mãe achava que podia me esconder de novo? Então, eu ia me tornar uma pessoa impossível de se esconder.

Escorreguei para junto dele, peguei um de seus cigarros e o coloquei entre os dedos.

— Tem fogo para uma moça?

Fomos parar no apartamento dele. Eu fui desajeitada como uma criança cerimoniosa da pré-escola e ele foi mais gentil do que precisava ser. Segurando minha mão durante. E falando comigo depois. Na manhã seguinte, quando acordamos juntos, eu estava quente e de ressaca e quase mudei de ideia.

Aí, ele se esticou e bagunçou meu cabelo.

— Vou tomar uma chuveirada. Foi divertido.

Eu desci as escadas com os sapatos na mão. Andei na ponta dos pés, passando pela varanda do segundo andar, pelo deque do jirau, pela piscina do primeiro andar, e segui pela cozinha toda branca que ele, obviamente, jamais usara. Debrucei-me sobre a bancada e apoiei o pé todo no chão, absorvendo um arrepio. Abri a geladeira e peguei uma cerveja. Quando Oliver desceu as escadas, eu já estava na segunda.

— Pensei que tivesse ido embora — ele disse.

— Ainda não.

E ele ficou ali imóvel.

— Tem café, se você quiser.

— Ah, ótimo, obrigada.

Esperei que ele enchesse a caneca e acendesse um cigarro antes de dizer a ele:

— Você sabe que não tenho dezoito anos.

— Nem eu.

— Quero dizer que *ainda* não tenho dezoito.

— E daí?

— Ah — falei, deixando meus lábios retos, sem nenhuma expressão que pudessem atribuir superioridade ou dó. — Esqueci. Provavelmente é diferente na Inglaterra.

— Não estou entendendo.

— É que, na Califórnia, fazer sexo comigo é crime.

A caneca dele estrondou no balcão.

— Mentira.

— Desculpe, parceiro.

Ele esfregou a parte de trás da cabeça, de uma maneira que eu achei altamente satisfatória.

— Mas você estava ali comigo...

— Não importa — falei. — Mas, não se preocupe, tem uma maneira muito simples de consertar isso.

Ele me olhou com cautela — mas pode ter sido porque minha maquiagem estava toda borrada.

— O que você quer?

— Só um favorzinho.

— Por que será que isso soa fácil demais?

Eu cheguei perto e passei os nós de meus dedos pela maçã do seu rosto.

— É um favor bem longo.

Oliver e eu ficamos juntos por três meses, distribuindo nossos olhares, charme e a instigante insinuação de que o que estávamos fazendo talvez não fosse legal. Ele, consistentemente, encorajava rumores de que nosso relacionamento era casto e eu, consistentemente, encorajava rumores de que não era, o que rendeu a ele várias fãs e, a mim, vários fãs. Era benéfico para nós dois, e uma base muito sólida para uma parceria.

Mas você tem que largar o osso em algum momento, e assim que a imprensa começou falar do olhar perdido de Oliver, eu soube que estava na hora. Não que eu me importasse com as ações — depois daquela primeira noite, nenhum de nós quis mais nada um com o outro —, eu apenas me importava com a indiscrição. Eu não estava a ponto de me tornar a vítima. Eu não estava atrás de angariar compaixão.

Sorte a minha, seu uso de drogas começou a aumentar, porque nem o esperto Oliver conseguia fugir de todos os clichês. E aí, você consegue imaginar? Eu estava com ele na noite em que teve uma overdose.

(E acontece que ele nunca esteve *realmente* em perigo de vida. Eu apenas precisava que ele chegasse perto disso o suficiente para que eu pudesse dizer que o havia salvado. Eu não acho que arriscaria nada parecido se não tivesse estudado um livro sobre toxicologia, você não acha?)

Fui eu que chamei a emergência; e fui eu também quem chamou a revista *E!*; e as fotos que escolhi para publicarem no dia seguinte — em que

Oliver aparecia sendo levado, de maca, para a ambulância, enquanto eu corria a seu lado, no meus Louboutins de 12 centímetros — eram as mais encantadoras que tirei na vida.

Eu suponho que podia ter ficado com Oliver. Agarrada a ele. Ter sido a garota que o transformaria. A que o tiraria das bebidas e das drogas. Declarar meu amor por ele na revista *People*.

Ou eu poderia ter saído na noite seguinte e ter dançado com uma sucessão de modelos de cara esculpida.

Adivinha o que escolhi?

Mas foi melhor para nós dois, de verdade.

(E para ser franca: depois que ele saiu da reabilitação, sua música ficou uma merda.)

Depois de Oliver, eu não demorei muito para entender como brincar com o sistema. Em um mês, eu consegui trocar minha obscuridade por crescente notoriedade; em seis, eu já não precisava me apresentar a estranhos. Um ano e meio depois, algumas poucas semanas antes de minha mãe morrer, cheguei à minha primeira capa de revista. E nem tive que vazar uma *sex tape* para isso. (Não que eu não fizesse isso.)

E a triste verdade é que isso nem foi difícil. Só precisou de um pedaço de carne bêbada, uma edição muito batida de Clausewitz e a compreensão de que, no que se refere à fama, não há diferença entre ser amado ou odiado. Um é mais fácil que o outro. Se você tiver estômago.

Por trás da Música: "Oliver Lawson"
Transcrito, parte 4

Narrador: Muitos afirmam que Lawson atingiu o fundo do poço quando embarcou num relacionamento com Janie Jenkins, a <u>infa</u>(me-fa)<u>mosa</u> <u>cele</u>(bridade-de)<u>butante</u> hollywoodiana que seria mais tarde condenada pelo assassinato de sua mãe.

Oliver: Claramente foi um relacionamento tempestuoso. Ela era muito controladora e eu sei que isso parece improvável, dado o fato de ela ser muito nova, mas acredite: ela nunca agiu de acordo com sua idade.

Sim, você disse, para mim
Mas eu não estava pensando
Eu não estava enxergando
O que sei agora
Era exatamente o que você queria

Sim, fantasticamente
E nos mudamos juntos
E pareceu ser prazeroso
O que agora sei
Nunca foi o que você precisava

Narrador: Depois da separação, Lawson entrou na reabilitação de drogas e álcool. A primeira música que fez após sua alta foi "Sim/Não/Talvez", a balada sinfônica que acabaria sendo o maior sucesso de sua carreira.

Oliver: Eu escrevi isso enquanto estava numa clínica em Malibu. Foi uma época boa para mim, eu realmente estava revirando minhas emoções e confrontando minhas imperfeições, e isso me ajudou a entrar em contato novamente com a minha música. Porque eu acredito que apenas daí vêm todas as grandes músicas — de um lugar de humildade e honestidade. É assim que fazemos arte.

Não, você disse, para mim
No meu maior momento de fraqueza
Quando meu orgulho estava ferido
O que agora eu sei
Foi a coisa que você achou mais emocionante

Não, impossível
Como tentei aceitar isso
Como tentei fingir isso
O que agora eu sei
Era o plano desde do início

Narrador: E, aí, apenas um ano depois, Jenkins foi presa pelo assassinato de sua mãe. Lawson se mostrou uma testemunha importante no julgamento.

Oliver: Acho que o fato de que eu testemunhei contra ela chocou algumas pessoas. Afinal, ela foi a pessoa que me levou para o hospital naquela noite — eu talvez não estivesse aqui, se não fosse por ela. Mas eu a conhecia melhor do que ninguém e eu sabia que era meu dever garantir que o júri ouvisse minha opinião. Eu sempre disse que ela podia fazer qualquer coisa se ela comprasse a ideia... mas eu sempre ficava com medo das ideias que ela decidia comprar.

E, quem sabe, eu disse
Será que não podemos, eu disse
E por que não
Eu posso
Você pode
Nós podemos

Mas não, cheio de remorsos
E você partiu, então
Com seu coração leve
O que agora eu sei
Foi a única coisa que me salvou
... talvez

CAPÍTULO VINTE E DOIS

— Que tipo de jantar teremos esta noite? — perguntei, enquanto Leo e eu abrimos caminho pelo guarda-volumes do VFW.

— Sou o único que lê a programação? Por que será que Cora se dá ao trabalho de fazer cópias disso? Não teremos jantar... teremos um baile.

Gelei.

— Você está de sacanagem.

Leo puxou um pedaço de papel amarelo amassado de seu bolso traseiro e me entregou.

— Não a respeito disso.

Ele pendurou meu casaco e me empurrou para o salão principal, onde vi com meus próprios olhos que ele falava a verdade. Jesus. Eu não via tanta gente sem jeito pra dança desde aquele show do Radiohead.

— Cora faz com que todos tenham uma aula antes do grande evento de sábado — ele explicou. — O baile, ou seja lá como chama isso.

— E vocês todos apenas... aceitam?

Ele deu de ombros.

— Isso a faz feliz. E ouvi dizer que este ano tem *crème brûlée*. Vamos, mas cuidado com a Cora. Ela insiste em que todos os forasteiros tenham aulas. Se encontrar você, estará presa por horas dançando. Tente evitar o olhar dela.

Cora me olhou.

Ela acenou e Leo recuou.

— Antes você do que eu.

Olhei para trás de mim, na esperança de ela estar acenando para outra pessoa.

Sem sorte.

Fui na direção dela. Cora estava falando com Stanton, uma mão suplicante no seu braço.

— Eu ficaria tão agradecida se pudesse me ajudar com a aula desta noite — ela dizia.

Stanton sacudiu a cabeça.

— Receio que você seja a única parceira que vale a pena, minha querida... E você estará ocupada demais com os novatos.

— Vamos, Stanton, galanteios não vão livrar você disso.

— Eu seria um professor horrível. Onde você vê potencial, eu vejo impossibilidade.

— Bem, se não vai dar aula, pelo menos conceda uma dança aqui para a Rebecca. — Ela se esticou e me puxou para a frente. — Não podemos deixar nossos convidados solteiros sem par.

Ele hesitou momentaneamente, seu olhar em conflito resvalando no meu casaquinho verde-azulado, até que sua educação levou a melhor.

— Será um prazer, é claro.

Eu tomei sua mão. Era firme, forte e cheia de calos, e não pude evitar olhar para ela, surpresa. Ele riu, lendo certamente minha expressão.

— Não sou tão velho — ele disse. — Agora, venha, criança.

Ele se dirigiu ao centro do salão. Colocou sua mão precisamente abaixo da minha omoplata esquerda. Percebi um leve franzir — eu era baixa demais para que seu braço ficasse no ângulo correto e eu suspeito que ele descobriu isso —, mas seu cenho relaxou quando elevei as nossas mãos para a altura dos meus olhos e firmei meu pulso e o meu cotovelo. Senti uma estranha onda de satisfação. Não dançava valsa havia anos, mas, que diabos, ainda sabia fazê-lo.

Uma nova música começou, e começamos a nos mover, do passo firme para o longo e para o curtinho. Deus, eu adoro dançar valsa, a maneira que a elegância do primeiro passo arrebata a sua atenção da ansiedade dos passos dois e três. E eu havia esquecido como a postura correta podia ser relaxante.

— Isso é Prokofiev? — Stanton perguntou.

— Khachaturian — respondi sem hesitar. Eu tinha a impressão de que Stanton não era o tipo de homem que gostava de estar errado.

— Sim, claro — ele falou. Ele manteve a mão firme nas minhas costas, nos levando mais a fundo na música, seu crescendo e seu diminuendo. Desta vez, os ruídos dentro da minha cabeça capitulando os sons que vinham de fora.

Brevemente, pelo menos. Não vou mentir, o som deles era muito ruim.

— Você dança muito bem, srta. Parker.

— Tive aulas.

— Que incomum.

Virei a cabeça na direção de Leo. Ele estava em pé, com Eli, uma garrafa de cerveja pendendo frouxamente de sua mão.

Stanton e eu rodopiamos para longe.

Quando Leo reapareceu no meu campo de visão, ele estava me observando. Inclinou a garrafa na minha direção. Aí, rodopiamos novamente, e ele sumiu. Procurei pelo salão, mas ele havia desaparecido. A pálida chama que a valsa acendera em mim se apagou.

— Eu queria que meu filho partilhasse do seu interesse por música clássica — Stanton dizia. Ele nos manobrou para um canto, onde Mitch estava sentado com um grupo de homens na casa dos quarenta e tantos e uma caixa de Coors. Senti o desgosto dele ao dar de ombros. — Acho que nem todos os pais podem ser tão sortudos.

Mitch amassou uma latinha de cerveja e a arremessou numa lata de lixo. Errou.

— John Mitchell Percy! — Stanton latiu.

Mitch e seus amigos se endireitaram nas cadeiras.

— Estou ciente de que você está além da humilhação — disse Stanton. — Pelo menos, tente fingir o contrário, na minha presença.

Ele nos guiou para o outro lado do salão, resmungando.

Eu senti uma vontade estranha de defender Mitch.

— Ele parece muito popular — falei.

— Você diz isso como se isso fosse algum tipo de conquista.

— E não é?

Stanton me puxou para um canto atrás de um arco, seus movimentos foram tão hábeis que senti como se minha mão tivesse flutuado sobre a minha cabeça por vontade própria. Enquanto eu rodopiava para longe, a bainha das minhas calças — a coisa mais próxima a uma roupa de baixo que eu tinha — subiu e um vento varreu meus tornozelos expostos. Olhei para trás. Alguém havia deixado a porta aberta.

Quando eu fui rodopiada de volta para perto de Stanton, seu sorriso tinha esmorecido.

— Não há necessidade de fingir que gosta da aparência dele — ele disse.

— Dificilmente sou de comentar a aparência dos outros.

Seus braços afrouxaram um pouco antes de retomarem a posição.

— E eu achando que você seria interessante.

— Como é?

Ele me rodou para um lado e para outro.

— Eu detesto autodepreciação.

— Porque é falso?

— Porque é fácil.

— E o que há de tão ruim nisso?

— Se é fácil, não vale a pena.

— Tente dizer isso a um menino de dezesseis anos.

Os cílios dele pestanejaram.

— Esperteza, minha querida, é mais fácil ainda.

— Então, o que sobra?

— Força de caráter, é claro.

A música terminou; eu parei dois compassos antes, embora ache que ninguém mais reparou.

Logo depois que Stanton se retirou, uma explosão de gargalhada na mesa de Mitch me chamou a atenção. As mãos de Mitch faziam movimentos sinuosos e escorregadios que podiam aludir a um corpo feminino ou a um balão de ar. Ele se debruçou para cochichar na orelha do amigo, provocando um esboço de sorriso, então, se levantou e se dirigiu ao banheiro que ficava num corredorzinho escuro. Quando chegou ao banheiro masculino, olhou para trás por cima do ombro — olhando o salão sem me ver — e entrou.

Minutos depois, Rue se afastou de uma mesa cheia de adolescentes.

Ela abriu a mesma porta.

Interessante. E nojento.

Quer dizer, claro, é preciso dizer uma coisa a respeito de encontros amorosos no banheiro. Não há a necessidade de se determinar se vai ou não passar a noite. Não há espaço para a criatividade, então, você não tem que se preocupar com nada além do essencial. É claro que você não se sente tão bem consigo mesma depois, mas, pelo menos, matou a vontade.

Mas não é exatamente assim quando as partes envolvidas são um quarentão e uma adolescente.

Eu olhei em volta, mas ninguém, além do amigo barrigudo do Mitch, parecia ter reparado no que estava acontecendo. Eu fiquei de olho nas portas dos banheiros e esperei que reaparecessem.

Rue voltou depois de alguns minutos, desnecessariamente ajeitando as pontas do cabelo — que só estava bagunçado na cabeça. Um gemido tentou achar um jeito de sair do meu peito, mas não deixei. Rue era uma menina crescida; ela podia tomar conta de si. E, neste momento, era com Mitch que eu me importava — eu não conseguia imaginar uma situação mais vulnerável para pegá-lo. Era a hora perfeita para fazer algumas perguntas.

Deslizei pelo salão e pelo corredor. Quando abri a porta do banheiro masculino, Mitch estava pondo a camisa para dentro da calça. Seu cinto, notei, não estava nem aberto.

— Bem, olá — ele falou sem hesitação.

Dei um passo atrás. Ele não tinha percebido que tinha sido flagrado?

— Como é?

Ele colocou uma das mãos na moldura da porta por cima da minha cabeça, colocando seu muque na altura do meu rosto.

— Eu adoro quando elas suplicam — ele disse.

Percebi aí que devo ter errado na minha avaliação. Este homem não estava nem remotamente vulnerável.

Olhei para a esquerda, mas a minha vista do salão e da minha rota de fuga estavam bloqueadas pela porta aberta.

— Desculpe, achei que este era o banheiro feminino.

Sua outra mão pegou meu cotovelo de surpresa.

— Você é aquela que estava dançando com meu pai. Tem certeza de que não quer trocar por um modelo mais novo?

— Você tem certeza de que não quer deixar de ser tão *babaca*?

A mão acima de mim se fechou, uma veia saltou no seu pescoço. Respirei e dei outro passo para trás.

Segura o tranco, Jane.

— Olha — disse —, eu só queria usar o banheiro.

Sua testa sulcou.

— Este *é* o banheiro, não é?

— Eu já não te vi antes? — ele perguntou. — Quer dizer, antes desta noite?

— Na outra noite, no bar, talvez.

— Não... antes disso. — Ele inclinou a cabeça e seus olhos refletiram a lâmpada do lavatório. Eles tinham um tom familiar de azul-marinho. ("Como o sangue de caranguejo-ferradura", Oliver me dissera certa vez, e não tinha sido como um elogio). As palavras de Crystal, na noite anterior, vieram rugindo em minha mente:

Em vez disso, tive que assistir a ele com outras moças como a maldita Tessa Kanty.

Não pude deixar de perguntar:

— Você tem filhos, Mitch?

Ele recuou.

— O quê? Hum... sim, três. Por quê?

— Alguma filha?

— Uma.

— Você tem certeza disso?

Ele sacudiu a cabeça desnorteado.

— Eu não estou entendendo...

Alguma coisa pior do que o de costume abriu caminho dentro de mim, amontoando todas as perguntas que eu devia estar fazendo.

— Qual o nome dela? Da sua filha, quero dizer.

— Ah... Madelyn.

— Me diz, Mitch, o que você faria se descobrisse que Madelyn estava se esgueirando por banheiros públicos para chupar o pau de um homem de meia-idade?

Ele empalideceu.

— Eu não sei quem você pensa que é, mas...

— Você é um pai — disse —, comporte-se como um, porra.

Eu girei nos calcanhares e me afastei.

Na corrida

Notícias sobre celebridades
7 de novembro de 2013 à 00:14.
Equipe do *US Weekly*

Uma informação recente veio à tona a respeito do paradeiro da ex-presidiária mais glamorosa do país, Janie Jenkins. Trace Kessler, que administra o blog "Sem Vestígios" e está oferecendo uma grande quantia em dinheiro em troca de informação que leve à descoberta de seu paradeiro, especulou ontem que Jenkins poderia ser rastreada a partir de uma das cidades ao longo da linha da Amtrak California Zephyr.

Hoje nossos repórteres contataram locadoras de automóvel e centrais de táxi nestas regiões. Apesar de não achar nenhum indício de pessoa cuja descrição coincida com a de Jenkins, quando foram verificar os hotéis mais próximos das estações, acharam um pequeno hotel in McCook, Nebraska. Na mesma noite em que Jenkins foi vista no California Zephyr, uma única hóspede, sob o nome de Coralie Jones, se registrou neste hotel, apenas quarenta minutos após a passagem do trem.

O vídeo de segurança só mostra uma silhueta num casaco pesado e um chapéu grande, mas, de acordo com a recepcionista que estava de plantão, a hóspede tinha cabelos castanhos e usava óculos. Se Jenkins era de fato a mulher que se registrou no hotel, a busca por seu paradeiro pode, em breve, chegar ao fim.

CAPÍTULO VINTE E TRÊS

Quando saí do banheiro, Rue já estava de saída, acenando para seus amigos do outro lado do salão, com um sorrisinho maroto desenhado para fazê-los imaginar aonde ela poderia estar indo. Me fez pensar também.

Tive que me apressar para alcançá-la, e eu já estava do lado de fora e na metade do quarteirão antes mesmo de enfiar os braços pelas mangas do casaco. Eu podia ver Rue à minha frente, andando muito rápido. A velocidade de seus movimentos sugeria que tinha algum lugar mais importante para ir do que à festa, como se ela fosse uma assistente presidencial que tivesse que entregar um comunicado de última hora do Estado. Eu corri até ela.

— Rue! Espere! — Ela parou no meio de um passo e rodou no salto para ficar de frente. Cora deve tê-la feito frequentar aulas de dança também.

— O que foi?

— Eu deixei a chave do meu quarto na recepção. — Estiquei as mãos para fora e as sacudi, ligeiramente, como que para dizer *nada nas mangas!*.

Ela inclinou a cabeça para trás, seus braços ficaram pendurados ao longo do corpo, e ela liberou um grunhido agonizante:

— Sério?

— Sinto muito.

Ela suspirou.

— Tá, que seja, vamos lá.

Ela se virou na direção da pousada. Eu segui na cola dela.

— Você está indo a algum lugar divertido? Como uma festa ou algo assim?

Ela riu.

— Por quê, você quer ir junto?

Fiquei em silêncio. Enquanto andávamos, me descobri admirando Rue. Ela tinha a postura de uma debutante e desfilava como uma supermodelo, ombros totalmente inocentes e quadris com molejo. Era um bom truque.

Rue destrancou a porta da pousada e me empurrou para dentro. Ela foi direto para a recepção, com segurança, mesmo no escuro.

— Qual é o seu quarto mesmo?

— Oito. — Limpei meus óculos com a manga do casaco e me finquei no arco entre o saguão e a recepção... ou melhor, entre Rue e a porta da frente.

Ouvi um resmungo, e a luz da recepção foi acesa. A expressão de Rue foi se tornando uma careta de contrariedade.

— Tem que estar aqui em algum lugar — ela reclamou.

— Ah, não estou com pressa.

Ela me lançou um olhar que teria derretido tungstênio. Eu a deixei procurar por mais um ou dois minutos.

Aí, puxei minha chave do bolso e a sacudi. Rue olhou para mim.

— Oops — eu disse. — Acho que estava comigo o tempo todo.

— Como assim?!

— Sinto muito, estou improvisando à medida que preciso.

— Não estou entendendo.

— Eu precisava apenas de uns minutos do seu tempo. — Dei um passo à frente. — Eu quero o *Jane Eyre*.

— Se você está tão desesperada para relê-lo, a biblioteca abre às nove.

— Não, eu quero a *sua* cópia, por favor. Aquela que você tirou da casa do seu pai, em Adeline.

Os olhos de Rue se estreitaram.

— Foi você?

Eu dei de ombros e disse a palavra que sempre saía sem muito esforço:

— Culpada.

— Olha, eu não sei... não, quer saber? Vou ligar para a minha mãe. — Ela puxou o celular e se dirigiu à porta da frente, mas eu me coloquei na sua frente antes que pudesse andar muito. — O que pensa que está...

— Há quanto tempo vem trepando com Mitch Percy?

Seus dedos congelaram.

— Ele é muito atraente — completei.

Ela escorregou o telefone para dentro do bolso.

— Se você gosta deste tipo de coisa.

— Do tipo de coisa atraente?

Ela ajeitou o cabelo.

— Da coisa que já passou do auge. Eu imagino que ele devia ser uma coisa incrível quando jovem, mas, agora, ele não é exatamente uma medalha de honra. Apenas outro ex-rei do baile de formatura que ainda sai com seus colegas de colégio. Agora, ele tem pelos na orelha e usa o anel de advogado que Stanton comprou para ele para atrair garotas.

— Pareceu que foi eficiente com você.

— Eu *o* peguei, não o contrário.

— Você tem certeza disso?

Silêncio.

— É por causa do dinheiro dele? — questionei. — Porque eu tenho que te avisar que isso não costuma dar certo.

— Sou filha de Cora Kanty. Eu não preciso de dinheiro.

Meu sorriso foi lento e seguro.

— Ah, não importa... eu sei. Se sua mãe o quer para você ou se seu pai o odeia.

— Eu não tenho que ficar escutando isso...

— Mas, se este for o caso, por que ainda está mantendo isso em segredo? Será que você não *quer* que papai ou mamãe descubram? Qual o seu plano, Rue?

— Ele não faz parte do meu plano. Estou apenas passando tempo até conseguir ir embora daqui.

— Então, vá. O que a está segurando?

— Eu não posso simplesmente fugir... tenho dezessete.

— Você está com medo, é o que está dizendo?

— Não estou. Eu apenas não posso fazer *merda* nenhuma sem permissão.

Tão logo eu percebi um indício de pânico na voz dela, eu sabia que estava na hora. *É agora ou nunca, Jane.* Peguei fôlego.

— Isso não segurou a sua tia — disse.

— É, mas ela tinha dezoi... — ela se interrompeu. — Como você sabe a respeito da minha tia?

— Me dá o livro, Rue.

— Quem *é* você?

Passei a unha do polegar na minha sobrancelha. Pensando. Tirei o casaco e o dobrei sobre um braço e estiquei as minhas mãos para as dela.

— Melhor ficar à vontade — disse. — Isso pode levar um tempo.

Ela me seguiu escada acima, sem dizer nada.

Quando chegamos ao meu quarto, fui até a janela e fechei as cortinas. Espreitei o banheiro e olhei atrás da cortina antes de fechar a porta. A seguir, hesitei, não querendo parecer tola na frente da Rue, mas, aí — *que diabos* —, olhei debaixo da cama assim mesmo.

Então bati nas cobertas, num gesto convidativo para ela se sentar ao meu lado. Ela se sentou o mais na ponta da cama que pôde, sem cair.

— Eu não sei como te dizer isso — comecei.

— Você não é uma psicopata que vai me picar e comer meus dedos, é?

— Não exatamente.

Isso não pareceu tranquilizá-la. Mas, também, não era esse o objetivo.

— Você perguntou quem eu era e acho que merece saber: eu sou filha de Tessa.

Ela deu um salto.

— Mentira. Você não se parece nada com ela.

Eu suspirei.

— Não, eu nunca pareci.

— Por que devo acreditar em você?

— Você realmente acha que estou aqui para o *festival*?

Seus ombros despencaram. Ela era a última pessoa que podia negar essa lógica.

— Então, onde ela está agora?

No cemitério de Forest Lawn, provavelmente, mas Rue não precisava saber disso.

— Não estou certa... e esta é uma das razões por que estou aqui. Para achá-la.

Seu queixo caiu.

— Você não sabe onde ela está?

Meu queixo caiu também. Ambas parecíamos como aqueles palhaços com bocarra em que se dá tiros com pistola d'água.

— Não me diga que *este* era o seu plano. Você vai *procurar* por ela? Que diabos achou que ia acontecer? Que ela ia te receber? Ser sua nova mamãe? Você não sabe nada sobre ela.

Ela pegou sua bolsa e tirou o *Jane Eyre*, atirando-o na minha cara.

— Eu sei bastante. — Agarrei o livro, mas aquela inocente viborazinha era mais rápida do que eu imaginara, e mais alta. Ela me segurou com uma das mãos e manteve o livro fora do meu alcance com a outra.

— Tá, então... olha, eu te dou isso, mas só se você prometer me contar sobre ela. — Eu devo ter parecido incrédula, pois ela continuou, partindo para o voto de simpatia. — Por favor. Meu pai não me conta nada. Eu só quero saber como ela é.

Tive uma visão súbita dela deitada na cama velha e poeirenta da minha mãe, toda arrumada em roupas "da moda" que ela havia guardado no velho armário da minha mãe, lendo o velho diário como se fosse uma cópia da *In Style*, sonhando com a vida glamorosa que ela logo estaria partilhando.

Modelos exemplares. Ao menos, deste crime, eu sou inocente.

— Eu vou me arrepender disso — eu disse, apoiando minhas costas. — O que você quer saber?

Sua voz, quando ela finalmente resolveu usá-la, era quase inaudível.

— Ela é muito bonita?

Eu bati com a palma da mão contra a minha testa.

— Depois de muitos anos presa neste planeta, você, finalmente, *finalmente*, encontra sua prima perdida, a única pessoa no mundo que pode realmente saber alguma coisa sobre a sua tia, que você inexplicavelmente admira, e você tem a oportunidade de poder perguntar *qualquer coisa*... e o que quer saber? Se ela era bonita?

— Eu não sei, me pareceu um bom começo.

— Zoa comigo.

Ela ficou rígida.

— Olha, se você não quer o livro, não tem problema...

— Tá, tudo bem. Minha mãe, pelo menos da última vez que a vi, era muito bonita.

— O que ela faz?

— Não faz muita coisa, na verdade...

Rue levantou o livro novamente e o balançou como um tamborim.

— Obras de caridade. Ela ajuda com obras de caridade. Ela realmente gosta de retribuir. Para... a Terra.

Ela fez uma careta.

— Sempre achei que ela seria uma modelo ou algo do gênero.

— Não é assim tão diferente.

— Ela, alguma vez, falou de nós?

Parei, tentando decidir se falaria o que ela queria escutar ou o que eu queria que ela escutasse.

— Não — respondi, em algum momento. — Mas tenho certeza de que sempre pensava em você. Foi por isso que eu vim. Eu achei que pudesse achá-la aqui.

— Ela nunca voltaria para cá. Ela odiava isso aqui.

Em retrospecto, foi a certeza de Rue que mexeu comigo. Quer dizer, que diabos ela sabia sobre a minha mãe? Que diabos *alguém* sabia sobre ela? Minha vida toda, eu ouvi merdas como essas, de padrastos, empregados, advogado de acusação e em testemunhos sobre seu caráter. "Você precisa entender a respeito de sua mãe", eles diziam, o que, na verdade, significava: "Tenho certeza absoluta de que você não vai entender nada." Eu era a última pessoa na Terra a quem precisariam explicar alguma coisa sobre a minha mãe. As órbitas irregulares que tracei talvez fossem resultado do campo gravitacional dela, mas eu era a única coisa visível a olho nu. Eu era a pessoa a quem você tinha que olhar para saber que ela estava por perto. *Eu* era a prova de *sua* existência e não o contrário.

— Ela odiava todos os lugares — respondi. — Você não percebia isso ao olhar para ela, mas ela *adorava* odiar todos os lugares. Ela era um gênio nisso, de verdade, capaz de desencavar coisas desagradáveis aonde quer que fosse, para que pudesse odiar algo que não fosse ela mesma. E, se ela não conseguisse isso... bem, aí é que eu entro.

— Jesus, relaxa aí, entendi... você tem problemas. Conta eles para o seu analista.

Percebi que havia me levantado e estava fazendo um gesto com a minha mão que era humilhantemente parecido com o sacudir de um punho cerrado.

— Ela chegou a ir para a Suíça? — Rue perguntou.

Eu me sentei, pesadamente.

— É por isso que tem todos aqueles pôsteres?

— Você esteve no meu quarto?

Eu acenei com a mão.

— Eu estava procurando pelo banheiro.

— Ela escreveu sobre isso — ela falou, depois de algum tempo. — Suíça é um país que sabe...

— ... "sabe guardar seus segredos". É, eu já ouvi isso antes. — Peguei fôlego. — Então, estou assumindo que a cópia do *Jane Eyre* é o diário dela.

Ela assentiu e me entregou o livro. Eu o abri e passei as páginas todas num único movimento, não me surpreendendo de ver linhas manuscritas ilegíveis entre as linhas impressas do texto.

— Está criptografada — ela informou.

— Obrigada pela perspicácia.

Ela olhou para mim como se estivesse me vendo pela primeira vez e, aí, chegou perto e pôs o dedo próximo ao número da página.

— É aqui que você vê a data. Página um é primeiro de janeiro, página dois é dia dois de janeiro, e assim por diante.

— Como descobriu isso?

— Ela menciona o aniversário dela.

— E quando é isso? — perguntei, sem pensar.

Rue piscou.

— Oito de fevereiro.

— Claro. Como pude esquecer? — limpei a garganta. — E como sabe que ano era?

— Ela reclamou da festa do centenário e sobre o *Academia de Polícia 2*. Isso meio que entregou.

— E o que é este código que ela está usando para escrever?

— É uma dessas coisas que você encontra no verso das caixas de cereal. É bem fácil. Veja aqui, esta é a última anotação. — Ela virou para a página 227. — Quinze de agosto — ela disse.

ENCZ-RD DRSD KTFZQ

— É sempre a letra seguinte.

Decodifiquei — e dei uma sonora gargalhada. Rue me retribuiu com um esboço de sorriso.

— Ela é engraçada — ela disse, esperando que eu concordasse.

Meu próprio sorriso esmaeceu. Olhei de novo para o livro e apontei para um pequeno círculo que havia sido desenhado no canto superior direito da página.

— O que significa isso?

Ela deu de ombros.

— Eu não sei, mas há um em cada página. — Ela virou algumas páginas para me mostrar.

— E eu que estava achando que você tinha descoberto todos os segredos dela. Talvez esteja na hora de voltar à escola de espiões, hein?

— Deus, você tem que ser tão cretina em tudo?

— Sim, porque é a única maneira de você parar e me escutar.

— Eu não sou criança, sabe?

Ela chegou perto e olhou bem na minha cara.

— Quantos anos você tem?

— Vinte e seis... ah, merda, não, eu acho que tenho vinte e sete. Droga. — Eu passei os dedos pela cara. — Não importa. Só... olha, ela fala alguma coisa sobre... — Eu parei, antes de falar "Eli". Tomei fôlego e mudei de tática. Eu não podia perguntar à menina sobre seu pai. — Ela menciona alguma coisa sobre namorados? — resolvi perguntar.

— Na verdade, não — disse Rue. — Ela apenas tomou nota de quando saiu com um cara que não sei quem é. Não sei o nome dele... ela apenas o chama de "J".

Eu repeti: — "J"?

— É, talvez você conheça: a letra que vem antes do K.

Já deu. Me levantei.

— Sabe de uma coisa? Vamos parar aqui. Obrigada pelo livro, obrigada pela diversão, não se esqueça de dar gorjeta à garçonete.

— Então, você pode bater, mas não aguenta o troco?

— Você sabe por que ninguém conta nada sobre Tessa para você? — perguntei. — Porque eles têm *vergonha*. Porque ela conseguiu fugir, mas não conseguiu ganhar. — Hesitei, senti que um pensamento se formava, mas o expulsei. — Se você acha que Tessa era tão maravilhosa, tudo bem, siga em frente, seja exatamente como ela... Você já tem um bom caminho percorrido. E tenho certeza de que, daqui a trinta anos, todas as menininhas se sentarão em suas janelas, à noite, e sonharão em ser iguaizinhas a você. "Por favor, meu Deus...", elas dirão, "por favor, me deixe crescer para ser a garota que chupou Mitch Percy na cabine do banheiro."

— Já está achando que sabe o que é melhor para mim? Agora não restam dúvidas de que é da família. — Ela pegou o casaco e a bolsa e, aí, parou.

— E o que é que você sabe? Quem sabe, talvez, a sua versão sobre sua mãe seja tão falsa quanto a minha?

Eu teria atirado o diário nela, mas ela já tinha fechado a porta.

* * *

Eu me joguei na cama. Respirei fundo e virei as páginas do livro com a ponta do polegar, para um lado e para outro, e outra vez, deixando que o barulho das páginas reviradas, fazendo *rrrrrrrrrrr*, e *pah* da capa, no início e no fim da sequência, acalmasse meus pensamentos e relaxasse minha cabeça.

Rrrrrrrrrrr, pah. Rrrrrrrrrrr, pah.

Parei um minuto para observar o trabalho de gesso do teto.

Rrrrrrrrrrr, pah. Rrrrrrrrrrr, pah.

Olhei as páginas se moverem num borrão sob a pressão de meu dedo. Letras e números e círculos piscando diante dos meus olhos.

Rrrrrrrrrrr, pah. Rrrrrrrrrrr...

Eu me sentei. Círculos. Abri o diário na primeira página. No canto superior direito, havia um pequeno círculo. Mas este estava preenchido. Eu revirei as folhas com meu polegar novamente, desta vez como eu faria se fosse um folioscópio. E vi que os círculos foram de vazios para preenchidos e, de novo, para vazios. Como as fases da lua. Eu contei o número de páginas entre os círculos preenchidos: aproximadamente vinte e oito.

Ela estava marcando seu ciclo menstrual. Tenho certeza disso.

Eu contei de novo de trás para a frente, da última anotação até o último círculo preenchido. Quarenta e seis dias. Aí, eu virei outras catorze páginas, esperando me recordar com precisão da biologia do ensino médio. Tessa havia escrito apenas uma anotação no dia em que teria engravidado, treze de julho.

MZN RD ZBNUZQCD. UZKD N QHRBN.
"Não se acovarde. J vale o risco."

Fechei o livro e os olhos.
Mitch podia não começar com J... mas Jared, certamente, sim.
Eu realmente preciso muito, muito pegar aquele arquivo da polícia.

CAPÍTULO VINTE E QUATRO

Três horas da manhã e as luzes na casa do Leo estavam acesas. E eu tentava concluir se isso era bom ou ruim.

A esta altura, eu já estava vigiando a janela dele por duas horas. Dei voltas em torno da casa três vezes, procurando ficar no escuro e no silêncio, evitando galhos quebrados e partes avulsas de motos e, especialmente, as folhas com aspecto quebradiço. As cortinas do primeiro andar estavam abertas, mas Leo não estava na sala de visitas nem na sala de jantar ou sequer na cozinha. Eu não conhecia a disposição dos cômodos no segundo andar, mas a casa era antiga o suficiente para que, mesmo não vendo onde estava, pudesse escutá-lo. Se ele estava em casa, estava dormindo. Ou talvez estivesse bêbado. Ou talvez soubesse que eu viria.

De um jeito ou de outro, o silêncio me incomodava. Eu imagino que, para algumas pessoas, o silêncio possa ser repousante ou mesmo um alívio: um grito que foi calado, uma dor que passou, um rebento que adormeceu nos braços. Mas, para mim, é apenas o momento que anuncia que o monstro está prestes a ressuscitar.

Eu descasquei uma árvore sem folhas e tornei a olhar a portinhola do cachorro na porta dos fundos. A noite estava fria e úmida, e o que deve ter sido uma roseira estava pressionando a minha nuca, mas, mesmo assim, me segurei. Alguns espinhos pareciam melhor do que a alternativa. Se eu acordasse Leo, eu não acredito que ele ficaria muito feliz em me ver.

Exceto que a alternativa também significasse não conseguir as chaves dele e, por consequência, não ter acesso àqueles arquivos da polícia. Sem outra ideia, invadir a casa dele era a melhor solução que eu conseguia imaginar.

Além do mais, eu acho que estava começando a curtir uma invasão de domicílio.

Atravessei o jardim e ajoelhei perto da porta da cozinha. Levantei a portinhola do cachorro e olhei para dentro. Apenas se ouvia o ruído contínuo da geladeira. Soltei um pequeno relincho e fiquei esperando o barulho das patas pequenas, mas não ouvi nada. Com sorte, significava que o cachorro estava dormindo.

Tirei meu casaco, o enrolei e passei pela portinhola. Tirei o suéter pesado que havia vestido na pousada e o passei também pela portinhola. A seguir, as minhas luvas e o chapéu. Fiquei apenas com uma camada, uma camisa de gola rulê que era dois números maiores que o meu. Estremeci enquanto o frio me esfaqueava. O vento aqui era mais suave do que na rua Principal, mas ainda era forte o suficiente para perfurar.

Examinei a portinhola do cachorro. Era mais alta do que larga, então, eu precisaria entrar de lado. Não devia ser muito difícil. Eu fiz uma boa cota de ioga um tempo atrás, e isso era apenas uma variação da postura pessoal de quatro frentes... certo? Eu estiquei meus braços por cima da cabeça e comecei a passar. Assim que meus ombros passaram, eu tentei elevar meu corpo do chão, mas meus braços não eram fortes o suficiente e eu não consegui me impulsionar. Dei uns chutes, sem resultado, a portinhola entrando no meu lado, onde a camisa tinha se levantado.

Lancei meu braço direito, meus dedos tentando alcançar as pernas da mesa da cozinha. Respirei fundo e estiquei meu braço novamente. Eu me estiquei em direção à perna da mesa até que, finalmente, meus dedos conseguiram abraçá-la. Arrastei-me na direção dela. Ouvi algo rasgar e senti uma ferroada, mas já tinha passado.

Rolei para dar uma olhada nas minhas costelas e nos quadris. Onde a pele não estava vermelha de raiva, estava pelo menos rosa-furioso e ralada. Havia um corte maior perto da minha bacia. Cobri com a blusa e o pressionei. Não tinha como deixar sangue no chão da casa de Leo.

Abaixei-me, peguei a minha roupa e vesti minhas luvas. Claro que eram luvas grossas de inverno, que faziam com que minhas mãos ficassem grandes e desajeitadas como as patas de um urso, mas você sabe o que patas de urso não têm? Impressão digital.

Coloquei as mãos nos quadris e olhei em volta.

Agora, se eu fosse um chaveiro, onde me esconderia?

O primeiro andar claramente não oferecia opções de esconderijo. Tirando a moldura vazia na lareira, a sala de visitas não parecia em nada diferente. O filodendro precisava de água, talvez. Toda a mobília da sala de jantar se resumia a um tapete com marcas de pés de mesa e cadeiras que um dia estiveram ali. E a cozinha armazenava pouco mais do que cerveja, sabão e salgadinhos — e um pote de manteiga de amendoim, que agarrei e enfiei no bolso.

Subi as escadas com muito cuidado, meus passos abafados pela passadeira azul e desbotada, e cheguei a um escritório. Se Leo passava muito tempo aqui, certamente não era trabalhando: o item de maior valor nas gavetas da escrivaninha era uma mola solta de uma caneta esferográfica. O arquivo tinha pastas etiquetadas de forma bem feminina. Receitas. Manuais de eletrodomésticos. Declaração de imposto de renda. Nada fora do comum. Certamente nada que destrancasse a delegacia.

A porta do outro quarto estava fechada. Pressionei a orelha contra ela, ouvindo sinais de vida, humana, canina, ou outra. Girei a maçaneta da porta com cuidado. O ar estava pesado com um cheiro agridoce com um traço de... bourbon? Perfume? Eu às vezes confundo os dois.

Dei uma olhada na cama. Havia montes demais para contar. Eu não conseguia dizer se ele estava ou não sozinho.

Tirei uma luva e abri o pote de manteiga de amendoim. Enfiei um dedo e o tirei, cheio de manteiga, e o movi pelo ar para um lado e para outro, como se fosse um sensor. Segundos depois, houve alguma movimentação na cama. Dois pequenos olhos se abriram e duas orelhinhas ficaram de pé. Bones desceu da cama com um pulo, veio apressado até mim e pulou nos meus joelhos, me atacando com seu focinho e língua molhados. Cocei seu pescoço; ele abanou o rabo alegremente. Deixei que lambesse a manteiga de amendoim do meu dedo enquanto metia a cara em seu pelo.

Aí, com relutância, atirei uma bola de manteiga no corredor. E Bones foi atrás. *Aquilo devia distraí-lo por algum tempo.*

Enfiei a mão de volta na luva e fiquei de pé. Meu quadril estava latejando e grudento de sangue. Com o punho fechado, dei um soco nele. Tive que espremer meus olhos fechados para suportar a dor, mas, quando tornei a abri-los, minha vista estava mais nítida. Desta vez, quando olhei para a cama eu podia dizer... respirei aliviada... que Leo estava só.

Segui em frente, com cautela, pausando a cada vez que sentia que uma tábua do chão cedia ao meu peso. Abri a gaveta do criado-mudo devagarzinho, como se estivesse removendo o núcleo de urânio de um reator nuclear. Os lençóis se atritaram; meu coração quase saiu pela boca. Olhei para o rosto de Leo, buscando sinais de alerta, mas sua respiração era leve e ritmada, suas pálpebras estavam vibrando em algum sonho. Ele estalou os lábios e, em seguida, ficou parado e em silêncio.

Olhei dentro da gaveta — não, nada de chaves, só uns trocados, um celular, recibos amassados e embalagens de camisinhas. *Onde mais poderiam estar?* Deixei meu olhar percorrer o quarto. Terminei nos pés do Leo, que saíam por baixo do lençol. Vi a bainha da calça — ele adormecera vestido. *As chaves devem estar no bolso da calça.*

Comecei a puxar o lençol pela ponta tão devagar que talvez não conseguisse passar da cintura dele antes do nascer do sol, mas, quando passou, eu pude ver o volume no seu bolso traseiro. Tirei uma das luvas com a ajuda dos dentes e enfiei o polegar e o indicador no bolso dele. Comecei a puxar o chaveiro e ele se mexeu, esfregando um pé contra o outro devagar. Segurei a respiração. Em seguida, as pernas pararam e eu dei mais uma puxadinha no chaveiro. Mas consegui a mesma resposta: uma pequena movimentação das pernas, a respiração menos profunda.

Virei-me ao ouvir um ruído no corredor — mas era apenas Bones. Ele estava deitado lambendo as patas. Se os homens ao menos fossem tão fáceis de manejar quanto os cachorros...

Espera aí... eles são!

Tirei minha luva com os dentes e coloquei a minha mão nua na nuca do Leo. Sua pele estava quente e úmida de sono, mas eu segurei o impulso de tirá-la dali. Em vez disso, enfiei os dedos por entre seus cabelos e, depois de uma pequena hesitação, fiz um cafuné no seu couro cabeludo. Ele relaxou e murmurou alguma coisa que não compreendi. Esperei que suspirasse e, aí, puxei as chaves com facilidade.

Ele sacudiu a cabeça uma vez, de um lado para outro, e parou quieto.

Mas eu deixei a mão em seu pescoço por mais alguns minutos, só para garantir.

SEM VESTÍGIOS

Quinta-feira, 7/11/2013

Aqui é o Trace.

Eu nunca pensei em falar isso, mas parabéns ao US MEEKLY por ter feito um jornalismo investigativo por acidente. (Seus merdinhas, vocês me devem 10% de comissão por qualquer renda adicional que ganharam nesta reportagem.) Então, agora nós sabemos que, de segunda-feira para cá, Janie Jenkins esteve em McCook, Nebraska. Nós também sabemos, como eu venho dizendo o tempo todo, que ela está viajando DISFARÇADA. Cabelo castanho e óculos, gente. Fiquem alertas. Estamos quase lá. JUSTIÇA será feita.

CAPÍTULO VINTE E CINCO

Pressionei meu rosto contra a vidraça da delegacia, segurando a respiração para não a embaçar. As escrivaninhas estavam abandonadas. As luzes, apagadas. A cela estava vazia — a mãe do Walt deve ter finalmente pagado a fiança. Destranquei a porta e entrei, movendo-me rapidamente, já que agora não tinha mais que me preocupar com tábuas rangendo e tiras gemendo. Depois de umas tentativas, entraria pela porta onde estava escrito "Acesso Restrito", (i.e., definitivamente-não-olhe-aqui-não-há-nada-de-interessante-nós-juramos). Guardei as chaves no bolso, fechei a porta atrás de mim e acendi as luzes.

Para uma cidade tão pequena, o arquivo era desproporcionalmente grande, provavelmente com uns seis por três metros e armários de metal cinza, que batiam na altura das minhas sobrancelhas, e pastas empilhadas de maneira precária por cima deles. Fui andando até localizar o Va--Vi. Meus dedos tremiam enquanto mexia nos arquivos. Então, achei: Jared Vincent. Coloquei a pasta na minha mochila e me dirigi à porta — e, aí, eu vi o compartimento etiquetado Ka-Ke.

Olhei para o meu relógio. Eram quase cinco horas. Eu tinha tempo de sobra. E era apenas mais uma pasta, não é?

Assim que abri a gaveta, identifiquei a pasta da minha mãe: a mais gordinha de todas. Precisei das duas mãos para puxá-lo. Seu registro estava bem em cima e era bem grande. Ela não tinha sido presa por nada, mas tinha sido suspeita de todo tipo de coisa. Os registros no diário da polícia mencionavam apenas um terço dos casos em que Tessa tinha sido trazida para a delegacia — e os registros nem sequer começaram antes de ela fazer dezoito anos.

8 de fevereiro de 1985	Posse de substância controlada
14 de fevereiro de 1985	Infração de trânsito
1º de março de 1985	Furto
4 de março de 1985	Infração de trânsito
28 de março de 1985	Infração de trânsito
14 de abril de 1985	Furto
28 de abril de 1985	Prostituição

Quando eu cheguei ao último registro, puxei o ar com força para dentro dos pulmões.

— Bem, quem imaginaria? — falei alto.

— O que você está fazendo? — ouvi uma voz monótona atrás de mim.

Eu me virei e vi Walt me observando pela porta aberta. Eu havia esquecido como ele era bem mais alto do que eu.

— De onde você veio?

— Da latrina.

— A da cela está quebrada, por acaso?

— Se eu me sentar por muito tempo nela, ela deixa uma marca no meu traseiro.

Os olhos dele baixaram para a pasta.

— O que está fazendo com isso?

Eu enfiei a pasta na minha mochila.

— Pesquisa histórica — respondi. — Agora, se me der licença, já passou da minha hora de dormir.

Ele segurou meu braço.

— Eu vou te perguntar uma última vez: o que está fazendo com a pasta da Tessa?

Meu coração parou.

— O que você sabe sobre Tessa?

— Que você não devia estar fazendo perguntas a respeito dela.

— Ei, olha, não estou tentando criar problemas. Vou deixar a pasta aqui com você, tá? Nenhum mal foi feito. Apenas... eu apenas gostaria de fazer algumas perguntas para você antes, se puder. — Levantei o queixo e olhei nos seus olhos na medida do possível. — Por favor?

De repente, sua careta se transformou em outra coisa, algo de meter medo, algo que me faz pensar em sombras sobre sombras.

— Ah, puta merda — ele disse. — Você é Janie Jenkins.

Quando eu pensara sobre este momento — o momento em que eu seria descoberta —, eu antecipara terror, tristeza ou até mesmo alívio. Uma grande emoção de algum tipo, uma coisa que faria o estômago queimar e o peito pesar, e outros gestos anatomicamente enfáticos. Mas, quando finalmente aconteceu, eu não senti nada. Eu nem parei para pensar. Eu apenas passei por baixo do braço do Walt e fugi.

Ele me alcançou antes mesmo que eu chegasse até a porta.

Ele me suspendeu pelas axilas e me carregou até o salão principal. Ele me colocou na escrivaninha do Billy e sentou-se na cadeira diante de mim, parecendo satisfeito consigo mesmo.

— É um bom disfarce — disse. — Parabéns.

Tentei novamente escapar. Desta vez, cheguei a pôr um pé inteiro do lado de fora antes que ele me alcançasse e me colocasse de volta na escrivaninha.

— Meu Deus, você realmente *não* pensa direito nas coisas, não é? — Ele sacudiu a cabeça, descrente. — Acho que isso explica por que fez as coisas do jeito como fez. Eu sempre considerei que você simplesmente não tinha achado maneira melhor. Quem podia imaginar que eu estava te dando mais crédito do que merecia?

— Você se refere à minha mãe, certo?

— *Dã*. Quer dizer, um tiro? Sério? *Alô*, perícia.

Eu acertei meus ombros.

— Eu nunca disparei aquela arma.

— E como foi mesmo que ficou com resíduo de pólvora na mão? A garota-capa-de-revista põe nitrato de potássio na maquiagem?

— Não. Eu tinha resíduo na minha mão porque...

— Ah, certo — disse. — Eu me lembro: você tem uma explicação para isso também. — Ele chegou perto e fechou a cara. — Você tem uma explicação para tudo, não é?

Soltei um urro de pura frustração.

— Por que você se importa? Isso é sobre o prêmio? Porque se é, eu te dou mais. Muito mais. Diabos, eu vou armar para você com a sua própria...

— Perdi a concentração ao reparar uma coisa por cima do ombro do Walt: a porta da cela estava aberta.

— Eu não quero seu *dinheiro* — Walt dizia —, eu quero a verdade.

Eu avaliei a expressão de Walt... e a distância entre a escrivaninha e a porta da cela.

— Certo — falei lentamente —, a verdade, então.

Ele se recostou.

— Mal posso esperar para ouvir.

Tomei fôlego, apenas para ser dramática.

— Eu nunca planejei usar a arma.

— O quê?

— Vinho e comprimidos... esse deveria ser o caminho a ser tomado. Eu pensei muito nesse. Eu poderia ter simplesmente colocado Valium dissolvido no vinho dela. Ela tinha uma receita para uns mil miligramas por dia, então, eu teria fácil acesso. E aí, esse era o truque, apenas por diversão, eu podia acrescentar algum suplemento de potássio. O elevado nível de potássio no humor vítreo dela teria convencido o legista de que a morte teria ocorrido mais tarde do que ocorrera. Um álibi teria sido muito fácil.

Um músculo no maxilar de Walt ficou saliente. Com a confiança aumentando, eu escorreguei para a frente até me equilibrar na ponta da mesa.

— E tem também a nicotina — falei. — Que é um dos venenos mais letais de todos, você sabia disso? Você pode picar alguns cigarros e destilar ele. E pode até mesmo ser difícil de detectar num fumante, o que minha mãe, secretamente, era.

Deixei meu dedão do pé tocar o chão.

— Mas a maneira mais tranquila teria sido arrumar alguma coisa que acontecesse quando eu não estivesse na cidade. Em Nova York, talvez. Ou eu poderia ter aceitado um daqueles convites horríveis de um clube em Vegas. Tudo que eu precisaria fazer era afrouxar a válvula do *boiler* a gás antes de sair. À noite, minha mãe mantinha a casa toda trancada... nada de janelas abertas ou portas mal fechadas. Ela teria adormecido e nunca mais acordado.

— Então, por que não fez assim?

Minhas pernas ficaram tensas.

— Teria sido gentileza demais.

Walt foi pego de surpresa. Me joguei em cima dele, apertando braços e pernas com toda a força, atirando ele e a cadeira para trás, para a porta da cela. Até ele entender o que estava acontecendo, eu teria alguma vantagem. Eu chutei a cadeira mais um pouco e corri para a porta aberta. Puxei as chaves de Leo do bolso. Walt bateu na parede do fundo e quicou para a frente. Ele voou da cadeira na minha direção, com um braço esticado.

Eu fechei a porta na cara dele.

Ele puxou a mão para trás, me dando tempo suficiente para enfiar a chave maior na fechadura e rezar. Ela girou: a fechadura trancou. No instante em que tirei a chave da fechadura, a mão de Walt passou pelas grades e agarrou meu cabelo, me puxando de volta. Me desvencilhei, urrando, quando senti que arrancava um pedaço do meu escalpo.

— Vai se ferrar! — ele gritou.

Nós nos entreolhamos, ambos respirando pesadamente, ele com a mão no peito e eu com a mão na base da nuca. Minha mão ficou molhada. Estava se tornando uma noite tensa.

— É, bem, eu também não gosto de você — falei. — Jesus Cristo, isso dói.

— Bom — ele disse e se sentou na cama; seu queixo apoiado no peito —, acho que você quebrou minha mão.

— Não quebrei, deixa de ser infantil.

Ele fez uma careta.

— Eu não sei o que você pensa que ganhou com isso. Leo e Billy estarão aí de manhã. E vou contar tudo para eles.

— Eu sei. E se você calasse a boca por um segundo, eu poderia resolver o que vou fazer.

— Você é doida.

— Não me diga.

Sentei-me, olhando Walt, e batucando os nós dos dedos no tampo da escrivaninha. *Vantagem, vantagem, vantagem, onde está a minha vantagem?*

— Por que está preso, afinal? Posse? Ou tráfico?

— Não é da sua conta.

Oh. Algo pior, então.

Meu sorriso deve ter sido muito especial, porque Walt visivelmente hesitou. Ele pensava que eu era a burra aqui? Ele podia ter dito "Acesso Restrito". Eu voltei à sala do arquivo, achei o Fe-Fr, e voltei para a escrivaninha. Abri a pasta do Walt. Drogas, drogas, drogas, tédio, tédio, tédio... a-há! Invasão de computador e falsidade ideológica? Isso era interessante. Leo nunca mencionou isso.

Não era fácil ver seus olhos, tão sombreados, mas eu percebia que iam de um lado para outro. Eu segui seu olhar até o laptop preto, que ainda estava, desde cedo, sobre a escrivaninha do Billy.

— É seu, Walt?

Seus olhos focaram no chão.

— Não.

— Boa tentativa. — Eu peguei o computador e o abracei contra o peito. — Não se preocupe, eu vou guardar isso num lugar *muito* seguro... o que é uma das minhas habilidades. Tipo um dom hereditário. E se você ficar com o bico fechado, ficarei feliz de devolvê-lo, quando eu estiver pronta para sair da cidade.

— Como se pudesse acreditar em você — ele falou.

Mostrei o dedo do meio.

— Honra entre ladrões.

— Que seja, pode levar, nem ligo... de qualquer maneira, tem backup e está encriptado.

Mentiroso. Eu sei identificar se uma coisa é importante para alguém. Se não soubesse, como ia conseguir que as coisas fossem feitas?

— Desculpe, cara, mas eu não tenho outra opção, então, eu vou pagar para ver.

Suas mãos apertaram as barras. Eu podia ver os nós dos dedos ficarem brancos, de lá do outro lado da sala.

— Eu não vou ficar aqui para sempre, tá?

— É, bem, sair não é tudo.

CAPÍTULO VINTE E SEIS

Meia hora mais tarde, eu estava sentada na recepção da Prospect Inn, estrangulando minha mão esquerda com o fio do telefone.

A pasta de Jared Vicent estava na minha frente. Por baixo das anotações de roubo e da montanha de papel gerado pela sua longa lista de pequenos crimes, achei seu último endereço conhecido e o número do telefone... de onze anos atrás.

Por tantas razões, eu, desesperadamente, queria que o endereço ainda fosse válido.

Verifiquei o horário: sete horas. Certamente alguém ia atender a essa hora. Disquei o número. O telefone tocou. Engoli em seco e agarrei o fone.

— Cadeia Municipal de Custer, em que posso ajudar?

— Eu gostaria de marcar uma visita, por favor. Para hoje, se possível.

— As visitas de hoje são para as pessoas cujos sobrenomes começam do L ao Z. Se não é o seu caso, você terá que voltar amanhã.

— Não, está ótimo.

— Quem você quer ver?

Eu forcei a minha boca a se mexer.

— Jared Vincent.

Ao ouvir o ruído das chaves na fechadura, enrolei o fio do telefone ainda mais apertado no meu pulso. A palma da minha mão começou a inchar.

— Você quer vir às nove, nove e vinte ou nove e quarenta? — o atendente perguntou.

Eu abri a mão e deixei o sangue fluir de novo.

— Às nove, por favor.

Dei ao atendente os meus detalhes e pus o fone de volta no gancho. Não significava nada o Jared ainda estar na cadeia, eu disse a mim mesma. Ele ainda podia ter matado minha mãe de algum jeito — se ele tivesse saído em condicional ou tivesse o tipo errado de amigos ou comandasse um exército de demônios. Mas eu não queria que isso fosse verdade. Eu queria que ele tivesse um álibi inquestionável. Se ele viesse a ser quem eu achava que fosse, eu não queria que a nossa primeira conversa de pai para filha fosse sobre como ele matou minha mãe.

Eu ia precisar de uma carona para a prisão, por isso procurei entre os registros de hóspedes até que achei o nome do Peter e o número do seu quarto, subi até lá, e bati na porta. Ele atendeu de pijama quadriculado e seu cabelo estava lambido no topo da cabeça. Seus olhos estavam fora de foco e remelentos.

— Rebecca? — Dava para ver que ele não estava perguntando se eu estava ali, mas estava confirmando que esse era realmente o meu nome.

Mostrei a pasta de Jared e sorri.

— Eu disse que conseguiria. O que acha de uma pesquisa de campo?

A estrada para a cadeia era relativamente suave e reta, mas Peter ainda se encolhia com cada balanço das rodas. Seus dedos estavam cravados no topo do volante, e Peter estava tão colado nele que sua testa estava praticamente encostada no para-brisa. O cabelo na nuca estava molhado de suor. Seu suor cheirava a folhas da baía.

Nova-iorquinos. Inúteis.

Eu me estiquei e destranquei a minha porta, no caso de ele despencar no abismo e eu ter que sair rápido.

A parte de mim que não estava focada em um plano de contingência estava contente com a distração. Eu esfreguei meu peito, que parecia queimar como o vulcão Mauna Loa.

— Como você conseguiu que o Leo lhe desse a pasta? — perguntou Peter.

— Eu contei para ele como essa história era importante para você. — Parei. — Por que essa história é importante para você?

— Tá brincando? Uma beldade de uma cidadezinha que se saiu mal? Se eu encontrar uma foto para publicar junto, estamos falando de coisas do nível da *Vanity Fair*.

Eu escondi minha contrariedade. Eu só cheguei à *Vanity Fair* por causa do meu julgamento, e as fotos que escolheram não tinham exatamente uma boa qualidade editorial. A melhor delas tinha sido (1) uma foto onde eu aparecia com um pó sob o nariz que todo mundo especulou que era cocaína (como se eu fosse tão desleixada) e (2) uma foto onde eu posava junto a uma *promoter* de uma boate que acabou sendo presa, basicamente, por ser *promoter* de uma boate. Fora isso, eram todas fotos do registro de prisão e caricaturas do julgamento, quando eu mal conseguia ficar de pé sozinha. Nós trouxemos uma maquiadora, mas, mesmo em cores, eu não estava, nem de longe, apresentável.

Aposto que eles só escolheriam as fotos mais elogiosas da minha mãe. Vai entender.

— Você vai me contar o que tem aí ou não? — perguntou Peter, apontando a pasta com o queixo.

Eu abri a pasta do Jared.

— Tá bem. Então, Jared Vincent, com dezenove anos, foi preso em 17 de agosto de 1985, pelo assalto a mão armada de US$13.128,00 do Jenkins Poupança e Empréstimos. No dia do assalto, um homem branco entrou no banco e pediu para alugar um cofre. Quando o gerente o levou até o cofre, o homem puxou um revólver e pediu todo o dinheiro. O homem trancou o gerente no cofre (a porta tinha uma fechadura programada) e saiu pela porta dos fundos. Quando o gerente conseguiu escapar, o assaltante já estava longe.

— Não havia mais ninguém trabalhando naquele dia?

— Havia, mas... — Passei os olhos na página seguinte. — Ah.

— Ah?

— Houve um incêndio do outro lado da cidade, e o outro caixa era bombeiro voluntário, então, só o gerente estava lá.

— Isso é bastante conveniente — ele disse. — Aí diz alguma coisa sobre o incêndio?

— Foi um alarme falso.

— Parece que sim. Como eles pegaram o Vincent?

Eu virei a próxima página.

— Hum... havia uma câmera de segurança dentro do cofre. Eles distribuíram seu retrato, emitiram um alarme geral e ele foi pego na Dakota do Norte, tentando passar pela fronteira para o Canadá.

— Mas ele não tinha o dinheiro.

— Ele tinha *algum* dinheiro, uns cinquenta dólares. Parece que a promotoria achou que haveria mais alguém envolvido, mas, quando ofereceram a ele um acordo, ele não falou nada. A polícia revirou tudo que era seu em Ardelle e entrevistou todos os seus amigos, mas isso não os levou a lugar nenhum.

— Eles interrogaram Tessa Kanty?

— Ela já tinha ido embora.

— A polícia não achou isso suspeito?

— Achou. — Eu virei mais algumas páginas. — E parece que todo mundo que eles interrogaram também achou. "Ladra", "mentirosa"... ah, "vagabunda", essa é uma boa.

Peter olhou para mim.

— Você está insinuando que ela não era nenhuma dessas coisas?

Mantive a minha voz na mesma.

— Bem, quando o delegado La Plante não estava olhando, eu dei uma olhada na pasta de Tessa. Mas não havia nada nos autos, a não ser furto em loja.

— Isso é esquisito... eu podia jurar, com base nos boletins policiais, que ela tinha se metido em um monte de problemas.

— Os boletins mencionam o nome dela?

— Não.

— Talvez tenha sido alguma outra garota.

— Ou talvez alguém tenha alterado os registros dela... alguém como aquele irmão dela. Eu falei com um monte de gente e todos concordam que Tessa era sinônimo de encrenca.

Brinquei com a ponta da pasta.

— Você tentou falar com o Eli?

— Ele quase arrancou minha cabeça quando mencionei o nome dela. Mas ouvi bastante de... merda, qual o nome dela? Rubi? Safira?

— Crystal?

— Isso! Crystal. Eu me encontrei com ela na Toca do Coiote. Ela tinha muito o que dizer.

— Tem mais alguma coisa...

Ele desviou de uma minivan cuja seta estava ligada por pelo menos um quilômetro.

— Droga, será que ninguém sabe dirigir por aqui?

No instante em que Peter voltou a atenção para a estrada, eu meti a mão na minha mochila e puxei de lá o boletim da noite em que Tessa foi presa por prostituição. Ela tinha sido vista numa ruela atrás da Toca do Coiote, na companhia de um homem chamado Darren Cackett, e o policial teria aparentemente testemunhado algum tipo de pagamento. Cackett alegou que estava apenas emprestando dinheiro a ela para comprar cigarros; Tessa ficou calada. Cackett foi solto horas antes de Tessa. Nenhum deles foi autuado.

Será que Cackett estava dizendo a verdade?

Será que minha mãe teria começado como ela tinha planejado?

Empurrei o boletim de volta na mochila, fechei o zíper, e a joguei para baixo dos meus pés. Coloquei minhas botas pesadas sobre ela e desejei ter força para empurrá-la para o fundo do carro, jogando-a na autoestrada. Visualizei tudo sendo esmagado, moído, rasgado, até que só sobrassem algumas tiras de papel sujo penduradas numa lona de borracha de pneu de algum caminhão-baú. Eu não queria pensar na possibilidade de nenhum outro homem que pudesse ser meu pai. Pelo menos, por enquanto.

Virei-me para a janela e desenhei uma letra no vidro frio e embaçado: J.

A Cadeia Municipal era um gigantesco prédio em pedra que seguia em uma parte as linhas arquitetônicas suntuosas dos prédios públicos da virada do século e em três partes o brutalismo dos anos 1970. Estacionamos perto de um chafariz coberto de limo. A pedra em volta estava ligeiramente úmida e quente ao toque, como uma fralda que precisa ser trocada.

Não era uma visão bonita, mas eu senti como se estivesse voltando para casa.

Quando chegamos à entrada, Peter olhou para o topo da minha cabeça, que batia mais ou menos à altura da sua clavícula.

— Alguma vez já esteve numa cadeia? — perguntou.

— Você já?

— Bem, não — ele respondeu. — Mas eu vi... esquece. Eu só queria ter certeza de que você quer entrar comigo.

— Não estou com medo — respondi.

Mas, naturalmente, a primeira coisa que fiz ao entrar na área de visitas foi prender a respiração.

Peter pôs a mão nas minhas costas.

— Eu sei — ele disse. — Não é fácil estar numa sala como essas.

Rá. Ele estava por fora. O lugar era até bem-arrumadinho... O que *me* incomodou foi o silêncio. Nós éramos as únicas visitas.

Que bosta.

Noah raramente perdia uma visita, e quando isso acontecia, eles tinham que dobrar minha dose de Haldol. Pensei em todos aqueles que tinham familiares de L a Z, que, provavelmente, teriam ido até suas janelas assim que acordaram para ver como estava o tempo, avaliar as chances de ter companhia neste dia, para prever se o amor ia suplantar a garoa leve ou não.

Imaginei meu próprio quartinho, com as camas de lençóis azuis, privada de aço inoxidável e a abençoada ausência de tapetes, antiguidades, tapeçarias e estofamento. Nenhum traço de lavanda ou rosa... só o aroma cáustico de urina. Descobri que eu preferia ele.

Toda noite, antes de apagarem as luzes, eu gostava de passar os dedos sobre a linha que separa a parede do chão, simultaneamente desanimada e confiante com o indício da integridade estrutural da minha cela.

Algumas vezes, eu me preocupava com insetos, que eles entrariam e ficariam grudados em mim. Não que eu tenha medo de insetos, mas achava que eles podiam vir a ser tentadores para a minha mente despedaçada. Como se eu pudesse dar nomes a eles e querer que ficassem como animais de estimação e, quando morressem, colocá-los numa procissão fúnebre. Ou comê-los.

(Embora algumas vezes, lá no fundo, eu gostasse da ideia de um dia deixar de ser a garota que matou a mãe e virar a garota que comia insetos... mas eu sabia que, na verdade, apenas viraria a garota que matou a mãe *e* comia insetos.)

Fomos escoltados até o nosso cubículo. Jared estava esperando por nós. Ele tinha dentes de coelho e cabelos pretos que desciam até a linha do pescoço em aproximadamente dois dedos; sua pele tinha uma tonalidade ambivalente, que podia ser um leve bronzeado ou apenas sujeira. As linhas em torno da boca eram mais pronunciadas do que as da testa, como se ele sorrisse mais do que franzisse a testa, o que não fazia o menor sentido.

QUERIDA FILHA

Seu uniforme de preso era antigo, um macacão listrado de branco e cinza. "Cadeia Municipal" estava impresso em seu peito, em Dior Rouge Número 9. Eu senti a tensão do momento. Este macacão ficaria bem melhor em meu tom de pele do que aquele laranja-cone-de-trânsito que eu tive que usar.

Ele nos observava com aquela expressão que eu conhecia: a cautela do prisioneiro confrontado com uma variável desconhecida e nenhuma chance de escapar.

Eu me mexi na cadeira, com uma das mãos pronta para puxar o cabelo para a cara, a outra para tirá-lo. Eu não tinha certeza se queria que esse homem fosse enganado... Talvez eu quisesse mais que tudo que ele visse, através do rosto pálido, os lábios rachados e os olhos cansados, todo o caminho do DNA circulante. *Metade disso é meu*, ele diria.

Eu podia sentir todas as palavras erradas subindo até minha garganta como aquela gosminha final que surge depois que você vomita. A pergunta pronta para ser cuspida era: *Você é meu pai?*

— Eu estava pensando se você poderia responder algumas perguntas para nós — Peter dizia, as apresentações aparentemente tinham sido feitas enquanto eu surtava silenciosamente. Afastei a camisa do corpo, sacudindo-a para refrescar o suor que estava se acumulando no meu sutiã.

Jared passou a manga no nariz.

— Você é um repórter?

— Sou — Peter respondeu.

— O que você quer?

— Eu gostaria de fazer algumas perguntas sobre o roubo.

Jared riu.

— Eu não sei o que eu posso dizer que já não esteja nos arquivos da polícia. Não sei por que faria isso. Tenho tudo de que preciso aqui. Paz. Silêncio. A minha própria latrina. E se eu continuar aumentando o tempo da minha pena, não precisarei sair nunca.

Peter segurava o telefone um pouco afastado da orelha para que eu pudesse escutar e, apesar de Jared estar falando normalmente, suas palavras soavam como sussurros, como se o que estivesse dizendo fosse um segredo compartilhado apenas comigo.

— É sobre Tessa Kanty que quero perguntar — Peter disse.

— Eu não conheço nenhuma Tessa Kanty.

— Se você é de Ardelle, Jared, eu sei que você a conhece.

Jared cruzou os braços, os dedos coçando os cotovelos. Então ele apontou para mim.

— Quem é ela? — perguntou.

Peter me olhou e fez uma careta.

— Minha assistente de pesquisa.

Só então me lembrei de abrir o bloco de notas que ele havia me dado.

Jared se recostou e coçou a cabeça. Seus olhos eram de um azul-celeste, como espuma de sabonete de farinha de milho. Eles pairaram sobre o rosto e pararam na minha orelha esquerda. Eu a puxei nervosamente. Aí, ele se debruçou na direção do vidro e passou o dedão na janela, como se estivesse tirando medidas para fazer um esboço em carvão. Sua sobrancelha levantou; seus olhos ficaram brilhantes. Um sorriso se instalou vagarosamente em seu rosto.

Meu coração tentou uma pirueta e quebrou a droga do tornozelo.

Ele me *reconheceu*.

— Tá certo — Jared disse, ainda olhando para mim. — Eu vou lhe falar sobre Tessa.

— Ela era sua cúmplice? — Peter perguntou.

Jared não respondeu de imediato.

— O crime já prescreveu há muito tempo — Peter disse. — Não precisa mais protegê-la.

Jared deu um belo sorriso do tipo "quem-sabe?". O tipo de sorriso que eu apreciava e que tentei ao máximo fazer com perfeição na minha primeira entrevista televisiva.

— Não tenho tanta certeza assim — ele respondeu.

— De quem foi a ideia do assalto? — Peter perguntou. — Sua ou dela?

— Dela. Ela escolheu o banco, alugou um cofre, estudou o mecanismo...

— Mas foi você que foi lá, que correu todos os riscos — disse Peter. — Por quê?

Jared se remexeu na cadeira e mexeu no colarinho do macacão.

— Não havia muita coisa que eu não fizesse por Tessa — ele respondeu.

— Você estava apaixonado por ela? — questionou Peter.

Eu me aproximei.

— Tessa não era o tipo de moça por quem você se apaixona — ele respondeu. — Provavelmente existe outra palavra para definir o que éramos um para o outro, mas eu nunca soube qual.

— Mas, se você não estava apaixonado por ela, por que deu para ela todo o dinheiro? — Peter perguntou. — Você só tinha cinquenta pratas quando eles te pegaram. Isso não foi lucrativo.

Ele deu de ombros.

— Ela amava você? — deixei escapar.

Peter me fuzilou.

— Não — Jared respondeu, novamente sorrindo. — E fiquei feliz por isso. Eu sempre disse que o amor de Tessa devia ser uma coisa terrível.

(Reconheci este novo sorriso também. Era o tipo eu-não-me-importo, outro que eu tentei muito aperfeiçoar. Isso só podia significar uma coisa: *Eu me importo pra caralho*.)

Eu assenti, começando a entendê-lo agora.

— Você nunca faria nenhum mal a ela — falei.

Seus olhos arregalaram.

— Não, claro que não.

E foi nessa hora que eu realmente quis ser dele e deitei e rolei nesse desejo, como Tio Patinhas em seu dinheiro. Eu me imaginei levando ele para comer um sanduíche decente e fumar uns cigarros, e, aí, nós contaríamos um ao outro tudo o que sabíamos sobre minha mãe, na tentativa de montarmos juntos uma imagem coerente. Eu entendia coisas que lhe escapavam... e, talvez, ele entendesse coisas que me fugiam. Talvez achássemos um conforto nesse processo.

Eu encarava Jared, não conseguia me controlar. Eu queria me curvar para a frente até que minha testa ficasse pressionada contra o vidro, deixando um rastro de suor que limpasse todas as digitais de todos os visitantes inconsequentes que passaram por ali.

— Você sabe por que ela precisava do dinheiro? — Peter perguntou.

Não, não, não, pergunta errada!

Jared desviou o olhar de mim o suficiente para revirar os olhos, e eu tive uma visão clara de como devia ser sua aparência quando adolescente. Não tão diferente de um Marlon Brando, como puder notar.

Nada mau, mãe.

Peter limpou a garganta.

— Certo, me deixa refazer a pergunta: Você sabe por que ela precisava deixar a cidade?

— Quem *não* precisaria deixar aquela cidade?

— Em Ardelle, as pessoas acham que ela foi embora porque estava grávida — disse Peter.

Eu rabisquei alguma coisa no bloco de notas, porque não consegui olhar na cara de Jared.

— Onde você ouviu isso? — Jared perguntou suavemente.

— Uma amiga de Tessa — Peter me cutucou no ombro. — Como é mesmo que você disse que ela se chama?

— Crystal — respondi, sem levantar os olhos. — Rima com letal.

— Crystal não era amiga de Tessa — Jared falou.

— Bom, ela disse que você era o pai.

A caneta caiu da minha mão.

— Se Tessa estava grávida — Jared falou com muito cuidado —, eu não tive nada a ver com isso.

Eu olhei para ele.

— Você tem certeza? — sussurrei. — Você tem absoluta certeza? — Não havia como Jared ouvir minha voz do outro lado do telefone, mas ele não precisava me escutar para saber o que eu estava dizendo.

— Como eu disse, não era assim.

— E você sabe quem foi? — perguntei.

— Sinto muito — ele respondeu.

Eu também, pensei.

Imagine só.

Peter me observava pelo canto do olho, estremecendo ligeiramente, talvez imaginando quão amarga devia ser a vida de Jared, para que ele notasse uma criatura tão digna de pena quanto eu. Eu me afundei na cadeira. Deixa ele pensar o que quiser.

— Há ainda a sugestão de que Tessa tinha o hábito de... — Peter parou e, delicadamente, continuou — ... de cobrar certos serviços.

— Isso é besteira — Jared falou sem hesitar.

— Por que Crystal e ou outros mentiriam? — perguntou Peter.

— Ah, eles não estão mentindo — ele respondeu.

Peter se endireitou.

— Você quer dizer...

— Eu quero dizer que eles *acreditam* nisso. Todos acreditam no pior sobre Tessa: Crystal, Stanton Percy, o irmão dela. Ela foi mandada embora de mais empregos que a maioria das pessoas. Se a mercadoria desaparecia, Tessa era acusada de ter roubado. Se havia uma diferença de um centavo no caixa, Tessa era acusada do desvio. Agora, não me entenda mal. Tessa não era um anjo. Mas não faria diferença se ela fosse. Ela era uma Kanty.

Peter se encostou e cruzou os braços.

— Deve ter doído horrores quando ela deixou você no vácuo.

Jared deu de ombros.

— Como eu disse, não é tão ruim aqui.

— Você sabe para onde ela foi? — Peter perguntou.

— Não.

— Você teve notícias dela?

— Sim, ela vinha me ver de vez em quando.

Minha caneta caiu da mão. *Ela o quê?*

— Quando foi a última vez que a viu? — Peter perguntou, parecendo mais esquecido do que nunca.

— Um pouco mais de dez anos.

— Você sabe onde ela morava naquela época?

Jared olhou para mim. Eu balancei a cabeça ligeiramente.

— Não. Não tenho a menor ideia.

Peter entortou a cabeça, pensativo.

— Você achou que seria a última vez que a veria? Quer dizer, ela disse alguma coisa... estranha?

Jared novamente passou a manga no nariz.

— Bem, houve uma coisa: ela me pediu para passar um recado, para o caso de *alguém* aparecer por aqui procurando por ela. — Ele olhou diretamente para mim.

— E o que foi que ela disse? — sussurrei.

— Some daqui enquanto ainda pode — ele falou. — E, o que quer que você faça, não confie no Eli.

Quinta-feira, 07/11/2013 — às 10:45

POSTADO pela Equipe da TMZ

JANIE JENKINS

ÚLTIMA NOTÍCIA: GRANDE ROUBO DE AUTOMÓVEL

A TMZ novamente conseguiu, com exclusividade, informação sobre o paradeiro de Janie Jenkins... Ontem, informamos que Jenkins, provavelmente, passou a noite numa pousada em McCook, no Nebraska. A TMZ contatou Kayla Simmons, funcionária que estava de serviço no dia. Ela disse que a hóspede era uma "mulher de meia-idade" que se comportava de forma estranha.

"Achei que ela estava drogada ou algo assim", disse Simmons.

Mas, espere... isso não foi tudo. A caminhonete de Simmons também foi roubada naquela mesma noite. Parece muito conveniente para ser apenas uma coincidência... O que significa que Janie Jenkins, provavelmente, acrescentou outro crime à sua folha corrida. Se alguém tiver informações sobre uma caminhonete F-150, Ford, azul, de 1996, com placas do Nebraska (48-CTXU), possivelmente dirigida por uma mulher de cabelos castanhos, mande um e-mail ou nos ligue na nossa linha direta!

CAPÍTULO VINTE E SETE

Todo mundo tem uma noção sobre o que nos difere dos animais, sobre o que faz com que nós, humanos, sejamos tão especiais. Deus, linguagem, queijo, esse tipo de coisa. Mas você pode não ter ouvido falar desta: o que nos faz diferentes é o fato de que, por vontade própria, a gente se enfia numa jaula com um predador. Moças, vocês sabem do que estou falando. É noite. Você está sozinha, num edifício-garagem. O elevador abre... tem um homem dentro. Por alguma razão, seu alarme interno toca.
    O que você faz?
    Você entra no elevador, é claro. Porque você não quer ser injusta, só porque ele é grande, ou porque ele é diferente, ou porque está usando uma carteira com corrente. Você despreza o animal dentro de você que está gritando *perigo, perigo, perigo*, porque você não quer se *sentir mal*. Você se convence de que seus instintos estão errados, porque você quer se sentir poderosa, porque você quer se sentir nobre.
    Mas, sério: eu nunca me senti poderosa por fazer isso. Eu nunca me senti nobre. Eu me senti sempre apenas sortuda de ainda estar lá quando a porta abriu de novo. Porque você sabe qual é o único tipo de mulher que não se *sente mal*? Uma mulher morta.
    E ainda assim, toda e qualquer vez eu entro naquele elevador. Se não fosse assim, eu nem teria vindo para Ardelle, para início de conversa. Se não fosse assim, eu nunca teria deixado Peter me levar de volta naquele dia.
    Some daqui enquanto ainda pode? Que *diabos*. Na nossa longa história de o-que-você-não-deve-fazer e não-ouse, nenhuma das exigências de mi-

nha mãe, jamais, foram para o meu bem. Eu poderia talvez entender se ela estivesse apenas querendo evitar que eu metesse o bedelho nas coisas dela — isso seria clássico —, mas isso era... protetor. A estranheza me abalou.

Ou será que ela sabia que nada que ela pudesse dizer me faria voltar a Ardelle tão rapidamente? Será que ela, na verdade, *queria* que eu voltasse? Psicologia reversa sempre foi minha criptonita, e ela sempre tirou vantagem disso.

Pela primeira vez na vida, desejei poder falar com ela.

De qualquer maneira, meus joelhos tremiam, e não apenas pela forma como Peter dirigia. Estávamos quase de volta a Ardelle.

— Correu tudo bem — eu disse, quebrando o silêncio.

— Ele não me disse nada que eu já não tivesse descoberto.

— Pelo menos, ele confirmou — respondi —, mais ou menos.

As árvores passavam correndo. Fingi que as observava.

— Você realmente acha que ela estava grávida? — perguntei.

— Quem vai saber? — ele disse. — Parece que ela era uma dessas garotas que dormem fora o suficiente para que todos pensem que elas dormiram com todo mundo.

Lembrei-me do boletim de ocorrência da noite com Darren Cackett.

— Havia mais alguém com quem ela estivesse envolvida, de forma mais séria?

— Crystal falou alguma coisa sobre Mitch Percy.

— Mas Mitchell não começa com J...

Peter me lançou um olhar de estranheza.

— Eu espero que esse não seja o seu momento "eureca".

Ah, verdade. Ele não sabe sobre o diário.

— Esquece o que eu falei.

Passamos pelo posto de gasolina nos arredores da cidade, e eu procurei, instintivamente, os flashes das câmeras, uma curva discreta de um satélite de transmissão, mas, não, só vi o laranja dos galhardetes do festival que sacudiam ao vento. Um tinha sido arrancado. Estava caído na base de um poste de iluminação, num monte esfarrapado, exatamente como eu estava me sentindo.

— Cristo, eu não acredito que ela convenceu outro pobre-diabo a acobertar isso.

Minha cabeça se levantou de estalo. A pousada acabara de aparecer, e havia uma caminhonete de TV diante dela.

Me acharam.

— Peter... — eu disse.

Ele grunhiu.

— Pobres idiotas. Cora me falou que havia divulgado o festival para uma agência de notícias de alguma cidadezinha. Um artigo sobre o baile histórico da noite de amanhã. E eles mandaram *dois* repórteres? Cristo.

Comecei a transpirar. Só havia uma saída. Eu tinha que dizer a ele — eu tinha que contar tudo para Peter. Eu ofereceria uma entrevista exclusiva em troca de uma fuga rápida para um lugar remoto. Ele não ia querer repassar a história. E faria o que eu quisesse. Abri a minha boca...

— Ah, graças a Deus, eles estão de saída. Não há nada como locutor de notícias local para fazer um jornalista temer por seu futuro.

Eu finalmente me permiti olhar. O correspondente, com certeza, estava afrouxando a gravata e pegando seu sobretudo. A expressão de seu rosto era a mesma de quem tinha assistido a uma versão de leitura encenada do *Dicionário Oxford de Inglês*. O repórter, visivelmente, não achara nada interessante. Ele não tinha *me* descoberto.

Peter olhou para o relógio, totalmente alheio a meu coração acelerado e que eu estava quase pedindo um desfibrilador.

— Droga, estamos a ponto de perder o almoço com a Sociedade Histórica... meu editor vai me matar se eu não cobrir isso. Você vem comigo ou vai arranjar uma maneira de escapar deste evento também?

— Onde é o almoço?

— Na casa do Percy, o casarão no morro. É tombado pelo patrimônio e tudo mais, acho. O que aparentemente é o que interessa aos leitores da minha estúpida revista.

Tudo que eu queria era subir as escadas e me arrastar para debaixo da cama com uma garrafa de uísque. Mas, aí, eu disse a mim mesma que provavelmente só tinha mais um ou dois dias em Ardelle antes que a mídia me achasse... e que eu poderia tomar uísque a vida toda se conseguisse descobrir o que acontecera com a minha mãe.

— Claro — grasnei. — Vamos nessa.

Peter virou o volante de maneira desastrada para a esquerda e nos levou para o final da rua Percy e para cima, por uma rampa acentuada. Ele apertou o carro entre um Corolla enferrujado e uma caminhonete, e saltamos.

A casa tinha três andares e era construída em tijolos rústicos de um salmão claro. Meus olhos seguiram a fileira arrumada de telhas de terracota que subiam do telhado para o domo central que terminava num arremate prateado. Aquilo era um abacaxi? Uma alcachofra? Eu nunca vou entender a obsessão da arquitetura pela produção da horta e do pomar.

Limpamos os pés num tapete de sisal e entramos no hall, um octógono cavernoso que praticamente obrigava seus visitantes a olharem para cima, para admirar o afresco no teto. Na nossa frente, havia uma mesa redonda dominada por um imenso arranjo de flores exóticas que não acredito que existissem na Dakota do Sul. Eu me debrucei para cheirá-las: eram falsas. Boa imitação... mesmo assim. Olhei novamente para o teto, imaginando se o afresco seria, na verdade, apenas um papel de parede bonito.

— Posso pegar seus casacos?

Eu me virei e vi Crystal — com luvas brancas e uniforme preto — estendendo as mãos. Ela corou ao reconhecer Peter e corou ainda mais quando me reconheceu.

Peter entregou seu casaco, mas eu recusei.

— Fico com frio.

Peter seguiu em frente calado, mas eu ainda não tinha terminado com a Crystal. Eu dei uma piscadela amigável e cúmplice para ela, e não devo ter parecido tão exagerada porque os ombros dela relaxaram. E, aí, pronunciei as palavras que vêm unindo mulheres por um laço sagrado e harmonioso por séculos: "Esse cara é um canalha."

Ela me deu um sorriso de gratidão e, quando me afastei, senti a grande satisfação de uma mente bem manipulada. Quando eu tornasse a procurá-la, não seria tão difícil fazê-la dizer o que eu queria saber.

Porque vamos ser francas. Eu tinha um monte de perguntas para aquela fofoqueira.

O almoço foi servido num salão desocupado, mas elegante, cor de manteiga, que, se eu não conhecesse Stanton, poderia achar que tinha sido decorado por uma mulher. As janelas estavam cobertas com seda Dupioni brilhante que teria iluminado as peles mais cinzentas — que abundavam na sala.

QUERIDA FILHA

Outra abelha-operária de luvas brancas me guiou até uma mesa posta com porcelana, cristal e guardanapos dobrados de forma estranha — saladas murchas e um molho grosso de gorgonzola. Sentadas à mesa havia seis mulheres da cidade vestidas no que deveria ser a roupa domingueira (conjuntinhos florais) e, quando me sentei, todas me olharam ao mesmo tempo, ergueram as sobrancelhas e desviaram o olhar. Eu não as culpo.

Stanton, Kelley e Renée estavam sentados à cabeceira com uma mulher que eu não conhecia, que olhava distraída para o lado e tirava cutícula. Cora estava no púlpito, lendo o que eu imagino que fosse o relatório anual da sociedade histórica.

Caramba, os deuses não estavam ajudando a evitar o sono. Mordi meu lábio com força e tentei prestar atenção no discurso de Cora, mas a voz dela ficou modulando. Minhas pálpebras estavam tão pesadas.

— ... feliz em anunciar que a rifa de quarta-feira levantou US$560... nossos esforços para colocar Adeline na lista de lugares históricos do estado... essa casa linda que Stanton tão generosamente... ganhador será anunciado no baile de amanhã... não percam...

Minha cabeça pendeu para a esquerda. Eu tinha um gosto de guarda-chuva na boca que sempre surge após passar uma noite em claro. O cansaço era tanto que meu corpo estava confuso sobre qual direção a digestão deveria fluir.

— ... e agora eu chamo Renée Fuller, que está com o status atualizado sobre a preservação da natureza...

Meus olhos se fecharam.

— Desperta e sorri, querida.

Acordei assustada. Leo estava sentado ao meu lado. Ele havia virado a cadeira e estava montado nela, seus cotovelos na mesa, uma pequena ruga no meio de sua face que eu não consegui desvendar. Uma das mulheres do outro lado da mesa lançou um olhar de desaprovação para ele.

— Estou tentando prestar atenção — falei baixinho.

— E está indo muito bem — disse ele, atirando um *crouton* na boca.

Eu o ignorei e fingi que estava concentrada na arrumação da mesa. Na verdade, agora que estava olhando, havia garfos e colheres demais para um almoço. E não estavam arrumados como deviam: o garfo de peixe estava mais distante do prato que a faca do peixe, e a minha colher de sopa estava perto demais da borda da mesa. Eu dei uma série de retoques nos talheres. Quando terminei, Leo ainda me observava, me esperando.

— O que você quer?

— Algumas coisas desapareceram ontem à noite.

— Se você está falando do seu cérebro, receio não poder ajudar.

Um garçom se colocou entre nós e trocou as saladas por uma sopa de mariscos.

Fala sério! Mariscos? Na Dakota do Sul?

— Onde você estava esta manhã? — Leo perguntou, aparentemente impassível. — Parei na pousada para tomar café, mas não vi você.

— Uma moça precisa de seu sono da beleza.

— Eu bati na sua porta.

— Eu não devo ter escutado.

— Bela tentativa. Eu entrei no seu quarto. Estava vazio.

Enrijeci.

— Você invadiu o meu quarto?

— Estava preocupado com a sua segurança. Você podia ter caído no chuveiro ou ter sido derrubada por uma brisa leve.

— E você achou algo de interessante?

— Além das roupas, que só podem ser tão horrorosas de propósito? Não. — Ele parou. — O que me fez supor que qualquer coisa que eu esteja procurando deva estar na mochila que você não larga nunca. — Ele apontou para ela. — Você se importa se eu der uma olhada?

Dei de ombros. Como se eu fosse deixar alguma coisa incriminadora na minha mochila. Não sou amadora.

— Vai em frente. Mas, se você precisar de um absorvente interno, é só pedir.

Enquanto ele vasculhou a bolsa, me ocupei com a sopa. Era tão gelatinosa que, quando eu empurrei a colher sobre a superfície, ela tremelicou.

— Eu não sei como alguém espera encontrar qualquer coisa aqui dentro — Leo resmungou. — Você realmente arrastou um laptop o dia todo?

Eu enchi a colher com a sopa e toquei com a língua antes de enfiar na boca. Começo a sentir saudades do meu miojo.

Leo largou a mochila nos meus pés.

— Não tem nada aqui — disse.

Não, porque o que você está procurando está enfiado nos bolsos do meu casaco.

— Sinto muito.

Ele suspirou.

— Posso ao menos ter minhas chaves de volta? Eu vim aqui para não ter que pedir ao Billy as chaves do carro de patrulha.

— O que faz você pensar que eu tenho as suas chaves?

— Um monte de cabelo seu ficou preso na portinhola do cachorro quando você engatinhou para dentro.

Eu me encolhi. Talvez eu fosse uma amadora.

— Eu as devolvo para você com uma condição.

Ele revirou os olhos.

— Você e as suas condições.

— Não deixe o Walt sair da cela dele.

Ele me olhou longamente e depois concordou.

— Posso fazer isso.

Pisquei.

— Isso foi mais fácil do que imaginei. Certo, então. Aqui estão. — Puxei as chaves do meu outro bolso e as joguei na sopa dele. Elas nem afundaram.

— Ninguém nunca te disse para crescer?

— Estou apenas brincando com os meus coleguinhas.

Ele chutou a perna da minha cadeira. Eu enfiei outra colherada na boca, para esconder um sorriso.

— Então, quem é a mulher sentada ao lado da Kelley?

Ele olhou para a cabeceira da mesa.

— Aquela é Nora Freeman, a mãe do Walt.

— Não me admira que ela esteja tão envergonhada. — Passei a mão nas gotículas de condensação do meu copo d'água e coloquei a mão molhada no pescoço. Estava quente demais dentro daquele casaco. — Ela parece uma escolha estranha para o conselho da sociedade histórica. Algo relacionado com ter parido Walt e tudo o mais.

— Há sempre um membro de cada uma das cinco famílias no conselho. São como o Conselho de Segurança das Nações Unidas, a não ser pelo fato de que a única coisa que decidem é o tipo de biscoito que servirão a cada reunião.

— E por que essas famílias em particular?

— Porque são as mais antigas. E porque todas as terras por aqui estão nas mãos delas. A maior parte é do Stanton, é claro, mas todos têm alguma. Até o Walt, até eu.

Eu apoiei a minha colher na ponta de um pires, pensando no mapa que vi no escritório de Eli.

— Essa terra vale alguma coisa?

— Não, a menos que Cora consiga fazer alguma coisa com ela.

Meus ombros despencaram.

— Então, é *por isso* que vocês dão a maior força para esse negócio do festival, para manter Cora investida... e não apenas emocionalmente. E eu que pensei que era por pura bondade de vocês.

— Honestamente, para início de conversa, estou lisonjeado que você tenha pensado que pudesse ser por bondade.

Eu queria dizer algo cortante e inconsequente, mas as palavras morreram nos meus lábios quando peguei um vislumbre de sua expressão. Eu nunca o tinha visto tão sério. Ajeitei o casaco, apertando-o um pouco mais.

— O que foi?

Ele sacudiu a cabeça.

— Não consigo me decidir se devo jogar você na cadeia, botá-la para fora da cidade ou...

— Ou?

— Eu honestamente nem sei.

A reunião terminou numa votação, é claro, sobre que tipo de guloseimas deveriam servir na próxima reunião. Aí, a sociedade histórica desapareceu por uma porta lateral, enquanto todo mundo se espalhou para tomar o café e bater papo. Aproveitei o interesse momentâneo de Leo pelas sobremesas e fugi. Tentei dizer a mim mesma que devia procurar Crystal, mas, em vez disso, fiquei vagando pelos corredores da casa. O lugar deveria ser assustador — mansões em cima de morros não deveriam ser assustadoras? —, mas os corredores eram tão arejados e nus que eu não conseguia imaginar nada escondido por trás de uma quina. Eu quase acreditei que nem tinha quinas.

A maioria das portas estava trancada — minha mãe teria aprovado isso —, mas acabei tropeçando em uma que estava destrancada: uma estufa que havia sido transformada numa sala de café da manhã. Pelas janelas enevoadas, eu podia perceber as formas borradas de um pequeno jardim, um gramado de cantos arredondados e roseiras que o clima havia transformado em galhos espinhosos. Depois disso, havia um bosque numa encosta bem íngreme. Uma neblina espessa descia por entre as árvores, avançando sobre a casa.

Certo, talvez eu estivesse enganada sobre a ausência de aspecto assustador. Continuei andando.

No andar de cima, estava o salão de baile, que estava sendo arrumado para o que eu imaginei que seria o baile do dia seguinte. No meio da pista de dança, havia uma ilha de potes de plantas que ainda não tinham sido distribuídos pelo salão. Fui até lá e esfreguei uma folha entre os dedos. Também era falsa.

Aí, por uma porta entreaberta, entrou o ruído de uma risada abafada. Hesitei, mas quando reconheci a voz de Cora meus pés me carregaram para fora do salão sem a menor cerimônia. Parecia estranho que Cora abandonasse seus deveres de anfitriã. Desci o corredor, seguindo os sons até chegar a uma porta no final, bem nos fundos da casa.

Abri.

— Ah, meu Deus!

— É lindo, não é?

Eu virei a cabeça para a esquerda. Cora estava sorrindo para mim, de pé, com Stanton junto à lareira com a chama alta. Ela havia desfeito o penteado e ele havia desabotoado os punhos. A distância entre eles beirava o inapropriado, e fiquei com a sensação de ser a acompanhante solteirona deles.

— Esta é a minha sala favorita na casa — Cora dizia.

— Sua sala favorita — repeti.

Ela veio na minha direção e me puxou para dentro da sala.

— Entre, junte-se a nós.

Rezei para que ela não percebesse a rigidez dos meus músculos, que pareciam ter sido imersos em concreto de secagem rápida. Eu não queria entrar. Eu *realmente* não queria entrar. A sala era rica e masculina, com painéis de madeira escura e coberta por lindos tapetes persas. Um biombo chinês ficava num canto, duas cadeiras de couro flanqueavam a lareira. Em uma parede, um aparador generosamente carregado de garrafas de cristal; entre duas portas francesas, ficava um aparador Luís XV. A mesa de bilhar lustrosa ficava no canto mais afastado da sala, centrada sob uma série de retratos com molduras douradas.

Tirando os retratos, era exatamente igual à sala de bilhar da nossa casa. Igual até na espingarda pendurada na parede.

Stanton se dirigiu à mesa e começou a colocar um conjunto de bolas que pareciam ser de marfim de verdade.

— Bilhar é outra de suas habilidades? — perguntou.

— Não, não era isso que eu costumava... — Me segurei. — Não — disse. — Não é.

— Ah — disse ele. — Neste caso, Cora, você me daria o prazer?

— Você sabe que eu sempre perco.

— E por que você acha que eu tenho tanto prazer em jogar com você? — Com a mesa aparentemente arrumada de maneira satisfatória, foi até o aparador. — Quer beber alguma coisa?

— Por favor — Cora respondeu.

— Não, obrigada — respondi. Eu precisava sair o mais rápido possível. Eu não podia ficar nesta sala. Simplesmente não dava. Mas como sair com educação?

Stanton serviu uísque em dois copinhos lindos. Minha mão coçou, sabendo que o copo teria encaixado perfeitamente em sua palma. Afinal, nós tínhamos copos iguais.

Stanton bebeu um terço de seu copo de um único gole, antes de secar os lábios com um lenço e pegar um taco. Cora era mais circunspecta, mal permitindo que o líquido umedecesse seus lábios, antes de apoiar o copo.

Fiquei parada perto da lareira. Tentei colocar um braço apoiado nela, de forma confortável, mas eu era baixa demais, então apoiei a mão, com naturalidade, no friso entalhado. Observei Cora e Stanton se aproximarem da mesa.

— Apenas três bolas? — eu disse, para quebrar o silêncio e apressar as coisas.

— Oito bolas não combinam bem com uísque — Stanton falou. — Eu prefiro bilhar inglês.

Dei um pequeno passo atrás, precisando do calor do fogo, apesar de estar de casaco. Cora mirou sua primeira tacada. Seu taco pegou na lateral da bola da vez, que saiu rodopiando, em círculos vagarosos, até parar totalmente a alguns centímetros.

Neste minuto meu cérebro ligou de novo.
Minha mãe esteve nesta sala.
Limpei a garganta.

— Você faz eventos como estes com frequência?

— Há muitos anos não fazia — Stanton disse, enquanto dava uma volta na mesa. — Minha esposa é que gostava de receber. Eu sou uma criatura mais solitária, acho.

Havia um toque de melancolia em sua voz, e eu respondi de acordo.

— Eu sinto muito, quando foi que ela faleceu?

— Ah, não, ela não morreu... infelizmente.

Cora lhe deu um tapa no braço.

— É da mãe de Mitch que você está falando.

— E veja no que deu. — Ele deu uma tacada na bola vermelha, que bateu na lateral da mesa em dois pontos e entrou na caçapa. — Sra. Percy e eu nos separamos há alguns anos — ele explicou. — Ardelle não é para qualquer um. Só criaturas raras como Cora conseguem apreciar seu valor.

Na vez de Cora jogar, ela soltou uma praga educada quando seu taco escorregou novamente. Desta vez a bola nem sequer se mexeu.

— Eu realmente não levo jeito para isso, Stanton.

— A coisa mais importante, minha querida, é a paciência. Não apresse a tacada.

— Isso é o que você diz todas as vezes. E eu não consigo melhorar.

Eu olhei de Stanton para Cora e de volta para Stanton. Eles certamente eram amigáveis um com o outro quando estavam sozinhos. Mas, se houvesse algo a esconder, por que estariam agindo assim diante de mim? Devo estar imaginando coisas.

— Vocês jogam sinuca juntos com frequência?

— Bilhar — Stanton corrigiu. — E, sim.

— É a única maneira de fazer com que ele fale sobre negócios — disse Cora.

— Você sabe que eu não preciso ser convencido... sempre foi nossa responsabilidade tomar conta da cidade. Eu apenas gostaria de ter mais para dar.

— Nós amamos você e não é pelo dinheiro, Stanton.

Stanton se debruçou e encaçapou duas bolas num dos bolsos laterais com rapidez e eficiência.

— E isso é bom, porque não sobrou muito.

Então era isso, percebi. Stanton estava bajulando Cora pela mesma razão que os outros: por seu dinheiro. Eu imaginei quanto tempo havia que o dele estava acabando.

Rezei para que ele não soubesse da recompensa do Trace Kessler.

A porta se abriu de repente, e um homem e uma mulher entraram abraçados, aos tropeços. Eles caíram contra uma parede e derrubaram uma pequena natureza-morta no chão.

Stanton apoiou o taco dele no chão.

— Com licença — ele disse.

Eles se separaram. Eu não reconheci a mulher, mas alguma coisa no homem...

Meus olhos pararam na sua barriga de chope e eu me lembrei. Era um dos amigos de Mitch.

Ele corou, como um homem muito mais jovem.

— Me desculpe, sr. Percy, mas Mitch disse...

Stanton sacudiu a mão.

— Saia daqui.

Ele abaixou a cabeça.

— Sim, senhor.

Cora disse alguma coisa em tom apaziguador para Stanton, mas eu não escutei. Eu estava ocupada olhando o espaço onde o amigo de Mitch tinha estado.

Será que todos os amigos de Mitch tinham por hábito trazer as meninas para a sala de bilhar?

E, aí, eu me lembrei de uma coisa que Rue dissera:

Apenas outro ex-rei do baile de formatura que ainda sai com seus colegas de colégio.

Talvez, no fim das contas, eu soubesse como estreitar a busca por J.

CAPÍTULO VINTE E OITO

— Onde estão os anuários do colégio?

Entrei pela sala dos fundos da loja da Kelley, na esperança de que ela tivesse retornado à sua base para recarregar as baterias depois da reunião. De fato, ela e Renée estavam na mesinha de centro, brincando com um jogo de tabuleiro e bebericando vinho. Kelley interpretou corretamente meu olhar sedento.

— Eu compro mais vinho na semana do festival do que no resto do ano todo — ela disse. — Você aceita uma taça?

Eu contive um gemido. Essa cidade inteira era um tentador fruto alcoólico perpetuamente fora do alcance.

— Não, obrigada.

— Para que você quer um anuário do colégio? — indagou Renée.

— Se eu não lhe contar, você ainda assim vai me mostrar onde estão?

— Deus, se eu sequer conseguir achá-los — Kelley respondeu, ficando de pé. — De qual deles você precisa?

— Vamos começar pelo da turma de 85.

— Por que não estou surpresa? Me dá um minuto. — Ela desapareceu por trás das estantes e ouvi o farfalhar de caixas de papelão.

Renée me olhou por cima do aro dos óculos.

— O que diabos você está vestindo?

Eu olhei para baixo.

— Francamente, nem eu sei.

— Esses jeans têm *cordinha*?

Kelley voltou e largou na mesinha de centro um livro encadernado em napa. Eu ignorei seus olhares fixos em mim e comecei a folhear o anuário.

— Eu vou dizer alguns nomes — informei — e gostaria que me dissessem a primeira coisa que passar na cabeça de vocês.

Achei o primeiro nome começado por J.

— Jason Adams.

Kelley franziu a sobrancelha.

— Acho que está na liga da fantasia com o meu irmão. Cara bacana. Casou-se com a sua namoradinha de colégio.

Risquei o nome dele.

— Julius Lynch.

— Morto.

Parei.

— Há quanto tempo?

— Logo depois da faculdade. Leucemia. Fizemos um evento para angariar fundos para o tratamento dele. Não ajudou.

(De todas as coisas terríveis que já fiz, sentir-se feliz por poder cortar um nome de uma lista porque um garoto morreu de câncer é uma das piores. Mas, mesmo assim...)

— Jake Olsen.

— É meu contador — Kelley informou.

— E meu — acrescentou Renée.

— Casado?

— Gay.

Eu o risquei também. E fui para o próximo nome.

— John Mitchell... — As palavras entalaram na minha garganta. — O primeiro nome do Mitch Percy é John?

— Argh, nomes de gente rica — Renée falou. — Aposto que fez faculdade de direito só porque tinha uma inicial no nome e um monte de queixas por direção sob efeito de álcool.

Direção sob efeito de álcool...

Eu puxei o *Jane Eyre* e fiz o cálculo o mais rápido que pude. Abri na página 202: 21 de julho, o dia da prisão por direção sob efeito de álcool que eu havia lido a respeito no boletim da polícia. Várias palavras tinham sido escritas na margem, com raiva. Ela devia estar fora de si... elas não estavam em código.

Mitch estava dirigindo aquela droga de carro, não eu. Deus, e se a gente tivesse batido? Eu podia ter perdido tudo.

Talvez Crystal estivesse certa... talvez minha mãe estivesse envolvida com Mitch.
Será que Mitch era J.?
E o que ela tivera medo de perder?
Eu olhei para Kelley.
— Renée, você pode tapar seus ouvidos por um instante?
— Por quê?
— Ah, tapa logo — falou Kelley.
— Tessa estava dormindo com Mitch Percy?
Renée soltou um ronco de raiva.
— Ah, pelo amor de Deus. Você andou falando com Crystal?
— Ah, que bacana — disse Kelley.
— Como se eu não fosse escutar. — Ela se virou para mim. — Crystal vem dizendo isso há anos. Tessa isso, Tessa aquilo. Do jeito que ela fala, você vai achar que Tessa era Úrsula, a bruxa do mar.
— Mas por que Crystal mentiria sobre Mitch?
— Alguma merda no colégio, eu aposto, como sempre acontece neste lugar. Tessa provavelmente roubou o namorado dela ou algo assim. Os rumores são como... — ela pensou por um instante — pulgas. Quando você acha que finalmente se livrou delas, outra leva nasce.
— Sim, mas essa é a razão pela qual temos bombas contra pulgas — disse Kelley.
— Não foi uma analogia perfeita, tá?
Levei alguns minutos para compreendê-las.
— Crystal não teve um bebê com um cara que ela e a Tessa saíam no colégio?
O nariz da Kelley franziu.
— A única coisa que Crystal fez de direito foi chutar o cara para escanteio. Eu acho que o cara agora tem um bar de motociclistas nos arredores de Sturgis ou algo assim.

— Qual era o nome dele?

— Darren Cackett — ela disse.

— Ah — eu falei, bobamente.

O homem que foi achado com Tessa naquela noite em que ela foi quase acusada de prostituição.

— Talvez Crystal tenha mais motivos para falar sobre Tessa do que você imagina — eu disse. — Você sabe onde eu poderia encontrá-la?

— Ela estará no filme de hoje à noite.

— O quê?

— Cora exibe *A corrida do ouro* na penúltima noite do festival — disse Kelley. — Embora, para sua informação, aquele filme nunca tenha sido gravado na Dakota do Sul. — Ela se esticou e pôs a mão na minha perna, que eu percebi agora que estava tremendo. — Rebecca, você me disse antes que se eu pedisse você me contaria. — Mesmo quando a voz dela estava séria, ainda era gentil. — Eu deveria pedir?

Olhei para ambas, sentadas tão juntas, seus corpos pendendo inconscientemente um para o outro. Acho que era fácil acreditar em confiança quando era algo com o que você vivia diariamente. Eu sabia bem. Por isso, a única pessoa em quem confiei na vida foi Noah. (Mas, mais uma vez, ele era a única pessoa para um monte de coisas.) Mas quando olhei para a cara de Kelley e Renée, tão descontraídas, luminosas, boas — e bonitas, o que não vou fingir que não é importante —, cogitei...

Não.

Virei.

— Não é nada importante. É que eu não gosto de mentirosos.

Sgt. Joe Sinclair e detetive Quentin Hely, do departamento de Polícia de Beverly Hills

INTERROGATÓRIO DE Jane Jenkins (JJ) Caso nº 2938-A

Quentin Hely: Você imagina alguém que pudesse querer mal à sua mãe?

Jane Jenkins: Como? (Inaudível) Desculpe, pode repetir?

QH: Sua mãe tinha algum inimigo? Alguém que pudesse estar com raiva dela?

JJ: Além de mim? Não, isso foi uma piada. Eu não quis dizer isso. Ou melhor, será que dá para fingir que isso tudo é uma brincadeira? Podemos todos ir para casa e dar boas risadas e esquecer que isso aconteceu?

QH: Não é uma piada para nós.

JJ: Posso ver isso.

QH: Está admitindo que você pode ter querido machucar sua mãe?

JJ: É claro que não.

QH: Você nunca pensou nisso?

JJ: Não.

QH: Você nunca ameaçou a sua mãe?

JJ: Não, eu deixei isso por conta da minha juventude, charme e beleza.

QH: Por favor, responda à pergunta.

JJ: Eu nunca ameacei minha mãe.

QH: Temos testemunhas que dizem que, ontem à noite, você disse à sua mãe que desejaria que ela estivesse morta.

JJ: Mas eu não quis dizer isso.

QH: Mas você disse?

JJ: Eu acho que gostaria de ir embora agora.

QH: Neste caso, hoje é 15 de julho de 2003, às 21:40. Jane Jenkins, você tem o direito de permanecer calada quando interrogada. Qualquer coisa que você disser ou fizer pode e será usada contra você no tribunal. Você tem o direito a um advogado antes de falar com a polícia e de tê-lo presente durante o interrogatório agora ou no futuro. Se você não puder pagar um advogado, e quiser um, ele será indicado para acompanhar você antes de qualquer interrogatório. Se você decidir responder a quaisquer perguntas agora, sem a presença de um advogado, você ainda terá o direito de parar de respondê-las, a qualquer momento, até que tenha tido a oportunidade de falar com um advogado. Você compreende cada um dos seus direitos que expliquei? Tendo esses direitos em mente, você gostaria de falar conosco agora?

JJ: Eu receio que você ia dizer isso.

CAPÍTULO VINTE E NOVE

Na tela, Charlie Chaplin comia um sapato. Eu não estava nem aí.

Você pensaria que eu estaria, ao menos, acompanhando o filme. Afinal, era minha primeira vez num cinema de verdade. Quer dizer, é claro que eu já havia estado em noites de lançamento e tudo mais, mas, nesses eventos, ninguém fica para ver o filme. Quando eu assistia aos filmes, eu o fazia como tudo o mais que me dá prazer: sozinha.

Estava sentada, quase deitada, quase esgotada com o cheiro da pipoca fresca e dos estofados mofados. Renée e Kelley estavam uma de cada lado meu, como leões de guarda. O tempo todo uma se curvava para falar com a outra... e eu afundava cada vez mais na cadeira para não escutar — aquele timbre de voz tão íntimo — o que diziam. Pensei em pegar meu chapéu e puxar por cima de minhas orelhas, mas ele tinha um desses enormes pompons em cima, e não achei que a pessoa sentada atrás de mim apreciaria o gesto.

Talvez se eu afundasse mais um pouco...

— Não está funcionando — Kelley sussurrou em meu ouvido —, ainda podemos ver você.

Eu a espanei para longe, mas não antes de ouvi-la dar uma risadinha baixa.

— Para de me atrapalhar.

Mas eu já havia me perdido.

Todos à minha volta estavam se divertindo muito. Estavam rindo e gritando, cochichando com amigos, dando as mãos. Eles até pareciam gostar da pipoca. Eu não conseguia compreender como tanta alegria podia conviver com tanta autoconsciência. Eu ainda precisava encontrar alguém que gostasse de Ardelle cegamente. Ninguém fingia que não era pequena, isolada, decrépita e chata.

Mas, ainda assim, ninguém parecia querer deixá-la.

Por que minha mãe tinha sido diferente? Será que saiu por vontade própria ou foi levada a partir? Será que sentiu saudades?

E aí eu percebi, para minha surpresa, que sim.

Num verão — quando eu era bem pequena, acho, talvez com sete ou oito anos, minha mãe e eu passamos férias com um homem chamado Rémy Pasquier, numa propriedade que se esparramava ao longo da costa da Bretanha como um gato que pega sol na barriga. Rémy estava encantado com minha mãe e a mantinha por perto e, como a propriedade era muito isolada, me deixaram passar os dias correndo pelos campos de flores e ervas que sua família cultivava havia séculos. Era uma solução que pensei que atendia a todos. Mas, aí, em fins de julho, Rémy nos deixou para comparecer a um compromisso de negócios em Paris. Quando nos sentamos para almoçar no dia seguinte, depois de minha mãe ter tomado três taças de Muscadet, ela olhou para mim. Primeiro, franziu a testa, mas eu me lembrei de me sentar ereta e aquela única ruga de preocupação entre as sobrancelhas se atenuou.

— Vamos dar uma volta — ela disse.

— Juntas?

— E por que não?

Então ela dirigiu até Pointe du Raz, tangenciando nas curvas, às vezes reduzindo a velocidade abaixo de quinze quilômetros por hora, antes de voltar a acelerar. Quando ela saltou, deixou a porta do carro aberta. Levei alguns segundos antes de me sentir firme o suficiente para fechar a minha.

Andamos próximo aos penhascos, minha mãe tropeçando quando não estava com os braços abertos para se equilibrar. Ela passou os dedos pela mureta que circundava a estátua de uma mãe que fitava seu filho (que, por sua vez, olhava para a mão estendida de um marinheiro náufrago), mas ela não parou para olhar. Fomos até o promontório e ali ela parou. Ficamos ali, juntas, ouvindo o mar. Assistimos ao pôr do sol. Fizemos as coisas que turistas normalmente fazem. Aí, ela segurou meu braço com uma das mãos e com a outra apontou para o horizonte.

— Olha — ela disse, quebrando o silêncio, depois de horas. — É o fim do mundo.

Isso também deveria ser uma daquelas coisas que turistas fazem.

— Não — respondi, porque eu ainda achava que sabia tudo. — Não é. Do outro lado do oceano está a América, e depois da América está a Ásia, e, se continuarmos seguindo, depois de algum tempo, estaremos de volta a este mesmo lugar.

Minha mãe levantou a mão, como se fosse tocar meu cabelo, mas ela desviou a mão para o seu e prendeu umas mechas que voavam no seu rosto, atrás da orelha.

— Não é tão fácil retornar ao mesmo ponto.

— Então é melhor nem sair.

Ela se ajeitou na brisa.

— Achei que diria isso mesmo.

Acho que ela também pensava que sabia tudo.

Olhei para trás de nós, para além da estátua dramática, e para além da preciosa vilazinha, e sempre adiante, até que imaginei poder ver as pontas das torres da Catedral de Quimper a distância. Certa vez, eu tinha visto uma foto dela num livro. Perguntei-me se seria a mesma coisa vista de perto.

Estava escuro quando finalmente voltamos. Àquela altura, a minha mãe cambaleava com muita dificuldade ao meu lado. Sua cabeça estava frouxa e seu queixo batia o tempo todo contra o peito; eu apertei seu braço, tentando acordá-la. Achei um vendedor de suvenires, com barba por fazer, que estava justamente fechando a loja e, esticando a mão com um maço de notas de francos que tirei da bolsa dela, perguntei, com meu sotaque suíço:

— Pode nos levar para casa?

— Onde moram? — perguntou.

Onde moramos?

Antes que eu pudesse responder, os olhos de minha mãe se abriram.

— *N'importe où* — ela disse.

Qualquer lugar.

A próxima coisa que percebi foram as luzes se acendendo e Kelley sacudindo meu ombro.

— Quê...

— Você caiu no sono.

— Ah. — Tentei esfregar os olhos, mas esqueci que estava de óculos e amassei a armação contra a minha cara.

Kelley sorriu.

— Estaremos no saguão — ela disse. — Venha nos encontrar quando estiver pronta.

Talvez eu nunca fique pronta.

Algumas outras pessoas da plateia vagavam pelo cinema, se cumprimentando, especulando sobre a comida que iam comer. Eu era a única que estava sozinha. Um casal olhou para mim e cochichou. Desviei o olhar, sem jeito, e procurei meu celular, para parecer ocupada...

Droga. Tinha esquecido. Eu tinha acabado com ele. Sem mais desprezíveis insinuações de Trace. Sem mais notificações. Sem mais mensagens de Noah. Estou voando às cegas.

Bafejei as lentes dos óculos e limpei as digitais. Pelo menos, isso eu podia fazer.

A multidão no saguão estava concentrada perto do balcão da concessionária, onde um jovem funcionário de barbicha servia cerveja engarrafada e vinho em copos de plástico que imitavam copos de vidro. Localizei Eli, que tinha sido parado por Peter e não parecia nada feliz com isso. Eu dei um passo na direção deles antes de me lembrar do aviso de Jared. Não, eu não podia enfrentar Eli ainda. Não até que soubesse mais.

Um movimento do outro lado do saguão me chamou a atenção. Mitch estava saindo com seu sorriso de conquistador na cara. *Ah, Deus, de novo não.* Eu procurei no saguão uma cabeça louro-acobreada. Alguma coisa podre revirou o meu estômago. Fui até Cora e puxei sua manga.

— Você viu Rue por aí?

Cora olhou em volta.

— Que engraçado. Ela devia estar...

Já estava saindo de fininho.

— Obrigada.

Fui para a porta em que Mitch desaparecera e encontrei um corredor úmido. Um emaranhado de canos passava por ali e eles faziam muito barulho sob a pressão do que eu achei que seria o dia de maior movimento no ano; algo pegajoso cobria o chão. No fim do corredor, achei uma pequena porta. Próximo a ela, estava um balde amarelo com rodinhas e um esfregão. Quartinho de limpeza.

Abri a porta.

A primeira coisa que vi foram as costas de Mitch — eu reconheci a camisa polo cor de salmão — sendo agarradas por um par de mãos delicadas com os nós dos dedos bem tensos. Senti ânsia de vômito. As mãos empurraram Mitch e a cara de falsa satisfação surgiu sobre seu ombro esquerdo.

Meu alívio foi o único som sincero naquele quartinho.

A mulher não era Rue. Era Crystal.

A cabeça de Mitch se virou.

— Ora, ora, se não é a fofoqueirazinha. — Ele estava tão bêbado que balançava, puxando Crystal de forma estranha em seu movimento, como crianças dançando. Ele baixou o queixo para lançar o que achou que seria uma olhadela discreta no meu decote. Quando não viu nada, franziu o cenho, e seu rosto apresentou uma variada seleção de caretas até que parou na *e-por-que-não?*. — Quer se juntar a nós?

Meu alívio se transformou em desgosto.

Será que você me convidaria se soubesse que eu sou sua filha?, fiquei pensando.

Mas, não — eu não acho que realmente quisesse uma resposta para esta pergunta.

— Acho que sua esposa está te procurando — disse, finalmente.

Não foi a resposta mais corajosa, talvez, mas, pelo menos, o tirou da minha frente.

Crystal se esgueirou para fora do canto escuro onde estava escondida. Estava com uma expressão resignada enquanto abotoava a blusa.

— A mulher dele realmente estava à procura dele?

— Imagino que a mulher dele tenha deixado de procurá-lo há muito tempo.

Ela puxou um maço de cigarros.

— Você não se importa se eu fumar, não é mesmo?

Meus pulmões se contraíram por um instante e pensei em pedir um, mas aí eu vi o que ela estava fumando. Kool Super Longs. Segurei um arrepio.

— Eu não sei o que você tem com isso — ela disse, depois de algum tempo.

— Nada. Só não consigo deixar de me meter. Eu acho que é uma coisa do tipo solidariedade feminina. Não sei, é um sentimento novo. Mas aquele cara é asqueroso.

Crystal brincou com o anel da mão direita.

— A vida dele não foi fácil — comentou. — O pai dele escolheu a carreira, a casa, a mulher. Mitch precisa de algum carinho e compreensão.

Eu me surpreendi pondo a mão no braço dela.

— Eu não acho que ele seja tão solitário, Crystal.

Ela se afastou.

— Não tenha pena de mim. Eu sei que estou sendo uma idiota. E eu não acredito nas mentiras dele. É apenas... mais fácil.

— Você consegue algo melhor do que isso.

— Isso é o tipo de coisa que uma mulher diz à outra para preencher o silêncio. E por que eu deveria escutar você, afinal? Você nem me conhece.

— Não te conheço. — Brinquei com as cerdas da vassoura. — Mas isso não quer dizer nada, não é? Quer dizer, no fim das contas, isso não evitou que você dissesse todo tipo de coisas sobre Tessa Kanty.

Ela explodiu em uma risada.

— Então foi *você* que contou para Renée. Ela deu um ataque comigo esta noite. Renée é uma boa pessoa, mas ela não aceita que falem mal de algum parente dela. — Ela tomou fôlego. — Você também é uma repórter?

— Não.

— Então por que se importa tanto?

— Se você preferir, eu fico feliz de ir falar com a esposa do Mitch, em vez disso.

Ela prendeu o cabelo por trás das orelhas.

— Certo. Eu acho que prefiro você ao tal do Peter. Ele me olha como se eu fosse um cofrinho. Vamos lá. Pode perguntar.

— Você odeia Tessa porque ela dormiu com o papai do seu bebê?

Ela pôs a mão no coração.

— Caramba! Você vai direto na jugular, não é?

Eu apontei para o meu pescoço.

— Na verdade, a jugular fica aqui. E, sim.

Crystal mordeu os lábios.

— De acordo com *Darren*, ela o encurralou no bar, o arrastou para os fundos e o levou para o mau caminho. Eu acreditei nele, no início. — Ela desviou o olhar. — Mas logo descobri que Darren não precisava ser arrastado para lugar nenhum por garota nenhuma.

— Isso não lhe soa familiar?

— Olha, só porque eu sei que uma coisa é estúpida não significa que não vou fazê-la.

— É, dá para ver. Próxima pergunta: você me disse que Tessa estava grávida... Você tem certeza disso?

— Eu a peguei pondo os bofes para fora no banheiro do MacLean um dia. Ela me suplicou para não contar a ninguém, mas... — sua voz ficou branda — ... uns meses depois eu também fiquei grávida. Às vezes, acho que foi o destino. Não que eu nunca tenha desejado não ter o meu Kenzie.

Eu estalei os dedos na cara dela.

— Concentre-se, Crystal. Eu não estou interessada na droga da sua maternidade juvenil tumultuada. Eu preciso saber quem... quem era o pai do bebê da Tessa.

— Acho que *nem ela* sabia.

Jura? Será que ninguém nesta cidade havia enxergado minha mãe como ela realmente era? Minha mãe nem atendia ao telefone se não soubesse quem estava do outro lado da linha.

— Então, por que disse a Peter Strickland que era do Mitch?

— Um palpite educado.

Levantei as mãos para o ar.

— Será que existe mais alguém que possa saber? Alguém que fosse mais próximo a Tessa? Alguma... amiga?

Crystal me olhou como se eu fosse um passarinho que tinha entrado por uma janela.

— Você não estava prestando atenção? Tessa não tinha amigos.

Parecia que, no final das contas, eu tinha algo em comum com minha mãe: eu também não tinha amigos. A não ser que Marciela conte.

Você provavelmente já adivinhou que não passei muito tempo com outras crianças enquanto eu crescia, mas, antes que você comece a sentir pena de mim, garanto que, mesmo que minha mãe não tivesse insistido, não teria sido diferente. Eu nunca entendi quando os pais falavam sobre mandar seus filhos para a escola para socializarem. Crianças não são pessoas. Elas mal são animais. Estão apenas rasgando feridas de emoção, inflamadas por excessivo reforço positivo.

Você não pode ser socializado pelo insociável. É como pedir ao King Kong que dê aulas de sapateado.

Aprendi bem cedo que devia investir nos adultos. Certa vez, quando tinha cinco anos e ainda morava em Genebra, fugi de casa enquanto minha mãe ainda dormia e andei até uma pracinha nas redondezas.

Havia, pelo menos, uma dúzia de crianças ali, a maioria disputando lugares nos diversos aparelhos que movem você para a frente e para trás entre dois pontos estáticos, como algum tipo de lição de vida. Eu vi um menino de camisa de listras azuis pegar um punhado de lascas de madeira e amassá-las na cara de seu companheiro de brincadeira. Outro caiu do balanço e foi ignorado pelas demais crianças que correram para pegar o lugar vazio. Uma menininha estava acocorada debaixo de uma árvore, fazendo cocô nas calças.

Passei por eles e fui direto aos adultos sentados nas laterais. Eu me coloquei diante do mais feio deles, adocei minha expressão com um sorriso de Shirley Temple e disse: "Você é a mamãe mais linda que eu já vi."

A mulher me deu todos os petiscos de sua criança.

Isso é socializar.

Quando meus iguais tornaram-se racionais o suficiente para despertar meu interesse, eu já estava na cadeia... onde conheci Marciela. Ela era a bibliotecária de meio expediente da prisão e, tendo em vista o tempo que eu passava lá, ela era a pessoa que eu via com mais frequência. Mas só vim a conhecê-la mesmo quando fui expulsa do treinamento vocacional por me defender numa briga. Assim que sai da solitária, fui trabalhar na biblioteca.

Quando entrei lá, no primeiro dia, encontrei Marciela batendo o pé, esperando por mim.

— Por que demorou tanto?

— Agenda social cheia. — (Tradução: um encontro com um carcereiro grosseiro.)

Marciela tirou os óculos antes de continuar, o que aprendi a identificar como sinal seguro de que ela estava prestes a dizer um monte de bobagens.

— Bom, eu tenho boas notícias para você — ela disse —, você foi indicada para trabalhar aqui comigo.

— Para que precisa de mim?

— As prateleiras estão uma bagunça. — Ela apontou para o extremo do salão, a desaprovação acentuando a covinha na base do queixo. Eu estiquei o pescoço para ver as prateleiras que ela apontava: PR 161 até PR 488. Literatura Inglesa: Anglo-Saxônica, Medieval e Moderna. Pareciam estar intactas como sempre. Nossa biblioteca não era grande, mas, mesmo assim, as únicas seções visitadas eram a de direito e de ficção, ópio intelectual dos esperançosos e dos desesperançados, respectivamente. Não havia muitas de nós que fossem tentadas a conhecer *Daniel Deronda*, e me incluo nisso.

— O que não está me contando? — perguntei.

— Essa decisão foi tomada para tirar você dos programas de treinamento vocacional e ocupacional. Outra vez.

Eu não disse nada, determinada a preservar a aparência de tranquilidade.

Ela pôs os óculos de volta, piscando rapidamente para os olhos se adaptarem às lentes.

— Você tem sorte — disse Marciela. — Eles podiam ter mantido você na solitária. Não estrague as coisas, não arrume encrenca e, talvez, consiga ficar fora dessa.

Eu pensei na caixinha onde passara vinte e três horas por dia, e nas vozes que me seguiam lá dentro.

— Vou tentar. Obrigada.

— De nada.

Tirando as visitas de Noah, esta foi a conversa mais amigável que tive em anos.

Agora, isso não era exatamente o início do que eu chamaria uma bela amizade. Não trocávamos confidências ou trançávamos o cabelo uma da outra. Ela não via algo de "especial" em mim, algo que ninguém tivesse visto antes. Ela provavelmente estava sendo apenas cautelosa, agindo sob a noção equivocada de que eu seria mais meiga com aqueles que fossem meigos comigo.

Mas era uma amizade mesmo assim. Eu gosto de pensar que ficávamos felizes de nos ver e, apesar de só falarmos sobre literatura, uma conseguia fazer a outra rir. Quando eu ficava sozinha por muito tempo, era o rosto dela que evitava que eu gastasse as minhas lembranças de Noah. E, no fim das contas, eu não queria nada dela além da certeza de que eu fazia a sua vida um pouquinho melhor, em vez de infinitamente pior. Será que isso não significava nada?

Ou talvez não. Talvez amizade seja algo que duas pessoas decidem juntas, como a maneira correta de soletrar *reescrever* ou quando é aceitável dizer *boceta*. Talvez a gente deva aproveitar o que cai nas nossas mãos.

Quando voltei ao saguão, marchei direto em direção a Kelley e a Renée.
— Podemos dar o fora daqui?
— Sim, por favor — elas responderam.
Eu não consegui disfarçar minha surpresa — nem o prazer.

Notícias da CBS — *Segue a transcrição do relatório especial do 48 Horas: Janie Jenkins — Dez Anos Depois, que foi ao ar em 14 de julho de 2013, com Monica Leahy e seus convidados: Ainsley Butler, detetive Greg Johnson e Marciela Rosales.*

LEAHY: Então, srta. Rosales, você supervisionou a srta. Jenkins na biblioteca da prisão por três anos, de 2010 a 2013, correto?

ROSALES: Com intervalos, sim.

LEAHY: O que quer dizer com "com intervalos"?

ROSALES: Jane tinha o hábito de se meter em encrenca. Brigava, fazia grosserias, esse tipo de coisa. Nem sempre tinha permissão de passar algum tempo na biblioteca.

LEAHY: Então, ela não era exatamente uma prisioneira-modelo.

ROSALES: Longe disso.

LEAHY: Como você descreveria a srta. Jenkins?

ROSALES: Nos dias bons, era agradável. Era uma moça inteligente e podia trabalhar bem quando queria. Ela gostava de ler, o que foi uma surpresa boa.

LEAHY: E nos dias ruins?

ROSALES: Às vezes, o mundo era um pouco demais para ela. Algumas vezes, ela ficava sentada, indiferente; outras vezes, eu a encontrava encolhida num canto. Outras vezes, ela mudava a arrumação dos livros. Ela os punha na ordem alfabética reversa, ou em ordem cronológica, ou na ordem das cores do arco-íris. Era comum eu não conseguir decifrar o critério usado. Mas ela sempre seguia um critério, disso estou certa.

LEAHY: Você sabe qual era seu livro favorito?

ROSALES: Eu não sei se dá para dizer que ela tinha alguma coisa favorita, mas ela lia muito — ciência, história e sobre cosmética.

LEAHY: E alguma vez ela falou com você sobre o assassinato da mãe dela?

ROSALES: Não, claro que não. Não conversávamos sobre nada pessoal. Quer dizer... não é como se fôssemos amigas.

CAPÍTULO TRINTA

A Toca do Coiote estava com metade de sua lotação, mas, quando nos sentamos, Tanner nem olhou para nossa direção.

Renée deu um murro no balcão.

— Tanner. Se você não nos atender agora, Deus que me perdoe, vou contar para a sua mãe sobre o tempo em que você masturbava Marcia Sinclair durante a missa de domingo.

— Não faz assim, Renée. Era uma caridade.

— Você é um porco. Agora nos sirva um uísque. E não deixe que Kelley convença você de outra coisa.

Tanner pegou a garrafa de Jim Beam.

— Não.

— Como é? — ele falou devagar.

— Vamos tomar o que ele está tomando. — Apontei para um homem velho na extremidade longínqua do balcão. Ele usava um colarinho de padre e tinha o nariz vermelho como de Rudolph, a Rena do Nariz Vermelho, com muitas veias pequenas partidas.

A mão de Tanner ainda tentava alcançar o Jim Beam, mas, como eu não recuei e nem deixei de encará-lo, ele desistiu e abaixou uma garrafa de algo chamado Rittenhouse Rye.

Renée sorriu.

— Alinha aí, chefia. Puro.

— Nem pensar — disse Kelley. — Gelo. Muito gelo.

— Estraga prazeres — Renée resmungou.

Ele serviu três copos na nossa frente e deixou a garrafa. Renée levantou o copo bem alto.

— Por essa semana que está quase acabando!

Eu bebi tudo de um só gole. E tive que pôr a mão no balcão para não cair. Foi como um coice e eu esqueci de me preparar para o tranco.

Com a confiança que a bebida dá, me virei para Kelley e Renée.

— Decidi que devíamos ser amigas — disse. — Como fazemos isso?

Renée riu.

— Está perguntando para a pessoa errada. Eu tenho uma única amiga e ela está sentada aqui, do meu lado.

— Não dê ouvidos a ela. Renée gosta de pensar que é durona, mas é meiguinha.

Assenti, já sentindo o calor da bebida, que me aqueceu como um dos sorrisos da Kelley.

— Conversa de mulher — eu disse. — É por aí que devemos começar, certo?

— É quando falamos sobre meninos e sexo? — perguntou Renée.

— Ah, eu certamente posso fazer isso! — Kelley respondeu.

Renée arqueou a sobrancelha.

— Vamos ver — Kelley prosseguiu. — Na sétima temporada de *Buffy*...

Renée tapou a boca de Kelley.

— Não.

Kelley afastou a mão de Renée, não sem antes apertá-la, de leve.

— Tá, então vocês são amigas — eu disse. — Do que falam quando estão juntas?

Renée deu um sorrisinho; Kelley deu-lhe um tapa.

— Falamos de outras coisas também — disse. — Coisas espertas, importantes, coisas legais. Como... o noticiário?

Pensei em todas as notificações que meu telefone desmontado não recebia mais.

— Estou um pouco desatualizada.

— Política? — Renée soltou. — Filmes? Benedict Cumberbatch?

Sacudi a cabeça.

— Sinto muito.

— Coisas estúpidas que as pessoas postam na internet?

— Estou por fora — respondi.

Kelley levantou o dedo e esperou ter nossa atenção.

— Nossas mães.

Terminei meu drinque e me servi de outra dose.

— Disso, eu acho que dá.

Renée gemeu.

— Ah, Deus, temos mesmo que falar disso?

— Eu começo, já que tenho a mãe boazinha — disse Kelley. — Ontem à noite, minha mãe ligou para dizer que o *New York Times* publicou uma matéria sobre a relação entre comer soja e reduzir o risco de câncer de mama e que estava me mandando um cheque para que eu, por favor, fosse até o mercado e fizesse um estoque de leite de soja. Por favor, reparem que, antes de ela se mudar para a Flórida, ela nunca tinha ouvido falar em leite de soja.

— Eu tenho a mãe severa — disse Renée. — Da última vez que veio me visitar, ela revirou meu armário e tirou todas as roupas que achou impróprias para uma mulher do meu status profissional. Aí ela disse que não podia acreditar que alguém da minha idade não soubesse usar o ferro de passar.

Elas olharam para mim, na expectativa. O que eu poderia dizer que não arruinasse a conversa? Que minha mãe se trancou no quarto dela por uma semana porque resolveu tentar cozinhar um jantar e eu me recusei a comer vagem? Que, certa vez, minha mãe bebeu um quinto de uma garrafa de uísque e me disse que queria não ter conhecido meu pai e que, quando lembrei a ela que, neste caso, eu não teria nem nascido, ela me enxotou com a mão e disse: "É claro que você pensa que é tudo sobre você." Que uma vez minha mãe me confinou por três anos em uma casa gelada em Neuchâtel, sem ninguém para me fazer companhia, a não ser um desfile de tutores meticulosos e uma coleção de pornografia do século XIX que o dono anterior deixou para trás? Ela nem me deixara ter uma...

— Minha mãe não me deixava ter uma TV — eu disse. — E nós nunca, jamais, fomos ao cinema. Então, eu não sabia de nada, além de artes decorativas e etiqueta, até eu ter uns quinze anos. Eu praticamente vivi dentro de uma história de Edith Wharton.

— Você chegou a usar anágua? — perguntou Kelley.

— Aposto que ela também não te deixava comer batata frita ou cereais açucarados — Renée falou.

— Eu comi muito cereal. — Dei um gole. — Foi uma infância estranha... mas a de vocês também deve ter sido, certo? Quer dizer, crescendo aqui...

— Foi diferente para aqueles de nós que viviam em Adeline — disse Renée. — O lugar é mesmo um lixo. Mas, bem ou mal, era *nosso* lixo.

Kelley limpou a garganta.

— Tá certo, era o nosso lixo *roubado*. Mas, de qualquer maneira... ela meio que nos controla, acho. Tipo, não é como uma casa ou um carro ou algo que possa desaparecer, sabe?! Há alguma *coisa* ali. — Ela deu um gole. — Ah, que diabos sei eu, talvez seja alguma coisa cultural que nos tenham impingido, como os saltos altos. "Isso é seu legado, tenha respeito."

— Se era seu legado, por que tiveram que se mudar para Ardelle?

Renée sorriu.

— Eles fecharam os serviços.

Eu brinquei com o misturador do meu copo.

— O maior tempo que já fiquei em algum lugar foi... — eu me estiquei e fiz uma careta — dez anos.

— É tempo suficiente para sentir saudades de um lugar.

Pensei naquela manhã com Jared na cadeia, em como, assim que passei dos portões, me senti como se nadasse em água salgada e não em água clorada. Dentro das paredes novamente, meu corpo flutuou com muito menos esforço.

— Sim — falei. — Às vezes sinto falta.

— Ah, não — Renée falou.

Por um instante, fiquei quase ofendida... mas, aí, vi que Leo estava vindo na nossa direção.

— Tanner me ligou — ele disse. — Falou que vocês estão se metendo em encrenca.

Kelley revirou os olhos.

— Se você vai culpar alguém, culpe a Renée.

Renée apontou para mim.

— Desta vez não é minha culpa... é dela.

— Devia ter adivinhado — ele disse.

Ergui o copo em direção a ele e o virei todo.

— Vocês duas conseguem levar uma a outra para casa? Está muito frio para ficarem tropeçando por aí, sozinhas.

Renée franziu o cenho.

— Nós só tomamos dois drinques, seu babaca.

— Deixa pra lá — Kelley disse —, estamos bem. Por que não leva Rebecca de volta à pousada?

Eu mal tive tempo de dar uma fuzilada em Kelley antes de Leo me agarrar pelo braço. Ele me arrastou para fora e me sentou num banco. Enquanto eu vestia meu casaco, ele rodopiou e voltou para dentro.

— Espera, aonde você vai?

Ele emergiu, pouco depois; e tinha algo na mão. Ele chegou perto, puxou minha gola para trás e enfiou a mão cheia de gelo nas minhas costas.

Dei um salto.

— Que porra é essa!

— Ainda está vendo em dobro?

— Dois de você? Fico arrepiada só de imaginar.

Ele passou a mão congelante pela minha cara.

Eu o empurrei para longe.

— Chega! Jesus. Eu nem bebi tanto.

— Só garantindo. Você já é imprevisível o suficiente quando está sóbria.

Ele me pôs de pé e começou a me puxar rua abaixo, sem mais uma palavra.

A temperatura estava caindo. O vento corria pelo vale e cortava as minhas costas, o meu pescoço e entre a orelha e o crânio, naquela pele delicada como a asa de um morcego. Logo o frio tomou conta de toda a minha cabeça e uma parte distante de mim ficou pensando como calcular a distribuição. Algo a ver com pi, certamente. Quando eu tinha oito anos, meu tutor me fez decorar o maior número possível de dígitos de pi... eu consegui vinte, mas só porque estava entediada.

Certa vez, durante uma entrevista para *Extra*, fingi não saber o produto de sete vezes oito.

Tropecei na calçada irregular. A mão de Leo segurou meu cotovelo.

— Cuidado.

Quando olhei para ele, senti uma absoluta falta de irritação, o que me fez pensar que talvez eu estivesse bêbada mesmo. Ligeiramente anestesiada, deixei que me arrastasse, desta vez sem sentir a necessidade de guiar o ponteiro para nenhuma letra em particular no Tabuleiro Ouija.

A pousada apareceu diante de nós, e Leo me puxou pelas escadas e pela porta. Distraída vi as linhas e os planos dos móveis elegantes de Cora. Pensei no meu quarto lá em cima, com sua cadeira e escrivaninha, e trinquei o maxilar. Havia muita coisa bonita aqui. E isso não me incluía.

O aquecedor assoviou; tirei o casaco, deixando que ele escorregasse para o chão.

Leo entendeu o recado. Ele pegou meu suéter e eu esbarrei contra ele, minhas costas contra seu peito, empurrando ambos contra a porta. Seu peito não era aquela parede quente dos sonhos de adolescente, estava mais para um manequim de treinamento de ressuscitação. Ele rangeu um pouco ao ser amassado.

Fazia dez anos desde que estivera tão próxima a alguém.

Algo dentro de mim se balançou. Sua proximidade dera início a algum tipo de reação química que devorava minha capacidade de julgamento. E, por isso, seria culpa do Leo, eu disse para mim mesma, se eu decidisse não me afastar, se minha mão caísse de seu ombro e aterrissasse em sua coxa e se elas exercessem apenas uma sugestão de pressão com as minhas unhas roídas. O tecido de seu jeans era mais grosso do que eu previra. Provavelmente, coisa de caubói. Proteção contra ervas daninhas e acusações de metrossexualidade.

A distância entre nós me fez parar. Por um instante muito doido, eu imaginei se eu era um ímã prestes a ser virado, mas, aí, lembrei que eu não acredito em atração... apenas em utilidade. E Leo era tão útil quanto qualquer outro da cidade. Enfiei meus dedos pelo seu cabelo.

Ele aproximou os lábios da minha orelha e perguntou:

— O que está fazendo?

— Nada inteligente — respondi.

Sua mão se enroscou na minha cintura, entrando por baixo do meu suéter, mas por cima da blusa. Eu apoiei a cabeça contra o seu ombro.

Ele me virou e me empurrou contra a porta da frente, e eu me senti consciente por um instante. As pontas da porta me cutucaram na bunda e, aí, eu enlacei seu quadril com uma perna, e minhas costas não arquearam tanto quanto dobraram. Olhei seu rosto, procurando sinais de desagrado que eu, em outra vida, tinha tantas vezes demonstrado, mas seus lábios eram indecifráveis.

Sua testa encostou na minha. Sua pele me lembrou aquelas toalhas quentes que gentilmente te dão na classe econômica... não as macias de algodão, que distribuem na primeira classe, e, sim, o tipo mais áspero. Mas, se você está viajando por muito tempo, qualquer calor é bem-vindo, e você sempre pode pôr a toalha sobre os olhos e fingir que está em outro lugar.

Meus olhos fechados, meus dedos dos pés dobrados, e meus lábios talvez a ponto de fazer alguma coisa.

QUERIDA FILHA

Um pigarro. *Droga!* Outro hóspede no saguão. Escondi meu rosto no ombro do Leo.

— Vai embora — Leo falou, rispidamente.

— Primeiro você.

Coloquei as mãos nos ombros de Leo e o empurrei para o lado. Aí, meus braços caíram. Meu coração parou.

— Olá, Noah — eu disse.

CAPÍTULO TRINTA E UM

Noah estava de pé na porta do saguão, mais amarrotado do que nunca, suas mangas, enroladas de qualquer jeito, e seu colarinho, desabotoado. Notei que eu estava igualmente desalinhada. Puxei a bainha da minha camisa para baixo e dei uma cotovelada em Leo.

— Você poderia nos dar licença por um minuto? — pedi a Leo.
— Acho que não. Isso está só começando a ficar interessante.
Eu olhei para ele e repeti.
— *Começando* a ficar interessante?
Seus olhos abaixaram até meus lábios e subiram de novo, e, por trás de sua curiosidade, eu podia jurar que tinha visto algo como triunfo. Eu pus a mão no rosto — ele me fizera dar um sorriso genuíno. Por muito tempo, Noah era o único a conseguir tal façanha.
O sorriso se apagou.
Quando eu me virei para encarar Noah novamente, a boca estava tão seca que eu mal conseguia engolir. A expressão em seu rosto era como se fosse o último círculo formado na água pela pedra, antes de afundar no lago.
— Eu não vou falar com você enquanto ele estiver aí — disse Noah. E eu me encolhi ao tom de sua voz. Era um tom que eu nunca tinha ouvido antes. — Vamos lá. Aquela viborazinha ruiva vai me oferecer um chá. E você, sr. ...
— Leo.
— Eu imagino que conheça a saída.

Quando Noah olhou para mim, seus olhos não se desviaram nem um pouco na direção de Leo, e quando Noah não via algo, ela deixava de existir.

Segui Noah até a cozinha, limpando a boca com as costas da mão, quase esquecendo que Leo tinha estado ali, para início de conversa. Eu não gostei do que isso dizia sobre mim.

Noah pôs a chaleira para ferver e se encostou na bancada.

— Então, Janie Jenkins. De volta e melhor do que nunca.

Eu passei a mão pelo meu cabelo emaranhado... emaranhado que Noah sabia que tinha sido feito por outra pessoa. Quando abri a boca, não sabia o que dizer.

Então, uma vez mais, procurei pela solução na minha Bola 8 Mágica: *Desculpe, querida, nem eu posso ajudar desta vez.*

A chaleira apitou. Noah jogou o saquinho de chá em sua xícara, espirrando água. Para alguém com uma inteligência tão refinada, ele tinha mãos surpreendentemente desastradas. Ele limpou o que molhou com um pano de prato, com mais força do que era necessário.

— Você sempre bebe chá?

— Claro que sim — respondeu.

— Como é que eu não sabia disso?

— Eles não costumam deixar Earl Grey à mão na prisão feminina de Santa Bonita.

— Você não vai me perguntar se eu também quero?

— Não.

Cruzei os braços na altura do peito.

— Então — ele disse, colocando a caneca na mesa —, você vai me explicar por que sentiu necessidade de mentir para mim?

Eu inflei as bochechas.

— Menos, ok? Alguma possibilidade?

— Vamos começar com a razão para ter me deixado acreditar que ia para Wisconsin.

— Eu sabia que você ia me dizer para não vir até aqui. Mas você estava errado... Eu sei que você achou que isso não ia dar em nada, mas *deu*...

— Você quer dizer que achou a pessoa que matou sua mãe?

— Não, mas... — Fechei a boca.

Ele esperou pacientemente, sabendo tão bem quanto eu que não teria uma resposta satisfatória. Mas não era como se eu não tivesse conseguido nada, droga.

— Olha, essa é a cidade em que minha mãe nasceu. E eu acho que também é onde meu pai nasceu.

— E isso te inocenta?

Fui para trás.

— Não — respondi, baixinho. — Apenas o tribunal pode me inocentar.

— Senti minhas costelas desabarem uma em cima da outra.

— Você devia ir embora. Devia esquecer isso — ele disse.

Bati nos meus olhos.

— Você não entende...

— Merda! — Ele atravessou a sala e me abraçou, colocando o queixo por cima da minha cabeça. Eu podia quase jurar que seus lábios passaram pela minha testa, mas, possivelmente, era apenas um eco de milhões de devaneios patéticos.

— É bom te ver — sussurrei.

— É bom te ver também.

Fechei os olhos e deixei que o cheiro dele penetrasse pelas minhas narinas.

Espera...

Minhas mãos subiram e empurraram seu peito.

— Como sabia que eu estava aqui?

— Eu concluí quando a imprensa achou a caminhonete que você roubou daquele hotel.

Eu joguei a cabeça para trás e olhei para ele. Por que fiquei com a impressão de que ele não respondeu à minha pergunta?

— Mas isso aconteceu a quase quinhentos quilômetros de distância.

Antes que ele pudesse responder, a porta da frente se abriu com um estrondo. Nos afastamos um do outro.

— Sr. Adams! — Cora disse, seu rosto iluminado como uma de suas estúpidas lamparinas fajutas. — Rue me disse que o senhor fez check-in e eu não pude deixar de dar uma paradinha para ver se estava bem instalado.

Noah inclinou a cabeça.

— Estou sim, obrigado.

Ela olhou para sua caneca.

— Que bom que achou o chá. Eu fiz questão de escolher o tipo de chá que preferiu da última vez que esteve aqui.

Eu me apoiei no balcão atrás de mim para evitar cair no chão.

— Ah, Rebecca, eu não a tinha visto aí. Você já se apresentou ao sr. Adams, não é? Ele é um de nossos hóspedes favoritos. Aposto que ele pode contar mais sobre esta cidade do que eu mesma.

Encarei Noah.

— É mesmo?

(Você sabia que, se jogar água no espaço, ela primeiro ferve e depois vira gelo? De gás a sólido em segundos.)

Cora deu um passo para trás, o sorriso perdendo a força.

— Bem, então... divirtam-se. Espero ver os dois amanhã à noite! — Cora saiu da sala. A porta bateu atrás dela.

— Sr. *Adams*? — perguntei.

— Eu não achei que Van Buren ia colar.

Ele deu um passo na minha direção.

— Nem tente.

Suas mãos se fecharam sobre algo invisível.

— Há quanto tempo sabe sobre este lugar?

— Uns anos.

— E por que não me contou?

(Por quê. *Deus*. Que palavrinhas mais ingratas.)

— Na época? Eu queria que você encontrasse alguma... não sei, paz? — respondeu.

— Como você descobriu?

— Eu tive acesso a algo que você não tinha: internet.

Meu queixo caiu.

— Você tá de sacanagem? Foi tão fácil assim?

— Bem, nem tanto. Eu tive que fazer algumas viagens e dar uma pesquisada. Mas não demorou muito para concluir que Tessa era sua mãe... algumas pessoas por aqui ficaram bem felizes de me contar sobre ela. — Ele se calou. — Eu não sabia que seu pai também era daqui.

Fiquei olhando para ele. Seus olhos... eram de um castanho tão escuro e tão imensamente expressivos. Sempre achei que pertenciam a outra pessoa. Um filósofo ou um pintor. Um daqueles dançarinos que flexionam os pés em vez de fazer ponta. Qualquer coisa, menos um advogado. Mas esse era meu ponto fraco com Noah. Eu sempre quis que ele fosse alguém transcendente.

— Como pôde esconder isso de mim? — perguntei.

— Da última vez que você passou por isso, você quase não sobreviveu. Eu não quis correr esse risco outra vez.

— Essa decisão não era sua.

— Bom, eu estou te dando o direito de decidir agora. Eu vou embora amanhã. Vem comigo.

— Não. Ainda não terminei.

Sua cara se fechou.

— Se precisa de um empurrão, eu sempre posso chamar a imprensa.

— Você não faria isso.

— Por que você acha que não?

Porque, desde que minha mãe morreu, você foi o único que quis que eu acreditasse na minha inocência.

Ou pelo menos foi o que pensei.

Olhei para minhas mãos.

— Me fala a verdade, Noah. Por que foi que você escondeu isso de mim?

— Porque você não vai encontrar o que está procurando.

— Isso é no que você acredita ou isso é o que você sabe?

Ele não respondeu.

— Noah...

— Era em que eu costumava acreditar que sabia — ele falou. — Mas isso foi antes de descobrir que você podia mentir para mim, também.

Eu podia te contar o que aconteceu a seguir, mas um milhão de poetas já criaram um bilhão de maneiras de descrever um coração partido. Por que me dar ao trabalho de refazer isso aqui?

EU AJOELHO À NOITE DIANTE DE TIGRES

Escrito por
Mary Gallagher & Petra Mahoney

Revisado por
Allen Kraft

3 de março de 2004

INTERIOR DA SALA DE VISITAS DA PRISÃO — DIA

Janie está sentada, sozinha, na sala vazia. Confusão transparece em todas as linhas de seu corpo. Sua postura é curva como um ponto de interrogação. Laranja não lhe cai bem.

Ela olha para o vazio e se agarra ao seu CIGARRO como se fosse o último.

<u>E pode ser que seja.</u>

Um GUARDA abre a porta. Ele dá passagem para NOAH WASHINGTON (trinta e poucos, sotaque sulista, rosto jovem, olhar cansado). Sua expressão é séria. Não dá para brincar com ele.

Ele se senta.

      NOAH
  Srta. Jenkins.

      JANIE
  (sarcástica)
  Sr. Advogado.

Noah, que está abrindo sua pasta, dá uma pausa.

      NOAH
  Você sabe que julgaram você como se fosse uma adulta, certo?

      JANIE
  Sim? E daí?

NOAH
Então, talvez, você devesse se comportar como tal.

Janie dá uma tragada nervosa no cigarro.

JANIE
É um mecanismo de defesa. Você entende a palavra, certo? "Defesa"?

NOAH
(sem pressa)
Ah, isso é ótimo. Continue. Ponha tudo para fora.

JANIE
Como?

NOAH
Ponha tudo para fora — os olhares irônicos, as respostinhas sarcásticas. Faça isso aqui, comigo, agora, mas, depois, pare com isso. Porque, toda vez que faz isso no tribunal, você perde outro coração, outra cabeça, outra apelação.

Janie fica calada.

NOAH (continua)
Todo mundo na América conhece alguém como você. No meu colégio era Tamara Peterson. Era tão linda que fazia você acreditar em superioridade. Até ela abrir a boca. Aí você percebia que ela tinha uma lâmina no lugar do coração e que ela estava apenas ganhando tempo, antes de te cortar.
(batida)
Mulheres bonitas... elas acham que podem fazer o que querem.

                        JANIE
    Mas não desta vez.

Ela está fazendo uma pergunta. Noah lhe dá a resposta.

                        NOAH
    Não... não desta vez.

                        JANIE
    Bem.
        (batida)
    Pelo menos, você me acha bonita.

CAPÍTULO TRINTA E DOIS

Eu não pensei, apenas corri. Desci as escadas, corri pelas calçadas, dobrei uma esquina, depois outra, e mais uma, até que cheguei e bati na porta de Leo.

Ele não fez nada tão dramático quanto me puxar para dentro, ou me abraçar, ou me levantar do chão, mas, mesmo assim, eu tive certeza de que, assim que me viu de pé na porta dele, ele soube por que eu estava ali. Ele apenas saiu da frente e deu um gole na sua cerveja.

— Alguma coisa para beber?

— Não.

— Alguma coisa para comer?

— Não.

— Está aqui para assistir ao jogo?

— Tem algum jogo?

Ele se aproximou de mim. Tentei dizer a mim mesma que seu rosto comprido e marcado pelo tempo era feio quando visto de perto, mas nós todos sabemos que isso não é verdade.

Ele encostou e empurrou minha franja para o lado.

— Esse corte de cabelo é horroroso — falou.

Cruzei os braços e levantei o queixo.

— Não consigo entender por que Renée deixou você.

Ele tirou meus óculos e examinou meu rosto. Depois colocou-os de volta.

— Acho que prefiro você assim. Os óculos escondem suas olheiras enormes.

— Para, estou ficando vermelha.

Olhamos um para o outro, nossos peitos subindo e descendo. Mas não muito, sem arfar e sem os lábios entreabertos feito peixinho, sem nada de paixão. Como pessoas normais respiram: inspiram e expiram. Mas em uníssono.

Leo apoiou a cerveja na superfície plana mais próxima e pôs suas mãos — uma, quente e seca; a outra, fria e úmida — uma de cada lado do meu rosto. Eu não vou chamar o que aconteceu em seguida de beijo, mas o mecanismo básico era o mesmo. E, quando ele subiu as escadas, não demorou muito para que o seguisse.

No fim das contas, não foi nem perto de ser tão desagradável quanto eu me lembrava.

— Você sabe por que me tornei policial?

Eu segurei o lençol na altura do peito com uma das mãos e arranquei o cigarro de seus lábios com a outra.

— Eu desconfio que você vai me contar.

— Eu tinha acabado de terminar a faculdade...

— Você fez faculdade?

Ele pegou o cigarro de volta antes que eu pudesse dar uma baforada.

— Você não pode ficar com este, é o meu último. Agora, deixa eu contar a história.

— Eu não ia...

— Você ia. — Ele levantou um dedo. — Então. Eu tinha acabado de terminar a faculdade e...

— Em que se formou?

— Irrelevante.

— É claro que é relevante.

— Não, quero dizer que é irrelevante para o mercado de trabalho. Me formei em música.

— Deus, por quê?

— Porque achei que ia ser o próximo Jeff Beck.

— Não tenho a menor ideia de quem seja.

— Então, você é parte do problema. Posso continuar?

— Por favor.

Ele deu outra tragada.

— Então, eu estava dirigindo de volta para casa, nesta porcaria de carro que comprei do meu primo em Pine Ridge... e fiz faculdade em Indiana, então não era apenas uma viagem longa, também era uma viagem danada de chata... e, em algum lugar perto de Sioux Falls, pensei: "Droga, esse saco de maconha não vai se fumar sozinho." Então, não mais do que dez minutos depois de queimar um cachimbo, apareceu uma patrulha no meu espelho retrovisor. Agora, eu não era burro, estava respeitando o limite de velocidade. E, tudo bem, talvez o ponteiro daquela joça estivesse para cair a qualquer momento, mas, acredite, as lanternas traseiras estavam funcionando muito bem. Eu sabia sobre o que era aquilo.

"O problema era que eu não tinha me dado ao trabalho de trocar as placas, e quando um policial vê um carro da Reserva, você sabe, as sirenes disparam. Mas eu tive sorte. Minha ficha estava limpa. Mas, se não estivesse, se eu tivesse uma multa de estacionamento que fosse, eu provavelmente teria ido preso por... quem sabe, um ano."

— Então, você decidiu ser policial para consertar o que estava errado? Para fazer a diferença?

Ele soltou uma nuvem de fumaça.

— Não, para que nunca mais me mandassem parar.

— Por que está me contando isso?

Ele rolou para o lado e apagou o cigarro no cinzeiro. E, aí, rolou de volta para olhar para mim.

— Estou te contando isso para que você não se engane, achando que eu sou do tipo que se preocupa com alguém além de mim mesmo.

Normalmente eu teria aceitado o que ele estava dizendo, mas, depois do dia que tive, decidi, perversamente, flertar com o otimismo.

— Eu não acredito em você — falei. — Eu acho que isso é a sua maneira de se safar de fazer o café amanhã de manhã.

Ele se virou de barriga para cima, um sorriso surgindo nos lábios.

— O que foi? — perguntei.

— Eu não sabia que era possível fazer o cérebro de alguém se esvair numa trepada.

Eu fiz que ia dar um soco, mas a minha mão estúpida esqueceu de fechar o punho e acabou se enroscando no seu pescoço com um tipo de ternura que você espera de uma menininha que não sabe o que fazer.

E eu acho que não sabia.

* * *

Minha mão estava molhada. Minha mão estava quente e molhada. Sangue. Outra vez. Abri meus olhos.

Ah, meu Deus, está por toda parte.

Um grito ameaçou forçar caminho para fora da minha garganta.

Aí ouviu-se um gemido e uma narigada na palma da minha mão.

A cama de Leo, me lembrei. Eu estava na cama de Leo. Eu estava me agarrando à beirada da cama dele, meu braço estava pendurado pela borda e o cachorro dele estava lambendo minha mão. O grito esmoreceu. Eu não estava coberta de sangue. Só... babada.

Cobri o rosto com as mãos e deixei escapar uma risada meio engasgada, meio soluçada.

Isso é o que ganho por pensar que posso dormir numa cama.

Quando meu pulso desacelerou, olhei por entre os dedos para o travesseiro ao meu lado. Leo estava dormindo profundamente, um joelho encolhido contra a barriga. Eu passeei os dedos pelos nós de sua coluna. Perguntei-me se os ossos sob minha pele poderiam significar alguma coisa para alguém.

Ele suspirou enquanto dormia, lançando um braço em minha direção, tentando alcançar o que seu corpo sabia ser o seu lado da cama. E aterrissou, lentamente, na minha bochecha. Eu quase me mexi para chegar junto dele. Mas, em vez disso, peguei o cachorro e o puxei para cima para ficar comigo. Ele aninhou a cabeça debaixo do meu queixo.

Indulgência perigosa, não diferente do que tenho feito nos últimos dez anos ou mais: desaparecendo em uma fantasia sempre que o mundo não serve para mim. Só que, agora, não se tratava de uma conversa que eu estava deixando de acompanhar. Era toda a razão de estar aqui. E, em vez de fazer alguma coisa a respeito, eu estava na cama com um cara que eu acabara de conhecer. Quer dizer, eu nem olhei as notícias. Pelo que eu sabia, Trace Kessler podia estar do lado de fora da janela do quarto de Leo.

Bem, isso, ao menos, era algo que eu podia consertar. Coloquei Bones no chão, abri a gaveta da mesinha de cabeceira de Leo e tirei o telefone que tinha visto ali na outra noite. Minha consciência reclamou um pouco, mas eu a ignorei. Não era como se eu fosse ler os e-mails do cara.

Não de imediato, pelo menos.

Apertei o botãozinho em cima do telefone. A tela acendeu. E... eu fui atingida por uma lembrança sensorial de vinte anos atrás.

Eu tinha sete anos de idade e, naquela noite, o cozinheiro havia me servido garoupa. Infelizmente, descobriu-se que esta garoupa havia comido outro peixe, que, por sua vez, tinha comido umas sementinhas, que tinham estado cobertas por algo chamado dinoflagelado. Meu corpo não reagiu bem. Dores de cabeça, náuseas, vômitos, gastroenterite, parestesia. Alucinações, também. Foi a experiência física mais excruciante e repulsiva da minha vida. Demorei seis semanas para me recuperar.

Este momento, no entanto, era indescritivelmente pior.

Porque havia uma foto da minha mãe no telefone de Leo. Mas, desta vez, não era de Tessa. Era de Marion.

CAPÍTULO TRINTA E TRÊS

Eu dei uma passada nas fotos do celular, o estômago cada vez mais embrulhado. Havia dúzias de fotos da minha mãe: de eventos de caridade a aberturas de gala e bailes de *black tie*. Leo devia estar seguindo todas as colunas sociais na internet. Ele estava obcecado.

O que quer dizer que ele devia saber quem eu era. Ele provavelmente sempre soube. E por isso não tinha me prendido. Ele me queria só para ele... Deus sabe para quê.

Eu pulei da cama e saí catando minhas coisas pelo chão... suéter feio, calças nada bonitas, sutiã horroroso, botas horrendas, um pé resgatado da boca do cachorro. Assim que o último cadarço se soltou, Bones deu uma latidinha feliz e pulou nas minhas pernas, pedindo por mais. Dei uma coçada vigorosa atrás de sua orelha e pensei em levá-lo comigo. Eu o levantei e segurei seu focinho bem perto do meu rosto.

— Me faz um favorzão, cachorrinho, faz cocô em *tudo*.

Peguei meu casaco, desci as escadas correndo e saí para o ar gelado da noite.

Primeiro, voltei à pousada. As luzes ainda estavam acesas. Será que Noah ainda estava lá? Estaria sentado no sofá, esperando por mim? Será que estava fazendo aquela coisa que sempre fazia quando estava ansioso, roçando o polegar e o indicador nos cantos da boca em memória a alguma barba malvista do passado? Algumas vezes seus dedos ficavam distraídos e se fechavam num beliscão no lábio inferior que o deixava branco por falta de sangue. E eu sabia disso porque catalogara cada palavra, cada gesto seu, durante anos, sempre guardando detalhes na minha memória como se fossem borboletas numa jarra. Como uma idiota.

Não, eu não podia pedir ajuda a ele agora. Não lhe daria esse prazer.

Continuei andando.

Parei de novo na esquina da Principal com a Percy. À minha direita, estava a loja da Kelley... E eu concluí que ela e Renée moravam no sobrado. Elas me deixariam entrar, com certeza. Mas, uma vez que Leo acordasse e percebesse que eu havia pegado seu telefone, seria o primeiro lugar onde me procuraria. E em quem Kelley ia acreditar? Em mim, que ela conhecia havia quatro dias, ou no seu irmão mais velho?

Eu continuei andando até o final da estrada, para a casa dos Kanty. Mas nem considerei parar ali. Não com Eli dentro.

Eu tornei a arrumar o cachecol em torno do meu rosto e usei o celular de Leo como lanterna. Eu estava me dirigindo para a passagem.

Descobrir isso tudo era bem pior do que não saber de nada. Era hora de ir embora.

Quando comecei a descer a trilha para Adeline, não esperava, jamais, encontrar uma festa no final dela. Mas, quando saí da floresta, foi o que encontrei: a velha casa dos Kanty inundada por música e cheia de adolescentes. As janelas do primeiro andar estavam piscando com o brilho intermitente das luzes alimentadas por bateria; no jardim da frente, uma fogueira estava acesa num barril de lixo.

Andei até o barril, mãos esticadas na frente para alcançar o calor.

— Rebeccaaaah — disse uma voz.

("Sra. Danvers?", quase sussurrei de volta.)

Rue apareceu por detrás de uma coluna caída no fundo da varanda, um copo na mão. Seu rosto estava marcado por dois círculos perfeitos, como uma boneca de porcelana pintada. Não vou mentir: as botas eram bem bonitinhas.

— O que está fazendo por aqui?

— Explorando os pontos turísticos.

— Você é tão estranha.

Olhei por cima do ombro dela. Três garotos estavam tacando garrafas de cerveja na fogueira enquanto suas namoradas torciam por eles.

— Então é isso que fazem para se divertir em Ardelle?

— Pois é, né? Mas quanto mais você bebe, menos fica bêbado.

Dei uma olhada no fim da rua em que ficava o celeiro onde eu escondera a caminhonete de Kayla. Tossi e bati os pés, enrolando e torcendo para que Rue desviasse sua atenção de mim. Mas, não, ela ainda estava ali, me observando atentamente enquanto eu parecia um palhacinho de molas de uma caixinha de surpresas com uma bomba dentro.

Seus olhos se acenderam de repente.

— Ah, meu Deus, tive uma ideia fantástica! Você precisa conhecer meus amigos.

Ah, não.

— Rue, eu não posso...

Ela me puxou pela manga. Novamente estava maravilhada: para uma coisinha tão frágil, ela era bastante forte.

Era também quase impossível dizer não a ela.

A casa fedia a suco artificial com álcool e delírios de invencibilidade. Dei uma olhada em volta e avaliei o que estava acontecendo. Uma menina num top e calça legging esfregava a bunda num cara que tinha os pés grandes demais. O rosto dela era o retrato da determinação; ele olhava em volta com a expressão abobalhada de quem se pergunta se os outros estão vendo o que está acontecendo. Na mesinha de centro, dois caras estavam bem mais compenetrados na sua queda de braço do que eles provavelmente gostariam de admitir. Um casalzinho, que mal tinha idade suficiente para estar se tocando, subia as escadas.

— Ei! — Rue gritou, me fazendo lembrar, pela primeira vez, seu pai. — Quantas vezes vou ter que dizer que não é para subir as escadas? O chão do segundo andar pode cair a qualquer minuto.

O menino bateu continência, sem nenhuma ironia.

— Sim, senhora — disse.

Rue piscou para mim. Ou, pelo menos, tentou... Ela estava tão bêbada que teve que fazer muitas caretas para conseguir dar uma piscadela. Mas admirei sua persistência.

Passamos por um rebanho de meninos cujas camisetas realçavam a musculatura que logo estaria perdida para a flacidez de uma barriga de chope. Um tentou laçar Rue pelos ombros e fazê-la se virar para ele. Ela pegou a manga dele com apenas dois dedos e tirou seu braço do caminho.

— Não quero nem saber por onde andou essa mão.

Em determinado momento, alcançamos um grupo de meninas mortas de tédio.

— Rebecca, minhas amigas. Minhas amigas, Rebecca.

Uma onda de risinhos percorreu o grupo à medida que olhavam para mim. Suspirei. *Plus ça change.*

Uma menina, que reconheci do jantar, deu um passo à frente.

— Rue, se eu soubesse que você estava procurando por um cachorro salva-vidas... eu podia ter lhe indicado um abrigo.

Dez anos atrás, eu poderia ter tirado um minuto para saborear essa doce provocação. Mas, nesta noite, nem isso me incomodava.

Eu me virei e saí da sala.

— Não, gente, gente, gente — Rue dizia —, vocês não estão entendendo. Rebecca é minha... espera!

Ela me alcançou na varanda.

— Aonde você está indo?

— Estou indo embora. Curta a sua vida.

Ela se agarrou na minha manga.

— Me leva com você.

Me desvencilhei dela.

— Volte para dentro, Rue. Eu não sou uma passagem para uma vida melhor. Eu não sou Tessa.

— Que bom.

Parei.

— O quê?

Ela tropeçou e a segurei pelo cotovelo. Ela me olhou com admiração.

— Tessa jamais diria sim. Ela é meio cruel, não é? E você... é um pouco menos má.

Eu passei a mão na cara. *Merda.*

— Tá bom. Pode vir.

Depois, eu decidiria o que fazer com ela. Talvez, quando estivesse sóbria, eu pudesse largá-la numa parada de ônibus, num McDonald's, ou num asilo de loucos.

Não estávamos nem na metade do caminho para a caminhonete, quando ela começou a choramingar.

— Rebecca, minhas mãos estão geladas.

Eu dei a ela minhas luvas.

— Toma.

Vinte passos adiante:

— O resto de mim também está com frio.

— Jesus — murmurei. — Tá bem, toma o meu casaco. — Eu comecei a abrir o casaco e, aí, parei, me lembrando dos arquivos da polícia que tinha escondido nos bolsos dele. Meti a mão para pegá-los e...

— Puta que pariu!

Rue deu uma risadinha.

— Alguém já lhe disse que você tem problemas em gerenciar sua raiva?

— Cala a boca. — Os arquivos tinham sumido. A única vez em que eu estive afastada do meu casaco foi quando caí no sono... por pouco tempo, mas, aparentemente, pouco sabiamente... na cama de Leo. Aquele merda. Eu fui tão tola.

Puxei os braços para fora do casaco e o enfiei pelos braços de Rue. Ela se aconchegou nele, com um suspiro.

— Para onde estamos indo? — perguntou.

— Para o meu esconderijo secreto.

Ela tornou a rir.

Quando chegamos ao celeiro, meus dentes rangiam, e eu havia perdido a sensibilidade em metade dos dedos. Eu conseguia até *sentir* o azul dos meus lábios. Tive que tentar deslizar a porta três vezes, meus pés lutando para se manterem firmes no chão gelado. Depois que entrei, puxei Rue.

Ela deslizou o dedo por cima do capô da caminhonete.

— Boa viagem.

— Não enche.

Abri a minha mochila e, com as mãos trêmulas e os dedos atrapalhados, revirei o conteúdo, procurando as chaves da caminhonete. Peguei alguma coisa que parecia uma chave de carro e a puxei para fora. A luz do celular não era forte, mas tentei enfiar a chave na ignição e... ela não entrou. A droga não entrava. Minha mãe tinha mentido para mim e Noah tinha mentido pra mim e Leo tinha mentido pra mim e, Deus, talvez até *eu mesma* estivesse mentindo para mim. Será que seria pedir muito que, pelo menos, uma coisinha só fosse fácil?

QUERIDA FILHA

Atirei as chaves longe, contra a parede. Ela ricocheteou numa estante de velhas ferramentas e desapareceu na escuridão.

Por que as coisas têm que ser tão difíceis, todas de uma vez?

Eu me sentei e deixei a cabeça cair para a frente. Esfreguei as canelas com as mãos, para que não ficassem dormentes como o resto de mim, mas, aí, eu pensei: *Foda-se. Podem cair.*

Um toque no meu ombro. Olhei para cima. Rue estava segurando as chaves com as mãos enluvadas. Ela estava inquieta.

— Eu sinto muito — ela disse.

Estava a ponto de dizer o mesmo, quando as chaves balançaram diante da luz do celular e algo dourado brilhou. Peguei as chaves e olhei para elas, olhei com atenção. Elas não eram as chaves de Kayla, a garota do hotel. Eram as chaves da minha mãe — as que encontrei em seu armário na noite em que ela morreu. E ali, entre as chaves da casa e do carro e todas as chaves que abriam as fechaduras de centenas de portas secretas, estava uma pequena chave, gasta, dourada, com uma numeração gravada.

Era uma chave de um cofre de banco.

E eu não tinha a menor dúvida de onde ficava este cofre.

Sábado, 09/11/2013 — às 05:05

POSTADO pela Equipe da TMZ

JANIE JENKINS IDENTIFICADA EM VÍDEO!

Últimas notícias: Um carro, com a mesma descrição daquele que foi roubado de um motel em McCook, Nebraska, no início desta semana... e suspeito de ter sido levado por Janie Jenkins... foi visto por uma câmera de trânsito, na I-385, perto da fronteira entre Nebraska e Dakota do Sul, às 16:32, horário local, na segunda-feira, dia 4 de novembro.

Apesar de isso colocar Janie Jenkins na rota para a fronteira do Canadá, não existe sinal de que ela tenha atravessado a fronteira para Saskatchewan... E ela não foi vista em nenhum outro lugar nas Grandes Planícies. Porém, a TMZ pode informar com exclusividade que, ontem, Noah Washington, advogado de Janie, foi visto embarcando num avião para Rapid City, Dakota do Sul.

Isso não pode ser coincidência... Será que os dois marcaram um encontro secreto em algum lugar na Dakota do Sul? A TMZ manterá você atualizado sobre qualquer desdobramento, até acharmos Janie Jenkins.

CAPÍTULO TRINTA E QUATRO

Eram quatro da manhã quando chegamos a Custer. Eu imaginei que o banco não abriria antes das nove, no melhor dos casos, então achei um estacionamento coberto em que pudéssemos passar o resto da noite, sem chamar a atenção. Rue havia apagado assim que eu passara o cinto de segurança nela. Ela estava roncando.

Fiquei em ponto morto o tempo necessário para me sentir aquecida, então me enrosquei feito uma bola pus as mãos entre as pernas e aguardei. A caminhonete estava úmida e quente; as janelas, embaçadas com nossa respiração. Como sempre, eu tinha medo de adormecer, apesar de que, desta vez, eu tinha uma boa razão para temer que alguém me surpreendesse. Fiquei dando beliscõezinhos em mim mesma para me manter acordada, mordiscadas no meu rosto, no pescoço e na pele macia do antebraço. Cantei o alfabeto de trás para a frente. Contei até mil em francês. E recitei a lista dos diretores de criação da Dior, em ordem cronológica, mas, aí, empaquei no Galliano. Deus, eu nem sabia se Galliano ainda estava por lá. Eu não sabia de *nada*.

O que me trouxe de volta a Leo. Fiquei repassando cada interação, tentando descobrir o que não percebi, mas, toda vez, eu visualizava a mesma coisa: um cara que fazia um tipo idiota e sabichão, mas que era decente. Não havia nada nele que dissesse: "Eu gosto de juntar fotos de mulheres mortas e de trepar com suas filhas emocionalmente vulneráveis."

(Mas não fique com a impressão equivocada... eu não estava chateada por ter dormido com ele. Eu estava chateada por ter *gostado* dele.)

Rue se mexeu no banco, resmungando alguma coisa incoerente. De perfil, podia reconhecer os traços da família.

Sua coloração era totalmente diferente, mas o ângulo do nariz, cuja ponta era para cima, era exatamente como o da minha mãe. Antes da rinoplastia, é claro. Os cílios eram tão longos que se apoiavam pesados nas bochechas, as sombras que projetavam acompanhavam o ritmo dos sonhos. Eu me aproximei e ajeitei a gola do casaco, do meu casaco. E alisei uma mecha do seu cabelo que estava desalinhada.

Eu a observei por muito tempo antes de retornar à minha posição fetal.

O Jenkins Poupança e Empréstimos era exatamente como se podia esperar. Um prédio quadrado de tijolos com um letreiro retangular. Um caixa eletrônico como os que você encontra em qualquer barzinho. Dentro, um chão cinzento, duas escrivaninhas — uma para o corretor de empréstimos e outra para o gerente — e dois caixas. Um cordão de veludo da largura da minha coxa e mais vermelho que uma cereja marrasquino demarcava a área de espera. Um pouquinho de Los Angeles na Dakota do Sul.

— Posso ajudar?

Uma mulher rechonchuda, com as bochechas vermelhas e um corte trapezoidal, se aproximou com um sorriso. Eu lhe mostrei a minha chave.

— Gostaria de ter acesso ao cofre 117. — Ela pediu que me sentasse, enquanto procurava a chave e o cartão de assinatura. Limpei o suor do meu rosto com as costas da mão. Eu esperava que não pedissem nenhum documento de identidade; rezava para que a letra da minha mãe não tivesse mudado ao longo dos anos.

Cinco minutos depois, a cabeça da mulher apareceu por trás do arquivo de aço.

— Ah! Você é a srta. Kanty.

Eu tentei sorrir.

— Você sabe quem eu sou?

Ela surgiu com o cadastro que colocou sobre a mesa.

— Claro que sei. Alguns anos atrás, quando o financiamento terminou, eu passei muito tempo tentando localizá-la. Mas não consegui chegar a lugar nenhum.

— Eu levo uma vida muito reclusa — disse, esperando um ponto final no assunto.

QUERIDA FILHA

Com uma caneta, fui descendo a lista de registros: minha mãe tinha aberto o cofre várias vezes antes do assalto; uma vez, cinco anos depois; e, aí, uma última vez, três meses antes do assassinato. Assinei o livro e o devolvi.

A mulher olhou a assinatura — uma réplica perfeita da assinatura de minha mãe, como devia ser, depois de todos aqueles cheques que falsifiquei no colegial — e a aprovou.

— Parece igual para mim! Vamos para os fundos.

Eu a segui, muda, nervosa demais para falar.

— Não sei se você sabe — a gerente dizia —, mas, como não conseguimos localizá-la, acabamos contatando seu irmão, e ele é quem vem pagando o aluguel do cofre nos últimos anos. Ele deve estar tão feliz de tê-la de volta.

Eu mal consegui manter o equilíbrio. Eli sabia sobre o cofre? Será que ele achava que Tessa ainda estava viva?

— Você ainda não entrou em contato com ele? — ela perguntou, interpretando errado o meu silêncio.

— É minha próxima parada — respondi.

Dependendo do que descobrirei, é claro.

A gerente virou a chave dela na porta do cofre 117 e saiu da sala, com um discurso de despedida desproporcionalmente afetuoso. Eu virei minha própria chave, abri a porta e puxei a gaveta, apoiando-a sobre a mesa. Era uma das maiores caixas no cofre, mais funda do que larga, do tamanho de um isopor desses que se leva para passar um dia inteiro na praia. Coloquei a mão na tampa e fechei os olhos.

— Por favor, que seja uma explicação detalhada e completa de tudo o que está acontecendo. Também seria legal se tivesse um pedido de desculpas pela vez que mamãe jogou fora as minhas plataformas cravejadas de *spikes* da Viv Westwood.

Eu levantei a tampa e, dentro, encontrei:

Uma pilha de notas.
Um pedaço de papel.
Um cartão gravado.
Uma carta.

Minha mão foi direto na carta, mas me acovardei e peguei o cartão, em vez disso. Era encorpado e caro, impresso em papel de linho creme e gravado em tipologia eduardiana: *Muito Obrigada*. Se eu não soubesse de quem era a caixa, o cartão teria acabado com qualquer dúvida. Uma coisa que minha mãe me disse uma vez foi: "Artigos de escritório não gravados são como uma menina gorda sem sutiã." Eu sempre achei que, se a minha mãe voltasse dos mortos por qualquer outra razão que não fosse vingança, seria para me cobrar não ter escrito um cartão de agradecimento por algum presente de aniversário do qual nem me recordo.

Abri o cartão. Ali, na caligrafia da minha mãe, havia uma única frase:

Se vocês não fossem tão idiotas, em primeiro lugar, eu nem teria que ter levado isso.

A gerente meteu a cabeça pela porta.

— Está tudo em ordem?

Só percebi que estava rindo quando ela fez a pergunta. Sequei o canto do olho.

— Sim, está tudo certo, obrigada. Só preciso de mais alguns minutos.

Ela saiu. Ainda fungando, tentei avaliar quantas notas tinha na caixa: 13.128 dólares ou mais, provavelmente, com os juros. Minha mãe não gostava de deixar suas contas por pagar e, aparentemente, isso também se aplicava ao que havia sido roubado. A folha de papel, que era um documento legal, transferindo a propriedade do dinheiro para o banco, confirmava isso.

Era uma quantia muito pequena, se parasse para pensar. Eu imaginei o que ela teria comprado com isso. Um novo armário? Suas primeiras plásticas? Vitaminas para a gravidez? Ou, quem sabe, uma parteira suíça que não se importasse em falsificar uma certidão de nascimento.

Por último, peguei a carta. O envelope estava apenas endereçado a Jane. Abri.

Querida filha,
Você levou muito tempo.
Não venha me dizer que realmente pensou que acharia alguma coisa que eu não quisesse que achasse. Cai na real, garota. Esta chave era para você. O que você estava procurando quando a achou, eu não faço ideia. Brincos? Um colar? Classe?

QUERIDA FILHA

Você foi sempre muito previsível. Saber disso te chateia?

A princípio, pensei que nós nos daríamos bem, pensei, de verdade. Você era uma bebê linda desde o início, com pele sedosa e olhos azuis brilhantes, cuja única razão de estarem abertos era acompanhar o movimento do meu rosto. Você sorria, com apenas uma semana de vida. Algumas vezes, eu te acordava apenas porque sentia saudades suas. Ah, eu achava que a gente tinha algo muito especial, menininha.

Agora eu sei que queria apenas o meu leite.

Está lamentando por eu estar morta? Sim, eu sei que estou morta. Herdar um pedaço de terra em Adeline é a única coisa que poderia te trazer até esta caixa. Não sou burra, Jane. Quando eu realmente quero esconder algo de você, eu mando para os meus advogados.

(Por falar nisso, o que achou do Jared? Se o vir novamente, por favor, agradeça a ele por ter te dado o meu recado.)

Agora, como eu sempre disse, viver bem é a melhor vingança e, até agora, eu consegui fazer isso de maneira brilhante. E, quando eu morrer, eu espero estar bem velha e usando Givenchy. Mas, no caso de, em vez disso, eu ter um fim extremamente prematuro, preciso que você termine o serviço.

Eu imagino que, a esta altura, você já tenha encontrado o meu irmão e imagino que você já saiba o que ele pensa a meu respeito. O filho da mãe. Eu dei a ele tudo o que tinha, mas ele não mexeu um dedo quando precisei dele. Parece-se com mais alguém que você conhece?

Eu ouvi dizer que ele agora tem uma filha. Eu quero que você a encontre. Eu quero que você a faça ficar exatamente como você. Seria o justo.

(Isso me lembra: Seu pai já se apresentou a você? Se não, você deve procurá-lo. Acho que você vai se divertir. E, agora que você tem todo o meu dinheiro, você não é mais uma ameaça para ele. Outra coisa pela qual pode me agradecer.)

Apesar de tudo, eu sempre tentei fazer as coisas certas para você. Pelo menos uma vez, faça o mesmo por mim. A não ser, é claro, que tenha sido você quem me matou, e, neste caso, então, não há nada a fazer.

Mas, Schätzli, para que discutir? Não importa como eu morri. Você me matou no momento em que foi concebida.

Todo o meu amor,
Tessa

Coloquei tudo de volta na caixa, menos a carta. Fechei a tampa e tirei a chave. Aí peguei minha bolsa e puxei para fora a caixa de fósforos. Havia um fósforo apenas. Eu pus fogo na carta e a observei queimar.

Eu estava saindo pela porta, vacilante, quando a gerente me chamou.

— Ah, srta. Kanty, espere um minuto! Estou com seu irmão na linha. Sabe, ele havia pedido que nós avisássemos a ele se você algum dia aparecesse, e eu estava tão animada que quis fazer isso enquanto você ainda estava aqui!

Minhas mãos estavam tão dormentes quanto na noite anterior. Eu peguei o fone.

— Quem está falando? — Eli perguntou.

Eu não respondi.

— Tem alguém aí?

Eu permaneci calada. Tive que afastar o fone do ouvido porque ele respirava muito alto.

— Fala, droga.

— Me encontre na antiga casa — finalmente falei —, em uma hora.

Do diário de Tessa Kanty

23 de março de 1985

Se eu tivesse sido a primeira a nascer, nada disso teria acontecido.

CAPÍTULO TRINTA E CINCO

Rue ainda estava adormecida no banco do carona quando encostei na pousada. Eu a sacudi pelos ombros.

— Acorda, menina.

Suas pestanas bateram rapidamente ao se abrirem... e, imediatamente, se fecharam totalmente.

— Não. Muita luz.

Eu apertei a chave do meu quarto em sua mão ainda inerte.

— Vai para dentro e dorme. Nem pense em encarar seus pais até estar descansada.

— Putz — gemeu —, por que você me trouxe de volta? Meu pai vai me matar.

— Se serve de consolo, acho que ele tem preocupações bem maiores para com as quais lidar hoje.

Ela se aprumou rapidamente, piscou várias vezes para se acostumar à claridade.

— O que aconteceu?

— Nada que tenha a ver com você.

— Mas tem a ver com meu pai?

— Bem...

— Não minta para mim.

— Nós dois vamos bater um papinho, nada mais.

— É sobre Tessa?

Hesitei. O que quer que eu estivesse fazendo com meu rosto acabou por entregar a ela o que eu tentava esconder.

— Vou com você.
Sacudi a cabeça.
— De jeito nenhum.
Ela socou o painel do carro.
— Se envolve minha família, tenho direito de saber tanto quanto qualquer outro.
— Rue, tem coisas que você não compreende...
— Essa escolha não é sua.
Agora era eu que piscava contra a luz.
— Você tinha que dizer isso desta maneira, não é? — Olhei o relógio no painel. — Tudo bem. Você pode vir comigo. Mas fica fora de vista, tá? — Parei, preocupada com o tamanho de Eli, sua força e sua disciplina. — A menos que eu grite. Nesse caso, corre para pedir ajuda, tá?
— E por que você gritaria?
— Eu acho que a gente vai descobrir.

Escondi Rue na cozinha da antiga casa dos Kanty e me plantei no sofá manchado de cerveja. Menos de um minuto depois, a porta da frente rangeu ao abrir atrás de mim.
— Aqui — eu disse.
Eli entrou na sala de estar, parou bem no meio do halo de uma luz fraquinha.
— Você — foi tudo que ele conseguiu dizer.
Suspirei.
— Por que ninguém fica feliz quando me vê?
— Estou... confuso.
— Você não está me reconhecendo, não é?
— É claro que estou.
— Não foi o que quis dizer. — Empurrei meu cabelo para trás, tirei os óculos e armei o melhor sorriso para os paparazzi. — Olha outra vez.
Ele deu um passo para perto de mim, a cara distorcida pela concentração.
— Você não está nem *tentando* — falei, horrorizada com o gemido esganiçado que tomava conta da minha voz. Mas por que era que ele não conseguia me enxergar?
Ele sacudiu a cabeça novamente.
— Eu não sei...

Eu bati as mãos na perna.

— Mas que diabos! Sou a filha de Tessa. Sua *sobrinha*.

Eli atravessou a sala com três enormes passadas. Eu me afastei até o sofá, mas ele me alcançou antes que eu conseguisse me desviar e me colocou de pé.

— Do que diabos você está falando?

Lutei contra ele.

— Olha, eu também não estou feliz com isso.

— Quantos anos você tem?

— Que pergunta indiscreta...

Ele me sacudiu:

— Quantos anos você tem?

— Vinte e sete.

Ele me largou.

— Jesus Cristo. Ela realmente fez isso.

A minha barriga da perna tocou o sofá e eu caí sentada, minhas mãos enterrando-se nas almofadas. Apesar de o sofá parecer forte o suficiente embaixo de mim, eu me senti pronta para pular dele.

— Ela realmente fez o *quê*? — sussurrei.

Ele se sentou na mesinha de centro manchada e arranhada, perdido numa névoa densa em que não dava para ver o caminho. Ele ficou calado uma eternidade, antes de voltar a falar.

— Foi minha culpa. Posso ver isso agora. Papai sempre nos disse que havia ouro aí fora. Quando Tessa e eu éramos crianças, ele nos entregava um cinzel e uma bateia e nos mandava para a floresta. Ele chamava de caça ao tesouro. E nunca me ocorreu que era apenas uma brincadeira. E quando ele morreu, bem... acho que parte de mim ficou feliz de poder, enfim, sair e achar ouro de verdade. Usei o dinheiro que ele nos deixou para contratar garimpeiros. Quando o dinheiro acabou e eles ainda não tinham achado nada, vendemos tudo que pudemos. Arrumamos empregos. E, quando isso começou a não dar certo, fui ao banco pedir um empréstimo.

— O Jenkins Poupanças e Empréstimos — completei.

Ele confirmou.

— Eles nos deram o empréstimo e tomaram a casa como garantia. Mas eu não ganhava o suficiente e Tessa não conseguia parar num emprego, en-

tão a gente logo começou a atrasar as prestações. O banco ia tomar a casa. Eu fui até eles, pedi uma extensão de prazo, mas eles não deram. Então...
— O quê?
Ele olhou para mim.
— Eu bolei outro plano. Eu só não achei que ela iria tão longe.
Eu segurei as mãos no colo, com força, para evitar que ficassem tremendo.
— Me explique. Use frases curtas.
— Você tem que entender, ela era tão linda... E eu tinha visto o jeito com que Mitch olhava para ela.
Eu olhei para a porta meio podre da cozinha, imaginando o quanto Rue estaria conseguindo escutar, imaginando se eu devia fazer Eli se calar antes que dissesse mais alguma coisa.
Mas eu sou uma vaca egoísta, então não fiz nada.
— Parecia que ia ser muito fácil. Tudo que ela precisava fazer era ficar... arranjar um bom motivo para que ele se casasse com ela. Então, a gente nunca mais teria que se preocupar com dinheiro.
Eu estava certa. Era *sim* possível despencar, mesmo sentada em terra firme.
— Ela se ofereceu para isso? — consegui perguntar.
Ele escondeu o rosto nas mãos.
— Eu disse a ela que não seria bem-vinda em nossa casa se não fizesse isso.
Bem, eu sempre falei um monte de coisas indiscutivelmente estúpidas na vida, mas cada uma delas tinha sido de propósito. Ou pelo menos eram, até isso:
— Isso não foi *nada* legal.
Ele levantou a cabeça.
— Você não pode imaginar como as coisas estavam para nós. Não tínhamos *nenhum* dinheiro. Já tínhamos perdido a casa em Ardelle. Algumas vezes, Tessa tinha que roubar no serviço só para que tivéssemos algo para comer. Tivemos que queimar nossa mobília para usar de lenha, pelo amor de Deus. Estávamos desesperados.
Eu olhei para o teto, pensando se poderia ficar assim pelo resto da vida. Claro, estava com manchas de umidade e a ponto de despencar, mas era a melhor alternativa.

— E a terra? A terra que você possuía. Você podia tê-la vendido.
— Não — ele respondeu depressa. — Era a terra dos Kanty.
— Tinha que haver outras opções.
— Olha, não era uma coisa que ela já não tivesse feito antes.
Cruzei os braços.
— Então, porque ela tinha trepado com uma pessoa antes, agora, podia trepar com qualquer um, é isso?
Ele engoliu em seco.
— Eu não parei para pensar, desculpe. Eu não tive a intenção. Me desculpe por tudo, de verdade... você pode... você pode dizer tudo isso a ela?
Eu olhei para ele com horror e aversão. Ele não pensava mesmo que ela ainda estivesse viva, pensava?
— Pode dizer tudo isso a ela? — ele repetiu.
Eu olhei para ele, com muita cautela.
— Ela morreu há dez anos.
Foi então que eu tive o duvidoso prazer de ver um homem perder totalmente a compostura, em todos os detalhes, bem diante dos meus olhos. Seu rosto se esvaziou, seus ombros caíram e, depois, seus joelhos, como uma marionete de quem se corta as cordas.
Olhei novamente para o teto e coloquei a mão na boca.
Ele não sabia!
— O que foi que aconteceu? — ele perguntou.
— Ah, você sabe, o de sempre. Morreu com um tiro de espingarda, no peito.
— *Jesus*.
— Não, eu não acho que tenha sido ele.
Ele deu uma risada amarga.
— Isso parece algo que Tessa diria.
Eu me estiquei.
— Não, você não tem o direito de dizer isso.
— Me desculpe.
— *Palavras*.
Ele respirou fundo.
— Eu não sei o que Tessa deixou para você... se é que deixou... mas, agora, eu tenho bastante dinheiro, se precisar.

— Porque você acabou fazendo uma alteração no seu plano. Mitch, Cora, mesma coisa, certo?

— Meu casamento não é nada assim — ele falou, tenso.

— Ah, não? Então por que você não tem um emprego?

Ele se levantou e endireitou o casaco, puxando a bainha até que os ombros ficassem suaves.

— A oferta permanece. Pense a respeito. Tenho certeza de que Tessa gostaria de ver que tomaram conta de você.

Eu me recostei no sofá e cobri o rosto com um braço.

— Você não sabe de nada.

— Outra coisa que Tessa teria dito.

Assim que Eli saiu, a porta da cozinha se abriu com um rangido.

— Sinto muito por você ter tido que ouvir isso — falei.

Rue se atirou no outro lado do sofá e ficou olhando para a parede.

— Tudo bem. Provavelmente, é melhor escutar agora.

Assenti.

— Veja pelo lado bom. Eu tenho certeza de que nunca mais quero ver Mitch outra vez — ela disse.

— Não seja tão apressada. Se ele deixar a mulher dele por você, você poderia ser minha madrasta.

Rue roeu a unha do polegar.

— Você estava falando a verdade? Tessa está morta?

— Sim.

Ela riu e cobriu a boca com a mão.

— O que foi?

— "Ela realmente gosta de retribuir." Você é maluca.

— Eu gosto de pensar que sou.

Coloquei minhas botas sobre a mesa. Ela me imitou. Nossos pés, reparei, eram do mesmo tamanho.

Rue olhou para mim, aguardando.

— E agora, priminha?

Eu hesitei. Será que devia realmente deixar que ela fosse parte disso? Ela aguentaria. Ela poderia descobrir se Leo ou Mitch eram os responsáveis. Talvez até fizesse bem a ela.

Mas, e se *eu mesma* tivesse feito? Como ela olharia para mim, então? E por que eu me importava tanto com isso?

Se eu *fosse* culpada, no entanto, talvez nunca mais a visse.

Encostei no pé dela com o meu.

— O que você acha de desvendar um mistério?

CAPÍTULO TRINTA E SEIS

Tive que bater uns bons dez minutos na porta de Leo, antes que o filho da mãe finalmente a abrisse.

— Não pensei que voltaria.

— Não estava nos meus planos.

Rue esticou a cabeça, apareceu atrás de mim e o cumprimentou com ar travesso.

— Oi, Leo.

— O que ela faz aqui?

— É minha guarda-costas, por isso, nada de movimentos bruscos. — Mostrei o celular que eu havia tirado de sua mesinha de cabeceira. — Reconhece isso?

Ele se encostou na porta e cruzou os braços.

— Acho que se chama celular.

— Vamos tentar de novo. — Mexi no celular e mostrei uma foto da minha mãe num baile da Ópera de Viena. — Reconhece *isto*?

Ele levantou a mão.

— Peraí...

No Baile da Rússia, em Biarritz.

— Ou isto?

— Jane...

No Baile de Caridade de Genebra.

— E esta aqui? Quer dizer, não estou dizendo que fui burra o suficiente para confiar em você ou algo do gênero, mas, cara, isso está um rolo danado.

— *Jane*. — Ele me segurou pelos pulsos. — Me escuta. Este não é meu telefone... é do Walt.

Eu estava tão ocupada processando o primeiro nome que nem escutei o segundo.

— Do que acabou de me chamar?

— Do que acabou de chamá-la? — Rue ecoou.

Leo ficou em silêncio. Isso é umas das coisas de que gostava nele. Ele estava disposto a esperar que eu percebesse as coisas.

— Mas... se isso não é seu, então como você soube?

— Assim que a caminhonete foi dada como roubada. Isso junto à cobertura dos noticiários...

Levantei o queixo.

— Alcançou suas expectativas?

— O quê?

— *Fucking* Janie Jenkins.

Um som de engasgo atrás de mim.

— Você não pode estar achando que eu vou responder a isso — disse Leo.

Rue se meteu entre nós.

— Dá para alguém me explicar o que está acontecendo aqui? Você acabou de dizer que é...

— Espera — eu disse, finalmente, ao repassar a conversa na minha cabeça —, este celular é do *Walt*?

Leo hesitou.

— Olha, ambos precisamos de um café. Você também, menininha. Por que vocês não entram?

— Acelera — eu disse para Leo.

Enquanto colocava a prensa francesa para funcionar, ele fez um ruído com a boca, negando-se a acelerar.

— Você não pode apressar a arte, Jane.

— Só porque você sabe o meu nome, não precisa usá-lo a todo instante.

Estava de pé o mais longe possível do Leo. Rue estava num canto parecendo um pouco perdida e irritada. Bones, nesse meio-tempo, comia feliz uma tigela de ração, alheio a tudo isso.

Rue abriu a boca. Eu levantei o dedo para ela e disse:
— Primeiro Leo.
Ele tomou fôlego.
— No dia em que nos encontramos, na estrada, eu não estava planejando, como você adivinhou, prender o Walt. Nós dois tínhamos um trato. Algumas vezes, ele fazia uns trabalhinhos para mim; algumas vezes, eu fazia uns trabalhinhos para ele. Ele é uma espécie de informante que acessa informação invadindo as contas de e-mail das pessoas.
Ele fez uma pausa e serviu o café.
— Achei que ele estivesse com um parceiro dele em Pine Ridge, e, como fazia muito tempo que não o via, achei que não voltaria mais. Mas, aí, ele me ligou um dia e disse que estava empacado em uma coisa e perguntou se podia usar os computadores da delegacia para terminá-la. Eu disse que não tinha problema, mas que ele ia ter que me dizer antes do que se tratava. Acho que essa é a minha ideia de análise de risco.
— E ele disse a você que estava à minha procura.
— Não com essas palavras.
— Ele lhe disse por quê? Foi pelo dinheiro da recompensa?
Leo hesitou.
— Não fiquei com essa impressão. E por isso eu o coloquei na cadeia quando descobri quem você era, na manhã seguinte.
— Para me proteger ou algo assim?
— Eu dou muito valor à minha vida para fazer isso. Mas, com ele perguntando sobre você e você perguntando sobre Tessa Kanty... quer dizer, *sou* um policial. Eu *não* podia deixar de ficar curioso.
— Então, você estava apenas controlando uma de suas variáveis.
— Bem, eu sabia que não ia conseguir controlar você.
Rue levantou a mão.
— Posso fazer uma pergunta agora?
Me preparei e disse:
— Manda.
— Você é Janie Jenkins?
— Obrigada por começar com uma pergunta fácil. Sim.
— E isso significa que Tessa era Marion Elsinger?
— Sim.

Leo abaixou sua caneca.

— Espera, o quê?

— Tessa é a mãe dela — explicou Rue —, aquela que ela supostamente matou.

Fiz careta para o meu café.

— Se vamos entrar em detalhes, nós, provavelmente, deveríamos chamar Kelley e Renée também. Eu não quero ter que explicar isso de novo.

Rue se aproximou para ficar do meu lado.

— Eu nunca acreditei que você tivesse feito aquilo.

— Isso abre o placar com um. — Bati o pé num ritmo ansioso, tentando pensar no desenrolar das coisas. — Certo, mas aqui vem a parte ferrada. Aquelas fotos no celular do Walt são todas fotos de minha mãe: Tessa, Marion, ou como preferir chamá-la.

Leo deu um assobio longo e baixo.

— Eu sabia que Walt tinha uma queda por Tessa, mas, Jesus!

— Isso quer dizer que Walt sabia quem era sua mãe o tempo todo? — perguntou Rue.

— Significa que temos que falar com Walt. — Bebi meu último gole de café. — E vamos precisar de um martelo.

Quando entramos na delegacia, Billy fazia um aviãozinho de papel com um formulário para relatório que estava em branco. Na cela, Walt se levantou de um salto.

— Oi, Billy — cumprimentei.

— Bom dia, srta. Parker. Ah, olá, chefe. Rue.

— Se você dobrar a ponta mais algumas vezes, vai fazer com que o centro de gravidade fique ali e deixará o avião mais estável — disse Leo.

— Eu não tenho ideia do que está falando, chefe.

Leo deu um sorriso rápido.

— Billy, você se importa de nos deixar a sós, por alguns instantes?

— Ah, tudo bem, claro...

Coloquei a mão no ombro de Billy e o forcei a se sentar novamente.

— Na verdade, Leo, se não se importar, gostaria de fazer uma ou duas perguntinhas ao Billy.

Leo deu de ombros.

— Pergunta aí.
Eu me sentei no tampo da mesa do Billy.
— O quanto você conhecia Tessa Kanty?
Billy olhou para o Walt.
— Ah, bem, isso faz tanto tempo...
— Ela foi sua babá, não foi?
— Foi, mas...
— E *muito* bonita, ouvi dizer. Eu duvido de que um garotinho fosse se esquecer disso.
— Se é em Tessa que você está interessada, deveria fazer perguntas ao Walt. Quer dizer, foi ele que...
Walt bateu com a mão contra as barras.
— Cala a boca, Billy.
— Foi ele que *o quê*? — perguntei.
Billy engoliu em seco.
— Ele tinha uma queda por ela, só isso.
— Ah, Walt, então você tem um coração.
Walt encostou o rosto nas barras.
— Eu vou te mostrar um coração, sua...
— Billy — disse Leo —, você pode ir agora.
— Entendido.
Assim que Billy saiu, eu fui até a mesa mais próxima da cela de Walt e apoiei a minha bolsa. Dela tirei o celular, o laptop e o martelo, arrumando-os sobre a mesa, como havia arrumado os talheres de Stanton.

Leo estava de olho em Walt; e puxou Rue para trás dele, usando seu corpo como escudo para ela.

Eu bati na tampa do laptop do Walt.
— Foi você que ajudou Tessa a desaparecer da última vez, não foi? Foi assim que você ficou sabendo quem era ela e quem era eu.
— Não. Eu soube quem você era porque eu reconheço uma vadia quando vejo uma.

Leo deu um passo na direção de Walt; eu acenei, indicando que não precisava.
— Forjar uma nova identidade é um feito impressionante para um garoto de doze anos, seja ele gênio ou não — eu disse. Eu nem sabia que existiam computadores naquela época.

— Elogios não vão te levar a lugar nenhum.

Peguei o martelo e avaliei o peso.

— Bem, existem outras maneiras. — Bati na tampa do laptop do Walt uma, duas, três vezes. A cada batida, sua boca ficava mais apertada.

— Como eu disse, tudo aí tem cópia de segurança.

— Ah, então você não vai se importar se eu fizer isso. — E levantei o martelo...

Ele se atirou contra a cela.

— Não!

Eu mantive o martelo posicionado acima do laptop.

— Por que você tem tantas fotos da minha mãe no seu celular?

Walt se virou para encarar o Leo.

— Você não sabe o que ela é? Ela é uma assassina. Ela matou Tessa. Você vai deixar que ela saia desta?

Eu batuquei na mesa com os nós dos meus dedos.

— Mantenha os olhos em mim, idiota. Eu quero respostas. Você a estava perseguindo? Você estava obcecado por ela? Se você a ajudou a fugir, então você era o único que sabia como achá-la. Foi você que ouvi do armário dela naquela noite?

— Eu não sei do que está falando.

— Onde você estava na noite do assassinato? Quer dizer, tenho certeza de que Leo pode descobrir para mim, mas, aí, seria tarde demais para o seu laptop aqui. E não tente me enganar. Passei centenas de horas em salas de interrogatório. Eu *vou* saber se estiver mentindo.

— Você nunca desiste, não é? Dez anos depois, e ainda alega que é inocente.

— Na verdade, isso meio que depende da sua resposta.

— Não, não depende. Não há *dúvidas* sobre quem matou sua mãe. Encare os fatos, *Janie*. Eu tenho um QI de 180 e, mesmo eu, não consigo ver como mais alguém pudesse ter feito isso.

Eu abaixei o martelo.

— Como é que é?

— Eu *disse*...

— Não, isso foi mais uma maneira de falar, eu ouvi muito bem o que você disse... porque você já disse isso antes, não disse? Ou já escreveu.

Sua boca se fechou instantaneamente.

Fiquei de pé, num salto.

— Ah, *meu Deus*, eu devia ter *sacado* que era um nome falso. Quer dizer, um blogueiro criminal chamado *Trace*? Eu sou *tão* idiota.

— É o que tenho dito o tempo todo.

Empurrei o martelo para o chão, para não o arremessar na cabeça de Walt.

— Você quer explicar o que está acontecendo aqui? — perguntou Leo.

— Esse cara vem me assediando há anos. Na verdade, tenho certeza de que ninguém no mundo me odeia tanto quanto ele, especialmente se considerar que Oliver Lawson ainda está vivo.

— Então, ele não matou Tessa? — perguntou Rue.

Eu parei para avaliar os diferentes aspectos dessa implicação. Eu conhecia esse homem havia anos: sua raiva não era do tipo que se pode fingir. Ele realmente acreditava que eu era a responsável pelo assassinato da minha mãe, e ele realmente acreditava que eu merecia ser punida por isso.

— Não. Ele não a matou — respondi, assim que pude aguentar a agonia de reconhecer isso. — A não ser que ele tenha uma memória ainda pior do que a minha.

Walt bufou. Olhei para ele. Eu me recuso a não conseguir extrair ao menos alguma informação dele.

— Como conseguiu levantar todo o dinheiro para a recompensa? Eu sei que não veio de você.

— Doações anônimas. Você ficaria espantada de ver o que as pessoas são capazes de fazer para tornar sua vida um inferno.

— Seria difícil alguma coisa me surpreender depois desta semana. — Eu me debrucei sobre a mesa e olhei para o Walt enquanto corria meus dedos pela lateral do laptop. Seus olhos se apertaram. — O que tem neste computador, então? — perguntei.

— Foi um presente de sua mãe. Ela me mandou quando ouviu dizer que eu tinha sido expulso da faculdade.

— Más notícias, parceiro: ela dava presentes a todo tipo de homem para quem ela não ligava.

Ele sacudiu a cabeça.

— Esquece. Não estou dando ouvidos. Tudo que sai da sua boca é mentira.

Dei dois passos na direção da cela e segurei nas barras.

— Por que você tem tanta certeza de que eu a matei?

— Você não estava prestando atenção no seu próprio julgamento? Você tinha o motivo, você teve a oportunidade, você disse, em público, que queria que ela estivesse morta. Você tinha vestígios de pólvora nas suas mãos. Suas digitais estavam na arma. A merda do seu DNA estava debaixo das *unhas* dela.

— Não. Não estava. A perícia... aquela prova foi contaminada. Aqueles resultados foram falsificados.

— Não foram falsificados. Foram *exagerados*. Eu invadi os arquivos do químico e consegui recuperar a informação perdida, e quer saber? Ainda era uma identificação parcial. Você ao menos entende o que isso significa? Quer dizer, eu suponho que poderia explicar como alelos e genótipos funcionam, se eu achasse que você ia entender, mas a conclusão é: *foi você*.

Um grito e um berro, e eu não sei quem foi que deu qual. Só sei que Leo me pegou e me jogou por cima do ombro, e, mesmo depois de termos fechado a porta atrás de nós, e mesmo depois de estarmos a meio quarteirão de distância, eu ainda podia ouvir a voz de Walt me seguindo:

— *Foi você.*

Leo e Rue me levaram direto para a livraria. Assim que chegamos lá, Kelley me envolveu com um cobertor e me trouxe um copo d'água enquanto Leo e Renée conversavam em um canto. Rue estava sentada ao meu lado, no sofá.

— Walt é cheio de merda — ela sussurrou.

Eu apertei a mão dela.

— Você acha que Leo está contando para elas quem você é? — perguntou.

— Eu não sei. — Eu guardei a imagem do sorriso da Kelley para o caso de não o ver novamente.

— Eu consigo ouvir vocês — disse Renée. — E, não, Leo não está nos contando quem você é, porque não foi preciso.

— Jesus Cristo — explodi. — Será que existe alguém aqui que não saiba?

Renée me lançou um olhar espantado.

— Para falar a verdade, você teve sorte de vir aqui numa época em que estão todos bem bêbados.

Puxei o cobertor para os ombros.

— Como você soube quem eu era?

— A gente soube, de cara, que você não era quem dizia ser. Até acadêmicos se vestem melhor que você. Mas foi Kelley quem descobriu.

— Quando estávamos olhando os boletins policiais — disse Kelley —, você tirou os óculos e pôs o cabelo para trás. E... bem... eu tinha visto uma foto sua recentemente num daqueles sites de celebridades-sem-maquiagem.

— Aquela droga de foto em St. Barts — resmunguei.

— Se é que faz diferença — disse Kelley —, eu prefiro você sem maquiagem.

— Eu acho que podia pôr um pouco de blush — acrescentou Renée.

— Mas por que não contaram a ninguém? — perguntei.

Renée chegou perto e me deu um peteleco na testa.

— Burrinha. O segredo não era nosso para partilharmos.

Remexi os pés no chão, tentando encontrar apoio para as sensações que eclodiam dentro de mim.

— Então, neste caso, acho que há mais uma coisa que devia lhes contar. Contar a você *e* ao Leo, na verdade.

— Isso soa bem sinistro — disse Kelley.

— Espera para ver — disse Rue.

— É apenas a trigésima primeira coisa ruim a meu respeito. Acho que podem aguentar.

Renée, Kelley e Leo ficaram esperando.

— Eu acho que Mitch Percy é meu pai.

Os três ficaram boquiabertos.

Renée foi a primeira a se recuperar.

— É, não, Rue está certa, isso é bem ruim. Isso, numa maneira positiva de ver, é claro.

— Como você descobriu? — perguntou Leo.

— Tessa tinha um diário — respondi. — Ela não diz o nome com todas as letras, mas deixa bem claro.

Kelley franziu o cenho para mim.

— O que foi? — perguntei.

— Não posso acreditar que eu não tenha percebido isso antes. Você ainda tem o livro que eu te dei?

Apontei para a mochila do outro lado da sala.

— Sim. Tá na minha mochila.

— Não perca tempo e pegue outro exemplar — disse Leo —, é uma selva ali dentro.

Kelley lhe deu um tapa no braço e pegou o livro na minha mochila. Ela o abriu e veio se sentar comigo e com Rue. Ela apontou uma fotografia em sépia de uma mulher miúda e sem sorriso.

— Aqui — ela disse.

O nariz da mulher era fino e pontudo, os cantos dos olhos eram voltados para cima. Seu cabelo estava puxado para trás no que parecia ser um coque, mas eu podia imaginar como seria se estivesse solto — seria um bocado parecido com o meu. Tirando o penteado e as roupas, nós poderíamos ser gêmeas.

— Me desculpe — disse Kelley —, se alguém tivesse se dado ao trabalho de ler meu livro, poderíamos ter descoberto mais cedo.

— Quem é essa?

— Abiah Percy, a bisavó de Mitch.

Devolvi o livro e me recostei no sofá.

— Bem, isso resolve a questão.

Então, agora eu sabia: Mitch é meu pai.

Se alguém tivesse escrito apenas isso num pedaço de papel e mandado para mim na cadeia, eu podia ter recebido bem a informação. Mas este conhecimento fazia parte de um pacote. Não dava para fazer de conta que eu não tinha visto que tipo de homem meu pai é.

Não é de espantar que eu seja assim.

Leo limpou a garganta.

— Isso pode soar meio doido...

Renée deu uma risada.

— Para esta plateia?

— ... mas Walt disse que o DNA sob as unhas de sua mãe era uma identificação parcial, certo?

— Obrigada pelo lembrete — respondi.

— Mas você sabe o que isso quer dizer, não sabe?

Renée fechou a cara.

— Diga lá, Columbo.

— Significa — disse Leo — que o DNA poderia ser de algum membro imediato de sua família.

Ao ouvir isso, até Renée precisou se sentar.

— Você não vai me ouvir dizer isso muitas vezes — disse ela —, mas, Leo, você pode ter tido uma ideia que não é de todo estúpida.

Abracei minhas pernas e tentei assim conter a esperança que fervia dentro de mim.

— Existe alguma maneira de termos certeza de que foi ele? — perguntou Kelley.

Leo coçou a testa.

— Eu não sei. Mas, se ele de fato matou Tessa, ele tinha que saber sobre Jane. Ele pode estar procurando por ela agora, pelo que a gente sabe. E, com toda a cobertura da imprensa, ele deve saber que ela está vindo para cá.

— Você acha que ela corre perigo? — perguntou Kelley.

— Possivelmente — Leo respondeu.

— Eles já conseguiram me rastrear até aqui? — perguntei.

— É uma questão de tempo — respondeu Leo.

Apoiei minha cabeça nos joelhos.

— Mas ele não pensa que alguém sabe a respeito *dele* — eu disse, devagar. — Ele não acha que *eu* sei sobre ele.

— No que está pensando? — perguntou Leo.

— Espera, minha linha de pensamento é "todos os gregos são homens". — Fechei os olhos.

Se o Mitch matou minha mãe, ele sabe que Janie Jenkins é sua filha.

Se Mitch sabe que Janie Jenkins é sua filha, será que isso significa que ele matou minha mãe?

Se Mitch matou minha mãe, será que ele vai tentar matar Janie Jenkins, também?

E, pela segunda vez na minha vida, tudo que aprendi se cristalizou em um plano brilhante.

Eu me virei para Rue.

— Lembra que você me disse que sabia de uma garota que podia fazer maravilhas com meu cabelo? Acho que chegou a hora de ligarmos para ela.

CAPÍTULO TRINTA E SETE

No crepúsculo de fim de outono, emoldurada pelo bosque que se perdia na neblina, a mansão dos Percy se erguia majestosa, toda iluminada, mais do que um farol, alardeando: podemos pagar contas de luz obscenamente altas. Eu me dirigi ao caminho de pedras calçadas. Kelley e Renée vinham logo atrás de mim; Rue e Leo, atrás delas. Ninguém disse uma palavra.

Entregamos nossos casacos a um empregado uniformizado (que eu tenho quase certeza de que era o cara que eu tinha visto na Toca do Coiote) e subimos as escadarias até o salão de baile. Eu entrei pela porta... e fui confrontada com um mar de pantalonas que vestiam mal e abundantes *collants*. Todo mundo em Ardelle estava ali — assim como outras poucas dúzias de outros, se eu estava contando direito. Num canto, um quarteto de músicos adolescentes bem decentes tocava Mozart de maneira inofensiva. Um casal atlético, com cabelos lindos, passou dançando. A moça parecia entender de tratamentos de hidratação profunda.

Ajeitei a minha saia com desagrado. Marrom: a indignidade final.

— Não olhe para mim — disse Kelley. — Foi você que deixou para escolher a roupa de última hora.

Eu apontei um dedo acusador para Renée, que estava usando um vestido armado branco, com uma fita vermelha na cintura.

— Isso não é nem da época correta — eu disse. — Nem do estado.

— Não estou nem aí — respondeu Renée, mas eu já tinha passado por ela e estava estudando a multidão.

— Está todo mundo aqui? — perguntei.

Kelley fez que sim com a cabeça.

— Nós fomos provavelmente os últimos a chegar. Ninguém quer perder as entradas.

Eu vi as entradas no aparador. Peter estava no bar, tentando extrair informações de Billy. Cora e Stanton estavam rindo juntos na sacada. Mitch estava dançando com uma loura bacana que era velha demais para ser outra coisa que não sua esposa.

— Onde está Eli? — perguntei.

Kelley apontou para uma área com cadeiras, perto das portas de entrada do balcão.

— Ele está ali. — Ela se inclinou para a frente, espremendo os olhos. — Com quem ele está conversando?

Olhei para onde ela estava olhando.

— Ah — disse, desejando ter meus cabelos de volta para poder sacudi-los por cima dos ombros, como se não me importasse —, não é ninguém. É só o meu advogado.

— Está planejando usar os serviços dele?

Não respondi.

Rue se enfiou entre nós, um porta-vestido a tiracolo.

— Vou pendurar isso enquanto posso. Assim que minha mãe me achar, eu vou ter que fazer alguma coisa idiota.

Renée cutucou o cotovelo de Kelley.

— E nós temos que falar com Cora sobre a rifa.

Kelley hesitou, mas Leo gesticulou para que ela fosse em frente.

— Vá. Ficaremos bem.

— Você nos avisa se alguma coisa mudar? — Kelley pediu.

— Claro — respondi.

As três seguiram em frente, girando e apertando suas saias volumosas por entre a multidão. Leo e eu nos dirigimos ao entorno do salão.

— Só existem três portas para o salão de baile — ele disse, em voz baixa. — Cada uma das meninas vai tomar conta de uma; eu vou ficar de olho no Mitch. Mas, se eu o perder... me prometa que não vai enfrentá-lo sozinha.

— Não o perca de vista e eu não terei que fazer isso.

— Combinado.

Cora acenou do outro lado do salão. Eu sorri, animada, e levantei a mão.

— Não exagera.
— Ela está a mais de trinta metros. Estou jogando com a plateia.

Nós nos aproximamos de uma coluna não muito distante da entrada para o balcão e ficamos à sua sombra.

— Então, ele é seu advogado, hein?

Olhei para Noah. Ele estava de jeans e com um blazer mal passado. Seu cabelo brilhava como uma vela acesa.

— *Um* advogado. Eu o despedi.

Leo me olhou demoradamente.

— Não pareceu assim ontem à noite.
— Para de jogar verde.

Noah levantou a cabeça ao som da risada de Leo. Ele franziu o cenho.

— Você acha que ele vai ser um problema?
— Sim — respondi distraída, afagando o peito —, eu acho.

Eu bati no ombro de Eli.

— Me desculpe por interromper, mas eu gostaria de dar uma palavrinha com o seu amigo aqui.

Eli olhou para Noah.

— Vocês dois se conhecem? — ele perguntou.
— Mais ou menos — respondi.

Eu estava olhando para Eli, mas observava Noah. Tenho certeza de que ele achava que seu rosto parecia calmo e relaxado, mas eu havia criticado cada pedacinho de tudo que ele disse ou fez por tanto tempo que eu poderia encaixar tudo de volta sem nenhuma dificuldade, como uma assassina de carreira montando seu rifle. E eu não estava tão fora de forma a ponto de não ser bem-sucedida.

— Pode esperar? — perguntou Eli. — Porque eu queria falar com você.

Eu sacudi a cabeça.

— Vamos apenas aproveitar a festa por enquanto, tá?
— Amanhã, então?
— Se toca, Eli.

Seu olhar se lançou rapidamente entre nós dois. Aí, ele baixou a cabeça e saiu.

Noah me observava cauteloso.

— Devo convidar você para dançar?

— Não, porque isso seria estranho pra cacete. Vamos conversar, em vez disso.

O sorriso de Noah era fino demais para o meu gosto... Eu não estava mais acostumada à sua altura.

— Aonde vamos? — ele perguntou.

— *N'importe où*.

Enfiei meu braço no dele e andamos em volta do salão. Sua manga arranhando o meu braço nu. Uma semana atrás, teria sido a única coisa em que conseguiria pensar. Agora, eu mal percebia.

— Não chamei a imprensa — ele disse.

— Não importa que não tenha feito isso, o que importa é que você ameaçou.

— Sua incapacidade de perdoar sempre foi seu aspecto mais irônico. — Ele apertou meu braço mais um pouco, para atenuar as farpas de suas palavras. — E agora?

— Vou ficar aqui. Por enquanto.

— E depois?

— A gente vai ter que esperar para ver.

Ele se virou bruscamente.

— O que está planejando?

— Nada esperto, como de costume.

— Por que é que as pessoas mais espertas que conheço são também as mais estúpidas?

— Isso é um pedido de desculpa?

— Está mais para uma absolvição.

Eu me aprumei para poder ver os dançarinos enquanto passavam. Se eu fosse qualquer outra pessoa, estaria curtindo as fantasias. Eu vi uma saia rodada, uma melindrosa, algo que Eleonor de Aquitânia teria usado... aquilo era um *chapéu de freira*? E, não importa a fantasia, todos no salão pareciam estar se divertindo muito. Quer dizer, todos os demais.

Eu olhei para Noah, para a covinha triste de sua bochecha.

— Então, do que está fantasiado?

— Ainda não me decidi — ele disse. — Mas eu estava inclinado a ser um advogado arrependido.

— Isso não funciona se for apenas uma fantasia, Noah.

Ele me girou, para eu ficar de frente para ele. Minhas saias continuaram o giro até se enroscarem nas pernas dele.

— O que vai acontecer agora? — ele perguntou.

— Agora — respondi —, você me faz mais um favor.

— Qualquer coisa.

Eu ri.

— Você nunca parou para pensar no que estava se metendo comigo. — Eu segurei seu queixo, num gesto tipicamente sentimental que não tinha nada a ver comigo, mas que, de repente, pareceu não só apropriado, mas até mesmo necessário, pelo menos para passar a ilusão de que havia conserto para o que eu tinha feito. — Mas esse é fácil: tudo que precisa fazer é ir embora.

Ele não pareceu surpreso.

— Isso tem a ver com o que está planejando?

— Tem. Mas eu pediria para você ir embora de qualquer jeito. Eu não quero que se meta em mais problemas por minha causa.

— Você não me deu ouvidos quando pedi que você fosse embora. Por que eu daria?

— Eu não estou fazendo isso por você, mas por mim. Eu não posso arriscar que você atrapalhe. Eu não posso me preocupar com você se preocupando comigo.

Ele levantou meu queixo e me olhou nos olhos.

— Nós não fomos feitos para o mundo exterior, não é mesmo?

— Não. — Eu abracei sua cintura e sussurrei no seu ouvido. — Mas, da próxima vez que eu for para a cadeia, você será o primeiro que vou chamar.

Então, eu o soltei.

— E agora, peço a atenção de todos, por favor, chegou a hora de sortear os ganhadores do prêmio da Sociedade Histórica Feminina de Ardelle deste ano!

Eu assistia, de uma distância segura, a Cora rodar o globo com um floreio ao som dos aplausos educados.

— O prêmio para o terceiro lugar: um jantar a dois na Toca do Coiote, generosamente oferecido por Tanner Boyce, vai para... Kelley, pode fazer as honras?

Kelley entregou a Cora o nome que saiu do globo.

— Charlie Rodriguez!

Um cara magro, em jeans justos e blazer branco, subiu ao palco com o som de gritos de aprovação dos fumantes do balcão. Renée piscou para mim de sua posição na entrada da porta dos fundos.

— O prêmio para o segundo lugar: duas noites gratuitas na Prospect Inn, com café da manhã incluso, doado por Rue, Eli e eu, vai para... Rufus Blanchard!

Um dos empregados saiu por alguns minutos de seu posto e correu para Cora.

Olhei para a minha direita. Na porta lateral, Rue ajeitava as saias.

— E agora, o grande prêmio: uma garrafa de Lagavulin de vinte e um anos, *muito* generosamente oferecida pelo anfitrião desta noite, vai para... por favor, rufem os tambores!

Leo olhou para mim. Eu fiz que sim com um gesto de cabeça. Kelley entregou o cartão a Cora.

— Jane... Jenkins?

Um burburinho tomou conta do salão.

Cora riu nervosamente.

— Bem, tenho certeza de que não é *aquela* Jane Jenkins.

Cabeças se viravam por toda parte, aguardando para ver quem se aproximaria do palco. Prestei muita atenção na multidão, mas, tirando Peter — cujo rosto estava iluminado de esperança, pobrezinho —, ninguém pareceu especialmente ansioso ou com raiva. Apenas curiosos. Mitch nem se moveu em sua cadeira.

— Jane? — chamou Cora. — Jane Jenkins? Você está aí?

Apenas burburinhos. Tentei dizer a mim mesma que isso não significava nada.

Cora, finalmente, redescobriu seu sorriso.

— Bem, todo mundo tem que ir ao banheiro em algum momento, acho.

CAPÍTULO TRINTA E OITO

Assim que a música recomeçou e as conversas foram retomadas, escapei pela porta lateral — Rue levantou o polegar com um otimismo que não me convenceu — e subi para o salão de bilhar. Rue já tinha feito o que eu havia lhe pedido: a iluminação da sala foi reduzida e as cortinas, fechadas; o fogo na lareira estava aceso. O porta-vestido, pendurado por trás do biombo. Eu fiz um último ajuste na decoração e me sentei para esperar.

Se Mitch estivesse procurando por mim, ele, eventualmente, teria que vir aqui.

Pensei na reação dele lá no salão de baile — ou melhor, na falta de reação. Deus, e se eu estivesse errada?

Por favor, por favor, venha me procurar. Eu não quero mais brincar desse jogo.

Andei pela sala, bem devagar, algumas vezes, antes de me dirigir à mesa de bilhar. Tirei uma bola de uma caçapa e brinquei com ela entre as palmas das mãos enquanto examinava os quatro retratos pintados na parede à minha frente. Eles estavam em ordem cronológica, da esquerda para a direita. Fiquei olhando o mais antigo — o fundador da cidade, acho. Você pensaria que uma pessoa tão obcecada por propriedades teria se preocupado em aparar os cabelos das orelhas. Meu olhar abaixou para a plaquinha de latão com o seu nome: John Tesmond Percy.

Prendi a respiração. Andei ao longo da parede, meus dedos pulando de uma plaqueta para outra.

John Tesmond Percy
John Gibson Percy
John Stanton Percy
John Mitchell Percy

Atrás de mim, a porta se abriu.

A cabeça de Stanton apareceu.

— Ah, srta. Parker. — Ele puxou um lenço e secou a testa. — Desculpe incomodá-la, estava apenas procurando uma pessoa.

Eu olhei por cima do seu ombro. Estava sozinho.

— Não precisa se desculpar — respondi cautelosamente. — Quem o senhor está procurando? Talvez eu possa ajudar.

— Eu não sei se você estava no salão no sorteio das rifas, mas ainda estamos tentando localizar a vencedora do primeiro prêmio. — Ele fez um trejeito triste com os lábios — Eu tenho a esperança de convencê-la a partilhar.

— Havia uma moça aqui há poucos minutos, poderia ter sido ela? Magrela, loura... *muito* bonita?

Ele fechou a boca antes de se lembrar de armar um sorriso.

— Acho que é essa mesmo. Ela disse aonde ia?

— Ela volta já. — Segurei a bola de bilhar no alto. — Ela me desafiou para uma partida.

— Bem, obrigado, querida. — Ele se sentou em uma das cadeiras próximas à lareira. — Acho que vou esperar aqui, então.

— Posso procurá-la para o senhor.

— Não. Eu espero aqui, sem problemas. Você pode voltar à festa... não precisa fazer companhia a um homem velho. Ouvi dizer que Cora estava para servir a torta.

— Bom, eu adoro torta — eu disse, mas não saí do lugar.

Ele se recostou na cadeira e cruzou as pernas. Ele coçou a sobrancelha, desalojando uma casquinha dentre os pelos armados e brancos, que caiu na lapela de sua casaca. Ele olhou para ela com asco antes de sacudi-la. Eu a observei cair no chão.

— Você precisa de mais alguma coisa? — ele perguntou.

Havia tantas maneiras de responder a isso: Valium; um sutiã melhor; uma bola de cristal. Durante esta semana, a minha incerteza tinha preenchido todo o espaço que eu lhe dera. Eu não sabia se estava fazendo a coisa certa, se eu estava com o homem certo... se eu era a mulher certa. E se não tivesse sobrado mais nada da Janie?

Mas, de novo, esta era a única oportunidade para descobrir.

Acalmei minha respiração.

— Você não estaria interessado numa partida, não é?

— Talvez outra hora, querida.

— Acho que tenho algo que pode te convencer. — Eu levantei um dedo. — Você me daria um minuto?

— Eu...

— Ótimo. Volto num piscar de olhos.

Entrei atrás do biombo e tirei a touca e a peruca.

— Srta. Parker...

Desabotoei meu vestido, tirei o espartilho, saí das minhas anáguas. Tirei os óculos e tirei as lentes de contato coloridas.

— Um minutinho só — cantarolei.

Tirei as meias e vesti o pretinho básico que Rue tinha me emprestado. Calcei sapatos do meu tamanho. Pus a mão fechada na testa e recitei todas as palavras que eu sabia estarem de alguma maneira ligadas a divindades benevolentes.

Hora do show.

Dei um passo para fora do biombo.

— Srta. Parker. Eu odeio ter que dizer isto assim, mas eu estou cansado, e esta é a minha casa, eu realmente gostaria apenas de... — Stanton, finalmente, olhou para mim. Ele agarrou o braço da cadeira. — Mãe do Céu.

— É o cabelo? Eu sei que é meio Princesa Di, mas era o que dava para fazer com estas franjas.

Andei até o espelho gasto que estava pendurado na parede, entre as portas para a sacada, e afofei as minhas mechas louro-acinzentadas.

— Clairol. Quem diria? — Eu apoiei minha bolsa na *credenza* e despejei uma pilha de cosméticos. Peguei um pincel fino e angulado e um delineador em gel. Puxei a pálpebra esquerda e estiquei, depois comecei a traçar uma linha grossa e preta. Aí fiz uma curva para cima, no canto, porque foi o que Rue me disse que estava na moda. Vou te dizer que não é nada fácil fazer isso com as mãos trêmulas.

Parei por um instante, olhando pelo espelho atrás de mim. Stanton ainda estava paralisado no mesmo lugar.

— Sabe, dizem que os olhos são o espelho da alma... Eu sempre achei que era por isso que eu gostava tanto de cílios postiços. — Terminei o olho esquerdo e passei para o direito. — No caso de você estar imaginando, eu prefiro Shu Uemura, mas Urban Decay também funciona num aperto.

Eu passei rímel até meus cílios ficarem bem pesados.

Chequei o espelho novamente. Stanton tinha se levantado. Eu me lembrei de respirar.

Fechei o rímel e o apoiei na *credenza*. Olhei o resto da maquiagem que ainda tinha. Certa vez, dei uma minientrevista para uma revista feminina, destas que perguntam o que você carrega na bolsa e coisas assim, e uma das perguntas era: "Se você estivesse presa numa ilha deserta, com apenas um produto de beleza... qual seria?" É claro que eu *devia* ter respondido "bloqueador solar", mas a minha resposta foi: "Dior Addict em Diorissime." Eles não tinham na farmácia para onde mandei Kelley, é claro, mas eu ainda tinha um velho tubo que trouxe da prisão comigo. E daí se estava um pouco viscoso?

Eu o passei nos lábios e dei uma última olhada no espelho.

Será que era assim que uma assassina sorria?

Hora de descobrir. Eu me virei.

Stanton estava a dez passos de mim, com um revólver nas mãos.

Meus joelhos ficaram fracos.

Não fui eu. Ah, meu Deus, não fui eu.

Coloquei as mãos no rosto e uma, ou ambas, ou talvez meu corpo inteiro estava tremendo, como um filamento numa lâmpada que acabou de queimar. Cerrei os dentes para evitar que a minha cara fizesse algo ainda mais vergonhoso. Basicamente porque eu não queria borrar a maquiagem.

Em determinado momento, consegui levantar os olhos para Stanton e para o seu pequeno e bonito revólver.

— Eu preciso confessar que eu estava esperando que você pegasse a Winchester.

— Pelos velhos tempos?

— Não, porque, antes de você entrar, eu me dei ao trabalho de tirar as balas.

Ele inclinou a cabeça de uma maneira que eu poderia ter interpretado como admiração se eu não fosse tão descrente dessas coisas.

— É realmente impressionante como você se parece com a sua avó.

— Foi assim que você nos achou?

Ele deu de ombros, com displicência.

— É o preço da fama.

Tentei evitar que meus olhos ficassem olhando para a porta, mas Stanton percebeu minha intenção. Ele foi até ela, passou a chave e a guardou no bolso.

Engoli minha própria bile. Isso tinha parecido bem menos estúpido quando imaginei que Leo estaria do outro lado da porta. Eu me apoiei na *credenza* e me estiquei.

— Mãos onde eu possa vê-las.

Suspirei e coloquei as mãos nos quadris, tentando fazer uma bravata.

— O que acha que eu vou fazer? Matar você com um batom?

— Eu prefiro não testar os limites de sua criatividade. Se afaste da *credenza*, por favor.

— Se está tão preocupado, devia ter atirado nas minhas costas.

— Que tipo de homem você acha que eu sou? Eu não posso te matar pelas costas... porque, aí, não vai parecer autodefesa.

Sacudi minhas mãos vazias no ar.

— Autodefesa contra o quê?

— Você acha que Janie Jenkins realmente precisa de uma arma para ser considerada uma ameaça? Provas circunstanciais estão garantidas, querida.

Ele armou o cão. Eu girei nos calcanhares, empurrei as cortinas e abri as portas para a sacada.

— Não me diga que vai pular — disse Stanton.

— Não da maneira como imagina... — E subi na sacada.

Uma explosão de luz e som, de brilho de flashes e gritos. Uma horda de repórteres correu para perto da sacada; cinco satélites se levantaram em direção ao céu. Eu me abracei ao gradil da sacada.

— Janie, onde você...

— Janie, o que você...

— Janie, quem você...

— Olá, garotos. Com saudades? — Olhei por cima do ombro para Stanton. — Eu achei que seria uma boa ideia trazer algumas testemunhas. Há *alguns* benefícios em se ter uma má reputação.

Ele deu um passo para trás; eu o observei atentamente. Eu tinha que andar numa linha muito tênue... não queria afugentá-lo. Eu só precisava evitar que me matasse antes de descobrir o que tinha acontecido. Saber *quem* havia feito não bastava mais. Eu precisava saber por quê. E eu sabia exatamente como fazê-lo falar: atacando seu orgulho.

— Ela devia ter ido atrás de Mitch, sabe. Esse era o plano original. Eu fico imaginando... Será que ela achou que você seria um alvo mais fácil?

Seu rosto endureceu.

— Você, sinceramente, acha que eu não sabia exatamente o que ela estava fazendo? Quem você acha que garantiu que o banco não lhes daria outro empréstimo?

— Isso é um caminho bem tortuoso para conseguir dormir com alguém. Mas... ela era *tão* bonita, não é? Você alguma vez fingiu, quando ela estava com você, que era isso que ela queria? Ou você apenas se desligou da realidade?

A mão de Stanton segurou o revólver com mais força.

A multidão embaixo gritava mais alto. Eu acenei como uma rainha e soprei um beijo para eles.

— Me diz uma coisa. Se você sabia exatamente o que ela estava fazendo, como ela conseguiu engravidar?

— Eu admito que subestimei seu comprometimento... e sua ingenuidade.

— Eu não sei, essas parecem ser boas qualidades para uma esposa.

— Não sou um Fuller. Eu não dou o meu nome a lixo apenas porque está por perto... Sua mãe sabia tão bem quanto eu. Ela não se aproximou de mim com uma proposta. Ela veio para mim com uma exigência.

— Chantagem.

— Do tipo mais simples. Eu pagaria a ela, e ela destruiria a... prova do crime.

— *Janie, o que você está vestindo?*

— É pronta-entrega! — gritei. — E não vamos falar disso nunca mais.

Stanton olhava para mim como se eu fosse aquela casquinha que caiu.

— Teria sido tão ruim assim? Se as pessoas soubessem? — perguntei.

— Trepar com ela era uma coisa. Deixá-la ganhar era outra.

— Você não podia simplesmente ter pagado a ela?

— Mas eu fiz isso — ele disse, sem remorso. — Eu fui até bem generoso. Eu dei a ela... duzentos dólares, se é que me lembro direito. Eu disse que ela podia usar o dinheiro para dar um jeito naquilo, ou ela podia ficar com o dinheiro e eu mesmo daria um jeito.

— Ora, vejam só, eu não sou a única com memória ruim. — Voltei à sala e fui até a *credenza*, ignorando a arma que me acompanhava. Eu catei o dinheiro que encontrei no cofre de Tessa e o joguei aos pés de Stanton. — Foram *cem* dólares, e ela não tocou num único centavo sequer.

Se o revólver tremeu, não sei dizer. Ele empurrou o dinheiro com o pé para o lado.

— *Janie, volta aqui!* — Uma luz inundou o ambiente vindo pelas janelas, atrás de mim. Eles deviam estar se preparando para uma tomada ao vivo.

— Então, foi isso? — perguntei. — Você a matou porque é um perdedor amargurado? Você guardou mágoa por dezoito anos?

— Não seja ridícula. Foi um crime por comodidade. Uma análise de custo-benefício.

— E qual era o benefício?

— Além do olhar no rosto dela? O ouro, é claro.

— O *quê*? — Eu vacilei. — Você só pode estar brincando comigo. O Eli sabe?

— Não está nas terras dele, só nas de Tessa. Eli é um azarado, que nem o avô dele. Alguns anos depois que Eli deixou a cidade, eu achei um outro diário de garimpo do meu avô. Ele sabia o tempo todo onde o ouro estava... e esperava os Kanty saírem. Ele não levou em consideração a resistência das baratas.

— Então, foi quando você começou a procurar por Tessa.

Ele assentiu.

— Ela fez um bom trabalho em desaparecer, é preciso reconhecer. Eu nunca pensei em procurar nos círculos mais seletos. Mas fui paciente.

Estiquei a mão e agarrei a moldura da porta da sacada.

— E, aí, você viu as minhas fotos.

— Até eu vou ao mercado.

Olhei o revólver nas mãos dele. Estava irritantemente firme. Olhei para a porta da sala. Estava insuportavelmente silenciosa.

— *Janie, diga alguma coisa!*

— Por que você simplesmente não as comprou dela? Ela não precisava daquelas terras, ela tinha mais dinheiro do que eu poderia gastar.

— Ela não venderia para mim, assim como você também não. — Ele parou. — Você não venderia, venderia?

— Vai à merda!

Ele inclinou a cabeça, concordando.

— É justo. Quando finalmente a encontrei, Tessa estava imune à extorsão. Quando ameacei expô-la, ela apenas riu e disse... eu vou me lembrar disso para sempre: "Você pode se safar de qualquer coisa, desde que vista roupas lindas, organize grandes festas e..."

— ... doe dinheiro para crianças com fenda palatina. É, essa era uma das minhas frases favoritas. Eu provavelmente deveria tê-la levado mais a sério. — Passei as costas da mão na testa. — Mas como matá-la ajudaria... ah, *merda*. Você não tinha nenhum vínculo com Tessa. Mas tinha comigo.

Ele sorriu.

— Sim, Jane. É de fato tudo sobre você. Isso faz você se sentir tão bem quanto imaginava?

— Você a matou para chegar a mim.

— Bem, sim. Se você tivesse morrido na mesma ocasião, as terras teriam ido para quem mais ela tivesse nomeado no testamento. Eu acho que foi aquele último marido dela. Mas você ainda era menor de idade e, portanto, não tinha um testamento ainda, não é verdade? Só um pai há muito perdido que ficaria devastado quando te achasse *depois* de sua morte trágica.

— Como é que você ia fazer isso?

— Eu estava pensando numa overdose. — Seu sorriso se apagou. — Mas você tinha que ser presa, não é?

A peça que eu nem sabia que estava faltando tinha acabado de se encaixar.

JANE.

O último ato da minha mãe tinha sido um "vai se foder", é verdade. Mas não tinha sido destinado a mim.

— Você não podia me pegar na prisão. Foi por isso que ela armou a cilada para mim. Para que você não pudesse me alcançar.

Lá fora, pneus fizeram barulho no cascalho. O som suave e aveludado da locução ao vivo subiu e entrou com leveza pela sala. Desta vez, nem tentei disfarçar que estava olhando para a porta que dava para o corredor. *Será que ninguém ia entrar?*

— Eu devia ir lá fora agora mesmo e contar tudo para eles — falei.

— Você *poderia*, mas quem acreditaria em você?

— Leo acreditaria. E Kelley, Rue e Renée.

— Nenhuma dessas pessoas se viraria contra mim. Não na minha cidade. Este lugar ruiria sem mim.

Eu sacudi a cabeça.

— Mas não é a sua cidade... não mais. É de Cora.

Seu rosto se contorceu.

— Basta! — Ele levantou o revólver...

— E o que dizer dos times esportivos locais?

— O quê? — disse surpreso.

— Nós também podemos falar da previsão do tempo.

— O que você está...?

— De coisas idiotas que as pessoas postam na internet?

— Isso é ridículo! — ele disse e fez pontaria.

E, aí, finalmente, *finalmente*, a maçaneta girou.

— Ah, graças a Deus! Eu não sei falar sobre trivialidades.

— *Jane! Você está aí?*

— É o Stanton! — berrei. — Não é Mitch, é Stanton!

Ouviu-se um pontapé na porta.

— Acabou, Stanton. Se me matar agora, só vai piorar as coisas para você.

Stanton inclinou a cabeça e torceu os lábios.

— Mas será que você pode matar algo que nem ao menos devia ter nascido?

Ele puxou o gatilho.

Eu não devia poder escutar. Não acima do barulho do disparo ou das pancadas na porta. Não acima do coro frenético das perguntas vindas do lado de fora. Mas estava ali, se destacando na sala, acima de tudo: o lento escoar do sangue de uma ferida. Olhei para meu ombro esquerdo.

— Merda — respirei. — Vermelho não me cai bem.

Movimento, no canto do olho. Stanton levantou o revólver para atirar de novo, e a adrenalina fluiu em mim, adormecendo meu braço, acordando as minhas pernas.

Graças a Deus consigo correr de salto alto.

Eu me atirei contra Stanton, agarrei seus pulsos, forçando o revólver para cima e para baixo. Uma bala cravou no teto. Ele soltou a mão direita e a enfiou no meu peito, me empurrando para trás. Ele soltou um rugido de fúria, me agarrou pelos ombros e me empurrou para a lareira. Eu rodopiei e caí sobre a tela de proteção. Ele fechou a mão no meu cabelo, puxando minha cabeça para trás, antes de empurrá-la contra a quina de mármore da prateleira sobre a lareira.

Pela porta:

— *Jane, aguente aí! Billy, vem cá me ajudar...*

Stanton passou o braço pela minha cintura. Recuei, chutando a tela de proteção. Ele perdeu o equilíbrio, me levando com ele, aí, ele me girou e me atirou contra a *credenza*. Estiquei a mão por cima do tampo para pegar minha bolsa.

— *No três, Billy...*

Uma pancada. A porta vibrou, mas não cedeu.

Meus dedos se enrolaram na alça da bolsa e eu a arremessei contra a cabeça do Stanton. Ela o atingiu no rosto; o revólver caiu no chão. Escorei o movimento de seu punho com o meu braço bom e enfiei o quadril na lateral do seu corpo. Chutei o revólver com a pontinha do pé e ele deslizou pelo assoalho. Dei um bote para pegá-lo.

— *Alguém aí tem um revólver?*

Stanton esticou a perna, me fazendo tropeçar e cair no chão. Minha mão alcançou o revólver e o fez deslizar, desaparecendo debaixo do sofá. Stanton pôs o joelho nas minhas costas.

Tentei me desvencilhar, mas ele era pesado demais. Eu me contorci embaixo dele e consegui me virar. Juntei as pontas dos dedos e as pressionei contra seus olhos selvagens. Ele uivou e se esquivou. Eu saí de debaixo dele e fiquei de pé, meu peito arfando. Stanton veio na minha direção de novo, mas viu alguma coisa que o fez mudar de ideia.

Segui seu olhar. O conteúdo da minha bolsa estava espalhado no chão. E, no meio de minhas coisas, havia um brilho prateado.

A cabeça de Stanton se levantou. Nossos olhos se encontraram. Minha tesoura.

E ele estava mais próximo.

Um tiro explodiu pela porta, errando a fechadura por pouco. Outra série de pancadas e pontapés. A porta vibrou novamente, mas não cedeu. *Eles não vão conseguir abrir a tempo.*

Corri para a sacada. Stanton pegou a tesoura e veio atrás de mim.

Ele me alcançou exatamente quando meus dedos arranharam o gradil. Gritei e todas as lentes se voltaram para mim.

Dei um bofetão.

— Seus filhos da puta...

Então, de repente, o metal do gradil estava entrando nas minhas costas e os dedos de Stanton apertavam meu pescoço. A tesoura que eu amolara tão bem agora apontava para o meu coração e eu podia ver nos olhos dele a certeza de que estava tudo acabado para mim — e posso garantir que eu ainda tinha esperança numa cura milagrosa, uma segunda chance, um telefonema do governador. A salvação, no último minuto, pelo policial que estava neste exato momento tentando arrombar a porta.

Não, isto não está correto — eu não estava esperando. Eu estava *desejando* isso.

Eu trinquei os dentes.

Fodam-se os desejos.

Eu agarrei a tesoura e a virei ao contrário.

Lá dentro, outro tiro. O som da madeira se estilhaçando.

Stanton rangeu os dentes e tentou recuperar o controle, mas o enfrentei. Meus braços estavam tremendo com o esforço e a ponto de desmontar.

Leo apareceu na porta, Kelley e Renée logo atrás dele...

Com as forças que me restavam, eu empurrei a tesoura para a frente e a enterrei no peito de Stanton.

Caímos no chão da sacada juntos. O sangue jorrou de seus lábios como uma flor que sai de um buquê. Ele engasgou e, por baixo de nós, uma poça gosmenta se formou com o nosso sangue misturado.

Leo tentou me separar de Stanton, mas o segurei firme, fiquei junto e olhei no rosto de meu pai, enquanto a vida se esvaía dele. Eu tinha os olhos dele.

A voz de minha mãe sussurrou por mim:
Você levou muito tempo.

Kelley e Renée me levaram para dentro. Elas me deitaram no sofá e pressionaram alguma coisa contra o buraco no meu ombro. Suas mãos tiraram meu cabelo do rosto e arrumaram as minhas sobrancelhas. Dói mais do que parece, Kelley disse. Do meu lado, Rue rasgava seu vestido em tiras para fazer bandagens. Renée disse que ela não devia estar aqui. Rue disse para ela parar de encher. Eu agradeci a Deus que não havia lugar dentro de mim para sentir mais nada.

— Ligue para Hill City e peça reforços — Leo dizia... para Billy? — Vamos precisar de paramédicos também. O advogado disse que ele lidaria com a imprensa.

Uma multidão se acotovelava na sala.

— Sai da frente, droga — alguém gritou.

Mitch forçou passagem. Ele me viu primeiro.

— Jesus Cristo.

Eu levantei uma mão. Não tive forças para fechar o punho, mas ele ia ter que lidar com isso.

— Ei, cara. Toca aqui.

Boquiaberto, ele se virou e olhou para a sacada. Ele andou vacilante para a porta e se segurou na cortina. Suas palavras flutuaram até mim — ou talvez eu as tenha imaginado — ou talvez eu as estivesse recordando.

— *Eu devia sentir mais do que isso.*

Mais barulho, mais comoção. Peter e Eli haviam conseguido chegar à frente da multidão. Quando os olhos de Peter aterrissaram em mim, a centelha de reconhecimento foi insuficiente. Ele só viu a Jane. Já o Eli...

Eli se virou e empurrou a multidão.

— Fora! — ordenou. Ele me lançou um último olhar por cima do ombro, seus olhos fazendo algo que eu não os havia visto fazer antes. Não estavam mais brandos, mas havia sinais de que, talvez, algumas regras internas estavam se flexibilizando, como se, desta única vez, ele fosse admitir que suas calças se amassassem e fizessem uma ou duas pregas.

A porta se fechou atrás dele.

Algo roçou contra meu braço. Leo estava se acomodando do meu lado.

— Sua desmiolada idiota — ele disse.
— Você não sabe nem da metade. Me dá aí um cigarro logo, vai.
Ele tirou o maço do bolso de sua camisa — e fez uma careta.
— Você tem certeza de que deve?
— Absoluta.

Ele tirou um cigarro e pôs entre os meus lábios. Ele o acendeu e o segurou enquanto eu tragava. A fumaça encheu meus pulmões; alívio correu por minhas veias. Me encostei no ombro de Kelley e fechei os olhos. Ninguém disse nada. Nem mesmo Renée.

E, quando o resto do mundo irrompeu à nossa volta, ficamos sentados, deixando tudo mais desaparecer, até só restar o som da minha respiração, o crepitar do cigarro e o meu legado infinitesimal.

Esse é o negócio sobre fumar. Mesmo quando tudo mais está fora de seu controle, mesmo quando tudo está terrível e aleatório, frio e injusto, por alguns minutos por dia, pelo menos, você pode controlar a velocidade de sua vida.

Também ajuda a continuar magra.

De: CNN Últimas Notícias <BreakingNews@mail.cnn.com>
Assunto: CNN Notícias de Última Hora
Data: 14 de Janeiro, 2014 às 14:43:29
Para: textbreakingnews@ema3lsv06.turner.com

Um júri da Dakota do Sul declarou Jane Jenkins culpada por roubo de automóvel, posse de propriedade de terceiros e homicídio culposo.

Jenkins foi condenada, em 2003, pelo assassinato de sua mãe e ficou presa durante dez anos, antes que a sentença fosse anulada. Oito semanas após sua liberdade, apesar das objeções da polícia encarregada das investigações, Jenkins foi indiciada pelo assassinato de seu pai, Stanton Percy. Ela sustenta que agiu em legítima defesa.

Noah Washington, advogado de defesa de Jenkins, falou à CNN hoje que ele já estava preparando a apelação.

SEM VESTÍGIOS

Publicado em 14/01/14

Aqui é o Trace.

Karma é uma merda.

Assim como Janie Jenkins.

Ninguém que conhecesse Rebecca Parker teria acreditado que ela seria capaz de assassinar alguém.

E, apesar das conclusões da promotoria, da maioria dos comentaristas e de um júri de seus colegas, eu ainda não acredito.

— Peter Strickland, *A assassina & eu: Cinco dias com Janie Jenkins*

AGRADECIMENTOS

Estou em dívida eterna para com Clare Ferraro, Allison Lorentzen e toda a equipe da Viking and Penguin Random House, em especial Hal Fessenden, Nicholas Bromley, Holly Watson, Angela Messina, Carolyn Coleburn, Nancy Sheppard, Paul Lamb e Winnie De Moya.

Meu coração se enche de gratidão também (como de costume) por Kate Garrick e DeFiore and Company, Shari Smiley e Resolution, e por todas as pessoas que me apoiaram e/ou me inspiraram, intencionalmente ou não: Alison Hennessey, Annabel Oakes, Lane Shadgett, Megan Crane, Scott Korb, David Gates, Annie Ronan, Sara Burningham, Alison Cherry, Liz Lawson e Ellen Amato.

E, é claro, nada disso teria sido possível sem a minha adorada família.

(O que me lembra... Mãe, repita comigo, por favor: *Esta é uma obra de ficção.*)

Obrigada.

Impressão e Acabamento:
INTERGRAF IND. GRÁFICA EIRELI